J. C. CERVANTES

Zane gegen die Götter

FEUERHÜTER

In der Reihe „Rick Riordan Presents“
sind erschienen:

Zane gegen die Götter
Sturmläufer
Feuerhüter
Schattenspringer

Sikander gegen die Götter
Das Schwert des Schicksals

Aru gegen die Götter
Die Wächter des Himmelspalasts
Im Reich des Meeresfürsten
Das Geheimnis des Wunschbaums

Ren gegen die Götter
Die Fortsetzung zu
Zane gegen die Götter
erscheint ab Herbst 2023!

J. C. CERVANTES

ZANE GEGEN DIE GÖTTER

FEUER HÜTER

Band 2

Aus dem amerikanischen Englisch
von Katharina Orgaß

Ravensburger

MIX
Papier | Fördert gute Waldnutzung
FSC® C111262
FSC
www.fsc.org

1 3 5 4 2

Ungekürzte Ausgabe

Die Originalausgabe erschien 2019 unter dem Titel »The Fire Keeper«
bei Disney · Hyperion, einem Imprint der Disney Book Group.

Published in arrangement with the author, c/o BAROR INTERNATIONAL, INC.,
Armonk, New York, U.S.A.

Umschlaggestaltung: Miriam Wasmus
unter Verwendung einer Illustration von Jann Kerntke

Printed in Germany

ISBN 978-3-473-58644-8

ravensburger.com

Für Julie-Bear –
das Mädchen, das mutig ins Abenteuer
aufbrach und mit Feuer zurückkehrte.
Dieses Buch ist für dich.
Und für alle Schriftsteller, die schreiben
und warten. Schreibt weiter.

»Die Prophezeiung des Feuers war erst der Anfang.
Feuer greift um sich, bis es alles vernichtet hat,
was ihm in die Quere kommt.«

Antonio Marcel De La Vega,
Venice Beach, Kalifornien

Wenn dieses Buch dich erreicht, bin ich vielleicht schon tot. Falls es dich überhaupt erreicht.

Vor sieben Monaten habe ich eine Geheimbotschaft an alle anderen Gottgeborenen geschickt, weil ich hoffte, ein paar von ihnen wären noch am Leben. Aber bis jetzt hat sich noch niemand bei mir gemeldet. Das kann a) bedeuten, dass es dich nicht gibt, oder b), dass es dich zwar gibt, du aber den Ruf der Magie noch nicht vernommen hast. Oder – und darüber will ich eigentlich gar nicht nachdenken –, dass es dich c) gibt und du den Ruf der Magie auch vernommen hast, ihn aber absichtlich ignorierst Wenn das der Fall ist, mach dich auf muchos problemas gefasst.

Weil ich ein Optimist bin, halte ich es aber auch für möglich, dass ich mich in meiner Botschaft nicht deutlich genug ausgedrückt habe. Vielleicht ist es ja so wie beim Lotto – je öfter man ein Los kauft, desto größer ist die Gewinnchance. Allerdings hat mein Onkel Hondo schon mindestens hundert Lottoscheine ausgefüllt und bloß ein einziges Mal gewonnen und dann nur einen Dollar fünfundzwanzig.

Betrachte das hier also bitte als meinen allerletzten

Versuch. Falls mir etwas zustößt, sollst du wenigstens wissen, was mit dir selber los ist.
Ich schreibe übrigens mit Zaubertinte, die nur Gottgeborene wie du und ich lesen können. Mit der gleichen Tinte habe ich auch meine letzte Geheimbotschaft verfasst. Ich hatte sie an die Geschichte angehängt, die ich auf Befehl der Mayagötter aufschreiben musste. Die Götter wollten, dass ich ihnen mein Innerstes offenbare, und das aus zwei Gründen. Erstens, weil sie mitoteros sind, die überall ihre Nasen reinstecken müssen, zweitens, weil mein Scheitern eine Warnung sein soll, damit nie mehr jemand versucht, sich ihnen zu widersetzen. Um sicherzugehen, dass ich sie nicht anlüge (was ich garantiert getan hätte), musste ich Spezialpapier benutzen, das anzeigt, ob ich die Wahrheit schreibe.
Dass die Götter jetzt meine ganze Geschichte kennen, bereitet mir immer noch schlaflose Nächte. Gewisse peinliche Details hätte ich lieber für mich behalten, zum Beispiel, wie toll ich Brooks finde.
Das Beste an ihr? Dass sie immer noch an meiner Seite ist. Sie versteht, dass ich meinen Vater Hurakan suchen muss. Er ist ein echter jefe – ein Schöpfergott, Himmel noch mal! Er hat

es nicht verdient, in einem engen Kerker zu schmachten, nur mit Staubflocken und seinen Erinnerungen als Gesellschaft. Nur, weil er den Heiligen Schwur gebrochen und mich vor dem Rat der anderen Götter als seinen Sohn anerkannt hat.

Dafür schulde ich ihm etwas. Einen Gefallen. Einen großen.

Uno por otro.

Ganz egal, wie lange es dauert und was ich dafür tun muss, ich werde ihn befreien. Schließlich wäre ich ohne ihn kein Gottgeborener. In meinen Adern würde nicht das Blut eines Schöpfers und eines Zerstörers fließen.

Ohne ihn wäre ich nicht der Sturmläufer.

Und darum bitte ich dich auch um einen Gefallen. Wenn du das hier liest und hörst, dass ich umgekommen bin, kannst du dann netterweise den Göttern eins aufs Maul hauen?

Danke.

Zane Obispo

PS: Ich habe diesen Brief geschrieben, bevor das alles passiert ist. Bevor ich mit der Hölle, der Roten Königin, dem Todeszauberer und den fiesen Fledermäusen Bekanntschaft gemacht habe. Also noch vor dem Ende. Beinahe hätte ich diese Botschaft sogar verbrannt, aber ein gewisser Jemand meinte, dass sie der Anfang von allem ist und dass jede Geschichte einen richtigen Anfang braucht. Also bitte: Hier kommt der Anfang vom Ende.

1

Seine Feinde während der Fastenzeit umzubringen, ist ga-rantiert eine Todsünde.

Aber was blieb mir anderes übrig? Ich hatte mir den Zeitpunkt nicht ausgesucht. Vielleicht hatte ich ja Glück und bekam es bei der Befreiung meines Vaters nicht mit irgendwelchen dunklen Mächten zu tun. Und musste auch kein Blut vergießen.

Ha, keine Chance! Schließlich hatte ich ja schon so meine Erfahrungen mit den Mayagöttern.

»Du musst schneller rudern!«, rief ich.

Brooks saß im Bug des Zweierkajaks. Es regnete in Strömen. Wir paddelten durch einen Mangrovensumpf auf einer entlegenen mexikanischen Insel. Auf die hatte Ixtab mich und alle, die mir nahestanden, vor ein paar Monaten verbannt. Ixtab ist die Herrscherin der Unterwelt. Sie versteckte uns hier vor den anderen Mayagöttern, denn die hielten mich für tot. Dieses Schicksal hatte ich angeblich verdient, weil ich der Verbindung eines Gottes mit einer Menschenfrau entstammte.

Eigentlich war es auf Holbox – so hieß die Insel – ganz schön. Nur nicht, wenn man es eilig hatte – so wie wir gerade.

Der Mangrovensumpf glich einem gewundenen, überwucherten Fluss und war voller Krokodile und Schlangen, aber es war nun mal der kürzeste Weg zu der Bucht im Westen der Insel.

Diese Bucht war sozusagen unser »Postfach«. Unser Freund, der Riese Jazz, riskierte sein Leben, indem er uns mit vertraulichem Insiderwissen versorgte, aber er musste uns seine Informationen heimlich und auf die altmodische (also nervtötend langsame) Art zukommen lassen, damit man sie nicht zu ihm zurückverfolgen konnte. Ich weiß schon, was du jetzt denkst. Warum schickte er uns nicht einfach eine Textnachricht? Gute Idee, aber leider hatte Ixtab die Insel mit Schemenmagie getarnt, damit wir nicht entdeckt wurden, und diese Magie legt Smartphones und Wi-Fi und so was lahm. Außerdem stand Jazz unter ständiger Beobachtung. Wenn die Götter Verdacht schöpften, bedeutete das für ihn die endgültige Verbannung nach Xib'alb'a. Er konnte einem echt leidtun.

Den Tag und die Uhrzeit, wann die Nachrichten ankamen, erfuhren wir vom alten Pedro. Man trifft ihn meistens dabei an, wie er eine Hauswand bemalt, oder er sitzt irgendwo im Schatten und trinkt ein *cerveza.* Ist keins von beidem der Fall, organisiert er vermutlich gerade den »Nachrichtendienst«.

»Warum sind wir nicht einfach geflogen?«, übertönte ich das Geprassel des Regens.

»Ich fliege nicht, wenn es regnet. Schon vergessen?«, tönte es vom Bug her.

Aber Kajakfahren ist kein Problem, oder was? Keine Ahnung, warum Brooks so wasserscheu war. Ihre Gestaltwandler-Fähigkeiten verbesserten sich stetig. Inzwischen konnte sie sich nicht nur in einen gewöhnlichen Falken verwandeln, sondern sogar in einen Riesenfalken. Ich selbst dagegen hatte meine Fähigkeiten immer noch nicht im Griff. Dabei mussten wir beide in Topform sein, wenn wir das schaffen wollten, was wir uns wahnwitzigerweise vorgenommen hatten.

»Nur noch zwei Minuten!«, rief ich und meine Stimme überschlug sich vor Panik. »Wir kommen zu spät!«

Eine zweite Chance würden wir nicht kriegen, das hatte uns Pedro auf seine brummige Art unmissverständlich klargemacht. *Wenn ihr nicht pünktlich seid, heult mir hinterher nicht die Ohren voll.*

Heute ging es um die letzte, alles entscheidende Information, die uns noch fehlte: die genaue Lage des Ortes, an dem mein Vater eingekerkert war. Anscheinend hatten die Götter ihre Sicherheitsvorkehrungen verschärft und verfrachteten ihn alle paar Monate woandershin. Demnächst stand wieder ein Umzug bevor und wir mussten ihn befreien, ehe sich seine Spur verlor.

Echt schade, dass Fuego keine Flügel hatte. So hatte ich meinen Gehstock getauft – das Ding konnte sich in einen tödlichen Speer verwandeln und war so schnell wie ein Feuerstrahl. Damals, in der Alten Welt, hatte die Funkenschlägerin Blitze in den Stock gehämmert, ihn mit uralter Magie aufgeladen und mit dem Blut meines Vaters getränkt. Darum war er jetzt nahezu unzerstörbar und traf immer sein Ziel. Außerdem humpelte ich nicht, wenn ich ihn benutzte (mein eines Bein ist kürzer als das andere), aber ich nahm ihn nur zu Hilfe, wenn ich vor einem Dämon wegrennen musste oder so. Inzwischen stört mich mein Humpeln nicht mehr so. Es gehört zu mir und meiner Herkunft.

Wenn Fuego nicht im Gehstock- oder Speermodus war, verwandelte er sich in einen Brieföffner. Das war Ixtabs Idee gewesen. Ich hätte ja etwas Cooleres vorgezogen, einen Dolch zum Beispiel. Der Brieföffner steckte meistens in meiner Socke, damit ich beide Hände freihatte, wenn es nötig war. So wie jetzt zum Beispiel.

Brooks warf mir über die Schulter einen vernichtenden Blick zu. »Dafür schuldest du mir aber was, Obispo.« Dann flimmerte die Luft um sie herum blau und grün und sie verwandelte sich in den Riesenfalken. Sie kreiste mit einem lauten Schrei über mir (ich interpretierte ihn als: *Du bist echt ein blöder Arsch!*), bevor sie sich so tief sinken ließ, dass eine ihrer krallenbewehrten Zehen in meine Reichweite kam.

Aha. Kein komfortables Huckepack heute. Ich zögerte, aber sie bedachte mich mit einem eisigen Wer-nicht-will-der-hat-schon-Blick. Widerstrebend packte ich die vom Regen rutschige Zehe mit beiden Händen und sie schraubte sich mit mir in die Höhe. Bestimmt sah ich wie der letzte Depp aus, als ich wie ein nasser Sack an ihrem Fuß baumelte.

Egal.

Brooks hatte mit heftigem Gegenwind zu kämpfen und der Himmel wurde immer dunkler. Wenn das hier überstanden war, würde sie mich bestimmt umbringen. Aber wer hätte dieses Mistwetter vorhersehen können? Ich bin der Sturmläufer, kein Prophet.

Du schaffst das, versuchte ich, sie telepathisch aufzumuntern. Mein Ton war so fröhlich und zuversichtlich, wie ich es unter diesen Umständen hinbekam. (An alle Gottgeborenen: Frohsinn und Zuversicht können lebensrettend sein, wenn man sie richtig einsetzt.) Außerdem erspähte ich unter uns ein paar hungrige Krokodile und wollte verhindern, dass Brooks mich in ihre aufgesperrten Rachen fallen ließ. Sie kann ziemlich unberechenbar sein.

Vielleicht kommt die Sendung bei diesem Wetter ja mit Verspätung an, schob ich nach.

Halt die Klappe. Ich muss mich konzentrieren.

Kurz darauf ging sie über der Bucht in den Sinkflug und ließ mich fallen wie eine verfaulte Melone. Ich rollte über den festen, weißen Sand und verfehlte nur um Haaresbreite einen spitzen angeschwemmten Ast.

Brooks nahm wieder Menschengestalt an und im selben Augenblick flauten Sturm und Regen ab und der schwarze Himmel wurde hellgrau. Ich klopfte mir den Sand ab. »Hey, wir sind da! Echt cooler Flug. Nur … äh … die Landung war nicht ganz so gelungen.«

»Die Landung war super. Du lebst doch noch, oder?« Brooks wrang ihr schulterlanges braunes Haar aus. Weil wir in den letzten Monaten so viel Zeit am *playa* verbracht hatten, war es ein bisschen heller geworden. »Mach's doch besser, wenn du kannst.«

Ich muss dich jetzt leider mit den harten Fakten konfrontieren, damit du nicht so überrumpelt bist, falls es dich auch irgendwann trifft: Nachdem sich mein Vater Hurakan zu mir bekannt und ich mit meiner krassen Feuermagie den Todesgott zur Strecke gebracht hatte, war etwas Blödes passiert – ich hatte es seit jenem glorreichen Tag nicht noch einmal geschafft, meine Fähigkeiten heraufzubeschwören. Die Feuerkugeln, die ich momentan zustande brachte, waren höchstens so groß wie Zitronen und erloschen schneller, als Brausepulver auf der Zunge zergeht. Dass dich ein Gott als seinen Sprössling anerkennt, bedeutet nämlich nicht, dass du automatisch gottgleiche Kräfte besitzt.

»Die Sendung hat tatsächlich Verspätung.« Brooks klopfte ungeduldig mit dem Fuß auf die Erde und sah sich um. »Hat Pedro nicht Punkt 18 Uhr 32 gesagt?«

»Was ist das denn?« Ich zeigte zum Himmel, wo aus einer dunklen Wolkenbank ein riesiges, rotgefiedertes Etwas auftauchte. »Glaubst du, das ist der Postbote?«

Der Vogel (wenn man ihn überhaupt so nennen konnte) hatte Stummelflügel, lange dünne Beine, einen ambossförmigen Kopf und einen Schnabel, der an einen Fleischklopfer erinnerte. Ihn hässlich zu nennen, wäre eine gewaltige Untertreibung gewesen. Ich hätte gern gewusst, wer das arme Vieh zu diesem Job verdonnert hatte.

Brooks kniff die Augen zusammen. »Ist das eine Kokosnuss, die er da trägt?«

Der Vogel flog auf den Strand zu, doch dann flatterte er plötzlich auf der Stelle und ein Zittern überlief ihn. Ich folgte seinem Blick und drehte mich um. Aus dem Sand erhob sich eine schwarze Nebelwand und nahm die Gestalt meiner Höllenhündin Rosie an. Einen Hund zu besitzen, der sich aus dem Nichts manifestieren kann und doppelt so groß wie ein Löwe ist, ist nicht jedermanns Sache. Als ich die Boxer-Dalmatiner-Mischlingshündin vor Jahren in der Wüste von New Mexico aufgelesen hatte, war sie nur Haut und Knochen gewesen und hatte gerade mal zwölf Kilo gewogen. Aber seit sie in der Unterwelt hauste und Ixtab sie »umgestylt« hatte, reichte mir ihr Kopf fast bis zur Schulter – und das will was heißen, denn ich bin fast eins achtzig groß.

Kein Wunder, dass der komische Vogel mit den Stummelflügelchen Schiss hatte. Rosie schaute zu ihm hoch, als würde sie sich auf einen Leckerbissen freuen. Was vermutlich auch der Fall war.

»Sitz, Rosie!«, befahl ich.

Doch meine Höllenhündin hörte nicht auf mich und stürmte knurrend in Richtung Wasser. Ich musste sie unbedingt in der Hundeschule anmelden!

Der Vogel riss die Augen auf und piepste erschrocken. Dann machte er kehrt und flog davon.

»Halt«, rief ich ihm nach. »Die Kokosnuss!«

Aus unerfindlichen Gründen versteckte Jazz seine Botschaften gern in Obst und Gemüse. Beim letzten Mal hatte uns eine matschige Avocado *Schöne Weihnachten* gewünscht.

Piep! Piep! Der Vogel hatte eindeutig zu große Angst, um zurückzukommen. »Dann müssen wir uns die Kokosnuss eben holen«, sagte Brooks mürrisch.

Ich hielt mich an ihren Schultern fest und sie verwandelte sich wieder in einen Falken. Schon waren wir in der Luft und sausten auf den Vogel zu, der sich immer wieder panisch umdrehte.

Rosie sprang jaulend und kläffend durch die Wellen und spie dabei meterhohe Stichflammen.

»STEAK!«, brüllte ich.

Bei diesem Kommando soll sie sich eigentlich wieder einkriegen, aber von wegen. Sie tat einfach so, als hätte sie mich nicht gehört.

Hunde haben einen natürlichen Jagdinstinkt, belehrte mich Brooks telepathisch.

Kann Rosie bei Postvögeln nicht mal eine Ausnahme machen?

Die dunklen Wolken ballten sich wieder zusammen und verbargen den Vogel. Nur sein rotes Schwanzgefieder blitzte noch auf.

Rosie hielt mit uns Schritt. »Sie tut dir nichts!«, rief ich dem Vogel zu, doch im selben Augenblick spie Rosie einen Feuerschwall, der jedem Drachen Ehre gemacht hätte. »Warte, bis wir wieder zu Hause sind!«, schimpfte ich mit ihr.

Aber Brooks flog schnell und wir hatten den Vogel schon fast eingeholt. Noch zehn Meter.

Acht.

Fünf.

Was dann geschah, konnte ich erst nicht glauben. Ich musste zweimal hinsehen. Im aschgrauen Horizont vor uns klaffte auf einmal ein langer, ausgefranster Riss – so wie damals in der Alten Welt, als ich dachte, der Himmel würde aufreißen.

Es war zu spät. Der Vogel war schon in dem Riss verschwunden.

Die Kokosnuss klatschte ins Wasser.

Und Brooks krachte gegen eine unsichtbare Wand.

2

●●

Als ich ins Meer stürzte, dachte ich nur: *Gleich tut's scheiße* *weh!*

Platsch!, machte es und ich ging unter wie ein Stein.

Sofort paddelte ich wieder an die Oberfläche und schnappte nach Luft. Echt peinlich. Hätte Hondo meinen Bauchklatscher gesehen, hätte er sich kaputtgelacht. (Mein Onkel ist zwar ein paar Jahre älter als ich, benimmt sich aber meistens total kindisch.)

Brooks hatte sich schon von dem Aufprall erholt, ging in den Sturzflug und schnappte sich die Kokosnuss, die auf den Wellen hüpfte. Anschließend kam sie zu mir geflogen und sammelte mich ebenfalls ein. Ich nahm ihr die behaarte Kugel ab, dann kletterte ich über ihren Flügel auf ihren Rücken und krallte mich an ihrem glitschigen Gefieder fest. Ich war immer noch ganz benommen. Womöglich entschied diese Kokosnuss über das Schicksal meines Vaters!

Was war denn los?, wandte ich mich telepathisch an Brooks. *Wo bist du gegengeflogen?*

Keine Ahnung. Auf einmal war da eine Mauer oder so. Aber es war nichts zu sehen.

Ich kniff mich in die Nase und atmete tief durch. Alles in mir sträubte sich zu begreifen, was Brooks sagte.

Die Schemenmagie soll die Götter aussperren, nicht uns einsperren, entgegnete ich schließlich.

Okay, seit wir vor ein paar Monaten hier eingetroffen waren, hatte ich die Insel nicht mehr verlassen. Sobald ich mich aus unserem magischen Schutzgebiet hinauswagte, hätten mich angeblich die Götter auf dem Schirm und würden mich – *Zack!* – einen Kopf kürzer machen. Das hatte zumindest Ixtab behauptet.

Bei der Vorstellung, dass diese Insel womöglich – nein, höchstwahrscheinlich – ein Gefängnis war, wurde mir ganz anders. Wie sollte ich meinen Vater befreien, wenn ich selber eingekerkert war?

Brooks schlug wütend mit den Flügeln. *Wieso haben wir das nicht gleich kapiert?*

Dass wir hier in der Falle sitzen?

WARUM wir hier in der Falle sitzen! Wenn du die Insel verlässt, kriegen die Götter mit, dass du noch am Leben bist, richtig? Und sie kapieren, dass Ixtab sie angelogen hat. Ist doch logisch, dass sie nicht ihren eigenen Kopf riskieren will. Wie konnten wir so blöd sein, einer von denen zu vertrauen?!

Du meinst, sie will nur ihren eigenen Arsch retten?

Logisch. Aber wenn sie denkt, sie kann mich – oder uns – hier festhalten … – Brooks' muskulöse Schultern spannten sich an – *… dann wird sie sich noch wundern.*

Mir ging es genauso. Es kam nicht infrage, dass ich hierblieb. Nicht jetzt, wo ich endlich wusste – oder gleich erfahren würde –, wo mein

Vater war. Wenn der rote Vogel von hier entkommen konnte, konnten wir das ja wohl auch.

Als wir wieder an unserem eigenen *playa* landeten, wurde es schon dunkel. Rosie ließ sich natürlich nirgends blicken – sie wusste, dass ich sauer auf sie war. Immerhin hätte sie beinahe alles vermasselt, worauf wir seit sieben Monaten hinarbeiteten.

Aus dem Haus kam nicht nur der Duft von *pollo adobado*, sondern auch Hondos einschläfernde Zen-Musik. Nein, du hast dich nicht verlesen. Hier auf der Insel hatte mein Onkel eine neue Seite an sich entdeckt. Er beschäftigte sich nur noch mit Meditation und solchem Kram.

Die Kokosnuss war eindeutig hohl, aber ich entdeckte in der Schale keinen Spalt. Schließlich drosch ich mit Fuego so lange darauf ein, bis sie aufbrach. Zum Vorschein kam aber kein Zettel, sondern eine schwarze, münzgroße Obsidianscheibe.

»Hat Jazz die Nachricht in einem Zauberstein verborgen?« Brooks schüttelte ungläubig den Kopf. »Anscheinend nimmt er das mit der Geheimhaltung sehr ernst.«

»Stimmt«, sagte ich. »Er ist der reinste James Bond.«

»Verständlich. Wenn die Götter Verdacht schöpfen, dass er uns hilft, reißen sie ihm die Eingeweide raus.«

Ich legte das schwarze Stück Vulkanglas auf einen Felsen, versetzte Fuego in Speermodus und rammte seine Spitze in die kleine Scheibe. Sie zersprang und gab einen schwarzen Papierstreifen frei, der sorgfältig dreimal längs gefaltet war. Als ich ihn glatt gestrichen hatte, war er so groß wie eine Karteikarte. Instinktiv wich ich zurück. Nicht, weil ich mich vor einem Stück Papier fürchtete, sondern weil sich der Todesgott Ah-Puch vor ein paar Monaten aus einem ganz ähnlichen Papierstreifen materialisiert hatte.

Ich riss mich zusammen und beugte mich mit klopfendem Herzen über die Nachricht.

»Und?«, fragte Brooks.

»Es steht nichts drauf.«

»Was?!« Sie griff nach dem Zettel und hielt ihn hoch. Sofort schimmerte das Papier silbrig wie Sternenstaub, und einzelne Wörter und Zahlen hoben sich davon ab wie von unsichtbarer Hand geschrieben.

WaTiki-Erlebnisbad
314 North Elk Vale Road, Rapid City, SD 57703
Mitternacht
24. März
Drei Dämonen

»Mein Vater wird in einem Spaßbad in South Dakota gefangen gehalten? Soll das ein Witz sein?«

»Drei Dämonen«, wiederholte Brooks nachdenklich. »Das ist ein Klacks für uns.« Sie klopfte sich ans Kinn, als würde sie an den Fingern abzählen. »Und heute ist der Zwanzigste, oder? Dann bleiben uns noch vier volle Tage.«

Plötzlich tauchte Rosie auf. Sie kam mit eingekniffenem Schwanz, gesenktem Kopf und angelegten Ohren über den Strand getappt und winselte leise. Ich konnte ihr nicht mehr böse sein. Brooks hatte ja recht. Hunde besitzen einen natürlichen Jagdinstinkt.

Seit sieben Monaten versuchte ich schon, Rosie dazu zu bringen, dass sie wieder wie früher auf mich hörte, aber es klappte einfach nicht. Schon gar nicht hörte sie auf die beiden Kommandos, die das Feuerspeien an- und abstellen sollten. Ixtab hatte ihr beigebracht, auf das Wort »tot« hin Flammen zu spucken. Wenn ich die Flammen gerade gebrauchen konnte, um mich zu verteidigen oder dergleichen, war das nützlich. Nicht so toll war es, wenn irgendwer in einer ganz normalen Unterhaltung »tot« sagte.

Jetzt spie Rosie eine tischtennisballgroße Feuerkugel aus und rollte sie als Friedensangebot mit der Schnauze vor meine Füße.

Als ich die Kugel aufhob und warf, sauste sie wie ein schwarzer Blitz hinterher.

»Rosie ist echt der begabteste Höllenhund, den ich kenne«, sagte Brooks. »Sie kann superschnell rennen, und wie sie Feuer spuckt … Hast du mitbekommen, dass sie den Vogel beinahe in Brand gesteckt hätte? Und sie ist dabei sogar geschwommen!« Brooks strahlte wie eine stolze Mutter, deren Kind gerade einen Malwettbewerb gewonnen hat. Ihre anfänglich so schwierige Beziehung zu Rosie hatte sich eindeutig verbessert. »Rosie ist so weit … und du bist es auch, Zane. Wir packen das. *Du* packst das.«

»Klar«, gab ich zurück, aber meine Zuversicht war gespielt. Es machte mich ganz krank, mir meinen Vater in einem engen, finsteren Verlies vorzustellen, wo er von Tag zu Tag schwächer wurde.

»Und mach dir keinen Kopf, weil es bei dir mit dem Feuer noch nicht richtig klappt«, setzte Brooks hinzu. »Vielleicht musst du einfach mal lockerlassen.« Sie kramte einen Pflegestift mit Minzgeschmack aus der Tasche und fuhr sich damit über die Lippen. »Oder es funktioniert besser, wenn du in echter Gefahr bist. Soll ich mich mal eben in einen Falken verwandeln und dich angreifen?«

»Äh … nett von dir, aber nein, danke. Ich krieg das auch allein hin.«

Sie zuckte die Achseln. »Wie du meinst. Ich bin dann mal kurz weg.«

»Wo willst du denn hin?«

»Ich will mir diese unsichtbare Mauer noch mal ansehen.« Schon war sie wieder ein Falke und flog davon.

»Ich … ich warte so lange hier unten.«

Rosie kam zurückgeflitzt, winselte und legte mir die Feuerkugel wieder vor die Füße. Ich kraulte sie zwischen den Augen. Weil sie so groß war, musste ich mich nicht mal bücken. *Danke, mein Mädchen*, sagte ich in Gedanken. Dass sie eine Höllenhündin ist, hat den Vorteil (vom Feuerspeien mal abgesehen), dass ich mich mit ihr ebenfalls telepathisch verständigen kann.

Auch Rosie fand, dass ich mich mehr anstrengen müsste, aber leider konnte ich nicht so mühelos wie sie Flammen erzeugen. Ich hatte es schon hundertmal versucht und dabei alles genauso gemacht, wie Hurakan es mir bei unserer ersten und zugleich letzten Unterrichtsstunde in der Leere beigebracht hatte.

Damals war ich so überwältigt gewesen, ihm endlich zu begegnen – an einem Ort, den er selbst erschaffen hatte! –, dass ich mich nicht mehr an alles erinnern konnte. Aber er hatte irgendwas in der Richtung gesagt, dass ich eines Tages keine äußere Hitzequelle mehr brauchen würde, sondern eine eigene erzeugen könnte. (Allerdings hatte ich naiverweise geglaubt, das würde passieren, sobald er sich vor den anderen Göttern zu mir bekannte. Irrtum.)

Er hatte auf die Sonne gezeigt. *Verbinde dich mit ihr. Ruf sie.*

Daraufhin hatte ich mich auf mein zu kurz geratenes Bein konzentriert – Hurakan hatte es mein »Schlangenbein« genannt, weil sich darin meine göttlichen Kräfte bündeln – und tatsächlich hatte mich eine eigenartige Kraft durchströmt. Allerdings war ich damals auch gerade ein Jaguar gewesen. Vielleicht hatte es ja deswegen geklappt.

Als Nächstes musst du die Flamme mit deiner Lebenskraft nähren, hatte er mich dann angewiesen.

Doch als ich das versucht hatte, war eine unerträgliche Hitze durch mich hindurchgefegt und aus meiner Nase war Rauch gekommen. Ich war in Panik geraten.

Seither hatte ich keine wesentlichen Fortschritte mehr gemacht.

Rosie nahm die Feuerkugel auf die Schnauze und warf sie mir zu. Ich fing sie auf und ließ sie auf den Fingerspitzen kreiseln.

Ich konzentrierte mich. Die Hitze drang durch meine Haut und ich nährte sie mit der Kraft, die in meinem Bein pulsierte. Nur so konnte ich die Flammen höher auflodern lassen.

Rosie winselte ermutigend.

Ich konzentrierte mich noch fester, bis die Kugel schließlich so groß wie eine Zitrone war. Schweiß lief mir den Rücken hinunter und ich holte tief Luft. Jetzt durfte ich mich nicht ablenken lassen. Die Flammen züngelten um meine zitternden Hände, verbrannten mich aber nicht.

Ich schaffe das.

Ich schaffe das.

In Gedanken hörte ich Hurakan wieder den Sturm übertönen: *Wenn du das Feuer nicht im Griff hast, bringt es dich um.*

Ich schleuderte die Kugel von mir und sofort ließ die sengende Hitze in meinem Inneren nach.

Als die Feuerkugel wie eine erlöschende Wunderkerze über die Wellen zischte, betrachtete ich enttäuscht meine Hände.

Kurz darauf landete Brooks neben mir und verwandelte sich in einen Menschen zurück.

»Ich bin einmal um die ganze Insel herumgeflogen«, verkündete sie außer Atem. »Wir sind tatsächlich von einer Mauer umgeben, die ich nicht durchbrechen kann, aber –«

»Was, aber?«

»Im Osten hat die Mauer ein kleines Loch und ich konnte die Kralle durchstecken.«

»Super!«, sagte ich. »Können wir das Loch erweitern und ausbrechen?«

Sie kniff die Lippen zusammen. »Eher nicht. Es hat sich sofort wieder geschlossen.«

»Aber wie …?«

In Gedanken ging ich rasch alle Möglichkeiten durch. Ixtab hatte die Mauer erschaffen, a) um uns zu beschützen, b) um uns daran zu hindern, die Insel zu verlassen, c) um die Götter daran zu hindern, die Insel zu betreten, oder d) alles zusammen. Im Grunde war das auch egal. Ich ließ mich nicht auf Holbox einsperren, Magie hin oder her.

Ixtab hatte aber noch etwas anderes gemacht. Sie hatte einen schlummernden Vulkan – meinen Lieblingsvulkan, den ich »die Bestie« getauft und der ursprünglich hinter unserem Haus in New Mexico gestanden hatte – auf die Insel verpflanzt und mir erklärt, der Krater sei meine persönliche Pforte zur Unterwelt, die ich im Notfall benutzen konnte. Im *äußersten* Notfall, wie sie betont (oder gedroht?) hatte. *Nur dann, wenn die Götter herabsteigen und dir die Augen rausreißen wollen.* Zum Glück war dieser Fall noch nicht eingetreten. Sollte ich die Pforte benutzen, um Ixtab in ihrer Unterwelt zur Rede zu stellen? Aber sie würde bestimmt ahnen, dass ich abhauen wollte, und ihre magischen Maßnahmen noch verstärken. Dann konnte ich womöglich nie mehr von hier weg.

»Wenn Hurakan noch mal verlegt wird, heißt das für uns ›zurück auf Anfang‹, und Jazz hat schon so viel für uns riskiert«, gab ich zu bedenken. »Womöglich ist es unsere letzte Chance, meinen Vater zu befreien. Wir *müssen* es irgendwie hinkriegen, von hier wegzukommen.«

Brooks' Augen leuchteten plötzlich auf. »Was ist mit dem Pfortenplan?«

Meine Nachbarin Miss Cab, die eine bedeutende Mayaprophetin ist, hatte uns eine magische Karte geschenkt, auf der die geheimen Zugänge zu den anderen Ebenen der Welt verzeichnet waren. Okay, sie hatte uns die Karte nicht direkt geschenkt, sondern wir hatten sie uns ausgeborgt, aber sie war noch nie zum Einsatz gekommen, weil uns die blöden Götter zuvorgekommen waren und sämtliche Pforten geschlossen hatten.

»Gute Idee!« Vor lauter Aufregung vergaß ich, meine Stimme zu dämpfen. »Vielleicht zieht sich die Mauer ja nur außen um die Insel herum, riegelt aber die Pforten nicht ab.« Bei der Vorstellung, Ixtab zu überlisten, überlief mich ein freudiges Kribbeln.

»Wenn wir wieder zu Hause sind, überprüfe ich das mal«, entgegnete Brooks, wirkte aber nicht mehr ganz so begeistert. »Hoffentlich funktioniert der Pfortenplan hier auf der Insel überhaupt – nicht so wie das Wi-Fi …«

»Gleich morgen früh brechen wir auf!«, sagte ich, aber mein optimistischer Ton klang ein bisschen gezwungen.

»Und wenn wir nicht durchkommen?«

»Dann stürmen wir die Hölle!«, gab ich grimmig zurück.

Bei dem Wort »Hölle« jaulte Rosie und trippelte auf der Stelle.

»Ja, du darfst auch mitkommen.« Ich tätschelte sie. »Aber du musst mir versprechen, dass du auf mich hörst. Wir müssen ein Team sein, verstehst du das?«

Insgeheim hatte ich den Verdacht, dass Rosie mir ihre Verwandlung in eine Höllenhündin immer noch übel nahm. Schließlich war ich derjenige gewesen, der sie in den Vulkankrater mitgenommen hatte, wo ein Botendämon sie getötet und geradewegs in die Unterwelt verfrachtet hatte. Dass sie mir womöglich nicht mehr vertraute, war ein schrecklicher Gedanke.

In diesem Augenblick trat Hondo auf die hintere Veranda hinaus und rief uns zu: »Essen ist fertig! Ich hab gekocht – du spülst ab, Diablo!«

Ich drehte mich zu dem mit Palmwedeln gedeckten Haus um, in dem wir jetzt wohnten – auch Brooks. Allerdings war sie in der kleinen *casita* im Hof untergebracht, denn Mom hatte gemeint: »Junge Mädchen brauchen Privatsphäre.«

Mom war inzwischen auch nach draußen gekommen. Sie verteilte die Bastuntersetzer auf dem Tisch und winkte uns lächelnd zu. Sie war glücklich hier, viel glücklicher als in New Mexico. Sie liebte die sandigen Straßen der Insel, die bunten Cafés, die offenen Verkaufsstände und den Markt mit seinen Obst- und Gemüsebuden. Und was fand ich an Holbox gut? Vor allem den Strand und das Yum-Balam-Naturschutzgebiet. Letzteres ist nach dem Jaguarfürsten aus der Mayamythologie benannt, und zufällig steht dort auch mein Vulkan.

Mom konnte nicht ahnen, dass ich kurz davor war, ihr Glück zu zerstören, indem ich bei meinem Vorhaben all das aufs Spiel setzte.

Aber ich redete mir ein, dass schon alles gut gehen würde. Morgen früh würde uns bestimmt etwas einfallen, wie wir die Insel verlassen konnten – und wenn wir ein Loch in den Himmel bohren mussten! Wir würden unter dem Radar der Götter nach South Dakota fliegen und alles würde nach Plan verlaufen.

Ich irrte mich gewaltig.

3

•••

Brooks' Idee mit dem Pfortenplan führte zu nichts. *Nada.* Die nächste Pforte lag in Cancún und damit hinter der magischen Mauer.

Als ich mich schlafen legte, hatte ich scheußliche Kopfschmerzen. Ich ging noch einmal alle Möglichkeiten durch, aber dann fiel mir etwas ein, woran ich noch nicht gedacht hatte. Die allerletzte Möglichkeit. Der Jaguarzahn. Das Jadeamulett war ein Geschenk meines Vaters und ich trug es an einem Lederband um den Hals. Es war mit der ältesten und mächtigsten Magie des Universums aufgeladen. Mit seiner Hilfe konnte ich Seelensprünge in die Leere vollziehen und den Zahn meinerseits mit magischen Kräften aufladen, wenn ich ihn weiterschenkte. Das war anscheinend eine Art göttliche Ironie. Etwas von ihrer Macht zu verschenken, sah den Göttern sonst gar nicht ähnlich.

Sollte ich Brooks die Macht verleihen, Ixtabs Mauer außer Kraft zu setzen? Aber womöglich war die Magie des Amuletts schwächer als

Ixtabs Zauberbann und wir vergeudeten unsere einzige Chance, den Zahn einzusetzen.

Meine Träume in jener Nacht waren von undeutlichen, unbekannten Gesichtern und Orten bevölkert. Alles schien unerreichbar fern, doch dann hörte ich eine tiefe Männerstimme sagen: *Es wird Zeit, dass die Geschichte in Schwung kommt.*

Ich fuhr in die Höhe und war schlagartig wach. »Hallo?«

Keine Antwort.

Ich habe bloß geträumt, versuchte ich mich zu beruhigen, schüttelte mein Kissen auf und wollte mich wieder hinlegen.

Sie ist hier.

Das war jetzt aber wirklich kein Traum!

Ich schlug die Decke zurück. Draußen brandeten die Wellen an den Strand und ich spürte ein Ziehen im Magen, als übte die Flut einen Sog auf mich aus.

Ich verließ das Haus und lief zum Strand hinunter.

Allein. (Außer man zählt Fuego mit.)

Noch vor ein paar Monaten wäre Rosie fröhlich neben mir hergetrabt, so wie in unzähligen schlaflosen Nächten in New Mexico, aber seit sie eine Höllenhündin war, schlief sie lieber im Krater der Bestie. Sie wollte in der Nähe der Pforte sein. In Ixtabs Nähe. Gehörte mir Rosie überhaupt noch? Ich verdrängte den Gedanken sofort. Er war zu schmerzhaft.

Draußen war es frisch, der Mond war ein milchig trüber Halbkreis. Die Karibik leuchtete, als würden unter der Wasseroberfläche Millionen blauer Sterne strahlen. In Wahrheit war es biolumineszierender Phytoplankton – beziehungsweise Meeresleuchten, wie Brooks dazu sagte. Es ist ein umwerfender Anblick.

Ich rieb mir fröstelnd die Arme und setzte mich auf den menschenleeren Strand. In meinen Ohren hallte die rätselhafte Stimme wider: *Es wird Zeit, dass die Geschichte in Schwung kommt. Sie ist hier.* Was sollte das bedeuten?

Vor mir brandeten die Wellen an Land, der Horizont war schwarz. Ob Pazifik, die von den anderen Göttern verstoßene Göttin der Zeit, dort draußen war? Und ging es ihr gut? Nachdem sie mir mehrmals Botschaften von Hurakan überbracht hatte, musste sie wieder auf Tauchstation gehen, aber was hieß das in ihrem Fall? Ich tastete nach dem Jadezahn, den sie mir damals überbracht hatte. Seit ich Ah-Puch bezwungen hatte, war ich nicht mehr in die Leere gesprungen. Ich hätte mich zwar gern wieder mal dort umgeschaut, hatte aber zu viel Schiss, wen oder was ich womöglich vorfinden würde.

Immer noch fröstelnd, holte ich ein Streichholzbriefchen aus der Tasche. Ich musste mir das Feuer endlich untertan machen. Es kam nicht infrage, dass ich in unserem Befreiungstrupp der Schwächste war.

Als ich das erste Streichholz anriss, pustete der Seewind es wieder aus. Beim nächsten Versuch wölbte ich die Hand um das Flämmchen. Mit dem Feuer zu spielen, war nicht das Problem. Es kam darauf an, seine Kraft in mich aufzunehmen, sie zu verstärken und zu steuern.

Ein Funke wehte auf meine Jeans, hinterließ aber kein Brandloch. Meine Kleidung und alles, was mit meiner Haut in Kontakt kam, war nicht brennbar, hatte mir Ixtab erklärt. Echt nützlich.

Die kleine Flamme flackerte. Ich sog ihre Kraft durch die Handfläche in mich hinein und verband sie mit den Kräften meines Schlangenbeins. Gleichzeitig beschwor ich die Flamme, sich auszudehnen, bis sie schließlich den Umfang einer Zitrone erreicht hatte. Zitronengröße war offenbar meine persönliche Grenze.

Als ich tief Luft holte, dehnte sich der Durchmesser der Feuerkugel etwa zwei Zentimeter weiter aus und dann noch mal zwei. Ein Kraftschub pulsierte durch meinen Rücken und meine Arme, Rauch quoll mir aus Nase und Augen. Meine Haut glühte rötlich, als strömte glühende Lava durch meine Adern, und die Hitze drang mir durch Mark und Bein, als würde ich gleich in Flammen aufgehen. Nur, um das kurz klarzustellen: Mich in eine lebende Fackel zu verwandeln, entspricht nicht meiner Vorstellung von einer schönen Freitagnacht.

Wie jedes Mal geriet ich in Panik und schleuderte den Mini-Meteor von mir. Er sauste über das Wasser und … Was war das?

Ich sprang auf. Die Feuerkugel blieb kurz in der Luft hängen, als hätte jemand sie aufgefangen, dann plumpste sie herab und wurde von den Wellen verschluckt.

Weil ich im Dunkeln außergewöhnlich gut sehe, konnte ich ein Ruderboot ausmachen, das durch die Wellen auf mich zupflügte. Die Gestalt darin hatte eine Kapuze ins Gesicht gezogen. War das ein Fischer?

Als das Boot über den Sand scharrte, fiel die Kapuze herunter und ein kurzer, fransiger schwarzer Haarschopf kam zum Vorschein. Er gehörte einem Mädchen.

Mir stockte der Atem.

Ich konnte den Blick nicht von der Unbekannten abwenden.

Halt! Es ist nicht so, wie du jetzt vielleicht denkst. Nicht so wie bei meiner ersten Begegnung mit Brooks, als sie mich mit ihrem Eine-Million-Watt-Lächeln angestrahlt hatte. Es war ganz anders.

Die Unbekannte (sie musste ungefähr so alt sein wie ich) blieb einfach sitzen und starrte vor sich hin. Ihr Blick war so ausdruckslos wie der einer Schaufensterpuppe, und bleiche Mondstrahlen huschten über ihr schmales Gesicht mit den großen Katzenaugen. Das Boot schaukelte sanft, als die Wellen gegen den Rumpf schwappten.

Ausgerechnet da kam Rosie über den Strand geprescht und knurrte wie eine Irre.

»Sitz, Rosie! Sitz!«

Natürlich hörte sie nicht auf mich und stürmte weiter. Ihre gewaltigen Reißzähne schimmerten im Mondlicht. Typisch Höllenhund mal wieder. Ich ließ Fuego fallen und warf mich auf sie. Wir rollten über den Sand, wobei meine Arme kaum lang genug waren, um sie auch nur halb um ihren Bauch zu schlingen. »SITZ, hab ich gesagt!«

Rosie befreite sich mühelos. Sie knurrte immer noch und sträubte das schwarze Nackenfell, blieb aber immerhin stehen. Würde sie dem fremden Mädchen gleich einen Flammenschwall entgegenspeien?

Doch dann geschah etwas Unerwartetes. Sie schnüffelte, entspannte sich und tappte leise winselnd zu dem Boot hinüber.

Falls das Mädchen gefährlich war, hätte Rosie es gewittert. Trotzdem packte ich zur Sicherheit Fuego, um ihn notfalls in den Speermodus zu versetzen. »Wer ist das, Rosie?«, fragte ich gedämpft.

Rosie schnüffelte und winselte, ohne sich von mir stören zu lassen. Demnach war das Mädchen weder eine von den Göttern gesandte Auftragskillerin noch ein getarnter Dämon. Hoffentlich. Die mysteriöse Stimme fiel mir wieder ein: *Sie ist hier.*

»Äh … hast du dich verfahren?« Ich hoffte, das Mädchen würde aus ihrer sonderbaren Trance erwachen und etwas sagen. Irgendwas. Aber sie starrte nur weiter vor sich hin. Unter der Kapuzenjacke trug sie ein graues NASA-T-Shirt, eine Schlafanzughose und rote Cowboystiefel. Wer ging denn in Cowboystiefeln rudern?

Atmete sie überhaupt?

Ich wagte mich näher heran.

Da sackte das Mädchen plötzlich wie ein leerer Kissenbezug zusammen und schlug mit dem Kopf auf den Bootsrand, aus dem ein langer Nagel ragte.

Ohne Zögern sprang ich in das Boot. Brauchte sie Hilfe? Auf ihrer Stirn klaffte eine fünf Zentimeter lange, blutende Wunde und mir wurde übel (ich konnte immer noch kein Blut sehen). Auch Rosie streckte winselnd den Kopf zu uns herein und stieß das Mädchen mit der Pfote an. Dann beschnupperte sie die Wunde und schleckte sie eifrig ab.

»Das ist echt eklig«, sagte ich, aber die Wunde schloss sich. »Okay, das ist jetzt cool. Aber jemanden abzulecken, ist trotzdem widerlich.«

Während Rosies Ausbildung zur Höllenhündin hatte Ixtab entdeckt, dass sie »Spezialspeichel« absonderte. *So etwas vermag kein anderer Höllenhund. Sie sind aufs Töten abgerichtet, nicht aufs Heilen.*

Als jetzt ein kalter Windstoß über den Strand fegte, schlug das Mädchen die Augen auf. Ihre Farbe werde ich nie vergessen – eisblau wie der Winterhimmel.

Auf einmal kam Leben in sie. Sie stieß mich weg, kletterte hastig aus dem Boot, duckte sich, fuchtelte mit dem mageren Arm und schnauzte mich an: »HAU AB!«

Wie bitte? »Du hast dich am Kopf verletzt. Vielleicht solltest du dich lieber wieder hinsetzen.«

»Warum haust du nicht ab? Wo bin ich hier? Wer bist du? Wie …?« Ihr Blick huschte panisch über den dunklen Strand, dann blieb er an Rosie hängen. Würde sie jetzt endgültig durchdrehen? Aber sie rief aus: »Ihr Götter! Ist das etwa Rosie, die Höllenhündin?«

Ich war sofort in Alarmbereitschaft. »Woher kennst du Rosie?«

Auf ihrem eben noch verängstigten Gesicht breitete sich auf einmal freudige Überraschung aus. »Wahnsinn! Wenn das Rosie ist, dann musst du Zane sein! Endlich hab ich dich gefunden! Wenn mein *abuelo* das hört, wird er verrückt!«

»Moment mal! Woher weißt du, wie ich heiße? Wer hat dich geschickt?« Ich packte meinen Speer fester. Die Unbekannte war zwar zierlich und wirkte harmlos, aber Dämonen waren Meister der Verstellung.

Rosie wälzte sich auf den Rücken und streckte unbekümmert alle viere von sich. *Hä?* Das Mädchen pikte mich mit dem dünnen Zeigefinger in den Arm. »*Increíble!*«

Ich wich zurück. »Was willst du von mir?«

»Ich will mich nur vergewissern, dass du echt bist und nicht nur wieder ein Traum.« Sie beugte sich vor und kraulte Rosie den Bauch, als wären die beiden alte Freunde.

»Jetzt hör mir mal gut zu«, sagte ich energisch. »Du kannst nicht einfach mitten in der Nacht hier aufkreuzen und behaupten, dass du Rosie und mich kennst. Ich verlange eine Erklärung!«

Sie strich sich den Pony aus den Augen. »Ich wusste ja, dass es Magie gibt, aber so etwas …«

»Magie. Aha. Wie wär's, wenn du dich erst mal vorstellst und mir erklärst, wieso du mitten in der Nacht im Schlafanzug durch die Gegend ruderst?«

Sie kam wieder zum Boot und holte etwas heraus. Ein Buch?

»Was ist das?«, wollte ich wissen.

Sie sah mich mit ihren eisblauen Augen an. »Das ist deine Geschichte.« Im Flüsterton setzte sie hinzu: »Die Geschichte, die du auf Befehl der Götter niederschreiben musstest!«

4

●●●●

Wie war dieses wildfremde Mädchen an meine Geschichte gekommen?

Natürlich hatten die Götter sie allen Maya-Übernatürlichen zur Verfügung gestellt, und was die »reale« Welt betraf, hatte Jazz versprochen, das Ganze drucken zu lassen und meine Geheimbotschaft an die anderen Gottgeborenen zu verbreiten. Weil sich aber nie jemand bei mir gemeldet hatte, hatte ich schon fast Ixtabs Behauptung geglaubt, dass außer mir alle Gottgeborenen gestorben waren.

»Wo hast du das her?«, fragte ich. Ich hatte Herzklopfen – vor Freude, aber auch vor Furcht.

»Aus der Bücherei, woher sonst?«, lautete die Antwort.

Jazz hatte sein Versprechen also gehalten. Ich schwor mir, nie mehr an ihm zu zweifeln.

Das Mädchen kam näher. Die Beine der Schlafanzughose hatte sie in die Stiefel gesteckt. »Ist das hier die Insel?« Sie blätterte in dem Buch. »Die Insel Holbox?« Sie sprach es wie die meisten Leute aus: *Hohl-Box.*

»Es heißt *Ohl-Bosch*«, korrigierte ich sie. »Das bedeutet in der Mayasprache ›Schwarzes Loch‹ und – ach, egal. Wer *bist* du denn nun?«

»Renata«, antwortete sie prompt. »Ren Santiago.«

Ich hatte gehofft, sie würde mir mehr verraten als nur ihren Namen, aber es war immerhin ein Anfang. »Na schön, Ren, was willst du hier?«

Sie schaute wieder auf das Buch – mein Buch –, dann sah sie zu mir hoch. »Du hast mich gerufen.«

»Wie bitte? Ich kenne dich doch überhaupt nicht.«

Sie blätterte bis ganz nach hinten durch und las laut vor: »Wenn du diese letzten Seiten lesen kannst, dann bist du ebenfalls ein Gottgeborener, sonst wären sie für dich nur leere Blätter. Deswegen habe ich es ja riskiert, die ganze Wahrheit niederzuschreiben.« Meine Gedanken überschlugen sich, als sie weiterlas: »Weil ich auf der Suche nach dir bin.« Sie las jetzt mit mehr Betonung. »Irgendwann, wenn du am allerwenigsten damit rechnest, vernimmst auch du den Ruf der Magie.« Sie klappte das Buch zu und strahlte mich an. »Siehst du? Du hast mich gerufen.«

Dazu fiel mir nichts Besseres ein, als wie Brooks »HEILIGER K!« auszurufen, und das so laut, dass ich die Brandung übertönte. Aber das war nur der Anfang. Danach strömten die Worte in einem Schwall aus mir heraus, als müsste ich mich übergeben: »Wie hast du hergefunden? Wie hast du den Ruf der Magie vernommen? Wo kommst du her? Ich will alles wissen – und zwar ganz von vorn.«

Ren antwortete nicht, jedenfalls nicht gleich. Stattdessen musterte sie mich von oben bis unten. »Du bist der Sohn von –«

»Stimmt«, fiel ich ihr ins Wort. »Aber ich habe zuerst gefragt.«

»Dann muss ich auch eine Gottgeborene sein.« Sie schüttelte ungläubig den Kopf. »So steht es schließlich in dem Buch. Nur andere Gottgeborene können lesen, was ...« Sie ließ den Rest des Satzes in der Luft hängen.

»Ja, das habe ich geschrieben«, sagte ich. »Du brauchst es nicht zu wiederholen. Also noch mal: Wie hast du hierhergefunden?« Vielleicht war sie ja wie Hondo und konnte sich immer nur auf eine einzige Frage konzentrieren.

»Okay, genau genommen hast nicht *du* mich gerufen, sondern die Magie, und dann hat mich das Boot hierhergebracht.«

Erst jetzt sah ich, dass das kleine Boot weder Ruder noch einen Motor hatte. Aber wenn in ihren Adern Götterblut floss, wie hatte sie dann Ixtabs Sicherheitsvorkehrungen überwunden? Oder hielt die Schemenmagie nur vollwertige Götter ab?

Rosie drehte sich auf den Bauch und leckte ihre Pfoten. Vielleicht stellte ich ja die falschen Fragen. Ich nahm einen zweiten Anlauf, wobei mein Herz immer noch wie rasend klopfte. »Du hast also das Buch und meine geheime Botschaft gelesen. Und was ist dann passiert?«

Ren schaute sich wieder mit großen Augen um. »Echt irre. Ich kann's nicht glauben, dass ich hier bin!«

Ich strich mir das Haar aus dem Gesicht und gab mir Mühe, meine Ungeduld zu zügeln. So musste sich Brooks gefühlt haben, als sie in mein langweiliges Leben getreten war und mir verkündet hatte, dass ich im Mittelpunkt einer uralten Prophezeiung stand. Allerdings hatte sie es irgendwie besser hingekriegt als ich gerade. »Ich hab dich was gefragt!«

Sie hob beide Hände. »*Cálmate.* Ich habe gerade Musik gehört. Die Bratsche meines Vaters.«

Mir kam ein schrecklicher Gedanke. War sie womöglich eine Lügnerin? Wollte sie mich bloß ausspionieren? Dass außer mir noch ein anderer Göttersspross überlebt hatte, war einfach zu schön, um wahr zu sein. Ich hatte ein halbes Jahr lang vergeblich darauf gewartet, dass jemand auf meine Botschaft reagierte, und jetzt tauchte dieses Mädchen ausgerechnet in der Nacht vor meinem Aufbruch zu Hurakans Befreiung auf? Dass sie ganz nett aussah, bewies gar nichts. Wenn mich die Prophezeiung des Feuers – die mich ausersehen hatte, den Gott des Todes, der Finsternis und der Zerstörung freizulassen – eines gelehrt hatte, dann das: In der Mayawelt täuscht der äußere Eindruck oft gewaltig. Präg dir das gut ein!

»Gib mir mal deine Hand«, wandte ich mich an Ren. »Wenn du tatsächlich eine Gottgeborene bist, dann –«

»Dann müssten wir uns telepathisch verständigen können«, beendete sie den Satz und legte ihre flache Hand auf meine. Ich öffnete ihr meine Gedanken und forderte sie auf: *Wenn du eine Gottgeborene bist, dann hüpf jetzt auf einem Bein.*

Sie zog ihre Hand weg und erwiderte verärgert: »Ich bin doch kein Zirkusaffe.«

Rosie jaulte und schlug die Riesenpfoten vor die Augen.

»Ach du Scheiße!«, entfuhr es mir. »Du bist *wirklich* eine Gottgeborene. Oder wenigstens eine Übernatürliche, denn sonst könntest du –«

»Deine Gedanken nicht lesen.«

»Ich habe dich in meine Gedanken *eingelassen.* Das ist ein Unterschied!«

Ren zog die Cowboystiefel und die nassen Socken aus und wanderte barfuß auf und ab. »Bin ich die erste Gottgeborene, die sich bei dir meldet?«

»Bis jetzt ja.« *Bis jetzt?* Oh Mann, wie viele mochte es noch geben?

»Das heißt also, wenn es noch andere gibt, haben sie entweder den Ruf der Magie noch nicht vernommen oder …

Hallo?! Wer stellte hier eigentlich die Fragen? »Zurück zu dir«, sagte ich rasch. »Erzähl mir alles und lass nichts aus.«

Sie räusperte sich. »Als ich das Buch ausgelesen hatte – ich fand's übrigens echt gut –, habe ich es zugeklappt und gewartet. Klar glaube ich nicht immer alles, was ich lese, aber Magie erkenne ich auf Anhieb. Es ist aber nichts passiert. Da dachte ich, das Ganze ist bloß ein Scherz, und war total deprimiert. Aber heute Abend … Ich habe die letzte Seite noch mal gelesen, diesmal laut, und es hat keine fünf Minuten gedauert, bis ich das Lied gehört habe. Das Lieblingslied meines Vaters.« Sie klang jetzt ein bisschen traurig. »Erst waren die Töne weit weg, aber dann kamen sie immer näher und es war, als würden unsichtbare Hände an mir ziehen. Dann hat auf dem Dach über mir etwas gescharrt wie kleine Füße. Erst dachte ich, es wäre eine Katze oder ein Vogel, aber ehrlich gesagt, fand ich es supergruselig. Ich wollte schon meinen *abuelo*, meinen Großvater, wecken, aber was hätte er tun können? Darum habe ich meine Stiefel angezogen und bin selber hochgegangen. Und dann ist plötzlich der Himmel aufgerissen und diese kleinen Viecher –«

»Was für Viecher?«

»Sie konnten fliegen und ich glaube, sie waren behaart, aber es war zu dunkel, um sie richtig zu erkennen.« Sie klang ganz gelassen, als wäre sie solche verstörenden Vorfälle gewohnt.

Mein Mund wurde trocken. Wenn irgendwelche übernatürlichen Geschöpfe nach ihr gesucht hatten, wussten die Götter dann etwa über ihre Existenz Bescheid? Aber wie konnte das sein?

Sie redete weiter. »Ich dachte, ich hätte nur mal wieder einen Albtraum, aber als ich die Viecher oder was es war aufgefordert habe abzuhauen, haben sie nicht gehorcht. Da wusste ich, dass sie echt sind.«

»Stimmt«, warf ich grimmig ein. »Monster verziehen sich in der Regel nicht, wenn man sie dazu auffordert.«

Sie sah mich forschend an, dann fuhr sie fort: »Und dann ist mein *abuelo* wach geworden und hat gesagt: ›Jetzt erfüllt es sich, und diese Ungeheuer wollen dich daran hindern.‹«

»Was … was erfüllt sich?«

»Meine Bestimmung.«

»Deine Bestimmung, aha.«

»Soll ich jetzt erzählen oder nicht?«

»Doch, doch. Mach weiter.«

»Wir sind ins Auto gestiegen und quer durch die Stadt gebraust, immer der Musik nach. Ich wusste gar nicht, dass mein *abuelo* fahren kann wie ein Irrer. Ich habe ihn andauernd gefragt, was ich jetzt machen soll, aber er hat immer nur geantwortet: ›Folge der Magie und blick nicht zurück.‹ Also habe ich ihm gesagt, wo er langfahren muss, und irgendwann waren wir am Meer, in Sievers Cove.«

»Wo ist das?«

»Bei Galveston. In Texas.« Sie sprudelte jetzt richtig los. »Ich bin zum Wasser runtergelaufen und da lag ein leeres Boot. Mein *abuelo* hat mich gesegnet und dann gesagt, ich soll mich beeilen. Es war schrecklich. Ich wollte ihn nicht allein lassen, weil ich Angst hatte, dass ihm die Ungeheuer etwas antun, aber er meinte nur, sie wären nicht hinter ihm her, sondern hinter meiner Magie. Schließlich bin ich ins Boot gestiegen und habe ihm versprochen, dass ich ihn anrufe, wenn ich angekommen bin – wo auch immer.« Sie machte eine unbestimmte Handbewegung. »Aber dann hatte ich keine Ruder und konnte nicht dort weg, und die haarigen Viecher kamen immer näher und sie hatten glühende Augen, und ich dachte immer nur, dass ich nicht im Schlafanzug sterben will.«

»*Das* war deine größte Sorge?!«

»Zum Glück ist es ja nicht so weit gekommen, denn plötzlich hat sich das Boot von allein in Bewegung gesetzt. Als ich mich noch mal umgedreht habe und meinem Großvater winken wollte, war auf einmal überall dichter Nebel, und ich konnte nichts mehr sehen. Erst habe ich einen Schreck bekommen, aber die Musik – das Lied meines Vaters – hat mich wieder beruhigt. Und dann hatte ich …« Zum ersten Mal stockte sie. »Ich hatte einen Anfall.« Bevor ich nachfragen konnte, setzte sie schon hinzu: »Die Ärzte nennen es ›Absenzen‹, aber sie können mir nicht helfen. Ich klappe dann zusammen und bekomme nichts mehr mit. Das ist schon so, seit ich mich erinnern kann. Es tut nicht weh, aber es passiert meistens, wenn ich Angst bekomme oder gestresst bin.«

Das war also sozusagen *ihr* zu kurzes Bein – die körperliche Schwäche, die in Wahrheit der Sitz ihrer göttlichen Fähigkeiten war.

Rosie rappelte sich hoch und schüttelte sich, dass der Sand nur so spritzte, dann trabte sie davon, als hätte sie etwas Fressbares gewittert. Als ich sie rief, hörte sie mal wieder nicht.

Ich vergewisserte mich, dass ich Ren richtig verstanden hatte. »Dein Großvater glaubt also an Magie und hat dich der Musik nach ans Meer gefahren und dann –«

»Er glaubt nicht nur an Magie, er sagt, sie gehört zu unserer Familie. Sie ist unser Erbe.«

»Von den Mayagöttern?«

»Nein, auf der Seite meines Vaters sind eher *brujos*, also Hexer, vertreten. Ich hatte vorher keine Ahnung, dass meine Mutter eine Göttin war.« Ein Schatten huschte über ihr Gesicht. »Was … was bin *ich* denn dann?«

»Eine Gottgeborenen-Hexe?« Gab es so etwas überhaupt?

Ren atmete tief durch. »Manchmal hat mein *abuelo* über meine Eltern gesprochen. Darüber, dass sich mein Vater in die ›falsche Frau‹ verliebt hat.« Sie sprach die Anführungszeichen hörbar mit. »Er hat auf meine Mutter geschimpft, aber er meinte auch, dass ich eines Tages verstehen würde, wer ich bin und wo meine Stärken liegen.«

»Hat er irgendwelche Mayagötter erwähnt?«

»Nie.«

»Was hat er dir denn noch über deine Mutter erzählt?«

»Nur, dass sie uns verlassen und meinem Vater das Herz gebrochen hat.« Ren verschränkte die Arme vor der Brust. »Mein Vater sprach nicht gern über sie.«

Sprach? Warum benutzte sie die Vergangenheitsform? »Und was ist mit deinem Vater? Was sagt er dazu?«

Sie fegte den Sand zu einem Häufchen zusammen. »Mein Vater ist vor ein paar Jahren gestorben«, antwortete sie leise.

Ich bereute meine Frage sofort, aber wenn ich ihr helfen sollte, musste ich so viel über sie erfahren, wie es ging. Allerdings hatte ich offen gestanden keine Ahnung, *wie* ich ihr helfen konnte. Ich hatte mir nie Gedanken darüber gemacht, was ich tun sollte, wenn tatsächlich andere Gottgeborene bei mir auftauchten. »Mein Beileid.«

Sie zuckte die Achseln. »Mein Vater hat immer gesagt, ich soll nicht auf meinen *abuelo* und sein Gerede über Magie hören. Er fand das nicht gut. Wahrscheinlich wollte er mich schonen. Die beiden haben sich deswegen andauernd gestritten, aber mir war klar …« Sie sah mich eindringlich an. »Mir war immer klar, dass ich magische Fähigkeiten besitze, auch wenn ich keine coolen Zaubertricks beherrsche. Und dann habe ich dein Buch entdeckt und …«

Rosie kam mit einem Maul voll Treibholz zurück, ließ die Äste in den Sand fallen und steckte sie mit einem Glutblick in Brand.

»Danke, Rosie.« Ren hockte sich in den Sand und wärmte sich die Hände.

Jetzt wanderte zur Abwechslung ich auf und ab und versuchte, das Ganze zeitlich auf die Reihe zu kriegen. »Wie alt bist du?«

»Ich bin vor ein paar Wochen dreizehn geworden.«

Ich selber war im Dezember vierzehn geworden – sie war also fast ein Jahr jünger als ich. Demnach hatte die betreffende Göttin den Heiligen Schwur *nach* Hurakan gebrochen.

»Und du musstest dich nie verstecken? So wie in einem Zeugenschutzprogramm oder so?«

»Ich glaube, in dem Punkt hat dich Ixtab angeschwindelt«, gab Ren lachend zurück. »Ich habe mich noch nie versteckt.«

Ich rief mir wieder in Erinnerung, dass sie mein Buch gelesen hatte und somit alles wusste, was es über die Prophezeiung des Feuers und meine Abenteuer zu wissen gab. Wenigstens musste ich ihr den ganzen Wahnsinn nicht erklären. Ich setzte mich zu ihr ans Feuer. Flammen ziehen mich immer an. Ohne nachzudenken, pflückte ich mir eine heraus und warf sie spielerisch von einer Hand in die andere wie einen Baseball.

»Toll, wie du mit dem Feuer umgehen kannst«, sagte Ren prompt und folgte meinen Händen mit dem Blick.

Es war ein komisches Gefühl, dass sie mich praktisch in- und auswendig kannte, ich aber gleichzeitig nur wenig über ihre Person wusste, abgesehen davon, dass ihr Großvater an Magie glaubte. Ich schleuderte die Feuerkugel über den Strand, und Rosie flitzte hinterher und brachte sie zurück.

Die Flammen warfen flackernde Schatten auf den Sand, aber als Ren aufstand, hielten die Schatten plötzlich inne.

Dann strebten sie zu ihr hinüber.

»Ren?«

»Ja?«

»Kannst du dich bitte wieder hinsetzen?«

»Wieso?«

Ich behielt die *sombras* im Auge. Sie folgten Rens Bewegungen nicht, sondern schienen sich eher über ihr zusammenzuballen. Mein Herz schlug schneller. Gehörte das etwa auch zu Ixtabs Schemenmagie? »Ich will nur mal was ausprobieren.«

Kaum hatte sich Ren in den Sand fallen lassen, hüllten die Schatten sie ein. »Stimmt etwas nicht?«, fragte sie.

Ich senkte vorsichtshalber die Stimme, denn wir waren offenbar nicht allein. »Siehst du das auch?«, fragte ich flüsternd.

Sie schaute mich über das Feuer hinweg an. »Meinst du die Schatten? Kannst du sie denn auch sehen?«

Ich zwang mich zu nicken. Wer war dieses Mädchen?

»Die Schatten kommen und gehen«, sagte sie ruhig. »Mein *abuelo* meint, sie gehören zu meiner Magie. Meistens sind sie harmlos und manchmal gehorchen sie mir sogar. Soll ich's dir mal vorführen?« Sie schloss die Augen. Die formlosen Schatten zogen sich in die Länge, bis sie hohen Pfählen glichen. Dann bekamen sie plötzlich Flügel, schrumpften dann wieder zusammen und verschwanden. Ren machte die Augen auf. »Hast du's gesehen? Eine ziemlich witzlose magische Gabe, wenn du mich fragst.«

»Kann dein Großvater so etwas auch?«

Sie schüttelte den Kopf. »Nicht alle aus unserer Familie besitzen magische Fähigkeiten und mein Vater wollte davon sowieso nichts wissen, darum hat er mir nie etwas beigebracht. Ich weiß noch nicht mal, ob die Schatten überhaupt etwas mit Magie zu tun haben – oder damit, dass ich eine Gottgeborene bin – oder …« Sie seufzte tief. »Es nervt, wenn man nicht weiß, wer man eigentlich ist.«

Ich musste wieder an meine Schwierigkeiten mit dem Feuer denken. »Ich fasse noch mal zusammen«, sagte ich. »Wenn du gestresst bist, fällst du manchmal in Trance, manchmal folgen dir Schatten und manchmal kannst du sie beeinflussen. Reden sie auch mit dir oder so?«

»Leider nicht«, antwortete sie bedauernd.

Wir mussten herausfinden, welche Göttin ihre Mutter war – aber wie? Wir konnten sie ja schlecht per Steckbrief suchen lassen. Die Götter, diese blöden Penner, hatten unmissverständlich klargestellt, dass sie uns Gottgeborene loswerden wollten.

Soll heißen, selbst wenn wir Rens Mutter ausfindig machten, konnten wir keine rauschende Wiedersehensparty feiern. Außerdem wollte ich ja in ein paar Stunden von der Insel aufbrechen. Rens Probleme mussten warten. Wir würden ihren Großvater anrufen und dann musste sie eben hierbleiben, bis ich zurückkam und wir in Ruhe überlegen konnten.

Sie gähnte geräuschvoll und ich sah, dass ihr fast die Augen zufielen. »Und jetzt?«, fragte sie.

Ich schleuderte eine kaputte Muschelschale ins Wasser. Ich konnte es kaum erwarten, Brooks von Ren zu erzählen. Sie würde ausflippen! Was würde sie von ihr halten?

»Die Götter wollen uns Gottgeborene töten. Darum musst du erst mal auf der Insel bleiben. Wir müssen herausfinden, was das für behaarte Flugmonster waren und woher sie wussten, wer du bist … Aber vor allem müssen wir herausfinden, ob dir jemand gefolgt ist.«

»Ja.« Sie gähnte wieder und legte sich dann einfach in den Sand. »Die Schatten … manchmal kommen sie aus dem …«

»Aus dem *was*?« Doch sie war schon eingeschlafen. »Ren?«

Ein schrilles Kreischen ertönte. Es kam aus dem Boot.

Rosie und ich sprangen gleichzeitig auf.

Iiiek!

Ich versetzte Fuego in Speermodus und aus Rosies Nüstern kräuselte sich schwarzer Rauch.

Mist!

Jetzt war klar, dass jemand Ren gefolgt war.

5

Rotes Feuer loderte in Rosies Augen. Demnach war das, was da gekreischt hatte, nicht hergekommen, um Surfstunden zu nehmen. Und bei meinem Glück handelte es sich garantiert um irgendetwas Riesiges, Mordlustiges, Blutgieriges.

Aus Rosies Schnauze kamen schwarze Wolken und sie stellte die Ohren auf, als ich mich dem Boot mit gezücktem Speer näherte. Die seichten Wellen schaukelten es hin und her. Ich hatte schweißnasse Hände.

Das lauwarme Wasser drang in meine Sneaker, ein scharfer Wind fegte von Westen auf uns zu. Weil ich lieber auf Abstand bleiben wollte, reckte ich den Hals, konnte aber im Boot nichts erkennen. *Cero.*

Hatte ich mir das Kreischen vielleicht nur eingebildet? Aber Rosies Killerinstinkt war untrüglich. Irgendetwas war da. War es vielleicht unsichtbar? Und war das gut oder schlecht?

»Was ist dort, Rosie?«, raunte ich ihr zu und sie sträubte das Fell und knurrte dumpf.

Dann ertönte abermals das scheußliche *Iiiek!*, als schabten metallene Äste über eine Glasscheibe. Es hallte über den Strand und schien von überallher zu kommen, aber Rosie hielt den Feuerblick weiter auf das Boot gerichtet. Dass es immer noch hin- und herschaukelte, wie von einer unsichtbaren Hand gewiegt, fand ich jetzt unheimlich.

Dann glitt auf einmal ein kaum faustgroßer Schattenfleck über den Bootsrand und schwoll zu einer hohen Säule an.

Aus der Säule sprangen blitzschnell drei Schattenmonster und breiteten ihre gewaltigen Schwingen aus. Lange, an Insektenbeine erinnernde Gliedmaßen entsprossen ihren zuckenden, aufgeblähten Leibern.

Rosies zorniges Knurren übertönte das Tosen der Brandung.

»TOT!«, brüllte ich.

Sofort war sie im Höllenhundmodus und schoss aus Maul und Augen Feuerkugeln ab, doch die Flammen richteten nichts aus (mal davon abgesehen, dass sie das Boot in Brand setzten). Wie soll man auch Schatten umbringen? Schatten, die schneller wuchsen, als man »Tot!« brüllen kann?

Als ich Fuego schleuderte, sauste er mitten durch den aufgedunsenen Leib eines Monsters und hinterließ ein riesiges Loch, das sich aber schon wieder schloss, ehe der Speer zu mir zurückgekehrt war. Man sah weder Blut noch Gedärme und das Ungeheuer wuchs immer weiter.

Dann lachte es. Ein rasselndes, kehliges Kettenraucherlachen.

Ich drehte mich nach Ren um. Sie lag immer noch zusammengerollt im Sand. Wie konnte sie bei diesem Tumult nur schlafen? Sie sah so wehrlos aus. Ich musste sie beschützen.

Die Monster waren jetzt mindestens sechs Meter hoch. Ihre spitz zulaufenden Reptilienschwänze peitschten durchs Wasser und erzeugten gewaltige Wellen.

Iiiek! Iiiek!

Die schrillen Laute bohrten sich mir ins Hirn wie Eispickel und ich hielt mir die Ohren zu. Rosie sprang eins der Monster an, prallte aber ab und landete in einer hohen Welle.

»Rosie!«

Die Monster stürzten sich auf mich.

Im selben Augenblick kam Brooks als Riesenfalke aus dem Nachthimmel herabgesaust, doch sogar ihre gewaltigen Schwingen (mit denen sie übrigens Felsen zertrümmern kann) richteten gegen die Schattenwesen nichts aus. Wie war es möglich, dass diese Scheusale uns angreifen konnten, wir aber nicht mal richtig an sie herankamen?

Ein Monster versetzte Brooks einen Hieb und sie landete aufklatschend in den schäumenden schwarzen Fluten.

Obwohl mir Panik die Kehle zuschnürte, sprang ich mit Fuego in der Hand hinterher. Inzwischen hatte ich Brooks in zahllosen Unterrichtsstunden Schwimmen beigebracht und sie hatte auch Fortschritte gemacht, konnte Wasser aber weiterhin nicht leiden. In einem Ausnahmezustand wie diesem bestand immer noch die Gefahr, dass sie alles Gelernte vergaß und ertrank.

Nach ein paar kräftigen Kraulzügen prallte ich gegen etwas Festes und ging unter. Als ich wieder auftauchte und nach Atem rang, hatte Brooks Menschengestalt angenommen und strampelte wild. Trotzdem gelang es ihr kaum, den Kopf über Wasser zu halten.

»Irgendwas hat mein Bein gepackt«, rief sie mir zu.

»Ich komme!« Ich tauchte noch einmal unter und sah, dass sich

Tang um ihren Oberschenkel gewickelt hatte. Mit meinem Speer durchtrennte ich die schleimigen Wedel, und als ich wieder an die Oberfläche kam, klammerte sich Brooks an mich. »Halt dich an meinen Schultern fest!«, brüllte ich.

Ausnahmsweise widersprach sie nicht. Sie legte sich auf meinen Rücken und ich beförderte sie mit einem kräftigen Aufbäumen in die Luft, wo sie wieder zum Falken wurde. Sie kreiste hoch über den Schattenmonstern, die ihre muskulösen Schwänze aufrichteten, als wollten sie mich damit k. o. schlagen.

Instinktiv riss ich den Speer hoch und wollte ihn gerade werfen, als …

»NEIN!«, gellte Rens Schrei durch die Dunkelheit. Als ich mich umdrehte, stand sie mit ausgebreiteten Armen am Strand. Der Wind zerzauste ihr fransiges Haar.

Das Meer beruhigte sich so schlagartig, als sei plötzlich die Zeit stehen geblieben.

Die Reptilienschwänze der Schattenwesen hielten mitten im Hieb inne.

Dann zerplatzten die Schatten in tausend Stücke, die eins nach dem anderen ins Meer trudelten wie Ascheflöckchen.

Dicht gefolgt von Rosie, schwamm ich an Land und lief zu Ren hin. »Ist … ist alles okay? Und wie hast du das gemacht?«

Brooks landete mit rauschenden Schwingen und verwandelte sich wieder in einen Menschen. »Was zur Xib'alb'a ist hier los, Zane? Und was waren das für Ungeheuer?« Ihre Augen funkelten zornig. Und angstvoll.

Ren starrte sie ungläubig an. »Du musst Brooks sein! Die Nawal.«

Brooks ignorierte sie. »Na los, spuck's aus, Obispo.«

Ich klärte sie auf. Als ich erzählte, dass Ren ebenfalls göttlicher Abstammung war, erwartete ich, dass Brooks verblüfft sein würde, aber sie wahrte ihr Pokerface und fragte Ren nur: »Wo sind diese Schattenviecher hergekommen?«

Anscheinend hatte sie gerade keinen Nerv für *Schön, dich kennenzulernen* oder dergleichen.

»Sind sie dir auf die Insel gefolgt?«, schob ich nach. »Oder waren das die gleichen Schatten wie vorhin?« Aber hatte Ren nicht behauptet, ihre Schatten seien harmlos?

Sie kaute auf ihrer Unterlippe. »Nein, sie sind mir nicht gefolgt.«

»Woher willst du das wissen?«

»Ich habe sie erschaffen.«

»Oha.« Ich trat unwillkürlich einen Schritt zurück und strich mir das nasse Haar aus der Stirn.

»Du hast *was*?!«, kam es von Brooks.

Ren sah mich an. »Es ist nicht so, wie du jetzt denkst. Bevor ich eingeschlafen bin, habe ich ja versucht, es dir zu erklären. Die Schattengestalten entspringen meinen Träumen. Diese Ungeheuer – es gibt sie eigentlich nicht wirklich …«

»Moment mal.« Ich zog meine durchweichten Sneaker aus. »Die Biester hätten beinahe einen Tsunami ausgelöst! Sie wollten uns ersäufen. So was machen Traumgestalten nicht.«

Ren schlang die Arme um sich. »Ich meine, es gibt sie natürlich schon, aber … du weißt doch noch, wie ich dir die anderen Schatten vorgeführt habe, oder? Ich habe dir erklärt, dass sie mir nicht immer gehorchen.«

Ich nickte und Brooks warf mir einen finsteren Blick zu.

»Die Schatten aus meinen Träumen erscheinen manchmal auch

in unserer Welt, aber wenn ich aufwache und ihnen befehle zu verschwinden, tun sie das. Als es das erste Mal passiert ist, war ich erst fünf. Mein *abuelo* meinte, ich müsse keine Angst haben und solle meine Macht einsetzen, um sie zu zähmen. Aber sooft ich es auch versuche, ich kann ihnen nur befehlen zu verschwinden, sonst nichts …« Ihre Stimme brach und wurde von der Brandung übertönt.

Ich wusste nur zu gut, was es für ein Gefühl war, wenn man seine Fähigkeiten nicht im Griff hatte.

»Zurück zu den Schatten«, sagte Brooks sachlich. »Sind es immer Ungeheuer?«

»Nicht immer. Nach dem Tod meines Vaters habe ich mal von ihm geträumt, und als ich aufgewacht bin, habe ich ganz kurz eine Gestalt gesehen und gespürt, dass er es war. Er war in unsere Welt gekommen. Aber er ist sofort wieder verschwunden.«

Ich musste an Hurakan denken. Ich hätte alles dafür gegeben, ihm noch einmal in der Leere zu begegnen oder wenigstens von ihm zu träumen. Aber bald würde ich ihn ja befreien und dann … Ehrlich gesagt, hatte ich keine Ahnung, was dann geschehen würde. Ich hatte noch nicht darüber nachgedacht.

Brooks ließ nicht locker. »Und haben diese Traumgestalten – oder Albtraumgestalten – jemals irgendwem etwas getan?«

»Nein«, antwortete Ren. »Und mein *abuelo* sagt auch, nur wer Magie im Blut hat, nimmt sie wahr.«

Das erklärte immerhin, weshalb Mom, Hondo und die übrigen Bewohner der Insel von dem Tumult nicht wach geworden waren. »Ich glaube nicht, dass die Schatten von gerade eben deinen Träumen entsprungen sind, Ren«, sagte ich. »Ich glaube, sie waren schon vorher hier.«

Brooks rieb sich nachdenklich das Kinn. »Vielleicht nehmen sie einfach nur Gestalt an, wenn du träumst.«

»Das kann gut sein«, stimmte ich ihr zu. »Vielleicht wollten sie Ren ja beschützen.«

Brooks sah mich mit ihrem Gar-nicht-gut-Blick an. Als sie mir diesen Blick zuletzt zugeworfen hatte, waren wir auf einem Imbissparkplatz beinahe von einer Horde Botendämonen erwürgt worden.

Inzwischen hatte ich hämmernde Kopfschmerzen und sah alles verschwommen. »Lasst uns schlafen gehen«, sagte ich, setzte aber sofort hinzu: »Aber nur, wenn du keine Albträume von mordlustigen Ungeheuern mehr hast, Ren.«

»Ich werd mir Mühe geben«, versprach sie. »Ehrlich ... es kommt nur ganz selten vor, und sollte es doch passieren, dann kipp mir einfach kaltes Wasser ins Gesicht oder so.«

Insgeheim hoffte ich, dass Brooks, die schließlich schon viel mehr Erfahrung als Übernatürliche hatte als ich, eine Lösung oder Erklärung für dieses Problem einfallen würde. Oder dass sie einfach wieder sagen würde: *Mach dir deswegen keinen Kopf.* Das wäre mir offen gestanden am liebsten gewesen.

Wir gingen zum Haus.

»Du bist genauso, wie Zane dich in seinem Buch beschreibt«, wandte sich Ren an Brooks. »So –«

»So unerschrocken und mutig«, fiel ich ihr hastig ins Wort. *Als Nächstes bittet sie Brooks noch um ein Autogramm.*

»Unerschrocken und mutig«, wiederholte Brooks und sah mich durchdringend an. Zum Glück hatte sie das Buch nicht gelesen, und hoffentlich bekam sie es auch nie in die Finger! Am besten verbrannte ich Rens Exemplar. Als ich mich umdrehte, entdeckte ich es halb im

Sand begraben neben dem niedergebrannten Lagerfeuer. Wenn die Mädchen im Haus waren, würde ich noch mal zurückkommen und es in die Glut werfen.

Ren und Rosie liefen voraus und waren schon außer Hörweite.

»Weißt du wirklich nicht, was es mit diesen Schatten auf sich hat, Brooks?«

»Ich bin kein wandelndes Mayalexikon für übernatürliche Phänomene.«

»Schade eigentlich.«

»Ich glaube nicht, dass es so ein Lexikon überhaupt gibt.« Brooks blieb stehen. »Und was machen wir jetzt? Ändert das etwas an unseren Plänen?«

»Nein. Wir ziehen die Sache durch wie besprochen. Ren kann so lange bei uns wohnen. Sie muss nur erst ihren Großvater anrufen, damit er weiß, dass es ihr gut geht. Hoffentlich rastet Mom nicht aus.«

»Weil noch eine Gottgeborene aufgetaucht ist?«

»Eher, weil du und ich durch ein Loch im Himmel von hier abhauen wollen und unsere Befreiungsaktion auch tödlich enden kann.«

»Wenn es uns überhaupt gelingt, abzuhauen.«

»Das kriegen wir schon hin. Ich lasse mir was einfallen.«

Brooks pustete sich eine Locke aus dem Gesicht. »Ren kann bei mir schlafen.« Nach einer kurzen Pause ergänzte sie: »Aber nur, wenn Rosie sie die ganze Nacht bewacht.«

Ich lachte, aber insgeheim dachte ich: *Einen Albtraum kann selbst eine Höllenhündin nicht aufhalten.*

6

Nachdem wir Rosie als Killer-Höllen-Wachhund vor Brooks' *casita* postiert hatten, legte ich mich in der Hängematte vor dem Häuschen schlafen. Wobei »schlafen« das falsche Wort ist, denn in Gedanken durchlebte ich wieder und wieder den Kampf mit den gigantischen Schattenmonstern. Davon abgesehen schnarchte Rosie höllisch. Auch die Tatsache, dass wir nur vier Tage Zeit hatten, um Hurakan zu befreien, sowie die Frage, was wir so lange mit Ren machen sollten, hielten mich bis zum Sonnenaufgang wach. Irgendwann hörte ich jemanden sagen: »He, krieg deinen *flojo* Hintern hoch, Diablo.«

Hondo stand vor der Hängematte und knuffte mich ins Bein.

Als ich erschrocken in die Höhe fuhr, schwankte die Hängematte dermaßen, dass ich rauspurzelte und unsanft auf dem sandigen Verandaboden landete. Ich rappelte mich schwerfällig hoch. »Wie spät ist es denn?« Rosie lag nicht mehr vor der *casita* – hieß das, dass auch Brooks und Ren weg waren?

»Wo ist Rosie?« Ich angelte Fuego aus der Hängematte.

Warum konnten die anderen nicht wenigstens so lange warten, bis ich mir überlegt hatte, wie wir vorgehen sollten?

»Vorhin hat sie unten am Strand Möwen gejagt«, antwortete Hondo. »Und es ist schon nach neun. Wieso schläfst du denn hier draußen? Ich weiß ja, dass du in Brooks verknallt bist, aber das grenzt irgendwie an Stalking.«

»Neun?« Ich rannte los, quer über den Hof, und stolperte über den Gartenschlauch. »Warum hat mich niemand geweckt?«

»Hast du'n heißes Date oder was?« Hondo lachte noch, als wir mein Zimmer betraten.

»Quatsch!«

»Was ist denn dann los?«

Folgendes ist los, hätte ich am liebsten erwidert. *Riesige Schattenmonster sind in unsere Welt eingedrungen, weil eine Gottgeborenen-Hexe in einem Ruderboot hier aufgetaucht ist. Außerdem ist heute zufällig der Tag, an dem ich von hier verschwinde, um meinen Vater zu befreien, der in einem Spaßbad in South Dakota gefangen gehalten wird. Blöd nur, dass diese Insel von einer unsichtbaren Mauer umgeben ist und ich keine Ahnung habe, wie ich die überwinden soll.*

Über die Mauer hatte ich die ganze Nacht nachgegrübelt. Ich konnte sie nur durchbrechen, indem ich den Jadezahn einsetzte, aber eine innere Stimme riet mir, die Zauberkraft des Amuletts noch aufzusparen. Darum hatte ich mir eine andere Lösung einfallen lassen. Eine hoch riskante Hoffentlich-reißt-mir-kein-Dämon-den-Kopf-ab-Lösung. Ich musste bloß noch Brooks davon überzeugen.

»Huhu! Erde an Zane!« Hondo wedelte mit der Hand vor meinem Gesicht. »Was hast du für ein Problem?«

»Wer sagt, dass ich ein Problem habe?« Ich nahm ein T-Shirt aus meiner Kommode und zog es über den Kopf.

»Schon klar. Denk dran, dass du heute Nachmittag im Laden arbeiten sollst.«

»Kannst du meine Schicht nicht übernehmen?« Ich sah mich nach meinen Sneakern um. Ich wusste immer noch nicht, wie ich mich von meiner Mutter verabschieden sollte, und das schlechte Gewissen machte mir zu schaffen. Als ich das letzte Mal heimlich losgezogen war, hatte ich ihr nur einen Zettel hingelegt und sie war *furiosa* gewesen.

Hondo baute sich vor mir auf. »Raus mit der Sprache, Bro. Was ist los?« Weil ich in den letzten paar Monaten weitere fünf Zentimeter gewachsen war, wirkte Hondo noch kleiner als vorher, aber keineswegs weniger einschüchternd.

»Was soll denn los sein?«, fragte ich mit Unschuldsmiene zurück.

»Ich habe das verkohlte Boot gesehen.«

Ich gab mir Mühe, mir nichts anmerken zu lassen. »Das Boot ... ach ja, das war Rosie. Sie war ein bisschen übermütig.«

»Das Boot gehört doch bestimmt jemandem. Wir müssen es ihm ersetzen, oder?«

Das überrumpelte mich. »Äh ... als ich es letzte Nacht entdeckt habe, schien es niemandem zu gehören. Es hat ein Leck und ist sowieso nur noch Schrott. Wahrscheinlich wollte es der Besitzer entsorgen.«

Hondo war nicht überzeugt. Er rieb sich das Stoppelkinn. »Wenn es ein Leck hat, wie ist es dann hierhergekommen?«

»Woher soll ich das wissen? Vielleicht ist das Leck ganz frisch oder –« Ich zuckte die Achseln. »Oder es war Magie.«

»Magie«, wiederholte Hondo, griff hinten in seinen Hosenbund und zog etwas heraus. Es war Rens Exemplar meines Buches. »Ist das hier etwa auch Magie?«

Mist! Ich hatte ganz vergessen, dass ich das *libro* verbrennen wollte.

Doch als ich es Hondo aus der Hand reißen wollte, zog er es blitzschnell weg. Seine Reflexe wurden immer besser. Früher hatte er an Wrestlingkämpfen teilgenommen und mir alle möglichen Tricks beigebracht, die mir schon mehrmals den Arsch gerettet hatten – bei Auseinandersetzungen mit Dämonen und auch mit Mitschülern, die mich mobbten. Aber die letzten paar Monate hatte er trainiert wie ein Besessener. Er ging im Morgengrauen laufen, stemmte Gewichte und übte Rückwärtssaltos und einarmigen Handstand. Er hatte sogar mit Yoga angefangen, weil er gelenkiger werden wollte, aber das durfte ich niemandem erzählen. Vielleicht wollte er sich ja irgendwann bei *American Ninja Warrior* bewerben oder so.

»Du hast mich übrigens gut beschrieben«, fuhr Hondo fort. »Bin ich wirklich so muskulös und stark?«

Er hatte das Buch also gelesen. »Ich musste auf Wahrheitspapier schreiben, da konnte ich schlecht lügen. Alles, was in dem Buch steht, ist hundertprozentig wahr.«

»Ich habe das meiste nur überflogen und hauptsächlich die Stellen über mich selber gelesen. Dann bin ich zu dem Kapitel gekommen, wo ich die vergifteten Fleischklößchen esse, die mich in diesen teuflischen Schlaf versetzen –« Er verzog das Gesicht. »Es war, als müsste ich diesen Albtraum noch mal durchmachen.« Grimmig setzte er hinzu: »Wenn ich diese Loser von Zwillingen zu fassen kriege …«

Ich nickte. »Kann ich das Buch dann jetzt bitte wiederhaben? Ich …« Ich wollte unbedingt vermeiden, dass es Brooks in die Hände fiel. Was sollte sie von mir denken, wenn sie las, dass ich sie wunderschön fand, dass sie wie die Sonne strahlte und wahrscheinlich der großartigste Mensch war, dem ich je begegnen würde?

»Schon klar, Bro. Du willst nicht, dass Brooks es liest«, entgegnete Hondo prompt. »Wobei sie bestimmt nicht überrascht wäre. Glaubst du, sie merkt nicht, dass du sie ständig anglotzt? Und ich dachte, ich hätte dir beigebracht, wie man cool bleibt, Mann.«

Mein Kopf fühlte sich an, als stünde er in Flammen. Schluss mit diesem Thema! Ich hatte Wichtigeres zu bedenken: wie ich die unsichtbare Mauer überwinden und meinen Vater befreien sollte, und was es mit den lebendig gewordenen Albträumen auf sich hatte.

»Am besten verbrennst du das Ding«, sagte ich.

»Spinnst du? Das wäre Frevel! Man verbrennt keine Bücher.«

»Du machst dir doch sonst auch nichts aus Büchern.«

Er hielt das *libro* grinsend hoch. »Ab jetzt schon. Ich kann's nicht erwarten zu lesen, wie ich die Alte Welt erobert habe.«

»Dann eben nicht.« Ich wollte aus dem Zimmer gehen, aber Hondo baute sich vor der Tür auf.

»Falls du zu Brooks willst – die pennt noch. Du weißt doch, dass sie schläft wie eine Tote und stinksauer wird, wenn man sie weckt. Aber ich habe schon mit dem neuen Mädchen Bekanntschaft geschlossen.«

Ich blieb stehen, blickte auf ihn hinab und versuchte, meine Überraschung zu verbergen. Andererseits konnte ich wahrscheinlich nicht erwarten, dass niemand etwas mitbekam, wenn ich jemand Fremdes mit nach Hause brachte. »Sie heißt Ren.«

»Ich war gerade beim Morgentraining –«

»Du meinst, du hast Yoga gemacht.«

Hondo schnaufte ärgerlich. »Ich habe unten am *playa* trainiert und da habe ich sie gesehen. Sie hat aufs Meer gestarrt wie ein trauriges Gespenst oder so. Als ob sie auf jemanden wartet.«

Auf ein Heer von Schattenmonstern zum Beispiel. »Und wo ist sie jetzt?«

»Sie ist mit deiner Mutter in die Stadt gegangen.«

Mit Mom? Dann würde Ren ihr bestimmt alles erzählen! Meine Mutter hat die Gabe, aus jedem die Wahrheit rauszukitzeln. Wenn sie herausfand, dass Ren eine Gottgeborene war, würde sie sie mit Fragen löchern – und anschließend alles daran setzen, dass ich hierblieb. Wenn sie mir Schuldgefühle einjagte, war das wirksamer als jede unsichtbare Mauer.

»Also, wer ist diese Ren?«, fragte Hondo.

Ich hätte ja gar nichts dagegen gehabt, ihm von Ren oder von der geplanten Befreiungsaktion zu erzählen, aber Brooks hatte mir eingeschärft, dass es lebensgefährlich sein konnte, zu viel darüber zu wissen.

»Sie ist letzte Nacht hier angekommen. Sie ist einfach irgendein Mädchen.«

»Verstehe.« Doch sein Blick war argwöhnisch. »Gute Kumpel haben keine Geheimnisse voreinander.«

Plötzlich hörte ich Moms Schritte draußen im Flur. »Zane?« Im nächsten Augenblick prallte sie auch schon gegen Hondo, der die Tür nicht rechtzeitig freigab. Sie trug ihr hellblaues T-Shirt mit dem aufgestickten gelben Schriftzug: MAYA ADVENTURES. Auf diesen wahnsinnig originellen Namen hat Hondo unser kleines Unternehmen getauft, das als Fahrrad- und Surfbrett-Verleih angefangen hatte und seit Neuestem auch Touren über die Insel anbot. Die Haare hatte sie unter eine Basecap im gleichen Hellblau gestopft. »Habt ihr Rosie gesehen? Ich habe ihr ein paar Hühnerhälse mitgebracht.«

»Nö«, sagte Hondo.

Mom stemmte die Hände in die Hüften. »Ich dachte, du willst noch die Reifen wechseln! Eine Reisegruppe aus Kanada hat für heute Nachmittag eine Fahrt gebucht. Das übernimmst du, Zane, okay? Und nein, es geht nicht ums Windsurfen, sondern um eine Inseltour.«

Es machte mir zwar Spaß, das große Golfcart zu fahren, aber vor den Touren drückte ich mich nach Möglichkeit. Vielleicht, weil ich die Isla Holbox mit ihrer Länge von gerade mal 42 Kilometern schon gefühlte tausend Mal umrundet hatte. Allerdings führte ich die Touristen nie zur Bestie. Erstens konnten sie den Vulkan dank der Schemenmagie sowieso nicht sehen, zweitens befand sich im Krater eine Pforte zur Hölle, und wenn da etwas passierte, kam unsere Haftpflichtversicherung garantiert nicht dafür auf.

Mom sah Hondo lauernd an. »Die Reifen?«

»Bin schon unterwegs«, sagte er hastig und drehte sich noch einmal zu mir um. »Ach ja, Miss Cab hat angerufen. Sie meinte, es sei wichtig.« Dann tippte er sich an eine imaginäre Mütze. »Bis später – Kumpel.«

Als er weg war, wandte sich Mom mir zu. »Wir müssen reden. Über Ren.«

Ich spähte in den Flur hinaus. »Wo ist sie denn?«

»Ich habe ihr ein bisschen die Stadt gezeigt und wir haben uns unterhalten. Über letzte Nacht.« Sie sah mich mit ihrem typischen Ich-weiß-was-du-vorhast-Blick an.

»Aha. Und wo ist sie jetzt?«, versuchte ich, sie abzulenken. »Ist sie wieder in der *casita* bei Brooks?«

»Nein, sie ist bei Antonia.«

»Bei Miss Cab?! Wieso das denn?«

Ich hatte immer noch keine Ahnung, was ich für Ren tun konnte, aber sie vertraute sich schon munter meiner Mutter an und schloss Freundschaft mit Miss Cab, die ihr wer weiß was in den Kopf setzen würde. Und ich hatte jetzt noch nicht mal die Zeit, ihr deswegen die Hölle heißzumachen!

»Ren wollte Miss Cab gern kennenlernen«, entgegnete Mom so selbstverständlich, als täte sie auch sonst alles, was irgendwelche Jugendliche von ihr verlangten. Von wegen. »Aber mich interessiert viel mehr …« Sie gab sich hörbar Mühe, ruhig zu bleiben. »… warum du mir nichts davon erzählt hast, dass du einen Aufruf an andere Gottgeborene gestartet hast? Was hast du dir dabei gedacht, Zane?«

»Und warum hast *du* mir nie erzählt, dass mein Vater ein Mayagott ist?«, konterte ich, bereute es aber sofort. Sie hatte es ja nur gut gemeint.

»Ich habe dir alles erzählt, was ich weiß.«

Das stimmte. Sobald wir uns auf der Insel eingerichtet hatten, hatte sie mir bereitwillig alles über meinen Vater berichtet. Auch, wie sehr sie ihn geliebt hatte, obwohl es eine verbotene Liebe gewesen war.

Sie legte den Kopf schief. »Ich möchte nicht, dass du und ich noch Geheimnisse voreinander haben.«

Danke, Ren! Sie hatte mein Buch gelesen – hatte sie da nicht kapiert, dass Mom die größte Sorgenmacherin der Menschheitsgeschichte war?

»Ich musste die anderen Gottgeborenen doch warnen, damit sie nicht in den gleichen Schlamassel geraten wie ich. Sie müssen die Wahrheit erfahren. Ach, übrigens – hat Ren ihren Opa angerufen?«

»Ja, die beiden haben länger miteinander telefoniert, und dann …«

»Dann was?«

»Dann habe ich ihn auf die Insel eingeladen. Er sitzt schon im Flieger.«

»Mom! Was ist, wenn ihm jemand folgt?«

»Zu spät.« Sie seufzte. »Wenn er hier ist, werden wir ja sehen. Aber jetzt muss ich in den Laden. Bitte versprich mir, dass du mit Ren nichts Verrücktes oder Gefährliches anstellst.«

Ich fühlte mich mies. Supermies. Wie sollte ich ihr etwas versprechen, das ich auf keinen Fall halten würde? »Na gut«, log ich schließlich, »ich stelle nichts Verrücktes mit Ren an.« *Verrückt* ist schließlich Definitionssache, stimmt's? Und auch nicht das Gleiche wie *gefährlich.* Und Ren kam sowieso nicht mit, insofern …

Mom schaute sich im Zimmer um. »Wie wär's, wenn du mal wieder aufräumst?«

Ein Halbgott zu sein, ist so eine Sache. Man denkt, man hätte keine langweiligen Pflichten mehr, so wie Zimmer aufräumen und Geschirr spülen und so weiter, aber Mom interessierte es nicht, dass ich ein Gottgeborener war, der das Feuer beherrschte (jedenfalls theoretisch). Für sie war ich immer noch ihr Sohn, den sie zu erziehen hatte.

»Mach ich.« Wenn ich herumdiskutierte, würde sie nie gehen.

Sie zwickte mich liebevoll in die Wange, dann war sie weg. Sofort schob ich die herumliegenden Klamotten und den anderen Kram mit dem Fuß unters Bett, zog mich blitzschnell an und lief nach draußen zur *casita.*

Wie konnte Brooks jetzt schlafen?

Ich hämmerte mit Fuegos Jadeknauf an die Tür.

Stille.

»Brooks!« *Rums – rums – rums!*

Die Tür flog auf.

Vor mir stand Brooks in Schlafanzughose und einem gelben T-Shirt. Ihre Locken waren total zerzaust. »Heiliger K, Zane, es ist halb zehn! Wieso hast du mich nicht geweckt?« Sie balancierte auf einem Bein und schlüpfte in ihren Stiefel.

»Willst du dich nicht erst richtig anziehen?«, fragte ich.

»Red keinen Scheiß, Obispo. Dafür ist jetzt keine Zeit. Schließlich wollen wir –« Sie stockte und sah sich um. »Wo ist Ren?«

Ich berichtete ihr, was alles passiert war, während sie friedlich geschlummert hatte.

Sie band ihre ungekämmten Haare zu einem unordentlichen Pferdeschwanz zusammen und verschränkte die Arme. »Ren ist bei Miss Cab? Ist doch gut. Die beiden haben sich bestimmt eine Menge zu erzählen. Und wir beide verlieren kostbare Zeit, wenn wir noch länger hier rumstehen.«

»Wir müssen Ren holen.«

»Wir haben Dringenderes zu tun«, hielt Brooks dagegen. »Falls du's vergessen hast, unsere Unternehmung hat ein Ablaufdatum.«

»Wir können Ren nicht … Wir wissen doch immer noch nicht, ob ihr jemand gefolgt ist und was es mit diesen Monstern auf sich hat … und jetzt kommt auch noch ihr Opa her.«

»Ist doch schön, dann hat sie Gesellschaft. Können wir jetzt endlich los? Ich habe mir schon überlegt, was wir mit dieser blöden Mauer machen.«

»Echt?«

»Wir brennen sie nieder. Rosie soll mal zeigen, was sie drauf hat.«

Ich war enttäuscht. »Ich glaube nicht, dass Feuer etwas gegen Schemenmagie ausrichtet.«

»Hast du 'ne bessere Idee?«, fauchte sie gereizt. »Hey, ich weiß was!« Ihr Ton war jetzt ironisch. »Spazier doch einfach in die Hölle und bitte Ixtab freundlich, dass du die Insel verlassen darfst.«

»Kommst du jetzt mit zu Miss Cab oder nicht?«

»Sie hat doch sowieso etwas gegen uns Nawal. Ich packe unsere Rucksäcke. Und du hast eine halbe Stunde, keine Minute länger!«

7

Fuego und ich hasteten über den *playa*.

Stelzvögel staksten durch den Sand, über uns kreisten Möwen und Pelikane, Palmen rauschten im Wind und die Sonne ließ das glasklare blaue Meer glitzern. Ein paar kleine Fischerboote dümpelten auf den Wellen. Ja, Ixtab hatte uns ein ausgesprochen hübsches Versteck ausgesucht, aber so idyllisch das »Schwarze Loch« auch war, im Grunde meines Herzens hatte ich immer geahnt, dass ich mich nicht ewig hier verkriechen konnte.

Ich lief in Richtung Stadt und überquerte schließlich die Hauptstraße, an der Miss Cab wohnte. Ein paar Einheimische und Touristen schlenderten in Shorts, Flip-Flops und Strohhüten vorbei, andere saßen draußen vor den Cafés. Streunende Hunde dösten im Schatten. Es duftete nach Kaffee, frisch gebackenen Pan dulce und Tortillas, und mir knurrte der Magen.

Miss Cabs *casita* war neonpink gestrichen und besaß ein Palapadach. Die schiefen Palmen, die darum herum standen, sahen irgendwie aus, als wären sie aus Gummi und könnten wie ein Katapult Kanonenkugeln abschießen, und an dem klapprigen Gartentor hing ein grünes, handgemaltes Schild: *CASA DEL ESPÍRITU* – Geisterhaus.

Als Miss Cab nicht aufmachte, ging ich ums Haus herum zur hinteren Veranda, an die ein wahrer Urwald grenzte. Vögel in allen Farben und Größen starrten mich von den Bäumen herab an, als wollten sie mir gleich die Augen aushacken. Weil Miss Cab jetzt nicht mehr meine Aufpasserin spielen musste, hatte sie sich darauf verlegt, verletzte Vögel zu retten. Seit Ixtab sie vorübergehend in ein Huhn verwandelt hatte, beherrschte sie nämlich die Vogelsprache und die Tiere vertrauten ihr.

Da trat sie auch schon durch den breiten Türbogen. Der dünne Vorhang, der daran angebracht war, flatterte im Wind. »Hier kommt ja schon unser nächster Gast – Zane Obispo.«

Warum klang sie so heiser? Als hätte sie die ganze Nacht aus vollem Hals herumgebrüllt. Und was sollte diese seltsame Begrüßung?

Ich spähte um sie herum. »Tag, Miss Cab. Wo ist denn Ren?«

»Setz dich doch erst mal.« Sie deutete auf ein rustikales, mexikanisches Sitzmöbel aus Holz und Leder und goss mir ein Glas Eistee ein (trieben da etwa Erdklümpchen zwischen den Eiswürfeln?). Auf dem kleinen Tisch stand auch noch ein Teller mit Schokolade. »Hausgemachte Schokolade aus frisch gerösteten Kakaobohnen. Greif zu«, sagte sie und spielte mit ihrem Goldarmreif.

Ihr Gesicht war ungewöhnlich gebräunt. Anscheinend war sie seit Neuestem unter die Sonnenanbeter gegangen.

Als ich die Schokolade sah, lief mir das Wasser im Mund zusammen und ich brach mir sofort ein großes Stück ab. »Ist Ren noch hier?«

»Ren … ach ja, das Mädchen mit den wirren Haaren und den wirren Gedanken. Sie ist für mich auf den Markt gegangen, müsste aber bald wieder da sein. Setz dich doch. Wir beide müssen uns mal unterhalten.«

Ich lehnte Fuego an den Tisch und ließ mich auf dem abgenutzten Stuhl nieder. *Sie hat Ren eben erst kennengelernt und schickt sie schon auf Botengänge?* Der Stuhl knarrte.

Miss Cab saß so aufrecht, als hätte sie einen Stock verschluckt. »Soll ich dir mal von meiner neuesten Vision erzählen? Sie war hochinteressant.«

»Gern.«

Miss Cab war eine Nik'wachinel, eine Mayaseherin, und hatte sich bei meiner Geburt verpflichtet, mich zu beschützen. In New Mexico war sie unsere Nachbarin gewesen und hatte als Telefonhellseherin gearbeitet. Allerdings war sie darin nicht besonders gut. Im Grunde landete sie nur ab und zu einen Zufallstreffer und hatte auch nicht vorhergesehen, dass Rosie von einem Botendämon getötet werden und in Xib'alb'a landen würde. Hier auf Holbox waren ihre Fähigkeiten endgültig versiegt, weil sie von der Schemenmagie lahmgelegt wurden.

Ich überlegte mir gut, was ich sagte. »Ich dachte, die Schemenmagie blockiert Ihre Gabe?«

»Scheiß auf die Götter und ihre Magie! Die Typen haben ihre beste Sendezeit sowieso längst hinter sich. Warum isst du denn nichts? Deinetwegen habe ich den ganzen Tag in der Küche gestanden.«

Sendezeit? Hä?

Ich tat wie geheißen und mein Gaumen explodierte förmlich. Die Schokolade schmeckte süß, scharf, nussig und bitter – alles auf einmal – und glitt so geschmeidig die Kehle hinunter wie Samt.

»Lecker, oder?« Miss Cab schmunzelte und tupfte sich die Stirn mit einer weißen Stoffserviette ab. Als sie die Serviette weglegte, hatte der Stoff dunkelbraune Streifen. Unwillkürlich dachte ich an den Selbstbräuner, mit dem sich Hondos Wrestlingfreunde vor einem Wettkampf einzuschmieren pflegten. Aber warum benutzte Miss Cab solches Zeug?

»Dann erzähl doch mal, Zane.« Auf einmal klang sie wie eine besorgte Vertrauenslehrerin. »Wie willst du von hier wegkommen?«

Mein Herz setzte einen Schlag aus. Sie wusste Bescheid! Aber wie konnte das sein? Brooks hatte bestimmt dichtgehalten und Ren hatte keine Ahnung von unserem Plan … Anscheinend hatte ich Miss Cabs Hellsehergabe doch unterschätzt. Trotzdem unternahm ich einen hilflosen Versuch, mich vor einer Antwort zu drücken. »Ich weiß gar nicht, was Sie meinen.«

»Ich kann verstehen, dass du ungern darüber sprichst, aber ich bin ja hier, um dich zu unterstützen.« Sie legte den Kopf schief und nickte mitfühlend. »Für manche Leute bin ich die letzte Rettung.« Ihr linkes Auge zuckte, als sei eine Mücke hineingeflogen.

Ich wollte mich Miss Cab aber nicht anvertrauen! Sie war nicht mehr meine Beschützerin. »Wie gesagt, ich habe nicht vor –« Auf einmal wusste ich nicht mehr, was ich hatte sagen wollen. Wovon hatte Miss Cab eben gesprochen?

Sie trank einen großen Schluck Eistee und knallte ihr Glas auf den Tisch. Plötzlich zitterten meine Hände krampfhaft. Was war bloß mit mir los? *Konzentrier dich, Zane.*

»Und sie meinten, du wärst ein intelligentes Bürschchen, nicht so wie die anderen.« Miss Cab beugte sich vor. »Das war offenbar eine Fehleinschätzung.«

Welche anderen? »Miss Cab, Sie reden totalen Unsinn.« War sie betrunken? Meine Zunge fühlte sich jetzt taub und geschwollen an, als hätte ich den ganzen Vormittag lang Eiswürfel gelutscht. Warum fiel mir das Sprechen so schwer? Ich musterte die Schokolade auf dem Teller. Was hatte Miss Cab da hineingemischt?

Sie lächelte flüchtig. »Ich habe meine Quellen. Gut informierte Quellen. Willst du etwa behaupten, ich sei dumm?«

»Was? Nein … ich …« Die Worte blieben mir im Halse stecken und mein Hirn schien seine Tätigkeit einzustellen. Ich kniff die Augen zusammen und schluckte ein paarmal kräftig. Vielleicht ging es ja wieder vorbei.

»Ist alles in Ordnung, Zane?«

Ich nickte benommen, dabei war eindeutig das Gegenteil der Fall.

Miss Cab zog einen Zettel aus der Tasche. Ihre Hände sahen so trocken und rissig aus, als hätte sie seit tausend Jahren keine Creme mehr benutzt. »Ich habe dir alles aufgeschrieben, damit du nichts vergisst.«

»Ich … ich muss jetzt gehen.«

»*Gehen?*«, schnaubte sie. »Du kannst hier nicht mehr weg, Zane, verstehst du das denn nicht?«

»*Nicht mehr weg*«, plapperte ein Papagei ihr nach, »*nicht mehr weg.*«

Mir wurde flau im Magen und ich fühlte mich gleichzeitig ganz leicht und bleischwer.

»Ich kann es dir ja vorlesen.« Sie hielt sich den Zettel vor die Nase, verzog das Gesicht, schielte und knirschte mit den Zähnen. »Oder du liest es mir vor.« Sie schob mir den Zettel über den Tisch hinweg zu.

Ich blickte darauf und fing stumm an zu lesen.

»Laut, bitte.«

Die Schrift verschwamm und wurde wieder scharf. »›Ixtab wollte dich nicht retten‹«, las ich vor. »›Sie hat dich nur versteckt, damit du das wahre Ausmaß deiner Macht und deiner Fähigkeiten nicht erkennst.‹« Ich sah Miss Cab fragend an.

»Weiter!«, sagte sie munter. »Du machst das prima. Eine Eins mit Sternchen.«

»Aber das, was da steht, ergibt keinen Sinn«, wandte ich ein.

»Lies einfach weiter.«

Eigentlich wollte ich nicht weiterlesen, aber mein Mund bewegte sich von allein. »›Sie hat ein Trugbild erschaffen, Zane. Sie ist die Königin des Betrugs. Das Ganze ist eine Falle. Haha!‹«

»Applaus bitte, meine Damen und Herren!«, jubelte Miss Cab und lockerte den Gürtel ihres gelben Kleides. Erst jetzt sah ich, dass der Gürtel dreckverschmiert war. »Tja, das sind zwei dicke Klopper, was?«, sagte sie dann. »Ixtab hat dich reingelegt, und wir haben etwas, das du gern hättest. Und das Schönste daran? Dass du es niemals bekommen wirst, weil du diese Insel nie mehr verlassen kannst. Ach ja, die Welt ist wirklich ungerecht.«

Wut kochte in mir hoch und ich spürte einen jähen Schmerz im Rücken, als hätte jemand einen Dolch hineingerammt. Ich schnappte nach Luft, und dann, in einer plötzlichen Eingebung, verwandelte ich Fuego in einen Speer.

»Kein Grund, gleich aggressiv zu werden«, sagte Miss Cab.

Ich stand auf und wollte Fuego nach der falschen Miss Cab schleudern, aber meine Beine gaben nach, beziehungsweise das gesunde Bein gab nach. Daraufhin verlagerte ich mein Gewicht auf mein zu kurz geratenes Bein, das Sturmläuferbein. War es kräftig genug, dass ich davonhüpfen konnte?

Miss Cab lachte nur.

»Wer sind Sie?«, fragte ich. »Wo ist die echte Miss Cab?« Diese Version musste eine getarnte Übernatürliche sein!

Kalter Schweiß lief mir übers Gesicht, meine Eingeweide fühlten sich an, als würden sie von einer Riesenfaust zerquetscht. Wieder zitterte ich krampfhaft, und mir ging alles durch den Kopf, was ich mit Ixtab schon erlebt hatte. Wie sie erst so getan hatte, als sei sie meine Feindin, und mir einen Alux und die Botendämonen auf den Hals gehetzt hatte, damit die anderen Götter dachten, sie sei auf ihrer Seite. Wie sie ihnen anschließend weisgemacht hatte, ich sei tot, und mir das Wahrheitspapier gegeben hatte, damit ich meine Geschichte aufschrieb.

Mit einem Mal kroch eisige Kälte durch mich hindurch, und als mein Blick auf meine Hände fiel, pochten unter der Haut dicke schwarze Adern. Der Eisstrom bahnte sich seinen Weg durch meinen Körper, mein Herz klopfte wie rasend. Ich krümmte mich keuchend, hielt mir den Magen und brach auf dem Boden zusammen.

»Gleich hast du's geschafft«, sagte die Dämonenversion von Miss Cab sanft. »Lass es einfach zu.«

Sie holte einen kleinen roten Vogel aus ihrer Rocktasche. War er ausgestopft? Ich konnte nur reglos daliegen und zu ihr hochschauen, wobei ich auch die Augen kaum noch bewegen konnte. Sie nahm ein kleines Messer vom Tisch, schlitzte dem Vogel die Brust auf und lauter kleine, geflügelte Käfer kamen heraus.

Ihre Panzer schillerten so grün wie Smaragde.

Die Käfer umschwärmten mich, krochen überall auf mir herum, krabbelten mit ihren unzähligen Füßchen über jeden Zentimeter meiner Haut, auch über das Gesicht und die Kopfhaut. Ich hatte immer gedacht, Schlangen wären die ekligsten Tiere der Welt. Irrtum.

Ich wollte schreien, doch die Eiseskälte lähmte mich. Sollte ich versuchen, mich mit einem Seelensprung in die Leere zu flüchten? Wie immer trug ich den Jadezahn um den Hals, aber was hätte das genützt? Dann wäre zwar meine Seele in Sicherheit gewesen, aber mein Körper würde weiter starr und steif zu Füßen der Monster-Miss-Cab liegen.

»Kartiert ihn gründlich, meine kleinen Freunde«, trällerte sie.

Was?!

Monster Cab kam näher, beugte sich über mich und schaute zu, wie die Insekten auf mir herumwimmelten, mich mit ihren funkelnden Flügeln blendeten und ihre dünnen Beinchen in meine Ohren steckten.

»Gleich haben wir's«, sagte sie.

Sie musste nur noch ein Stückchen näher kommen. *Na los!*

Dann war sie dicht genug heran. Ich trat ihr mit meinem Sturmläuferbein die Füße weg und sie landete mit dumpfem Aufprall auf dem Boden. Die Käfer auf meinem Bein schwirrten davon. Fürs Erste nicht schlecht, aber was jetzt? Wenn ich wie ein Toter dalag, konnte ich mich nicht wehren. Sie rappelte sich schwerfällig hoch. Als sie sich aufrichtete, machte ihr Rückgrat laut *knackkk!*

»Ts, ts, ts.« Sie schüttelte missbilligend den Kopf. »Ich bin doch deine Freundin, Zane.«

Schon klar. Ist ja ganz normal, dass Freunde ihre Freunde den Käfern zum Fraß vorwerfen.

Die Käfer surrten um sie herum, dann ließen sie sich wieder auf meinem Sturmläuferbein nieder. Auf einmal sah ich ein verschwommenes Bild vor mir, aber es war, als säße ich in einem Zug, der so schnell fuhr, dass die Landschaft vor dem Fenster unscharf wurde:

wogende graugrüne Hügel mit dunkelroten Felsen dazwischen; ein reißender Fluss in einer tiefen Schlucht; durch die Luft schwebende Watteflöckchen. Das Bild verlangsamte sich und ich erkannte kahle Erde, in die jemand geritzt hatte: *Hilf uns, ehe es zu spät ist!* Dann tropfte mir kalter Schweiß in die Augen und das Bild verschwand.

Meine Muskeln verknoteten sich, mein Herz schlug immer langsamer. Ich verwandelte mich in ein menschliches Eis am Stiel. Ich musste mich aufwärmen, aber die Sonne versteckte sich hinter den Bäumen. Immerhin gelang es mir, die Augen zu schließen, und ich konzentrierte mich mit aller Macht auf mein gottgeborenes Bein. Dann spürte ich etwas. Eine Hitzequelle ganz in meiner Nähe.

Rosie!

Die falsche Miss Cab schaute sich hektisch um, als hätte sie ebenfalls etwas wahrgenommen.

»Jetzt!«, rief sie den Käfern zu.

Im nächsten Augenblick kam meine Höllenhündin um die Ecke. Sie knurrte dumpf, aus ihrer Nase kräuselte sich Rauch.

Brooks folgte ihr. »Wo ist Zane?«, fragte sie energisch. Sie hätte bloß mal nach unten schauen müssen, dann hätte sie mich wie eine Wachspuppe daliegen sehen.

Die Käfer schwirrten panisch auf und meine Hände stachen, als wären sie eingeschlafen. Monster Cab fuchtelte wild mit den Armen und scheuchte die Käfer wieder in den ausgestopften Vogel.

»*¡Ándale!*«, rief sie und verschloss die Vogelbrust, indem sie mit dem Armreif einmal draufklopfte. Dann warf sie den Vogel in die Luft und er flog davon.

»Wenn Sie mir nicht sofort sagen, wo Zane ist, hetze ich die Höllenhündin auf Sie!«, rief Brooks.

Miss Cab wich taumelnd zurück. Sie rang nach Luft, hielt sich den Magen, und die Augen quollen ihr aus dem Kopf. »Was ist denn los? Wo bin ich?« Sie massierte sich die Stirn. Verwandelte sie sich wieder in die echte Miss Cab?

Schritte waren zu vernehmen. Beschwingte, zielstrebige Schritte. Mr O. erschien auf der Bildfläche. Er hatte eine Papiertüte dabei. »Ich hab uns Mangos mitgebracht«, verkündete er fröhlich.

»Weg da, Mr Ortiz!«, rief Brooks warnend.

»Zane!« Miss Cab kam zu mir geeilt. »Seit wann bist du hier? Hast du dir etwas getan?«

Endlich konnte ich wieder sprechen. »Etwas getan? Sie haben mich bloß gefrieren lassen und mich Ihren Käfern zum Fraß vorgeworfen!«

Miss Cab machte ein verständnisloses Gesicht. »Was redest du da? Warum sollte ich so etwas tun?«

Jetzt entdeckte Brooks mich endlich. »Zane! Bist du verletzt?«

Ich schüttelte matt den Kopf und Brooks wandte sich wieder zu Miss Cab um.

»*Por qué* liegst du denn auf dem Boden?«, wollte Mr O. wissen.

Rosie bellte ohrenbetäubend und landete mit einem gewaltigen Satz dicht vor mir und Miss Cab.

»Na, na«, sagte Miss Cab besänftigend.

Brooks baute sich mit finsterer Miene neben meiner Hündin auf. Aus Rosies Kehle kam ein drohendes Knurren. Brooks heftete den Falkenblick auf Miss Cab und kommandierte ruhig, aber entschlossen: »TOT!«

Flammen schossen aus Rosies Augen und Maul. Ich richtete mich auf den Knien auf.

Im nächsten Augenblick hüllte eine blaue Feuerwolke Miss Cab ein.

8

»¡*Mi amor!*«, rief Mr O. entsetzt.

Mangos kullerten über die Veranda, Vögel flatterten von den Bäumen auf und grellblaue Flammen hüllten Miss Cab ein, die gellend schrie.

»Nein!« Ich warf mich auf sie, weil ich die Flammen mit meinem Körper ersticken wollte, aber kaum hatte ich sie gepackt, erfasste der Feuersturm auch mich. Sofort schmolz meine innere Kälte dahin und die Hitze durchströmte und belebte mich.

Aber wo war Miss Cab geblieben? Die Zeit verlangsamte sich, vielleicht blieb sie auch stehen. Das blaue Feuer begann zu flackern. Und dann vernahm ich die gleiche Stimme wie schon letzte Nacht.

Die Schokolade zu essen, war keine gute Idee.

Wer bist du?, fragte ich telepathisch.

Wart's ab. Du wirst es noch erfahren.

Die Flammen erstarben und das Erste, was ich erblickte, war Monster Cab. Ihr Gesicht schmolz, wachsartige Brocken fielen davon ab.

Instinktiv machte ich einen Satz rückwärts. Der Schreck verschlug mir die Sprache und ich konnte nur stumm zusehen, wie grauschwarze Rauchsäulen von ihr aufstiegen.

»*¿Qué es eso?*«, fragte Mr O. verstört. »Wo ist *mi amor*?«

»Das war ein Trugbild«, sagte Brooks grimmig. »Ich hab's gewusst.«

Die Haut der Kreatur tropfte auf den Boden und sammelte sich zu einem zischenden, zähen Häufchen, das nach verkochtem Spinat und verbrannten Haaren stank. Von Monster Cab blieb nur eine plumpe Figur aus rissigem Lehm übrig. Sie hatte angstvoll aufgerissene Augen und einen verzerrten, großen Mund.

Mir war schwindlig, in meinen Ohren klingelte es und meine Knochen vibrierten. Wer war dieser unsichtbare Typ, der schon wieder mit mir geredet hatte? *Wart's ab* ... Ich konnte ihn jetzt schon nicht leiden.

Brooks boxte mich wütend gegen den Arm. »Ich war gleich dagegen, dass du herkommst.«

Plötzlich ertönte aus dem Haus lautes Gepolter, als hätte jemand ein Bücherregal voller dicker Wälzer umgekippt. Sofort rannten wir alle nach drinnen. Im kleinen *sala* war niemand, aber eine Spur aus lehmigen Fußstapfen führte in die sonnendurchflutete, blau gestrichene Küche. Der Kühlschrank war umgekippt – und dahinter? Dahinter saßen Ren und Miss Cab auf dem Fußboden, Rücken an Rücken aneinandergefesselt. Auch ihre Arme und Beine waren gefesselt und zusätzlich waren sie mit Geschirrhandtüchern geknebelt.

»Ren!«, rief ich aus.

»*¡Mi amor!*«, rief Mr O.

Wir befreiten die beiden und halfen ihnen hoch. Ren rieb sich die Handgelenke. »Alles ist meine Schuld. Ich hätte warten sollen, bis –«

»Bis wir kommen«, knurrte Brooks.

Mr O. legte Miss Cab den Arm um die Schultern. »Antonia! *Gracias a Dios.*«

Ganz kurz sah es aus, als würde Miss Cab ihn auch umarmen, doch dann verdüsterte sich ihre Miene und sie stapfte auf die Veranda hinaus. Sie warf einen Blick auf die versengte Lehmfigur und schimpfte: »Erst werde ich in ein Huhn verwandelt, und dann kommt mir so ein Dreckskerl ins Haus, der alles schmutzig macht und mich fesselt und knebelt!«

Ren starrte ungläubig auf die gruseligen Überreste der falschen Miss Cab. »Ich habe sogar versucht, meinen Schatten zu befehlen, uns loszubinden, aber das hat nicht geklappt«, sagte sie zerknirscht. Die Sachen, die sie anhatte, stammten von Brooks: ein grünes T-Shirt und eine Shorts aus Jeansstoff, die ihr viel zu groß war und um ihre schmale Taille schlackerte.

»Was hat das Scheusal denn mit dir angestellt, Zane?«, erkundigte sich Brooks finster.

»Es … es hat mich vergiftet.« Mir war immer noch schwindlig.

»Es hätte euch beide umbringen können«, sagte Brooks zu Ren und Miss Cab.

»Und warum *hat* es Sie nicht umgebracht, Miss Cab?«, fragte ich geradeheraus. Das war vielleicht unhöflich, aber in der Mayawelt redete man nicht lange drumherum.

»Wenn ein Lehmmensch jemanden imitiert, muss der Betreffende erstens noch am Leben und zweitens in der Nähe sein«, klärte Miss Cab mich auf und wiegte den Kopf. »Also wirklich, Zane! Wieso hast du nicht gemerkt, dass das nicht ich war?«

Vielleicht, weil die Lehmfigur genauso ausgesehen hat wie Sie?, hätte ich am liebsten patzig erwidert. Abgesehen von der braunen Schminke und der rissigen Haut. Okay, okay … vielleicht hätte mir etwas auffallen sollen. »Tut mir leid.«

»Mich hat die falsche Miss Cab auch getäuscht«, sagte Ren rasch. »Sie hat behauptet, sie muss mir etwas Wichtiges erzählen, das mir weiterhilft.«

»Übernatürliche Mayas sind bösartig und heimtückisch«, entgegnete Brooks barsch. »Gewöhn dich lieber gleich dran.«

Rosie schnüffelte mit gespitzten Ohren überall herum.

Ich stützte mich Halt suchend auf Fuego. »Kann mir bitte mal jemand erklären, was ein Lehmmensch ist und wo dieser hier hergekommen ist?«

»Weißt du noch, wie die Mayagötter die ersten Menschen erschaffen haben?«, entgegnete Brooks.

»Sie haben sie aus Lehm geformt. Aber sie waren schwach und ohne Verstand, darum haben die Götter sie wieder vernichtet.« Dann machte es bei mir *klick!* »Willst du damit sagen, dass wir es gerade mit einem Wesen aus der Zeit der Schöpfung zu tun hatten?«

»Nein. Dieser Lehmmensch wurde in unserer Zeit erschaffen. Fragt sich nur, von wem und wozu.«

»Wer soll ihn schon erschaffen haben? Die Götter natürlich«, gab ich zurück, denn üblicherweise steckten sie hinter solchen Gemeinheiten.

Doch Miss Cab schüttelte den Kopf. »Dafür war die Figur zu stümperhaft. Trotzdem muss ihr Schöpfer ein Übernatürlicher gewesen sein, denn das Scheusal war derart mit Magie aufgeladen, dass es mich richtig durchgeschüttelt hat.« Nach einer kurzen Pause setzte sie hinzu: »Soweit ich weiß, hat seit über hundert Jahren niemand mehr einen Lehmmenschen erschaffen, denn die meisten sind ziemlich unzuverlässig. Wer diesen hier losgeschickt hat, muss ein Amateur sein.«

Also mich hatte die falsche Miss Cab ja überzeugt. »Damit wären die Götter schon mal ausgeschlossen«, sagte ich.

»Irgendwer wollte an Zane herankommen …«, überlegte Brooks halblaut.

Bei der Vorstellung, dass mir ein Übernatürlicher eine Falle gestellt hatte, bekam ich jetzt doch Schiss. Wie hatte mich derjenige aufgespürt? Ich schielte zu Ren hinüber, die damit beschäftigt war, Rosie zu streicheln. Hatte die Gottgeborene etwas damit zu tun?

Miss Cab schilderte uns, wie sie um Mitternacht aufgewacht war und das Lehmmonster an ihrem Bett gestanden hatte. Sie hatte versucht, es zu überwältigen, aber es war stärker gewesen. Es hatte sie gefesselt, sie von Kopf bis Fuß kartiert und ihr die Stimme geraubt. »Dann ist es die ganze Nacht aufgeblieben und hat Fernsehen geschaut, lauter Werbesendungen und Talkshows. Zuzuhören, wie es vor dem Spiegel Sprechen geübt hat, war die reinste Folter.«

Das erklärte, weshalb das Ungeheuer wie die schlechte Imitation eines Fernsehmoderators geklungen hatte. Die Mayamagie schreckte anscheinend vor nichts zurück! Und was hatte es mit den gruseligen Käfern auf sich? Und mit den Bildern, die ich gesehen hatte? Inzwischen war ich sicher, dass es Orte in New Mexico gewesen waren.

Miss Cab ließ sich auf einen Stuhl sinken und ihre gefiederten Schützlinge kehrten krächzend und flügelschlagend in die Bäume zurück. »Ich weiß, ich weiß, aber jetzt ist wieder alles gut«, rief sie ihnen zu, dann drehte sie sich zu uns um. »Wenn dieser Anschlag tatsächlich Zane galt, ist er in Gefahr. Dann weiß jemand, dass er noch lebt, und wird versuchen, sich irgendwie Zugang zu dieser *isla* zu verschaffen.

Und wenn dann auch noch herauskommt, dass Ren ebenfalls göttlicher Herkunft ist, dann –«

Mir fiel die Kinnlade herunter. »Sie wissen über Ren Bescheid?«

Mr O. pfiff durch die Zähne. »*Una otra* Gottgeborene …«

Ren sah mich an. »Mit dem Knebel im Mund habe ich mich schrecklich hilflos gefühlt, aber dann ist mir eingefallen, wie du Telepathie einsetzt, und ich habe es ausprobiert. Ich wollte zusammen mit Miss Cab überlegen, wie wir uns befreien können.«

Rosie knurrte. Brooks streichelte sie und schaute sich misstrauisch nach allen Seiten um.

»Erst hat es überhaupt nicht geklappt«, fuhr Ren fort, »aber dann habe ich mich ganz fest konzentriert und plötzlich hörte ich Miss Cab, als hätte der Wind ihre Stimme herangetragen. Ich habe ihr alles über mich erzählt.«

»Ich habe immer noch *muchas preguntas*«, unterbrach Mr O. sie. »Erste Frage: Was wollte der Lehmmensch denn nun hier?«

Miss Cab holte eine Handvoll Vogelfutter aus der Tasche und streute es auf den Boden. »Jetzt bist du mit Erzählen dran, Zane.«

Ich folgte der Aufforderung und schilderte meine Begegnung mit dem Monster in allen schaurigen Einzelheiten.

Brooks ging zum Tisch und begutachtete die Schokolade. »Ganz schön schlau.«

Mr O. kippte die Reste in die Tüte, in der die Mangos gewesen waren. »Ich nehme das Zeug mit und analysiere es. Bin schon gespannt, was dabei herauskommt.« Er hatte zwar sein Gewächshaus nicht mitnehmen können, züchtete aber immer noch Chilisorten, außerdem Kräuter und andere Pflanzen. Wenn irgendwer herausfinden konnte, was das für ein Gift war, dann er.

Ren meldete sich wieder zu Wort. »Und was sollten die komischen Käfer ›kartieren‹?«

»Keine Ahnung«, erwiderte Miss Cab, aber auf ihrem Gesicht zeichnete sich tiefe Besorgnis ab. So hatte sie noch nicht einmal ausgesehen, als wir zusammen überlegt hatten, wie wir den Todesgott unschädlich machen konnten.

»Vielleicht war es eine Art magisches Ritual«, meinte Ren.

»Apropos Magie«, Brooks streichelte Rosie immer noch geistesabwesend. »Angeblich haben ein paar Mayamagier mal im Dschungel einen Schlammtümpel entdeckt. Sie glaubten, der Schlamm sei ein Überbleibsel von der Schöpfung der ersten Lehmmenschen und mit großer Macht getränkt.« Sie schüttelte verärgert den Kopf. »Dass die Götter nie ihren Dreck wegmachen können.«

»Die Geschichte kenne ich!« rief Miss Cab aus, als sei ihr plötzlich ein Licht aufgegangen. »Die Hohepriester stellten fest, dass der Schlamm tatsächlich noch Reste von der Schöpferkraft der Götter enthielt. Zusammen mit ihren Magiern stellten sie Zaubertränke daraus her. Allerdings soll der Vorrat seit etwa hundert Jahren erschöpft sein.«

»Hoffentlich haben sie nicht in den übrig gebliebenen Lehmmenschen gebadet«, sagte ich schaudernd.

Ren wurde leichenblass. »Und hoffentlich war dieser Schlamm nicht in der Schokolade, die Zane gegessen hat, denn dann hätte er ja –«

»Ich bin kein Menschenfresser!«, protestierte ich empört.

»No te preocupes«, sagte Mr O. begütigend.

Ich sollte mir keine Sorgen machen? Er hatte gut reden. Er hatte schließlich keinen uralten Lehmmenschen verspeist!

»Echt krass«, sagte Ren.

»Ich verstehe immer noch nicht, was das mit dem ›Kartieren‹ sollte.« Brooks schüttelte den Kopf.

»Oder warum ich Visionen von New Mexico hatte«, ergänzte ich.

»Vielleicht hattest du einen Schock und dein Gehirn hat dir Bilder aus deiner Heimat vorgegaukelt, damit du dich beruhigst?«, überlegte Ren.

War New Mexico denn noch meine Heimat? Rens Erklärung klang einleuchtend, aber ich hatte das Gefühl, dass noch mehr dahintersteckte. »Und was hatte es mit dem Hilferuf auf sich, der in den Boden geritzt war?«

Brooks überlegte. »Beziehen sich die Bilder und das ›Kartieren‹ vielleicht darauf, dass wir nach New Mexico zurückkehren sollen? Oder ist der Empfang hier auf der Insel einfach grottenschlecht?«

»Ich glaube, wir denken in die verkehrte Richtung.« Mr O. kratzte sich versonnen am Kinn. »Wenn ich eine neue Chilisorte züchte, mache ich mir immer ausführliche Aufzeichnungen, damit ich nachvollziehen kann, wie ich vorgegangen bin. Ich fertige sozusagen eine geistige Karte an.«

Niemand sagte mehr etwas. Die Vögel pickten das Futter vom Boden auf und ein lauer Wind strich durch die Bäume. Dann traf es mich wie ein Schlag.

»Jemand will herausfinden, wie meine Gabe funktioniert!« Tja, derjenige würde enttäuscht sein. Mehr als kümmerliche Feuerzitronen brachte ich immer noch nicht zustande.

»Du, Zane …«, fing Brooks an, als müsste sie mir etwas Schlimmes gestehen.

»*Dios mío*«, kam es von Miss Cab.

»Jemand ist auf meine Macht scharf, stimmt's?«

Ren strich sich den Pony aus den Augen und sagte grimmig: »So ein Mistkerl.«

»*Canalla!*« bekräftigte Mr O.

»Aber derjenige hat es nicht geschafft, sie mir wegzunehmen«, fuhr ich fort. »Als ich vorhin die falsche Miss Cab löschen wollte, habe ich mich nicht verbrannt, sondern das Feuer hat mich wieder zum Leben erweckt.«

Brooks verzog den Mund und verschränkte die Arme. »Du weißt schon, was das bedeutet, oder?«

»Was denn?« Ich wollte es wissen – und auch wieder nicht. »Was bedeutet es denn?«

»Dass derjenige zurückkommen und es noch mal versuchen wird.«

Warum musste sie eigentlich immer so pessimistisch sein?

Rosie fletschte knurrend die funkelnden Reißzähne, als könnte sie es kaum erwarten, sich auf den Schurken zu stürzen. Seit sie mir damals als abgemagertes Häufchen Elend zugelaufen war, hatte sie sich ganz schön verändert.

Miss Cab richtete sich die zerzauste Frisur. »Ich brauche meine Augen.«

Seit wir auf der Insel waren, hatte sie den Kasten mit den gruseligen lebendigen Augäpfeln, mit deren Hilfe sie in die Zukunft blickte, nicht mehr hervorgeholt. Es hätte auch keinen Zweck gehabt, denn Ixtabs Schemenmagie – oder eher Knastmagie – setzte die Dinger außer Gefecht.

»Ich weiß ja nicht, wie es euch geht«, sagte Brooks grimmig, »aber ich kann die blöde Lehmfigur nicht mehr sehen.« Die Luft flimmerte grün und blau, dann zermalmte sie die Figur mit ihren scharfen Falkenkrallen, bis nur noch braunes Pulver übrig war. Es war ein beeindruckendes Schauspiel.

Ren bekam den Mund nicht mehr zu. »Wow! Das ist noch cooler als im Buch.«

Miss Cab bückte sich und befühlte das Pulver. »Hört ihr die Stimmen auch?«

Stimmen aus einem Häufchen Dreck? Auch nicht sonderbarer als die Stimme, die ich in der Feuerwolke vernommen hatte, aber diesmal hörte ich nichts.

Mr O. und Ren kamen näher und Brooks nahm wieder Menschengestalt an. Sie warf mir einen Was-soll-das-denn jetzt?-Blick zu, als Miss Cab eine Handvoll Lehmpulver aufhob, die Augen schloss und eine seltsame Melodie summte. Sie ließ das Pulver langsam durch die Finger rieseln, dann öffnete sie die Augen wieder.

»Haben Sie etwas gesehen, meine Liebe?«, wollte Mr O. wissen.

Miss Cabs Mund klappte auf, sie wich einen Schritt zurück. Die Vögel spielten plötzlich verrückt, und ein jäher Windstoß fegte über die Veranda und wirbelte das braune Pulver auf. Rosie warf den Kopf zurück und heulte. Anscheinend hatte Miss Cab tatsächlich etwas gesehen, aber wie hatte sie das gemacht?

»Stimmt etwas nicht?«, fragte Ren zaghaft.

Miss Cab sah mich an. »Ich habe eine Botschaft empfangen. Von den Vorfahren.«

»Welchen Vorfahren?«

»Einem uralten Geschlecht bedeutender Seher.« Miss Cab klang angespannt. »Sie sind sehr mächtig, aber es muss sie viel Mühe gekostet haben, trotz der Schemenmagie zu mir durchzudringen. Vielleicht hat ihnen auch jemand dabei geholfen.«

»Und wie lautet die Botschaft?« Ich war gespannt. War es wieder etwas so Banales wie: *Die Schokolade zu essen, war keine gute Idee?*

Nach kurzem Zögern antwortete Miss Cab: »Wähle deinen Weg in der Finsternis, aber nimm dich in Acht, denn alle Wege führen zum vernichtenden Zorn der Götter.«

»Na toll«, sagte Brooks ironisch.

»Ist das alles?«, fragte ich. »Egal, welchen Weg ich wähle, rasten die Götter aus?«

»Komische Prophezeiung«, meinte Ren skeptisch.

Miss Cab schnitt eine Grimasse. »Die Verbindung ist wieder abgerissen, aber die Vorfahren konnten mir noch etwas anderes mitteilen.«

»Was denn?!«, riefen wir alle im Chor.

Ich hielt den Atem an und hoffte inständig, sie würde etwas antworten wie: *Zane wird Hurakan befreien und niemand kommt dabei ums Leben.*

»Die Prophezeiung des Feuers war erst der Anfang.«

Mir rutschte das Herz in die Hose. Das Gleiche hatte damals der Tarotkartenleser am Venice Beach zu mir gesagt. Der Typ mit den goldenen Schneidezähnen und der silbernen Sonnenbrille, der angeblich meine Zukunft in der Tasche hatte. Inzwischen bereute ich, dass ich nicht stehen geblieben war und mich mit ihm unterhalten hatte. Vielleicht wüsste ich dann jetzt mehr. Aber seinerzeit hatte ich nur gedacht, dass er mich anbetteln wollte.

Ich rief mir unsere Begegnung ins Gedächtnis zurück. Was hatte er sonst noch gesagt? Dann fiel es mir wieder ein.

Feuer greift um sich, bis es alles vernichtet hat, was ihm in die Quere kommt.

9

Als wir gingen, hatte ich ein ungutes Gefühl. Was war da-mit gemeint, dass die Prophezeiung des Feuers erst der Anfang war? Und wenn diese Vorfahren so überragende Seher waren, warum verkündeten sie mir dann nicht, wer mir meine Fähigkeiten rauben wollte?

»Warum rennst du so, Zane? Wo willst du denn hin?« Brooks musste lange Schritte machen, um mich einzuholen.

»Xib'alb'a«, sagte ich knapp. Inzwischen war ich erst recht überzeugt, dass die Eingebung, die ich vor dem Besuch bei Miss Cab gehabt hatte, richtig war. Es war dringender denn je, dass wir meinen Vater befreiten und dann hoffentlich Antworten auf unsere Fragen bekamen.

»Wir wollen in die Unterwelt?« Ren klang verdächtig nach Vorfreude.

»Nicht *wir*«, gab ich zurück.

Brooks' Bernsteinaugen blitzten. »Spinnst du? Glaubst du echt, du kannst die Königin der Unterwelt anbetteln, dich von hier wegzulassen? Als ich das vorhin gesagt habe, sollte es ein Witz sein. Zane? Hörst du mir überhaupt zu? Wenn Ixtab erfährt, was du vorhast, wird sie ihre Magie nur noch verstärken, und dann kommen wir nie mehr von hier weg.«

»Du hast doch noch den Pfortenplan, oder?«

»Schon, aber er steckt zu Hause in meinem Rucksack.«

»Dann müssen wir ihn eben holen.«

»Wozu?«

Mein Blick fiel auf Rosie. Vielleicht konnte sie den Plan ja holen. Für mich war es zu riskant. Womöglich begegnete ich Mom. Miss Cab hatte sie bestimmt schon angerufen und ihr alles haarklein erzählt. »Weil ich nachsehen will, welcher Ausgang aus der Unterwelt nach South Dakota führt. Deswegen will ich nach Xib'alb'a – nicht, um mit Ixtab zu reden.«

Rosie lief zwischen mir und Ren und ich spürte, dass sie Ren beschützen wollte. Das gab mir einen Stich. Würde es zwischen uns jemals wieder wie früher werden? Und wenn nicht? Ich verscheuchte den Gedanken. Er war einfach zu deprimierend.

»Und was machst du, wenn du Ixtab trotzdem über den Weg läufst?«, fragte Ren.

»Das wäre natürlich blöd, aber die Hölle ist groß. Wahrscheinlich kriegt sie gar nicht mit, dass wir da sind.«

»Das ist die bescheuertste Idee, die ich von dir je gehört habe, Zane!« In Brooks' Stimme schwang Panik mit. »Wir brauchen einen richtigen Plan, und nicht nur einen, sondern auch noch einen Plan B, C und so weiter.«

»Dafür haben wir keine Zeit«, hielt ich dagegen. »Uns bleiben nur noch dreieinhalb Tage. Es ist unsere einzige Chance! Du hast selbst gesagt, dass derjenige, der auf meine Fähigkeiten scharf ist, jederzeit zurückkommen kann. Dann kann ich meinen Vater nie befreien. Ich muss handeln!«

Ren schien etwas anderes zu beschäftigen. »Glaubt ihr, es gibt in Xib'alb'a auch Außerirdische?«

»Wie kommst du denn jetzt darauf?«, fragte Brooks gereizt.

»Ich habe einen Blog namens *Himmelsbeobachterin.* Schon mal gehört? Nein? Ich schreibe über UFO-Sichtungen, Begegnungen mit Außerirdischen und solche Sachen. Ihr würdet staunen, wie viele Leute mir mailen. Klar sind eine Menge Falschmeldungen dabei, aber auch viele echte Erfahrungen. Die Leute schicken mir krasse Fotos.«

Brooks nickte, als wäre das nicht total abwegig, aber dann fing Ren von einem längst verstorbenen König aus Palenque an, der Pakal hieß. »Die Reliefs auf seinem Sarkophag zeigen ihn, wie er in einem Raumschiff sitzt«, sprudelte sie aufgeregt hervor. »Seither streiten sich die Gelehrten, ob vielleicht schon uralte Kulturvölker wie die Ägypter Besuch von Außerirdischen bekommen haben. Ich weiß es zwar auch nicht, aber ich bin fest überzeugt, dass der Himmel und die Sterne noch eine Menge Geheimnisse bergen.«

»Ein Raumschiff«, wiederholte Brooks ausdruckslos. »Geheimnisse.«

Ren strahlte sie an. »Wahnsinn, oder?«

»Schön für diesen Pakal«, unterbrach ich das Gespräch, »aber jetzt müssen Brooks und ich uns in die Hölle begeben, und du gehst zu meiner Mutter nach Hause und wartest dort auf deinen Opa.«

Brooks drehte sich zu mir um. »Wenn … wenn Ixtab uns erwischt …«

»Dann erfinden wir eine Ausrede.«

»Dass wir uns nur mal in der Hölle umschauen wollen, zum Beispiel.« Ihre Stimme triefte vor Sarkasmus. Konnte sie nicht dieses eine Mal *Gute Idee!* sagen?

Die Vorstellung, Ixtabs eigenes Reich als Schlupfloch aus ihrer magischen Festung zu benutzen, befriedigte mich irgendwie. Laut dem Zettel, den mir die falsche Miss Cab präsentiert hatte, wollte Ixtab verhindern, dass ich in den Vollbesitz meiner Fähigkeiten gelangte. Entsprach das der Wahrheit? Aber warum hatte sie mich dann nicht schon vor Monaten umgebracht, als ich in der Unterwelt ihr Gefangener gewesen war?

Es fing an zu nieseln und mir wurde wieder mulmig zumute, als wir in eine Nebenstraße mit bunt bemalten Häusern einbogen. Die Stimme im Feuer und jetzt die Botschaft der Vorfahren beunruhigten mich immer noch.

Brooks hielt mich am Arm fest, sodass ich stehen bleiben musste. »Wollen wir nicht doch lieber versuchen, die unsichtbare Mauer mit Schwung zu durchbrechen?«

Da ging mir endlich ein Licht auf. Brooks verabscheute die Unterwelt, weil ihre Schwester Quinn dort schlechte Erfahrungen gemacht hatte. Quinn hatte sich nach Xib'alb'a geflüchtet, weil sie den Heldenzwilling Xb'alamkej alias »Jordan, der Vollidiot« nicht heiraten wollte. Ixtab hatte ihr zwar Zuflucht gewährt, aber nur unter der Bedingung, dass sie ihr dienen musste. Wahrscheinlich fürchtete Brooks, dass ihr das gleiche Schicksal blühen könnte. »Ist schon gut. Du brauchst mich nicht zu begleiten.«

»Jetzt pass mal gut auf, Zane Obispo! Wenn du denkst, du kannst mir Vorschriften machen …«

»Es geht doch um etwas ganz anderes«, fiel ihr Ren ins Wort.

Wir drehten uns um. Ren lehnte an einem der Wandgemälde, die typisch für die Insel waren. Dieses hier war in Gelb- und Pinktönen gehalten und zeigte ein fantastisches Seeungeheuer mit einer Art Geweih auf dem Kopf. »Kapiert ihr das denn nicht? Der Feind – wer auch immer er oder sie ist – legt es drauf an, dass ihr euch streitet, weil euch das angreifbarer macht. Wir müssen jetzt zusammenhalten.« Damit ging sie weiter und Rosie folgte ihr.

»Da lang geht es aber nicht nach Hause«, rief ich ihr nach.

»Wer *ist* sie?«, fragte Brooks flüsternd, dann liefen wir hinter Ren her.

»Ihr seid beide noch am Leben, weil ihr zusammengehalten habt, stimmt's?«, sagte Ren, als wir das Naturschutzgebiet erreicht hatten.

»Stimmt. Und weil wir einen *Plan* hatten«, konterte Brooks.

Ren pflügte unbeirrt weiter durch das Dickicht. Rosie trabte mit qualmender Schnauze neben ihr her.

»Warte mal«, sagte ich. »Du weißt doch gar nicht, wo wir hinmüssen.«

»Dann geh du voran«, erwiderte Ren über die Schulter, lief aber nicht langsamer. »Ich habe das Meer überquert«, setzte sie hinzu. »Die Magie hat mich gerufen. *Du* hast mich gerufen. Und ich bin nicht ohne Grund in der Nacht vor dem Anschlag auf dich eingetroffen ... und bevor dir die Vorfahren verkündet haben, dass die Prophezeiung des Feuers erst der Anfang war. Das kann unmöglich Zufall sein. Du brauchst meine Hilfe. Und außerdem ...« Sie zuckte die Achseln. »... außerdem ist Ixtab vielleicht meine Mutter. Du bist nicht der Einzige, der Antworten sucht, Zane.«

Ixtab sollte Rens Mom sein? Im Ernst? Die Königin der Unterwelt hatte so gar nichts Mütterliches. Andererseits hatte ich geglaubt zu sehen, wie sie sich eine Träne abwischte, als sie mir von den anderen Gottgeborenen erzählt hatte. Hatte sie da vielleicht an ihr eigenes Kind gedacht?

»Du kannst die Herrscherin der Hölle nicht einfach fragen, ob sie deine Mutter ist«, wandte ich ein. »Und was ist mit deinem Opa? Er kommt extra deinetwegen her.«

Jetzt blieb Ren stehen. »Ja und?«

»Glaubst du nicht, dass er ein bisschen angepisst ist, wenn er dich nicht antrifft?«, sagte Brooks.

Ren schüttelte den Kopf. »Er hat immer gesagt, dass ich eine wichtige Bestimmung habe, die ich eines Tages begreifen werde. Er hat mich ja selber weggeschickt, damit ich dem Ruf der Magie folge. Ich verspreche euch, dass ich Ixtab nicht frage – falls wir ihr überhaupt begegnen. Ich will mich dort unten nur mal umsehen. Vielleicht entdecke ich ja irgendeinen Hinweis.«

»Du bringst dich in Lebensgefahr«, gab ich zu bedenken. »Das Lehmmonster war noch gar nichts.«

Sie sah mich mit ihren Eisaugen eindringlich an. »In deiner Nähe kann mir weniger passieren.«

»Da ist was dran«, wechselte Brooks plötzlich die Seite.

Wie bitte? Geht's noch?

Auch Rosie knurrte zustimmend. *Verräterin!*

Doch so schnell gab ich nicht auf. »Wir reden hier von der Unterwelt! Xib'alb'a ist ein finsterer, gefährlicher Ort, an dem es von mordlustigen Dämonen nur so wimmelt!« Okay, Letzteres war frei erfunden, aber andererseits war es gut möglich und vielleicht schreckte es Ren ja ab. »Und vor allem bist du nicht –« Ich unterbrach mich rechtzeitig, bevor Rosie auf Drachenmodus umswitchte und den Urwald abfackelte. »Vor allem bist du nicht *T-O-T* und kannst gar nicht nach Xib'alb'a gelangen, außer –«

»Du bist selber nicht *T-O-T*«, sagte Ren. »Die Notfallpforte ist für Lebende gedacht.«

»Aber nicht für jeden!« Dabei wollte ich gar nicht unbedingt allein losziehen, im Gegenteil. Ich hatte bloß Angst, dass Ren etwas zustoßen könnte. Das hätte ich nicht ertragen.

»Wir stimmen ab«, mischte sich Brooks wieder ein, verwandelte ihre Arme in riesige Falkenflügel und reckte sie in die Höhe. Wollte sie mich einschüchtern? Pech gehabt. »Ich bin dafür, dass uns Ren nach Xib'alb'a begleitet«, setzte sie überflüssigerweise hinzu. »Als Gottgeborene hat sie ein Recht, die Wahrheit über ihre Mutter zu erfahren.«

Ein Rascheln ließ uns herumfahren. Hondo tauchte zwischen den Bäumen auf. Er war ganz außer Atem und hatte Blätter in den dichten Locken.

»Ha-hallo«, stotterte ich. »Was machst du denn hier?«

»Ich bin Rosies Rauchfahne gefolgt, und ihr seid sowieso nicht zu überhören«, keuchte er, dann sah er Ren an. »Du bist also auch eine Gottgeborene?«

»Wie kommst du denn darauf?«, sagte ich rasch.

»Ich bin doch nicht blöd. Ich meine, ich bin aufgewacht und plötzlich ist ein fremdes Mädchen hier, das seinen Namen in dein Enthüllungsbuch geschrieben hat. Am Strand liegt ein verbranntes Boot und ihr benehmt euch auf einmal alle ganz komisch. Deine Mutter hat auch so was gesagt, und dann habe ich noch das hier entdeckt.« Er zog Brooks' Rucksack hinter dem Rücken hervor.

»Gib sofort her!« Brooks riss ihm den Rucksack aus der Hand.

»Da will wohl jemand auf Monsterjagd gehen.« Hondo grinste. »Darf ich die Axt für dich tragen?«

»Niemand geht hier auf Monsterjagd«, widersprach ich energisch und hoffte inständig, dass wir während unserer Unternehmung nicht noch mehr Monstern begegnen würden. Ja, ich weiß, ich bin immer noch viel zu optimistisch.

Brooks kramte in ihrem Rucksack, als wollte sie sich vergewissern, dass noch alles drin war. »Wo ist meine Dämonen-Taschenlampe?«

Hondo griff in seine Hosentasche. »Ich brauche das Ding dringender als du. Du bist ein Falke mit Mörderkrallen.«

»Stimmt. Behalt sie.«

»Kann ich auch eine haben?« Ren spähte neugierig in den Rucksack.

»Augenblick!«, wechselte Brooks unvermittelt das Thema. »Du besitzt Zanes Buch, Hondo?«

»Es ist meins. Ich habe es schon überall gesucht«, sagte Ren.

»Ich fand's nicht besonders gut«, entgegnete Hondo rasch, konnte seine Schadenfreude aber nur mit Mühe verbergen. »Du würdest es langweilig finden, schließlich hast du das Ganze ja selbst erlebt. Zanes schriftstellerisches Talent hält sich echt in Grenzen.« Er legte mir den Arm um die Schultern. »Ist doch so, oder?«

Es war ja nett von meinem Onkel, dass er mich in Schutz nahm, aber musste er mich unbedingt vor den anderen lächerlich machen?

»Also, ich fand das Buch …«, Ren stockte kurz und gab sich dann einen Ruck: »Es ist eine tolle Abenteuergeschichte. Teilweise total eklig, aber manche Stellen sind auch richtig süß.«

»Wie bitte?« Brooks lachte auf. »Also, ich erinnere mich vor allem an Dämonen, Blut, Haare und Eingeweide.«

Das war natürlich richtig, aber hatte sie schon vergessen, wie sie damals auf dem Boot an meiner Schulter eingeschlafen war? Oder wie …

Ren sah mich an und ich versuchte, ihr wortlos mitzuteilen: *Wehe, du redest weiter!*, aber es half nichts. »Ich meine die Stelle, wo Jazz euch die Zauberklamotten gebracht hat und du dieses superschöne Kleid angezogen hast. Und als Zane dich darin gesehen hat –«

»Du hast über mein *Kleid* geschrieben?«, fragte Brooks ungläubig.

»Äh, keine Ahnung … weiß ich nicht mehr … und außerdem haben wir jetzt wirklich andere Probleme.« Ich hätte Ren erwürgen können. Entweder hatte sie null Feingefühl oder sie war total naiv. Hatte sie denn meinen Blick nicht mitbekommen?

»Allerdings«, bestätigte Hondo. »Zum Beispiel, wieso ihr mir nicht Bescheid gesagt habt, wo ihr hinwollt. Und stell dich jetzt bloß nicht dumm, *Kumpel.*«

»Wir wollen nach Xib'alb'a«, sagte Ren.

»Ich hab's geahnt. Und warum, bitte schön?«

»Na los, erzähl ihm doch einfach alles«, knurrte ich.

Hondo rieb sich die stoppelige Wange. »Wenn ihr in die Hölle wollt, braucht ihr einen Helden wie mich.«

»Mir wär's auch lieber, wenn Hondo mitkommen würde«, meinte Ren. »Letztes Mal hat er euch das Leben gerettet.«

Hondo grinste sie breit an. »Ich mag die Kleine.«

Es ihm ausreden zu wollen, hätte keinen Zweck gehabt. Er ließ sich grundsätzlich keine Gelegenheit zum Kämpfen entgehen. Schließlich war er Wrestler und das ruhige Inselleben machte ihm jetzt schon zu schaffen. Er forderte praktisch jeden, der ihm über dem Weg lief, zum Zweikampf heraus und – Überraschung! – gewann jedes Mal. Sein Intensivtraining zahlte sich aus.

»Sollst du nicht eine Touristengruppe über die Insel kutschieren?«, sagte ich rasch.

»Doch, aber das Golfcart ist nicht für schnelles Fahren gebaut und ich hatte sozusagen eine Reifenpanne.«

»Du solltest die Reifen doch wechseln.«

»Genau genommen habe ich eine Gruppe Kanadier mitten im Dschungel allein gelassen. Glaubt ihr, wir kriegen jetzt eine schlechte Bewertung bei TripAdvisor?«

Ren lachte, ich seufzte nur.

»Noch mal zu dem Buch …«, fing Brooks an.

»Du hast doch gehört, dass Hondo es stinklangweilig fand.« Sie war echt hartnäckig. Mir wurde von Sekunde zu Sekunde heißer, die Sache wurde immer verzwickter. Jetzt musste ich nicht nur einen Ausgang aus der Hölle finden, meinen Vater befreien und herausfinden, wer den Lehmmenschen auf mich gehetzt hatte, ich musste auch noch dafür sorgen, dass Brooks das Buch auf keinen Fall las. »Wichtig ist doch nur«, setzte ich hinzu, »dass wir irgendwie von dieser Insel wegkommen.«

»Und dabei kann ich euch helfen – hundertfünfzig Prozent«, verkündete Hondo. Er tänzelte sozusagen schon auf der Stelle.

»Du meinst hundert Prozent«, berichtigte ihn Ren.

»Hä?«

»Du hast hundertfünfzig gesagt und das ist unlogisch.«

»Was ist schon logisch?« Hondo sah mich an und verdrehte die Augen. »Ich überleg's mir noch mal, ob ich die Kleine mag.«

Als wir ihn aufgeklärt hatten, was bei Miss Cab vorgefallen war, schüttelte er fassungslos den Kopf und wiederholte einzelne Wörter wie: *Käfer? Kartieren? Lehmtyp?*, aber als wir dazu kamen, dass Ren in ihren Träumen Ungeheuer heraufbeschwor, unterbrach er uns und fragte sie: »Kannst du auch noch andere Sachen erscheinen lassen? Ein Gewinnerlos fürs Lotto zum Beispiel oder ein Ninja-Schwert oder so was?«

»Ich glaube nicht«, erwiderte Ren bedauernd. »Jedenfalls habe ich es noch nie ausprobiert.«

»Wenn du willst, bringe ich dir ein paar mentale Techniken bei. Ich beschäftige mich mit so was. Dann könntest du auf dein Unbewusstes zugreifen und alles heraufbeschwören, worauf du Lust hast. Seht ihr? Ihr braucht mich! Nehmt ihr Ren und mich jetzt mit? Ich bin für Ja.«

»Ich auch.« Ren gab Hondo ein High five, als wären sie alte Fußballkumpel.

»Macht vier zu eins, Zane.« Brooks zog vielsagend die Augenbraue hoch.

Alle (auch Rosie) schauten mich erwartungsvoll an. Ich hatte schon verloren.

Mein hinterhältiger Onkel ließ seinen Bizeps spielen, deutete mit dem Kinn darauf und sagte: »Na dann, *vamónos!* Auf zur Höllentour.«

10

In anderen Welten wie zum Beispiel in Xib'alb'a, der Alten Welt und der Leere, vergeht die Zeit nicht auf die gleiche Weise wie bei uns. Was dort drei Stunden sind, kann bei uns ein ganzer Tag sein – oder auch nur drei Sekunden dauern. Darum musste ich so schnell wie möglich in die Unterwelt gelangen, um a) meinen Vater rechtzeitig zu befreien und b) meiner Mutter Sorgen zu ersparen.

»Du musst Mom beibringen, dass wir eine Weile weg sind, Hondo.«

Ja, ich geb's zu, ich wollte mich drücken, aber wenn du meine Mutter kennen würdest, hättest du es genauso gemacht.

»Vergiss es«, entgegnete Hondo. »Ich kann jetzt nicht nach Hause. Sie bringt mich schon wegen der Sache mit den Touristen um. In der Hölle bin ich besser dran.«

»Sie würde euch bestimmt bloß davon abhalten wollen«, meinte Ren. »Schreib ihr einfach einen Zettel, Zane.«

»Nach dem letzten Zettel hätte sie mir am liebsten die Wimpern ausgerissen. Einzeln«, gab ich zurück.

Brooks nickte. »Dann musst du es ihr eben persönlich sagen.«

»Kommt nicht infrage. Ren hat recht – sie würde es mir sowieso verbieten.« Somit galt Plan B.

Miss Cab sollte es ihr beibringen.

Ich borgte mir von Brooks einen Kuli und schrieb auf einen Kassenzettel, den Hondo aus seiner Hosentasche zutage förderte, eine In-der-Kürze-liegt-die-Würze-Nachricht.

Bitte richten Sie Mom aus, dass wir etwas erledigen müssen. Wir sind bald zurück. PS: Kein Grund zur Sorge.

Den Zettel gab ich Rosie und trug ihr auf, ihn Miss Cab zu bringen. Rosie schaute mich mit ihren großen braunen Augen an und winselte, als würde auch sie sich lieber vor dieser Aufgabe drücken.

»Du kannst dich doch teleportieren«, sagte ich. »Lass den Zettel einfach in ihren Briefkasten fallen und verflüchtige dich.«

Rosie rollte mit den Augen, löste sich dann aber in schwarzen Rauch auf. Hätte sie sprechen können, hätte sie bestimmt gesagt: *Du bist ein elender Feigling und schuldest mir lebenslang jeden Tag frisches Hühnchen.*

Wenn ich diese Unternehmung überlebte, würde mir Mom hinterher den Kopf abreißen. Hoffentlich ließ sich Rosie nicht von einem Flamingo oder einer vom Wind verwehten Plastiktüte ablenken.

Wir schlängelten uns weiter durch das dämmrige Dickicht der Bäume, deren ineinander verflochtene Kronen das Sonnenlicht abhielten. Ich hackte uns mit Fuego den Weg frei.

»Zane?« Brooks hielt plötzlich an und zeigte auf Ren, die mit glasigen Augen reglos dastand. Sie blinzelte nicht mal und ihre Pupillen waren so geweitet, dass die blaue Iris kaum noch zu erkennen war.

»Ren?« Hoffentlich wurde sie nicht ohnmächtig oder so was. Doch sie stand nur da wie eine Statue. »Sie ist wieder mal in Trance«, sagte ich.

Hondo machte große Augen. »Sie sieht wie ein Zombie aus.«

Aus allen Richtungen zwitscherte und kreischte es, die Schatten um uns herum schienen schwärzer zu werden. Brooks drängte sich an mir vorbei und musterte Ren. »Wie lange dauert so was?«

»Woher soll ich das wissen?«

Auch Hondo betrachtete Ren nachdenklich. »Vielleicht ist es ja wie bei diesen Mönchen. Man denkt, sie wären gestorben, aber in Wahrheit meditieren sie bloß.«

»Ich bin ziemlich sicher, dass Ren nicht meditiert«, erwiderte ich.

»Was dann? Glaubst du, sie beschwört wieder Schattenmonster herauf?« Hondo schnippste vor Rens Augen mit den Fingern.

Dann können wir die gemütliche Tour durch die Unterwelt vergessen, schoss es mir durch den Kopf.

»So geht das nicht«, sagte Brooks leise. »Sie ist völlig wehrlos.« Sie holte eine Wasserflasche aus ihrem Rucksack.

»Was hast du vor?«

»Sie hat doch gesagt, wir sollen ihr kaltes Wasser ins Gesicht kippen.«

»Aber nur, wenn sie schläft. Von Trancezuständen oder Anfällen hat sie nichts gesagt. Es könnte ihr sogar schaden, wenn wir sie jetzt aufwecken. Vielleicht muss sie von allein wieder zu sich kommen.«

»Ich kann sie tragen«, bot Hondo an. »Sie wiegt doch höchstens vierzig Kilo.«

In diesem Augenblick materialisierte sich Rosie wieder. Ausnahmsweise hatte sie mal das perfekte Timing.

»Rosie soll sie tragen«, sagte ich.

Hondo hob Ren hoch und legte sie behutsam auf Rosies breiten Rücken. »Lass sie nicht fallen, mein Mädchen.«

»War Miss Cab sauer?«, wandte ich mich an meine Hündin, während ich neben ihr ging und Ren mit einer Hand festhielt. Rosie schielte zu mir hoch, als wollte sie erwidern: *Frag lieber nicht.*

Der Urwald wurde immer dunkler und dichter, umzingelte uns, als wäre er lebendig und wir wären ungebetene Eindringlinge. Unsere Schritte waren leicht – nur ab und zu knackte ein Zweig unter unseren Schuhen –, aber mir war beklommen zumute, denn ich durchlebte in Gedanken noch einmal das, was vorausgegangen war. Rens Auftauchen kurz vor dem Angriff des Lehmmonsters. Die rätselhafte Stimme. Die unheilverkündende Botschaft dieser dämlichen Vorfahren.

Dann kam die Kuppe der Bestie in Sicht und mein Herz setzte einen Schlag aus. Jeder andere hätte nur undurchdringlichen Regenwald erblickt, doch ich erspähte den wohlbekannten schwarzen Kegel, der hundert Meter hoch in den Himmel ragte.

Als ich stehen blieb, schaute Hondo sich um. »Hier geht es nirgendwohin.«

»Doch. Da vorn ist der Vulkan.« Ich bog ein paar dicht belaubte Äste auseinander und die Dunkelheit verschluckte uns.

»Puh«, machte Hondo. Er fühlte sich sichtlich unwohl. Mein Onkel war zum ersten Mal hier. Schon zu Hause in New Mexico hatte er sich nicht für meinen Vulkan interessiert – oder aber er respektierte, dass die Bestie mein Revier war. Und er würde mich sofort umbringen, wenn ich dir das verrate, aber er litt an Klaustrophobie. Geschlossene, enge Räume machten ihm eine Scheißangst. Nachdem ihn die Heldenzwillinge vergiftet hatten, war es noch schlimmer geworden, denn in seinem Folterschlaf waren seine schrecklichsten Albträume wahr geworden. Er hatte nie darüber gesprochen, aber ich ging davon aus, dass er in einer eiskalten, stockfinsteren Kiste eingesperrt gewesen war, deren Wände ihn fast erdrückten, während er gleichzeitig mit ohrenbetäubender Musik beschallt wurde. Sein ganzes Meditieren diente nur dem Zweck, dass er sich nie wieder so ausgeliefert fühlen wollte. Mithilfe des Mentaltrainings übte er, seine größten Ängste auszuhalten. Wenn das Ganze vorbei war, würde ich ihn vielleicht bitten, mir ein paar Methoden beizubringen.

Rosie trabte jetzt voraus und trat mit ihren gewaltigen Pfoten das Unterholz platt. Ich wollte sie schon ermahnen, weil sie schließlich eine Bewusstlose auf dem Rücken trug, aber wundersamerweise fiel Ren nicht herunter.

Dann kamen wir auf eine Lichtung, aber weil die Bäume darum herum so hoch wie Wolkenkratzer aufragten und breite Kronen hatten, ließen sie nur vereinzelte Sonnenflecken durch.

Hondo schaute sich wieder um. »Und wo ist jetzt der Vulkan?«

»Hinter einem magischen Schleier«, antwortete Brooks.

Die letzten zwanzig Meter ging es bergauf, dann tauchte der Vulkan wie aus dem Nichts vor uns auf. »Wo kommt der denn auf einmal her?«, fragte Hondo fassungslos.

»Er war die ganze Zeit da. Du bist jetzt bloß nah genug dran«, entgegnete ich.

»Hat der magische Schleier eine Schwachstelle?«

»Wenn du nicht mit uns Übernatürlichen unterwegs wärst, könntest du den Vulkan überhaupt nicht sehen«, gab Brooks zurück.

Der Eingang zum Krater war nicht wie in New Mexico mit Gestrüpp getarnt, sondern mit einem Zauberbann geschützt. Nur übernatürliche Wesen konnten die Steinplatte wegschieben.

Als Rosie sie anstupste, glitt sie sofort auf und kalte Luft schlug uns entgegen.

Plötzlich regte sich Ren wieder, setzte sich auf und rieb sich die Augen.

»Na? Geht's dir wieder gut?«, erkundigte ich mich.

Sie sah sich um und schien sich erst mal zurechtfinden zu müssen. »Nein, es geht mir nicht gut! Wie soll ich euch eine Hilfe sein, wenn ich andauernd weggetreten bin?«

»Hast du nicht gesagt, es passiert, wenn du Angst bekommst oder gestresst bist?«

Sie nickte. »Ich hab ein bisschen Schiss –«

»Vor der Unterwelt?« Hondo atmete tief durch. »Ich auch.«

»Davor, dass Ixtab vielleicht meine Mutter ist«, beendete Ren ihren Satz.

»Du schaffst das schon«, sagte ich beruhigend und überlegte gleichzeitig, ob ihre Trancezustände womöglich mit ihrer göttlichen Herkunft zusammenhingen. Ich hatte mein Bein ja von Hurakan geerbt, dessen Beiname auch »Einbein« oder »Schlangenbein« lautete. Vielleicht hatte Rens Mutter auch so einen Beinamen?

Hondo verzog das Gesicht. »Wenn du bei Stress in Trance fällst, dann mach dich auf was gefasst, denn wir betreten gleich ein Mayairrenhaus.«

»Das ist Ren bewusst«, entgegnete ich verärgert. »Du brauchst es nicht noch mal zu betonen. Das ist jetzt echt nicht hilfreich.«

»Ich meinte doch nur, dass sie lernen sollte, mit Stress besser umzugehen. Meditation könnte da helfen.«

»Ich probiere gern alles aus«, sagte Ren. »Hauptsache, ich verwandle mich nicht mitten in einem Kampf oder sonst einem entscheidenden Augenblick in einen Zombie.«

»Ich bring's dir bei«, flüsterte Hondo ihr zu.

»Können wir jetzt endlich reingehen?« Brooks streifte ihren Rucksack über, ließ sich auf alle viere nieder und schlüpfte als Erste durch die Öffnung.

»Ist das der Eingang für Zwerge?«, fragte Hondo, als er ihr geduckt folgte.

»Ich seh nichts«, kam es von Ren. Sie krabbelte hinter Rosie her, die auf dem Bauch robben musste, damit sie sich nicht den Kopf stieß. Jetzt ließ sie die Flammen in ihren Augen auflodern, sodass es heller wurde. »Danke, Rosie.«

Ich war hinter Ren. »Kannst du im Dunkeln denn nichts erkennen?«

Nach kurzem Zögern antwortete sie: »Ich glaube, das ist eher dein Ding.«

Rosie schnaubte.

Der Gang war eng und Hondos Atemzüge vor mir wurden immer schneller und flacher. Dann stimmte er einen leisen Sprechgesang an, aber ich verstand die Worte nicht.

»Wir sind gleich da«, sagte ich beruhigend, verband mich mit der Hitze in Rosies Augen und erschuf eine kleine Feuerkugel, damit es noch heller wurde.

Als wir eine Höhle erreichten, in der man stehen konnte, atmete Hondo hörbar auf. Unsere lang gezogenen Schatten fielen auf die zerklüfteten Wände und Ren drehte sich mit zurückgelegtem Kopf einmal um sich selbst. »Hier sieht es genauso aus, wie du es beschrieben hast.«

»Ach ja?«, sagte Brooks ironisch. »Ich dachte, Zane ist so ein miserabler Schriftsteller.« Sie stieß Hondo vielsagend an, aber er zuckte nur die Achseln und drehte den Kopf hin und her, als hätte er einen Krampf im Nacken.

Rosie stieß eine Rauchwolke aus, tappte quer durch die Höhle und blieb vor den Öffnungen zu den drei Gängen stehen, von denen jeder in eine andere Richtung führte. Ich hätte mich hier auch blind zurechtgefunden und Rosie genauso. In New Mexico hatten wir Jahre damit verbracht, den Vulkan zu erkunden, auch wenn mir da noch nicht klar gewesen war, was es mit dem Krater auf sich hatte.

In den rechten Gang hatte der Botendämon damals Brooks und mich gelockt. Der Gang führte in die Opferkammer und ich hatte ihn danach nie wieder betreten.

Bitte mach, dass die Pforte zur Unterwelt nicht ausgerechnet dort liegt!

»Mensch, Kumpel«, sagte Hondo, »da hast du dir ja wieder mal einen gruseligen Lieblingsort ausgesucht.«

»Wie viele Höhlen gibt es hier denn noch?«, fragte Ren so sachlich, als interviewte sie mich für ihren Außerirdischen-Blog.

»Unzählige. Es ist das reinste Labyrinth.«

»Und durch welche gelangt man nach Xib'alb'a?«, wollte Brooks wissen.

Ich hatte nicht die leiseste Ahnung, aber das gab ich natürlich nicht zu.

Ixtab hatte mir keinen Lageplan in die Hand gedrückt und auch nie erwähnt, wo genau die Höllenpforte zu finden war. Ich wusste nur, dass sie im Innern der Bestie lag. Seither war ich zwar noch ein paarmal hier gewesen, hatte aber nie nach der Pforte Ausschau gehalten, vor allem deshalb nicht, weil ich sie laut Ixtab nur im äußersten Notfall benutzen durfte, sonst drohte mir Folter.

»Ich sehe nirgends ein Notausgang-Schild«, witzelte Hondo.

»Not*eingang*«, berichtigte ihn Ren prompt.

»Wie man's nimmt.« Hondo atmete wieder tief und gleichmäßig und legte die Hände wie zum Gebet aneinander.

»Alles okay?«, fragte ich.

»Ich muss runterkommen und mich mental vorbereiten«, gab er zurück. »Atemtechnik ist alles! Und man soll visualisieren, was im besten Fall passiert. Ich stelle mir gerade eine wunderschöne Frau vor, die die Pforte weit öffnet und sagt: ›Hallo! Kommt doch rein und esst ein paar Flamin' Hot Cheetos mit Salsa.‹ Danach erfüllt sie uns jeden Wunsch, wir machen noch schnell ein, zwei Dämonen platt und bringen den Pokal nach Hause.«

»Welchen Pokal?« Brooks lachte. »Die Hölle ist doch kein Wrestlingkampf.«

»Das ist ja auch *meine* Vision ... und deine negative Energie stört meine positiven Schwingungen«, gab Hondo zurück.

»Also, mir gefällt deine Vision«, flüsterte Ren ihm zu. »Das Ganze könnte noch ein bisschen detaillierter sein, aber für eine Vision ist es schon ziemlich konkret.«

Brooks verdrehte abfällig die Augen und Rosie knurrte kurz, als wollte sie sagen: *Das hier ist die Hölle und kein Wunschkonzert.*

»Rosie zeigt uns, wo wir hinmüssen«, sagte ich rasch. »Stimmt's, mein Mädchen?«

Die Höllenhündin entschied sich für den linken Gang. Er führte zu einem Netzwerk aus kleinen Höhlen, engen Kriechgängen und so steilen Schächten, dass ich sie nicht mal mit Fuegos Hilfe erklimmen könnte. Kurz bevor der Gang einen Knick machte, setzte sich Rosie plötzlich hin und heftete den Blick auf die Wand. Doch ich erkannte weder eine Pforte noch eine Öffnung, nicht mal einen Lichtspalt.

»Bist du sicher, dass es hier ist, mein Mädchen?«

Sie wandte den Kopf, musterte das Trio hinter mir mit glühenden Augen und jaulte.

»Zurück!«, rief ich den dreien zu.

Rosie nahm meine Feuerkugel ins Maul und stupste meinen Stock mit der Schnauze an. Ich begriff sofort, was sie von mir wollte. Ich verwandelte Fuego in einen prächtigen, blau leuchtenden Speer und ging die zehn Meter bis zur vorigen Biegung zurück. Dann holte ich tief Luft, holte weit aus und schleuderte die Waffe. Hoffentlich hatte sie genug Schwung!

Als die Spitze die Felswand traf, tat sich plötzlich eine breite Öffnung auf, aus der uns grelles Licht entgegenströmte. Sobald sich meine Augen darauf eingestellt hatten, erkannte ich eine verschneite Wiese und einen halb zugefrorenen Fluss. Von oben trudelten Schneeflocken herab.

Durch die kahlen Bäume hinter der Wiese glitten bleiche Umrisse wie weiße Schatten oder Gespenster.

»Heiliger K!«, entfuhr es Brooks beim Anblick dieser fremdartigen Welt.

»Ach du Scheiße!«, kam es von Hondo.

»*Increíble!*«, sagte Ren staunend.

»Wir gehen da jetzt rein, oder?« Hondo fröstelte. »Warum hat mir keiner gesagt, dass ich eine Jacke mitnehmen soll?«

»Stell dir doch einfach vor, dass es nicht kalt ist«, neckte ihn Brooks.

»Ich weiß nicht«, sagte Ren skeptisch. »Es fühlt sich irgendwie nicht richtig an.«

»Das ist der Beweis, dass wir hier genau richtig sind«, konterte ich. Fuego kehrte zu mir zurück und ich machte die ersten Schritte durch den knöchelhohen Schnee.

11

Als wir über die verschneite Wiese auf den Wald zustapften, hatte ich Herzklopfen. »Wo sind wir hier?«

»Sieht aus wie am Nordpol oder so.« Beim Sprechen kamen weiße Wolken aus Hondos Mund. »Ich dachte immer, in der Hölle ist es schweineheiß.«

Brooks kniff die Lippen zusammen und schaute sich argwöhnisch um.

Ren blieb stehen, als hätte sie Angst, sich dem sonderbaren Wald auch nur noch einen einzigen Schritt zu nähern. »Ich glaube nicht, dass wir dort hinmüssen.«

»Wie kommst du darauf?«, wollte Brooks wissen.

»Für so etwas habe ich einen sechsten Sinn. Ich merke es auch immer, wenn eine Außerirdischen-Sichtung frei erfunden ist.«

Der Schnee unter meinen Füßen verschob sich und gab eine Eisfläche frei. »Seht mal!«

Brooks und Hondo betrachteten die Stelle.

»Hoffentlich ist da kein Wasser drunter«, sagte Brooks dann, aber so leise, als könnte schon der Klang ihrer Stimme das Eis durchlöchern.

»Keiner bewegt sich!« Ich blieb wie angewurzelt stehen und schaute zu Rosie hinüber. Aus ihrer Nase kam Rauch, sie stand geduckt da.

»Lasst uns umkehren«, sagte Brooks.

»Umkehren kommt nicht infrage.«

»Wasser kommt nicht infrage!«

Ich warf einen Blick über die Schulter. Ren stand noch am Rand der Wiese, schüttelte den Kopf und machte uns Zeichen, dass wir wieder zurückkommen sollten. Sie bewegte auch den Mund, aber ich verstand nichts.

Es schneite immer stärker. Die dicken Flocken verklebten meine Wimpern, sodass ich Ren nur noch verschwommen sah. Der graue Himmel schien sich auf uns herabzusenken, ein eisiger Wind fegte über die Landschaft.

»Ren!«, rief ich.

Ihre gedämpfte Stimme wehte zu mir herüber, aber ich verstand immer noch nichts.

Dann ertönte eine Art Peitschenknall und das Eis bekam einen haarfeinen Riss, der nur wenige Zentimeter vor unseren Füßen endete.

»Das Eis bricht«, sagte Hondo erschrocken. »Bloß weg hier.«

»Wenn wir jetzt losrennen, bricht es erst recht«, hielt ich dagegen. Warum machte Ixtab es mir so schwer, die Hölle zu betreten? Vielleicht hatte sie ja angenommen, dass ich den Noteingang sowieso nie brauchen würde, weil ihre Schemenmagie so mächtig war.

»Zane!« Brooks zeigte auf meine Füße. »Du schmilzt das Eis!«

Um meine Schuhe sammelte sich eine Pfütze. Es musste daran liegen, dass ich mich kurz vorher mit Rosies Hitze verbunden hatte. *Mist. Verdammter Riesenmist.*

»Echt jetzt?« Hondo rieb sich frierend die Arme.

»Was soll ich denn dagegen machen?«, fragte ich gereizt.

»Sei nicht so heiß«, gab Brooks zurück.

Hondo lachte zähneklappernd und Brooks funkelte ihn verärgert an, während ich nacheinander beide Füße hob und versuchte, die Hitze herauszuschütteln. Rosies Blick besagte: *Das kannst du vergessen.*

»Wir können hier nicht den ganzen Tag rumstehen«, sagte Brooks dann.

»Ich hab eine Idee.«

Ich rief nach Rosie, weil ich mich von ihr tragen lassen wollte, doch da sagte Hondo: »Dieser Ort ist irgendwie … *muy* tot.«

Ein Tosen zerriss die Stille. Als Rosie »tot« hörte, schoss ein gigantischer Feuerstoß aus ihrer Schnauze und traf die Eisfläche.

»STEAK!«, brüllte ich, aber es war schon zu spät.

Brooks' panisches »NEIN!« hallte durch den Wald, als das Eis unter uns einbrach und wir in eisige Finsternis stürzten …

Doch statt im Wasser zu landen, wie ich gedacht hatte, riss uns ein heulender Hagelsturm in einen gefrorenen Schacht. Die harten Körner stachen wie tausend Dolche und ich schrie gellend auf. Fuego glitt mir aus der Hand.

Brooks schoss in Falkengestalt an mir vorbei, Hondo lag bäuchlings auf ihrem Rücken.

»Halt dich fest, Zane«, rief er mir zu.

Es gelang mir, Brooks' Fuß zu packen. Ich wurde wild durchgeschüttelt, aber immerhin hielten ihre ausgebreiteten Schwingen die Hageldolche ab.

»Kiie-aaa!«, kreischte sie.

Auch Rosie sauste an uns vorbei und heulte so ohrenbetäubend, dass die Eiswände wackelten. Die Feuerstöße aus ihrem Maul ließen die Hagelkörner schmelzen. Dann traute ich meinen Augen nicht – Rosie hatte plötzlich Flügel! Riesige, schwarze Flügel. Wie zum …?

Brooks kämpfte gegen den Sturm an und schraubte sich wieder aufwärts.

Bitterkalter Regen trommelte auf uns herab. In meinem ganzen Leben hatte ich noch nicht so gefroren. Meine Finger wurden so taub, dass ich mich kaum noch festhalten konnte.

»Die Öffnung ist wieder vereist«, brüllte Hondo, als wir dicht unter der Oberfläche des Sees waren. »Wir können nicht mehr raus!«

»Wo ist Ren?«, rief ich ihm zu. War sie ebenfalls eingebrochen?

Unter uns heulte Rosie, und Brooks donnerte mit ihren gewaltigen Schwingen von unten gegen die Eisfläche, richtete aber nichts aus. »Wir können Rosie nicht hierlassen«, schrie ich.

Brooks ging aufkreischend in einen so halsbrecherischen Sturzflug, dass sich mir der Magen umdrehte. Zum Glück musste ich nicht kotzen. Das passierte erst, als wir landeten.

Als ich die Augen sah.

Unzählige schwarze, hervorquellende Augen, die aus den Eiswänden glotzten und hin- und herrollten, als verfolgten sie jede unserer Bewegungen. Sie besaßen weder Lider noch Wimpern und hatten nichts Menschliches. Es mussten Dämonenaugen sein.

Würgend packte ich Fuego fester und sah mich um. Was für ein beschissener Eingang zur Hölle! Hätte Ixtab nicht einfach einen Aufzug einbauen und den Eisschacht und die gruseligen Glubschaugen weglassen können?

Rosie tauchte neben mir auf und trippelte winselnd auf der Stelle. Daraufhin blickte ich dummerweise auf den Boden. Das hätte ich besser bleiben lassen, denn unter einer dünnen Eisschicht glotzten noch mehr Augen zu uns hoch.

Vor Schreck machte ich einen Satz rückwärts, würgte noch einmal und übergab mich in hohem Bogen.

Hondo kletterte von Brooks' Rücken. Er schwankte und war ein bisschen grün um die Nase. »Mann, Kumpel, reiß dich mal zusammen.«

Ich wollte ihn warnen, doch da entdeckte er die Augen im Boden. Er stieß einen erstickten Laut aus, dann reiherte auch er. Doppelt so heftig wie ich übrigens.

Brooks hatte sich inzwischen zurückverwandelt. Sie rümpfte die Nase und hakte Hondo auf einer Seite unter, während ich ihn auf der anderen stützte. »Geht's wieder?«, erkundigte ich mich.

»Sind diese *ojos* echt?«, fragte er nuschelnd.

»Schau einfach nicht hin«, sagte Brooks.

»*¡Están por todas partes!*«, wimmerte er. »*¡Odio los ojos!*«

Er hatte recht. Die Augen waren überall, und ich fand sie auch abscheulich. Wenn mein Onkel die Nerven verlor, sprach er immer Spanisch.

Brooks verzog das Gesicht. »Müssen wir unbedingt in der Kotze stehen?«

Wir traten ein Stück zurück, aber die Eiskammer war höchstens fünf Quadratmeter groß.

Brooks und Hondo schlotterten schon vor Kälte. Ich verband mich innerlich wieder mit Rosie und brachte zwischen meinen Händen ein kleines Feuer zustande, an dem sich die beiden wärmen konnten. Im selben Augenblick vibrierte der Jadezahn um meinen Hals kurz. Ich hielt den Atem an. Hoffentlich war es keine Einbildung gewesen. Nein, ich spürte es wieder. Wollte Hurakan mit mir Verbindung aufnehmen?

Als das Vibrieren aufhörte, wiederholte ich meine Frage von vorhin: »Wo ist Ren?«

»Sie war schlauer als wir.« Brooks hauchte in ihre Hände und rückte näher an mich heran, wogegen ich nicht das Geringste einzuwenden hatte.

»Bist du sicher?« Ich spähte nach oben. »Und wenn sie wieder in Trance gefallen ist und da oben nicht mehr wegkann und –«

»Ihr geht es bestimmt gut«, schnitt mir Brooks barsch das Wort ab. »Und selbst wenn – da oben ist sie besser dran als wir hier unten.«

»Sagt mal, bin ich eben geflogen?«, fragte Hondo plötzlich.

»Theoretisch schon«, gab Brooks zurück. »In der Praxis bin *ich* geflogen.«

Er beugte sich über die Flammen zwischen meinen Händen. »Hättet ihr gedacht, dass es so schwierig ist, in die Hölle zu kommen? Müsste nicht das Gegenteil der Fall sein?«

Ein lautes Knacken ließ uns herumfahren. In der Eiswand glitt eine Tür auf und Ren trat hindurch. Sie schnaufte, als hätte sie den Mount Everest erklommen. »Da seid ihr ja«, rief sie. »Habt ihr mich denn vorhin nicht gehört?«

Hinter ihr schloss sich die Tür wieder und verschwand.

»B-b-bist du etwa mit dem Aufzug gekommen?«, fragte Hondo ungläubig. Seine Lippen wurden schon blau. »W-w-willst du mich verarschen?«

»Es gibt also doch einen Aufzug!«, entfuhr es mir.

»Das habe ich euch doch die ganze Zeit zugerufen«, entgegnete Ren. »Ich habe den Knopf nicht gleich gesehen. Genau genommen war es auch kein Knopf, sondern ein Stein, aber er sah aus, als ob er dort nicht hingehört. Leider ist der Aufzug superlangsam und die ganze Zeit singt jemand: *Willkommen auf der dunklen Seite, von hier gibt es keine Wiederkehr.*«

Brooks warf mir einen giftigen Blick zu. »Ab jetzt höre ich nur noch auf *sie*!«

Als ich abwehrend die Hände hob, erlosch das Minifeuer. »Ich konnte doch nicht ahnen, dass mir Ixtab einen Privataufzug in die Hölle zur Verfügung stellt.«

»Dann ist d-d-das hier d-d-die Unterwelt?«, fragte Hondo zähneklappernd.

»Anscheinend sind wir im Haus der Kälte gelandet.« Brooks rieb die Hände aneinander und holte den Pfortenplan aus ihrem Rucksack.

»Ist das eins der sechs todbringenden Häuser?«, fragte ich.

»Todbringend?!«, kam es von Hondo.

Ich nickte und verband mich wieder mit Rosies Hitze, damit den anderen wärmer wurde. »Das erste ist das Haus der Finsternis. Dort ist es so dunkel, dass man den Verstand verliert. Das zweite Haus ist dieses hier. Das dritte ist das Haus des Jaguars. Dort lauern hungrige Raubkatzen, die einem mit ihren messerscharfen Zähnen die Kehle durchbeißen.«

»Oh Mann«, schnaufte Hondo. »Warum haben diese Mayagötter bloß so eine blutrünstige Fantasie!«

Brooks' Falkenaugen glühten bernsteinfarben. »Also, ich finde das vierte am schlimmsten. Im Haus der Fledermäuse wimmelt es von diesen kreischenden Viechern.« Sie schüttelte sich. »Die saugen einen schön langsam und qualvoll aus.«

»Kannst du das Feuer bitte ein bisschen größer machen, Kumpel?« Hondo schloss die Augen und atmete ein paarmal tief durch.

»Warum?«

»Weil ich die Kälte wegmeditieren will.«

»Und? Klappt's?«

»Nö.«

Rosie trippelte immer noch winselnd auf und ab und versuchte, die Glotzaugen im Eis mit ihren Riesenpfoten zu zertrampeln.

»Machen sie dir Angst?«, fragte ich.

Sie knurrte zustimmend – und spie ohne Vorwarnung einen gewaltigen Flammenschwall auf den Boden.

»HALT! STEAK!«, brüllte ich. »Wenn der Boden schmilzt, lässt du sie frei. Das willst du doch bestimmt nicht.«

Hondo machte erschrocken die Augen wieder auf. »Böser Hund! Lass das!«

Ausnahmsweise gehorchte Rosie und ich kraulte sie zur Belohnung.

Ren rieb sich energisch die Arme und sah sich in der engen Kammer um, die nicht größer als mein Schlafzimmer auf Holbox war. »Und wie kommen wir jetzt von hier weg?«

Auf einmal wurde ich stinksauer. Das hier sollte mein persönlicher Zugang zur Hölle sein? Wo war das luxuriöse, frisch renovierte Wohnzimmer geblieben, in dem ich mit Ixtab zusammengesessen hatte?

»Die sechs Häuser dienen nur dazu, die Entschlossenheit der Besucher auf die Probe zu stellen«, sagte ich und sah mich noch einmal nach einer Tür oder dergleichen um. Hatte mich Ixtab nicht schon genug auf die Probe gestellt? »Die Zwillinge sind damals auch wieder herausgekommen.«

Bei der Erwähnung der Brüder schnitt Hondo eine Grimasse. »Wenn diese beiden Volltrottel hier rausgekommen sind, können wir das ja wohl auch.« Er lief an den Wänden entlang und klopfte sie ab.

Rosie trabte hinter ihm her.

»Und?« Brooks hatte den Pfortenplan auf dem Boden ausgebreitet. Das zerknitterte Papier war mit einem bunten Gewirr sich überschneidender Linien bedeckt. Sie verbanden blau blinkende Quadrate miteinander. Als ich den Plan das erste Mal gesehen hatte, hatte ich ungefähr so viel damit anfangen können wie mit einer komplizierten mathematischen Formel. Aber dann hatte mir Miss Cab erklärt, dass diese magischen Landkarten sehr selten waren und dass die Quadrate die Pforten zu verschiedenen Stellen und Ebenen der Welt bezeichneten.

»Cool!«, stieß Ren hervor. »Die Beschriftung ändert sich ständig. Gerade habe ich ›Boise Tortillería‹ gelesen, und jetzt sind die Buchstaben auf einmal so komische Hieroglyphen.«

»Uns interessieren die Pforten, die nur schwach blinken. Wenn sie schneller blinken, schließen sie sich demnächst«, klärte ich sie scheinbar fachkundig auf, als könnte ich den Plan lesen – zum Glück musste zumindest Brooks nicht nur so tun. Hoffentlich gelang es ihr, uns mit seiner Hilfe durch die Hölle nach South Dakota zu bringen.

»Irgendwas stimmt nicht«, sagte sie.

»Du meinst, weil wir in der Hölle erfrieren?«, rief Hondo über die Schulter. Er war immer noch mit den Wänden beschäftigt.

»Nein, ich meine, dass der Plan verrücktspielt«, gab Brooks zurück. Sie wirkte angespannt.

»Vielleicht funktioniert er hier in Xib'alb'a nicht«, meinte Ren.

»Muss er aber.« Der Plan war unsere einzige Möglichkeit, Holbox zu verlassen.

»Glotzt nicht so dämlich!«, schnauzte Hondo die wachsamen Augen an.

»Niemand glotzt hier dämlich«, erwiderte eine wohlbekannte Stimme, und als wir uns umdrehten, glitt wieder ein Stück Wand auf und eine junge Frau trat heraus. *Wusch!*, machte es, als sich die Wand hinter ihr schloss. Sie trug eine weite schwarze Cargohose mit Kordeln am Saum und ein langärmliges schwarzes T-Shirt. Die Haare hatte sie so straff zum Pferdeschwanz zurückgebunden, dass es aussah, als müsste ihre Haut reißen, wenn sie lächelte. Nicht, dass sie es versucht hätte. Es war Brooks' grimmige (und superanspruchsvolle) große Schwester.

Hondo beugte sich zu mir herüber und flüsterte: »Hey, das ist die Frau, die den Blitz auf Ixtab geschleudert hat.«

»Quinn?« Brooks lief zu ihr. »Ich dachte, du musstest untertauchen!«

Quinn umarmte ihre Schwester flüchtig. »Die Lage ist jetzt eine andere. Und ihr habt hier nichts zu suchen«, setzte sie hinzu und sah dabei alle außer Rosie und mich an. »Dieser Eingang ist nur für Obispo und die Höllenhündin gedacht. Und nur für den äußersten Notfall.«

»Das hier ist ein Notfall«, entgegnete ich, »und die Höllenhündin heißt Rosie.«

Quinn zuckte gleichgültig die Achseln. »Von mir aus. Du bist echt ein Idiot, Zane. Und *du* müsstest es eigentlich besser wissen, Brooks. Wenn euch die niederen Dämonen wittern, ist hier der Teufel los. Oder legt ihr es drauf an, dass sie euch die Gesichter abfressen?«

»Du bist doch auch hier«, erwiderte Brooks trotzig.

»Ich bin ja auch eine voll –« Quinn unterbrach sich. Sie hatte sagen wollen, dass sie nicht nur ein Halbblut war wie Brooks. »Kommt jetzt. Wir müssen hier weg, bevor der nächste Hagelsturm losbricht. Das passiert alle fünf Minuten, und zwar jedes Mal heftiger.«

»Warum ist dann hier der Eingang, wenn es so gefährlich ist?«, fragte ich.

»Die sechs todbringenden Häuser gehören zum ältesten Teil der Unterwelt«, erläuterte Quinn. »Ixtab konnte dich schließlich nicht zum Haupteingang reinlassen, oder?« Sie grinste schadenfroh. »Aber du hättest gern den Aufzug nehmen können.« Dann fiel ihr Blick auf Ren, und sie schien sie zum ersten Mal richtig wahrzunehmen. »Wer ist das Mädchen?«

Ren trat verunsichert von einem Fuß auf den anderen. »Ich … ich bin …«

»Sie heißt Ren«, sagte Brooks rasch.

»Ich rieche, dass sie kein hundertprozentiger Mensch ist.«

Ren nickte verängstigt, aber Quinn fuhr gelassen fort: »Na schön, also drei halbe Menschen, ein ganzer und eine Höllenhündin.« Ihr Blick wanderte zu Hondo, der sie breit anstrahlte. *Geht's noch?*

Er schüttelte sich das Haar aus dem Gesicht und verschränkte lässig die muskulösen Arme, aber er tat nur so cool, weil er Eindruck auf Quinn machen wollte. Wobei ich ziemlich sicher war, dass ein dicker Bizeps nicht genügte, um sie zu beeindrucken. »Dann lasst uns mal aus diesem Hotel der Kälte auschecken«, witzelte er.

»Dass du deine Freunde mitgebracht hast, wird Ixtab gar nicht gefallen, Zane«, sagte Quinn. »Ist dir nicht klar, dass die Hölle lebensgefährlich ist?«

Ich schluckte. »Doch. Aber sie braucht ja nicht zu erfahren, dass wir hier sind.«

Quinn sah aus, als wollte sie mich mit bloßen Händen erdrosseln. »Die Königin erfährt alles.«

»Bitte, Quinn«, sagte Brooks flehend. »Wir brauchen Hilfe.«

»Wer Hilfe braucht, begibt sich nicht in die Unterwelt«, blaffte Quinn sie an.

»Wir schon«, ging ich dazwischen. »Bitte lass uns durch eine Pforte raus, ohne dass es Ixtab erfährt.«

Quinns Blick blieb an dem Plan in Brooks' Hand hängen. »Da hast du aber ein seltenes und kostbares Stück, Schwesterchen.«

Brooks strich sich das Haar hinter die Ohren und richtete sich hoch auf. »Wenn du uns hilfst, gehört der Plan dir.«

NEIN!, hätte ich am liebsten gerufen. Ohne den Plan kamen wir nicht mehr nach Hause, wenn wir meinen Vater befreit hatten. Je länger ich von der Insel wegblieb, desto größer wurde das Risiko, dass mich die Götter aufspürten. Doch als ich sah, dass Quinn offenbar ernsthaft über das Angebot nachdachte, hielt ich mich zurück. Das Wichtigste war jetzt, dass wir nach South Dakota gelangten. Wie wir anschließend nach Hause kamen, konnten wir uns immer noch überlegen. Außerdem hatte Brooks bestimmt einen Plan B im Ärmel – wie immer. »Plan B« war sozusagen ihr zweiter Vorname.

»Gib mir den Plan«, sagte Quinn knapp.

»Wenn du uns hier rausbringst«, entgegnete ich.

»Genau«, kam es von Hondo.

Auch Rosie schien zu nicken.

Quinn musterte Hondo noch einmal von oben bis unten, dann sah sie zu Brooks hinüber. »Na schön, wenn ihr unbedingt sterben wollt … Als Erstes braucht ihr warme, trockene Klamotten, die nicht nach Mensch riechen.«

Wir folgten ihr zu der Tür, durch die sie eingetreten war. Als die Tür wieder aufglitt, kam dahinter eine Rolltreppe zum Vorschein. Sie führte aufwärts.

»In der Hölle gibt es nicht nur Aufzüge, sondern auch Rolltreppen?«, sagte Ren staunend. Die Rolltreppe war so lang, als führte sie tausend Stockwerke hoch.

Hondo tippte mir von hinten auf die Schulter. »Und wer garantiert uns, dass wir nicht im Blutsauger- oder Bauchschlitzerhaus rauskommen?«

»Niemand.« Ich betrat die Rolltreppe.

12

Die Rolltreppe führte zu einem langen Flur, der auch zu einem schäbigen Hotel hätte gehören können und nach schimmligen Bohnen miefte.

»Was stinkt hier so eklig?« Ren drückte sich den Ärmel auf die Nase.

»Hinter dieser Wand verläuft der Eiterfluss«, erläuterte Quinn. »Aber wenn man sich länger in Xib'alb'a aufhält, gewöhnt man sich dran.«

»Es riecht ein bisschen nach Kuhstall«, raunte Hondo mir zu.

Schon – aber Kuhfladen und ein Fluss aus dickflüssigem, verseuchtem gelbem Eiter waren echt nicht zu vergleichen.

»Wir müssen den Fluss hoffentlich nicht überqueren, oder?«, wandte ich mich an Quinn.

Hondo räusperte sich und sagte laut – übertrieben laut: »Ein bisschen Eiter hat noch keinem geschadet.« Dann drehte er sich zu mir um und tat so, als müsste er kotzen.

Rosie knurrte, aber Quinn ging nicht auf Hondos Angeberei ein.

Sie stapfte mit forschem Schritt voran und tuschelte dabei mit Brooks. Bestimmt hatten sich die beiden eine Menge zu erzählen. Schließlich hatten sie einander seit ihrem Zusammentreffen in der Alten Welt vor sieben Monaten nicht mehr gesehen.

»NEIN!«, sagte Quinn jetzt laut, senkte die Stimme aber gleich wieder.

Der zerschlissene violette Teppichboden hatte große dunkle Flecken – hoffentlich kein Blut – und die Wände bestanden aus grob behauenem Stein und waren mit Graffiti bedeckt: eine Riesenschlange, die jemandem den Kopf abbiss (was bei mir ungute Erinnerungen weckte); ein durchgeknalltes Gerippe, das einen Höllenhund mit dem Speer durchbohrte; eine struppige Riesenfledermaus, von deren spitzen Vampirzähnen Blut tropfte. In der Mitte war die von Höllenhunden umringte Ixtab dargestellt, wie sie einen abgetrennten Kopf in den Gewitterhimmel streckte. Ein echter Albtraumflur.

Quinn waren unsere leicht verstörten Blicke anscheinend nicht entgangen, denn sie sagte über die Schulter: »Das ist eine Schlachtenszene aus der Zeit, als Ixtab Xib'alb'a erobert hat.«

Ren zupfte mich am Arm. »Wie wahrscheinlich ist es deiner Meinung nach, dass Ixtab meine Mutter ist?«

Ich wollte eben erwidern, dass sie es noch schlimmer treffen könnte, als Quinn, die sich immer noch mit Brooks unterhielt, plötzlich ausrief: »Das ist nicht dein Ernst!« Sie drehte sich zu uns um. »Ein Lehmmensch? Das kann nicht sein.«

»Das sagen die Leute auch immer, wenn es um Außerirdische geht«, entgegnete Ren. »Was glaubst du übrigens, wo die Mayagötter damals hergekommen sind?«

Quinn marschierte mit schwingendem Pferdeschwanz weiter. »Du bist doch wohl nicht eine von denen, die an vorzeitliche Astronauten oder solchen Quatsch glauben? Ihr Menschen seid dermaßen naiv – euch kann man alles erzählen.«

Ren wollte widersprechen, aber ich warf ihr einen warnenden Blick zu. Daraufhin sagte sie nichts mehr, doch ihre finstere Miene verriet, dass sie mit sich kämpfte. Das Gefühl kannte ich nur zu gut. Mein Mund war meinem Hirn auch immer ein paar Schritte voraus. Doch als ich eben dachte, sie hätte sich wieder im Griff, sprudelte sie los: »Ich habe Abbildungen von den Reliefs auf König Pakals Sarkophag gesehen. Er sitzt eindeutig in einem Raumschiff. Er betätigt Hebel und Pedale und …« Sie holte kurz Luft. »… er hat einen Luftschlauch im Mund!«

»Die Mayagötter sind Außerirdische – echt jetzt?«, sagte Hondo erstaunt. »Das würde erklären, weshalb ihre Dämonen so komische Glotzaugen und verformte Köpfe haben.«

Quinn stieß einen Unmutslaut aus und ging noch schneller.

Ich wandte mich an Ren. »Vielleicht behältst du deine Verschwörungstheorien lieber für dich, solange wir hier sind?«

Sie verdrehte die Augen und sagte mürrisch: »Es ist aber wahr.«

Kurz darauf standen wir in einer schummrigen, höhlenartigen Lagerhalle mit Reihen um Reihen eingestaubter Regale. Es sah ein bisschen wie im Baumarkt aus, nur dass das Warenangebot nicht aus Schraubenziehern und Kloschüsseln, sondern aus Speeren, Keulen, Äxten, federgeschmückten Masken und anderem Kopfschmuck sowie Lehmfigürchen bestand. Es gab sogar ein Regal mit kleinen goldenen Fröschen.

»Wo sind wir hier?«, wollte Brooks wissen.

»Im Schrottlager«, antwortete Quinn. »Hier wird alles aufbewahrt, was in Xib'alb'a keiner mehr braucht oder benutzt. Clementino, das ist unser Verwalter, nimmt Anweisungen entgegen, was wann verbrannt werden soll. Leider kann er sich schwer von Sachen trennen und bewahrt mehr auf, als er vernichtet.« Sie zog ein altes Klapphandy aus einem Regal. »Auch die Hinterlassenschaften der Verstorbenen landen hier. Ihr glaubt nicht, was die alles in den Taschen haben, wenn sie hier eintreffen.«

Irgendwie ein deprimierender Gedanke.

»Kommen unsere neuen Klamotten etwa aus dem Müll?«, sagte ich leise zu Hondo.

Doch er zuckte nur die Achseln und schaute sich mit leuchtenden Augen um. »Die Waffen sind voll krass. Kann ich mir ein paar mitnehmen?«, fragte er Quinn. »Und vielleicht noch eine Federmaske?«

»Die Dinger sind kaputt und funktionieren nicht mehr, und wenn du hier irgendwas anfasst, bist du automatisch verflucht. Das ist nicht zu empfehlen. Mayaflüche sind die schlimmsten von allen und man wird sie praktisch nicht mehr los. Clementino?« Quinn bog in eine dunkle Regalreihe ab. »Wo steckt der alte Trottel denn wieder?« Sie drehte sich nach uns um. »Und ihr steht nicht so blöd rum! Kommt mit.«

Wir gehorchten. Sogar Rosie, allerdings stieß sie trotzig ein paar Rauchwolken aus.

»Ich hab's genau gesehen«, sagte ich streng, aber gedämpft.

Ganz hinten in der Halle stießen wir auf einen kleinen alten Mann (und mit »klein« meine ich, höchstens eins fünfzig groß, bucklig und mit Zahnstocherbeinchen). Er kam aus einer Tür, deren Holzflügel mit der Darstellung eines Blutopfers bemalt waren. Von diesen Ritualen hatte ich in meinem Buch gelesen. Wenn die Mayas mit ihren

Vorfahren und den Göttern in Verbindung treten wollten, fügten sie sich selbst Wunden zu.

Mir wurde flau im Magen.

Quinn nahm den Mann beiseite und beide berieten sich flüsternd. Dann kamen sie zu uns zurück und Clementino strahlte uns zähnebleckend an. Seine Zähne waren so riesig, als hätte er ein übergroßes künstliches Gebiss im Mund, das überhaupt nicht in sein eingefallenes Gesicht passte. Hatte er es einem Verstorbenen geklaut? »Dann wollen wir mal«, sagte er.

»Niemand zapft mir Blut ab«, gab Brooks grimmig zurück. Clementino grabschte nach ihrem Rucksack. »Pfoten weg!«, herrschte sie ihn an. »Das ist meiner.«

»Alles, was ihr nach Xib'alb'a mitnehmt, muss vorher desinfiziert werden«, konterte er. »Hier gelten strengste Hygienevorschriften.«

»Aber hier sind doch schon alle tot«, wandte Hondo ein, doch weil Rosie gerade eifrig herumschnüffelte, bekam sie das Wort nicht mit. »Und ich mag mein T-Shirt.«

»Es gibt schlimmere Schicksale«, entgegnete Clementino. »Nehmt mich zum Beispiel. Als Inhaber eines Trödelladens lebte ich glücklich und zufrieden, bis eines Tages so ein elender Dämon beschloss, dass er mich nicht leiden konnte. Und ehe ich mich's versah, war ich hier gelandet.« Mit einem theatralischen Seufzer setzte er hinzu: »Ich wette, der Bursche war auf meine Zähne neidisch.«

»Gemein«, sagte ich und musste wieder daran denken, wie Rosie von einem Dämon umgebracht worden war.

»Woher sollte ich wissen, dass man beim Pokern mit einem Dämon nicht gewinnen kann?«, fuhr Clementino fort. »Ich hatte einen Straight Flush und –«

»Genug geplaudert«, unterbrach Quinn ihn schroff. »Gib ihm den Rucksack, Brooks.«

Clementino packte mich am Arm und raunte verschwörerisch: »Dämonen sind gewissenlose Betrüger – und ganz schlechte Verlierer. Aber das hast du nicht von mir, verstanden?«

Quinn wandte sich an Hondo. »Niemand geht hier irgendwohin, bevor ihr nicht euren Menschengestank abgeschrubbt habt.«

»Aber das sind meine Lieblingsstiefel! Sie bringen mir Glück«, protestierte Ren. »Kriege ich sie nachher wieder?«

»Wenn es ein Nachher gibt …« Clementinos Ton war unverkennbar hämisch. »Wer will als Erster?«

Hondo hob sofort die Hand, beugte sich dann aber zu Clementino herunter und erkundigte sich: »Und wie geht das mit dem Abschrubben vor sich?«

»Dafür benutzen wir *agua caliente*, magische Seife und eine Prise alten Knochenstaub«, antwortete der Alte. »Keine zwei Minuten und du riechst wie eine Leiche.«

Hondo verzog das Gesicht. »Kann man den Knochenstaub auch weglassen?«

Ich mischte mich ein. »Wir haben keine Zeit für solchen Hokuspokus.«

Ren nickte bekräftigend. »Außerdem bin ich gegen Staub allergisch. Ich bekomme davon Niesanfälle.«

Quinn fluchte unterdrückt und schimpfte: »Warum bleibt eigentlich immer alles an mir hängen?« Sie schubste uns zu ein paar mit Vorhängen abgeteilten Kabinen. »*¡Ándele!* Zieht euch aus, und während ihr badet, hole ich euch trockene Sachen.«

»Ich habe momentan nicht viel zum Anziehen da«, sagte Clementino. »Die Schlangenhäute habe ich gestern verbrannt und die Dämonenfelle sind schon alle weg. Aber vielleicht finde ich ja noch etwas Passendes.«

»Was ist denn so verkehrt an unseren eigenen Sachen?«, rief mir Hondo aus der Nebenkabine zu.

Ich dachte gar nicht daran, ein Dämonenfell überzuziehen! Schlimm genug, dass man mich gezwungen hatte, mich in abgestorbenen Hautzellen zu wälzen. Danach musste ich mich in einen großen Keramiktopf hocken. Das heiße Wasser, mit dem er gefüllt war, schäumte verdächtig. Zu guter Letzt wurde ich mit Knochenstaub bepudert und hustete mir die Lunge aus dem Leib.

Ein echter Tiefpunkt.

Zumindest dachte ich das, als ich jetzt in der Umkleidekabine stand und eine Art graue Fellunterwäsche anzog (aus Rattenfell?). Wenigstens hatte mir der alte Clem während der »Desinfektion« Fuego und meinen Jadezahn gelassen, nachdem ich ihm erzählt hatte, wo beides her war.

Vor dem zerschlissenen Vorhang hörte ich Clementino und Quinn leise miteinander reden.

»Etwas anderes hast du nicht?«, fragte sie.

»Die Klamotten der Verstorbenen soll ich immer sofort verbrennen«, gab Clementino zurück. »Die hier kommen von der Fressmeile auf der achten Ebene, weil dort plötzlich alle Veganer geworden sind.«

»Ich will auch auf die achte Ebene.« Hondo streckte den Kopf in meine Umkleidekabine. »Dort frisst uns wenigstens keiner das Gesicht ab.«

»Wahrscheinlich nicht.«

Dann erschien Clementinos runzlige Hand. »Deine eigene Kleidung habe ich während der Desinfektion versehentlich vernichtet, aber du hast Glück. Bitte schön.«

Ich nahm die Sachen entgegen. *Glück?!* »Soll das ein Witz sein?« Ungläubig betrachtete ich das knallbunt gestreifte T-Shirt und die neonblauen Shorts aus Polyester. War das Quinns Ernst? Ich sollte eine Uniform von »Hot Dogs on a Stick« anziehen, dieser Fast-Food-Kette?

»Vergiss es«, hörte ich Hondo nebenan rufen. »Ich mach mich doch nicht zum Affen!«

Klar – was ich anhatte, war gerade meine kleinste Sorge, aber sollte ich in diesem Outfit etwa meinen Vater befreien?

»Ihr könnt auch gern nackt gehen«, sagte Quinn und gab sich nicht die geringste Mühe, ihr dämliches Gekicher zu unterdrücken.

Hondo und ich traten sozusagen als Zwillinge aus unseren Kabinen, bloß dass mir meine Shorts viel zu groß waren und fast bis auf die Knie hingen, wogegen Hondos Shirt viel zu klein war und einen großen Ketchupfleck mitten auf der Brust hatte.

Rosie ließ sich fallen und schlug die Pfoten vor die Augen.

»Sei froh, dass du schon eine Höllenhündin bist«, sagte ich säuerlich.

Quinn hielt uns noch zwei Basecaps hin.

»So was trage ich nie«, sagte Hondo.

Quinn seufzte. »Dann lass es halt. Die Kappen sind eine Vorsichtsmaßnahme für den Fall, dass in euren Haaren noch Menschengeruch hängt. Dagegen hilft auch der Knochenstaub nicht. Aber wenn es dir lieber ist, können wir dich auch kahl rasieren.«

Hondo setzte die Basecap auf.

Als Nächstes überreichte uns Quinn zwei Paar weiße Sneaker. »Hoffentlich passen sie. Andere Größen hat Clem nicht.«

Ich zwängte mich in die fett- und senfbespritzten Treter. Sie waren mindestens eine halbe Größe zu klein, vor allem der linke, denn mein linker Fuß war kräftiger als der rechte.

Clementino musterte uns von oben bis unten und sagte zu Quinn: »Schade, dass Ixchels Assistentin sie sich nicht vorknöpfen kann. Sie könnten ein Umstyling gebrauchen.«

Wie ich aus meinem Buch wusste, war Ixchel die Göttin der Heilkunst, des Mondes, der Schönheit und so weiter. Ihr Beiname war: Gebieterin des Regenbogens. »Beschäftigt die Göttin etwa eine Stylistin?«

Clementino nickte und strich sich über die weißen Bartstoppeln. »Oben auf der Neunten. Für die Seelen, die ein bisschen Extrazuwendung brauchen. Die meisten frisch Verstorbenen haben Minderwertigkeitskomplexe, darum bekommen sie im Wellnessbereich eine Stylingberatung. Damit sie hier besser klarkommen.«

»Das gilt allerdings nicht für die Seelen auf der untersten Ebene«, schob Quinn nach. »Denen reißt man einfach die Augen raus.«

»Äh … und auf welcher Ebene sind wir hier?«, wollte Hondo wissen.

»Auf der untersten.«

Rosie hob den Kopf (sie war eingedöst – wie konnte man hier bloß schlafen?!) und schien mich anzugrinsen.

»Willst du mir damit sagen, dass du auf einer höheren Ebene hier eingetroffen bist? Tja, wir können nicht alle Höllenhunde sein.« Widerstrebend setzte ich die blöde Basecap auf.

Brooks und Ren warteten schon an der Blutopfertür. Als ich auf sie zuging, wäre ich vor Scham am liebsten im Erdboden versunken. Das Einzige, was mich tröstete, war, dass sie das gleiche hässliche Outfit trugen und außerdem noch Hüte, die wie umgedrehte Popcorn-Eimer aussahen. Nur Rens Cowboystiefel hatten die Desinfektion irgendwie überlebt (weil sie texanische Qualitätsarbeit waren, wie sie behauptete) und Brooks hatte ihren Rucksack wieder über der Schulter.

Bevor ich etwas sagen konnte, fauchte sie mich an: »Ein Wort, Obispo, und ich schmeiß dich die Rolltreppe runter.«

Weil ich es ihr zutraute, hielt ich die Klappe.

Quinn rief Rosie zu sich und flüsterte ihr etwas ins Ohr. Die Höllenhündin stürmte davon.

»Hey«, rief ich. »Rosie!«

»Mach keinen Aufstand, Obispo«, sagte Quinn barsch. »Ihr seht euch ja wieder.«

»Und wie lange muss ich diese bescheuerte Verkleidung anbehalten?« Hondo leckte seinen Zeigefinger an und rieb auf dem Ketchupfleck herum.

»So lange, wie ihr euch hier aufhaltet. Und du sei lieber ganz still. Du stinkst dermaßen nach Mensch, dass nicht mal Hot-Dog-Mief und Knochenstaub dagegen helfen. Willst du wirklich riskieren, ihn mitzunehmen, Zane?«

»Hondo kommt auf jeden Fall mit!«

»Dann mach schon mal dein Testament.«

Quinn drehte sich zu Clementino um. »Danke, Clem. Dafür hast du was bei mir gut.«

Der Alte rieb sich die mit Knochenstaub verschmierten Hände. »Abgemacht. Vielleicht legst du ein gutes Wort für mich ein, damit ich auf der Sechsten beim Poker mit richtig hohen Einsätzen spielen darf.« Er grinste wieder zähnebleckend.

»Glaubst du im Ernst, du kannst es mit den Dämonen aufnehmen?«

Ein Fingerschnipsen, und der Alte hielt einen Karokönig in der Hand. »Man nennt mich nicht umsonst die einäugige Axt.«

Ich kannte mich gut genug mit Spielkarten aus, um zu wissen, dass der Karokönig in manchen Decks tatsächlich mit nur einem Auge und einer Streitaxt dargestellt wird. Na toll. Wir verließen uns bei unserer Tarnung vor den Unterweltdämonen auf einen toten Pokerbetrüger.

Clementino verabschiedete sich von uns mit einem »Dann viel Glück!« und verschwand hinter der Blutopfertür. »Ihr könnt es brauchen!«, hörten wir ihn noch rufen.

»Ist es wirklich eine gute Idee, unser Schicksal in die Hände eines Typen zu legen, der sich die einäugige Axt nennt?«, wandte sich Brooks skeptisch an ihre Schwester.

»In der Not frisst der Teufel Fliegen«, gab Quinn ungerührt zurück. »Kommt.«

Als wir die halbdunkle Lagerhalle verließen, verzog Brooks das Gesicht und rückte ihren Hut zurecht. »Hier ist es echt ätzend.«

»Wo wollen wir denn jetzt hin?«, erkundigte sich Hondo.

»Zum Eiterfluss«, sagte Quinn über die Schulter.

13

Bis dahin war ja alles einigermaßen glattgegangen, aber jetzt brach das Mayachaos los (in unserer Welt musst du immer mit Chaos rechnen).

In unseren hässlichen Uniformen erklommen wir eine rostige Eisentreppe. »Bringst du uns zu einer Pforte?«, wandte ich mich an Quinn.

»Nö. Ich dachte, eine Bootstour auf dem Eiterfluss macht euch bestimmt mehr Spaß.«

Oben angekommen, blieb sie vor einer Tür stehen, die tiefe Krallenspuren trug, und musterte uns wie ein General. »Hat jemand Höhenangst?«

Von der Treppe tropfte Wasser (hoffentlich war es nur Wasser). Wir schüttelten die Köpfe.

»Und hinter dieser Tür ist der Fluss?«, erkundigte sich Hondo. Er gab sich Mühe, cool zu wirken, aber ich merkte ihm die Nervosität an.

»Von hier aus fliegen wir, aber freut euch nicht zu früh«, gab Quinn zurück. »Wenn euch die Ungeheuer unten am Boden wittern, kann es ausgesprochen haarig und blutig werden, und natürlich verständigen sie sofort Ixtab.« Sie machte eine Pause. »Deswegen habe ich vorsichtshalber Rosie vorausgeschickt. Sie kann uns notfalls am Boden verteidigen. Jetzt kommen ein paar Verhaltensregeln.« Sie hielt drei Finger in die Höhe. »Nicht reden. Nicht so oft atmen. Und, ach ja, auf gar keinen Fall niesen oder husten. Verstanden?«

»Und warum sollen wir nicht atmen?«, wollte ich wissen.

»Ich habe nicht gesagt, dass ihr nicht atmen sollt – ihr sollt nicht *zu oft* atmen. Oder wollt ihr euch unbedingt Giftgas durch die Nase ziehen? Los geht's.« Quinn drückte die Tür auf.

Es war, als würde man plötzlich in ein Gemälde aus tausend Rottönen versetzt. Unter uns erstreckte sich eine karge Gebirgslandschaft mit Schluchten, Kratern und ausgetrockneten Flussbetten. Alles war mit rotem Staub bedeckt und auch über den blutroten Himmel zogen sich Streifen aus silbrigem Staub. Die dünne Luft war heiß und trocken.

»Obispo und Mensch …« Quinn zeigte auf mich und Hondo. »… ihr kommt mit mir. Ren, du fliegst mit Brooks.« Dann verwandelte sie sich in einen gigantischen weißen Adler mit braun gesprenkelten Flügeln. Auch Brooks wechselte die Gestalt und wurde zum Falken.

Wir kletterten auf die Rücken der beiden Riesenvögel, und nachdem sie sich so steil in die Höhe geschraubt hatten, dass sich mir der Magen umdrehte (Quinn flog selbstverständlich voraus), glitten wir durch die giftige Luft.

Der Jadezahn um meinen Hals vibrierte und ich griff danach. *Bist du's, Hurakan?* Es klingt verrückt, ich weiß, aber ich hatte das Gefühl, dass er Kontakt zu mir aufnehmen wollte. *Hallo?* Keine Antwort.

»Echt irre!«, raunte mir Hondo ins Ohr. Er klang so begeistert, als flögen wir nicht gerade über die Hölle, wo man uns jeden Augenblick die Gesichter abfressen konnte.

Ich hielt mich an Quinns Hals fest und fragte sie telepathisch: *Wir müssen aber nicht gleich durch den Eiterfluss schwimmen, oder?*

Anders kommt ihr hier nicht raus.

Landen wir dann wenigstens in South Dakota?

Sie schüttelte den Kopf und es gelang ihr auch in Adlergestalt, genervt die Augen zu verdrehen. *Ich bringe euch schon so nah ran, wie ich kann. Sag bitte dem Muskelprotz hinter dir, er soll nicht solchen Lärm machen.*

Ich hatte mich so auf die Landschaft unter uns konzentriert, dass ich gar nicht gemerkt hatte, dass etwas hinter uns herflog. Jetzt war das Wesen so dicht heran, dass ich die wohlbekannten, abstoßenden Einzelheiten ausmachen konnte.

Rote Glubschaugen, keine Nase und ein Maul voller langer, spitzer Reißzähne.

Ein Botendämon. Aber diesmal ein geflügelter.

Ein Dämon, Quinn!

Sie wandte den Kopf, fluchte und flog schneller. *Bleib ganz ruhig, dann fliegt er weiter. Hoffentlich hat er den Menschen nicht gewittert. Ich habe dir doch gesagt, du sollst ihn nicht mitnehmen!*

Aber wir sind doch mit Knochenstaub bepudert.

SEINEN Geruch kann auch Knochenstaub nicht vollständig überdecken.

Ruhig bleiben – ruhig bleiben – ruhig bleiben. Wie lauteten doch gleich die anderen Regeln? *Nicht so oft atmen.* Fehlanzeige. Ich war kurz davor zu hyperventilieren.

Die gespannten Flughäute des Dämons waren – anders als sein aufgedunsener Leib – nicht behaart. Seit wann hatten Botendämonen denn Flügel? Vielleicht kam das nur in der Hölle vor. Jetzt reckte er den Hals und schnüffelte. Einmal. Zweimal.

Nicht gut. *Gar* nicht gut.

Brooks flog inzwischen neben uns und hatte den Dämon noch nicht gesehen – oder tat zumindest so. Ren betrachtete gebannt die rote Welt und hielt vermutlich nach Außerirdischen Ausschau.

Als ich Hondo eben zuzischen wollte, dass er ganz ruhig bleiben sollte, entdeckte auch er den Dämon und tat das Dümmste, was man tun konnte. Er brüllte: »Ein Dämon!«

Idiot!, schimpfte Quinn. *Haltet euch fest.*

Hondos Warnruf löste eine Kettenreaktion aus. Ren schrie auf, Brooks panischer Vogelruf klang in der dünnen Luft erstickt.

Quinn ging in den Sturzflug und hielt auf einen schroffen Berg zu.

Quinn!

Jetzt stieß auch der Botendämon einen schrillen Schrei aus, der den Staub durch die Luft wirbelte – und, schlimmer noch, seine Artgenossen alarmierte, sodass wir noch von zwei weiteren Dämonen verfolgt wurden.

Auch sie hatten teuflisch rote Augen, furchterregende Zähne und aufgedunsene, behaarte Leiber. Sie waren genauso abstoßend wie ihr Kollege.

Konnte mein Zauberspeer drei Dämonen auf einmal aufspießen?

Lass es, Obispo, sagte Quinn telepathisch. *Wir sind gleich da.*

Aber die Dämonen holen uns ein!

Wenn du jetzt deinen Speer wirfst, sitzt uns gleich ein ganzes Heer im Nacken. Außerdem kannst du logischerweise keinen Dämon töten, der schon in Xib'alb'a ist. Denk doch mal mit.

Ich schaute zu Brooks hinüber, die mit dem Gegenwind kämpfte. Ihre Augen glühten, sie ließ angriffslustig die Krallen spielen und auf ihrem Rücken beugte sich Ren weit vor wie ein Jockey, der um sein Leben reitet. Quinn stieß ein paar Pfeifrufe aus, Brooks nickte und antwortete mit ähnlichen Lauten. Verständigten sich die beiden in der Vogelsprache?

Die Botendämonen waren nur noch wenige Meter entfernt. Sie kreischten schrill und hieben mit den Klauen in die Luft.

Hondo schleuderte seine Basecap nach ihnen und reckte triumphierend die Faust, als er einen Dämon traf.

Daraufhin wandte Quinn den Kopf und hackte nach ihm. Zum Glück verfehlte sie seine Hand, aber nur ganz knapp.

»Ey!«, beschwerte er sich, aber sie stieß einen gellenden Schrei aus. Donnerndes Gebell war die Antwort. Rosie?

Dann flogen Quinn und Brooks gleichzeitig eine Acht, ohne dabei zusammenzustoßen – wie fliegende Superakrobaten. Das schien die Dämonen zu verwirren, denn sie schwirrten auf der Stelle und schauten hektisch zwischen den Schwestern hin und her.

Im selben Augenblick tauchte Rosie auf. Ihre gewaltigen schwarzen Schwingen fegten die Dämonen weg wie lästige Mücken, aus ihrem Maul und ihren Augen schossen grelle Flammen und sie brüllte wie eine Löwin.

Ich war baff. *Seit wann hat Rosie auch Flügel?*

Die hat sie nur hier in Xib'alb'a, antwortete Quinn.

»Bravo, mein Mädchen!«, jubelte ich.

»Mach sie fertig!«, grölte Hondo.

Doch jedes Mal, wenn Rosie einen Dämon verscheucht hatte, schüttelte er sich nur kurz und kam zurück.

Hondo krallte eine Hand in meine Schulter und zeigte mit der anderen Hand in die Tiefe. »Quinn will uns umbringen.«

Diese Befürchtung war nicht ganz abwegig, denn wir sausten weiter auf den Berg zu und würden uns in wenigen Sekunden daran die Schädel einschlagen.

Umleitung!, verkündete Quinn.

»Der Berg!«, rief ich warnend.

Macht lieber die Augen zu, entgegnete sie nur und flog unbeirrt unserem sicheren Tod entgegen.

Aber wenn ich schon in der Unterwelt sterben musste, wollte ich als Letztes etwas anderes sehen.

Ich drehte mich wieder zu Brooks um.

Dann krachte Quinn gegen den Berg.

14

Ich machte mich auf den Aufprall gefasst, doch der blieb aus, weil sich der Berg in allerletzter Sekunde in Nebel verwandelt hatte. Ich warf einen Blick über die Schulter. Wurden wir noch verfolgt? Anscheinend nicht. Vor lauter Erleichterung ließ ich Quinns Hals los und wäre beinahe von ihr runtergepurzelt.

Hondo grub mir wieder die Finger in die Schulter und johlte mir ins Ohr: »Wir leben noch!«

Sag ihm, er soll die Klappe halten, kam es prompt von Quinn.

Mein Magen fühlte sich an, als hätte jemand mit einem Spaten darin herumgefuhrwerkt. *Wie hast du das gemacht?*

Ich konnte im letzten Augenblick eine Pforte öffnen. Ha! Die Boten haben garantiert eine Woche lang Migräne.

Ich sog die kühle, saubere Luft tief ein und sah wieder zu Brooks hinüber, die mit kräftigen Flügelschlägen in den Steigflug ging. Ren schien zum Glück nichts passiert zu sein. Sie hielt sich weiter fest. Rosie sauste mit triumphierendem Gebell an uns vorbei.

Als wir den Nebel hinter uns gelassen hatten, erblickten wir eine fremdartige Landschaft, die ganz anders war als das rote Gebirge. Am Himmel leuchteten gleichzeitig vier rötliche Sonnen und unter uns erstreckte sich Urwald, doch die Stämme, Zweige und Blätter der Bäume bestanden aus spiegelndem Gold, das in allen Regenbogenfarben schimmerte.

»Wir sind im Paradies!«, rief Hondo staunend aus. »Ich sag's ja – man muss einfach nur visualisieren, was man sich wünscht. Glaubt ihr, das Gold ist echt?«

Da endlich begriff ich, dass Hondo der geborene Abenteurer war. In dieser fremden, wundersamen und gefährlichen Welt lebte er auf. Er war nicht für einen Hausmeisterjob geschaffen (in New Mexiko hatte er zuletzt in einer Bank geputzt) und auch nicht dafür, Touristen durch die Gegend zu kutschieren. Er fühlte sich auf Holbox wohl, das schon, aber erst hier war er hundertprozentig in seinem Element.

Das sieht aber nicht wie der Eiterfluss aus, wandte ich mich an Quinn. *Und auch nicht wie South Dakota.*

Kleine Planänderung.

Wie bitte? Wieso?!

Weil die Dämonen Ixtab schon gesteckt haben, dass ihr hier seid.

Ich bekam einen Riesenschreck. *Dann müssen wir fliehen!*

¡No, menso! *Dann seid ihr sofort tot. Ihr müsst ihr gegenübertreten – es geht nicht anders.*

Spinnst du?!

Taktik ist wohl nicht deine Stärke, was, Klugscheißer? Unser ursprünglicher Plan ist nicht aufgegangen. Jetzt musst du eben so tun, als wärst du hergekommen, um mit ihr zu reden.

Mir schnürte sich der Hals zu. *Und was soll ich sagen?*

Dir fällt schon was ein.

Meine Gedanken überschlugen sich, doch dann gewann die Panik die Oberhand. Ich malte mir aus, wie Ixtab mich sofort durchschaute und mir mit bloßen Händen das Herz herausriss.

»Ich kapier's nicht«, rief Hondo hinter mir. »Ich dachte, wir wollen zum Eiterfluss und stattdessen sind wir bei König Midas gelandet.«

Midas?, konterte Quinn. *Erklär ihm bitte, dass die alten Griechen den Mayas nicht das Wasser reichen konnten!* Wir *waren die ersten bedeutenden Ingenieure, Architekten und Astronomen. Und wir haben einen der präzisesten Kalender der gesamten Menschheitsgeschichte entwickelt.*

Ooookay – kein Wort mehr von den alten Griechen.

Quinn stieß einen lauten Vogelruf aus und Brooks' Augen verengten sich erst, als sei sie erschrocken, dann blickten sie umso entschlossener. Anscheinend hatte Quinn ihre Schwester über unsere »kleine Planänderung« informiert.

Wir gingen in den Sinkflug. Die Sonnen verschmolzen mit dem Horizont und ließen den goldenen Urwald rötlich aufleuchten, und hinter den Bäumen kam ein großer freier Platz in Sicht. Darum herum waren neun goldene Stufenpyramiden zu einem Kreis angeordnet. Erst musste ich an Puksí'ikal denken, den Mittelpunkt der Alten Welt, aber dort war alles grau und trostlos und die Bäume erstickten unter Spinnweben. Hier dagegen war alles golden und prächtig.

Der Platz war von Botendämonen bevölkert. Ihre glatte, silbrige Haut erinnerte an die von Haien, auf ihren Rücken baumelten dicke weiße Zöpfe. Sie waren mit Streitäxten, Schwertern und Speeren bewaffnet, duellierten sich und tänzelten dabei über einen, wie es aussah, polierten Marmorboden. Manche schossen auch aus Blasrohren Pfeile auf Gummipuppen ab. Es handelte sich offenbar um Kampftraining.

Diese Dämonen waren nicht mit unseren behaarten Verfolgern zu vergleichen, sie waren Ixtabs Elitetruppe.

»Die Puppen bewegen sich, Quinn!«

Bist du so dumm oder tust du nur so, Obispo? Im wahren Leben hält das Opfer auch nicht still. Ist doch logisch, dass die Dämonen an beweglichen Zielen üben. Du solltest erst mal die fliegenden Puppen sehen!

Dann drehten sich sämtliche Dämonen gleichzeitig um und beobachteten mit blau glühenden Augen, wie wir landeten. Auf dem Platz wurde es so still wie in einer mitternächtlichen Wüste. Die Landung verlief sanft. Wir sprangen von Quinn und Brooks herunter und die Schwestern nahmen wieder Menschengestalt an.

Als Quinn die Hand hob, nahmen die Dämonen ihr Training wieder auf. Anscheinend galt sie als Autorität. Warum hatte sie dann vorhin unsere Verfolger nicht verjagt? Oder gab es unter Dämonen eine Rangordnung?

Die viereckige Tempelpyramide vor uns war so hoch wie ein hundertstöckiges Haus, und von der obersten Stufe rauschte ein Wasserfall über die übrigen neun und ergoss sich in ein großes Becken am Fuß des Bauwerks.

Ich konnte verstehen, dass Hondo beeindruckt war. Der Platz und die Pyramiden erinnerten an die exklusiven Reiseziele, die man immer im Fernsehen sieht (von den kämpfenden Dämonen mal abgesehen).

Vor uns führten zwei von ihnen einen Ringkampf auf. Sie ächzten und schnauften, als wären sie schon den ganzen Tag so zugange. Hondo wiegte fachkundig den Kopf und raunte mir zu: »Gute Beinarbeit – ich meine den Linken.« Der Dämon hatte ein Bein nach vorn genommen und das andere nach hinten, sodass er jederzeit von der

Verteidigung zum Angriff übergehen konnte. »Aber seine Gegnerin …«, fuhr Hondo skeptisch fort. »Um ihm standzuhalten, müsste sie sich ducken, aber sie kommt nicht weit genug runter, achte mal drauf.«

Er behielt recht, denn im nächsten Augenblick überwältigte der männliche Dämon seine Gegnerin, warf sie zu Boden und drückte ihr eine Streitaxt an die Kehle.

»Ich will auch so eine Axt«, sagte Hondo neidisch.

Brooks erklärte jetzt Ren, wie wir weiter vorgehen wollten, und ich weihte Hondo ein.

Ihm entschlüpften ein paar derbe Flüche, aber ich achtete nicht darauf, weil ich Ixtab entdeckt hatte. Sie stand auf einer der unteren Pyramidenstufen und rief einem Dämon Kommandos zu, wobei sie mit den Armen fuchtelte. Ich verstand sogar, was sie rief: »Dann sucht den Bengel gefälligst!«

Im selben Augenblick begegneten sich unsere Blicke, doch sie lächelte nicht etwa freudig. Sie winkte mir nicht einmal zu. Stattdessen machte die frischgebackene Herrin der Hölle ein finsteres Gesicht, dann löste sie sich in Luft auf und materialisierte sich kurz darauf direkt vor uns.

Die Gebieterin über Xib'alb'a sieht bekanntlich umwerfend aus. Ihre blauen Augen leuchten wie Saphire, ihre fein geschnittenen Gesichtszüge sind so ebenmäßig wie die einer Maske. Allerdings hat man irgendwie das beunruhigende Gefühl, dass hinter dieser Maske eine weitere Maske ist und dahinter noch eine und noch eine, sodass man ihr wahres Gesicht nie zu sehen bekommt.

»Was für eine Überraschung«, trällerte sie, »wenn das nicht der eigensinnige Sohn des Feuers ist! Ich habe mich schon gewundert, wo du so lange bleibst.« Sie musterte uns von Kopf bis Fuß, und angesichts unserer »Hot Dogs on a Stick«-Outfits und der hässlichen Hüte umspielte ein flüchtiges Lächeln ihre Lippen. Dann erblickte sie Rosie und das Lächeln wurde strahlend.

Rosie senkte erst den Blick und dann den Kopf, als würde sie sich verneigen.

»Die Formalitäten können wir gern weglassen, Rosie«, sagte Ixtab daraufhin, »aber ich freue mich auch, dass du wieder hier bist.«

In mir zog sich alles zusammen.

Die Göttin trug eine weiße Seidenhose und ein hautenges schwarzes Tanktop. Ihre riesigen Brillantohrringe und die goldenen Armreifen (mindestens sechs Stück übereinander) hätten jede Rapperin vor Neid erblassen lassen. »Wie wär's mit ein paar leckeren Schlangenköpfen?«, fragte sie Rosie mit zuckersüßer Säuselstimme.

»Igitt!«, entfuhr es mir. »Rosie frisst keine Schlangen.«

»Alle Höllenhunde fressen Schlangen. Das ist ihre Leibspeise.« Ixtab winkte einen Dämon heran und befahl ihm, Rosie »zu versorgen«. Ich wollte schon protestieren, biss mir aber auf die Zunge, als ich sah, dass Rosie freudig mit dem Stummelschwanz wackelte. Der Anblick brach mir das Herz. Kannte ich meinen Hund überhaupt noch?

Als der Dämon mit Rosie verschwunden war, verdüsterte sich Ixtabs Miene wieder. »Wie kannst du es wagen, diese Gesetzesbrecher in mein Reich einzuschleusen, Zane!«

Ruhig bleiben. Ganz ruhig bleiben. »Äh … tut mir leid«, stotterte ich, aber am liebsten hätte ich sie angebrüllt: *Du wagst es, mir Vorwürfe zu machen? Du hast mich angelogen und uns auf der Insel eingesperrt!* Aber dann hätte sie begriffen, dass wir ihre unsichtbare Mauer entdeckt hatten, und würde Verdacht schöpfen, dass wir fliehen wollten. Ixtab war die Königin des Lügens und Betrügens – sie würde mich sofort durchschauen.

Sie musterte uns wieder, wobei ihr Blick diesmal etwas länger auf Ren verweilte. Sah sie ihr an, dass sie ebenfalls göttlicher Herkunft war? Oder sogar ihre eigene Tochter? Doch sie erkundigte sich nur: »Und wer bist du?«

»Ich bin Renata«, antwortete Ren eingeschüchtert.

»Sie ist eine Gottgeborene«, platzte Hondo heraus.

Ixtab richtete sich hoch auf und sah Ren so durchbohrend an, als könnte sie geradewegs in ihre Seele blicken, was ja vielleicht auch der Fall war.

Ich verpasste Hondo einen Boxhieb gegen den Arm. »Mann!«

»Aua! Warum schlägst du mich?«

»Weil du gleich alles ausplapperst! Man sollte immer noch etwas in der Hinterhand haben, falls man verhandeln muss oder so.«

»Lass gut sein, Zane«, sagte Ixtab. »Ich habe gleich gemerkt, dass sie eine Gottgeborene ist. Hältst du uns Götter für blöd?«

War das eine ernst gemeinte Frage?

»Also, Renata«, schnurrte Ixtab, »wie gefällt dir meine Unterwelt denn so?«

Ren trat verlegen von einem Fuß auf den anderen, aber dann sah sie Ixtab forschend in die Augen, als versuchte auch sie, ihr Gegenüber einzuschätzen. *Bitte sag jetzt nichts Falsches,* dachte ich inständig.

»Ist dir schon mal aufgefallen, dass deine Dämonen ganz ähnlich wie Außerirdische aussehen?«

Ich atmete mehrmals tief durch (sonst hätte ich sie erwürgt).

Ixtab bewahrte Haltung. »Darüber können wir uns gleich noch unterhalten.« Ihr Blick wanderte zu mir. »Was willst du hier?«

»I-ich habe ein paar Fragen.«

Brooks sah zum Himmel hoch, aber sie wirkte angespannt.

Im selben Augenblick fing Quinn einen Pfeil auf, der geradewegs in Hondos Richtung sauste. Ich hatte ihn gar nicht kommen sehen.

Hondo riss erschrocken die dunklen Augen auf. »Danke!«

»Keine Ahnung, warum ich das gemacht habe«, gab Quinn grimmig zurück.

Hondo zwinkerte mir zu, als wollte er sagen: *Siehst du? Sie steht total auf mich.*

»Hier mitten auf dem Platz ist es für euch zu gefährlich«, sagte Ixtab. »Kommt mit.«

Dass sie um unsere Sicherheit besorgt war, war schon mal ein gutes Zeichen. Außerdem gewann ich auf diese Weise etwas Zeit und konnte mir einen Vorwand einfallen lassen, weshalb wir hier waren. Ich überlegte fieberhaft. Ich könnte Ixtab nach dem Lehmmenschen und dem »Kartieren« fragen. Das schien mir ein berechtigter Anlass, in Xib'alb'a aufzukreuzen. Anschließend konnten wir über den Eiterfluss fliehen. Vielleicht war das nicht das Schlechteste, denn dann landete ich nicht nur gleich in South Dakota, sondern brachte aus der Unterwelt auch noch ein paar Antworten mit.

Wir erklommen die neun steilen Stufen der Pyramide, die laut Ixtab die neun Ebenen der Unterwelt symbolisierten. Zumindest so lange, bis sie »das neue Obergeschoss fertiggestellt« hatte.

Halb laut und eher zu sich selbst ergänzte sie: »Der Himmel hat immerhin dreizehn Ebenen, da hat die Hölle ja wohl gut und gern noch eine weitere verdient.«

Endlich standen wir oben. Die in messerscharfe Falten gelegten, schneeweißen Vorhänge vor dem drei Meter breiten Eingang zum

Tempel glitten von allein auf, als wir eintraten. Dahinter lag das luxuriöseste Loft/Penthouse/Heiligtum, das ich je gesehen hatte. Die zartrosa Wände waren aufwendig von Hand verputzt und die Decke war mit vergoldetem Stuck sowie Jaguarköpfen aus Jade und anderen Halbedelsteinen geschmückt. Auf den geschnitzten Sesseln lagen mit Fransen verzierte Kissen, die Tische hatten Granitplatten und verschnörkelte Beine.

Hondo pfiff anerkennend durch die Zähne, Brooks zwirbelte eine ihrer Locken und tat unbeeindruckt. Und Ren lief aufgeregt hin und her und kam dabei den zierlichen Figuren viel zu nahe, die überall herumstanden und bestimmt Millionen wert waren.

Ixtab betrachtete wieder meinen Onkel und mich und verzog das Gesicht, dann sprach sie in einen ihrer Armreifen: »Schick Itzel in mein Privatgemach hoch. Jetzt gleich.«

Hondo, Brooks und ich wechselten einen Blick, doch da kam auch schon eine alte Frau herein. Sie trug ein unförmiges Kleid, das an einen Chilisack erinnerte, und alles an ihr war grau und farblos, sodass sie wie eine unfertige Skizze wirkte.

»Besorg unseren Gästen etwas Anständiges zum Anziehen«, wies Ixtab sie an. »Irgendetwas, bei dem meinen Dämonen nicht das Wasser im Maul zusammenläuft.«

»Aber das sollen diese Klamotten doch gerade verhindern!«, wandte ich ein.

Ixtab zog die perfekt gezupfte Augenbraue hoch. »Clementino ist ein Stümper. Keine Ahnung, warum sich Quinn überhaupt an ihn wendet. Jeder weiß doch, dass die Wirkung von Knochenstaub nicht lange anhält, und ihr war bestimmt klar, dass ihr nicht nur eine halbe Stunde hierbleibt.«

Quinn zuckte nicht mit der Wimper. Und ich? Ich hatte einen Mini-Herzinfarkt, weil ich mir ausmalte, dass Ixtab unsere Köpfe schon auf die Speisekarte fürs Abendessen gesetzt hatte.

Ixtab sah wieder Itzel an. »Sie sehen lächerlich aus und dieser widerliche Hot-Dog-Gestank schlägt mir auf den Magen.«

Wie bitte? Und der Eitergestank machte ihr nichts aus, oder was? Aber wahrscheinlich hatte sie sich noch nie auf die unterste Ebene ihres Reiches hinabbegeben.

Itzel erwiderte mürrisch: »Erst meckerst du an den Uniformen der Dämonenkrieger herum, und jetzt soll ich mit meinen Kreationen diese … diese …« Sie schüttelte sich, als hätte ihr Ixtab befohlen, den Blutfluss mit einem Strohhalm leerzutrinken. »Ich bin die bedeutendste Modeschöpferin der Welt und habe die größten Künstler aller Zeiten inspiriert. Ich denke gar nicht daran, diese müffelnden Menschen einzukleiden, die sowieso über kurz oder lang auf der Liste der am schlechtesten angezogenen Personen landen werden. Kommt nicht infrage.« Sie schüttelte energisch den Kopf. »Für solchen Abschaum gebe ich meinen guten Namen nicht her.«

»Möchtest du lieber die Riesen ausstatten?«, fragte Ixtab seufzend.

Itzel ließ den Blick über uns wandern. »Wobei … ein florales Muster würde euch vielleicht stehen.«

»Bitte etwas Unauffälliges«, sagte Ixtab rasch.

»Und keine Blumen«, schob Hondo nach. »So was trage ich nicht.«

»Dann eben Punkte«, entgegnete Itzel eingeschnappt und stapfte hinaus.

Brooks warf mir einen Blick zu und zuckte die Achseln. Hoffentlich hatte Itzel einen besseren Geschmack in Bezug auf die Kleidung anderer Leute als auf ihre eigene.

»Nun wieder zu dir, Zane«, sagte Ixtab. »Ich frage dich noch einmal: Was willst du hier?«

Ich musste auf der Hut sein. Schließlich hatte Ixtab den größten Mayabluff aller Zeiten durchgezogen, indem sie den anderen Göttern weisgemacht hatte, ich sei tot. Ich durfte ihr nicht in die Falle gehen. Darum berichtete ich ihr erst einmal in Kurzform, was sich bei Miss Cab zugetragen hatte. Sie hörte mit unbewegter Miene zu. Atmete sie überhaupt? »Na ja … und ich …« Ich ärgerte mich, dass meine Stimme schwankte. »Ich wüsste jetzt gern, wer den Lehmmenschen erschaffen hat und warum ich kartiert und –«

»Davon habe ich noch nie gehört.« Ixtab schaute auf ihre Armbanduhr und runzelte die Stirn. »Für mich klingt das alles völlig absurd.«

»Wir glauben, dass jemand Zane seine Fähigkeiten stehlen wollte«, erwiderte Ren.

»Unwahrscheinlich.« Ixtab klopfte sich mit dem Zeigefinger an das ebenmäßige Kinn. »Viel wichtiger ist doch die Frage, wie es demjenigen gelungen ist, meine Schemenmagie zu durchbrechen.«

Du meinst die Magie, die uns auf der Insel festhalten soll?, hätte ich sie wieder gern angebrüllt, aber ich durfte nicht riskieren, dass ich sie verärgerte oder sie mich verdächtigte, meinen Vater befreien zu wollen. »Wenn dieser geisteskranke Lehmtyp also nicht hinter meinen Fähigkeiten her war«, sagte ich, »was wollte er dann?«

»Das ist jetzt wirklich nebensächlich.« Ixtab lief rot an. »Wie kann es jemand wagen, sich mir und meiner Magie zu widersetzen! Ich rackere mich hier ab, indem ich sämtliche neun Ebenen der Unterwelt gleichzeitig renovieren lasse – *alle neun!* – und sogar eine zehnte plane, und habe ich schon erwähnt, dass ich obendrein noch die Seelen beaufsichtigen soll, die Dämonen füttern und trainieren und –«

Sie riss sich zusammen. »Wenn ich herausbekomme, wer das war!«, knurrte sie dann und ihr honigblond gesträhntes Haar färbte sich dämonisch blau, aber sie hatte sich gleich wieder im Griff. »Ich muss Nachforschungen anstellen. Vielleicht stecken nur ein paar Abtrünnige dahinter. So etwas kommt gelegentlich vor. Die niederen Götter haben immer etwas zu nörgeln. Aber keine Sorge. Damit kommen sie nicht durch. Nie!«

»Aber woher wussten sie, dass ich noch lebe?«

Wieder verzog Ixtab keine Miene, aber ihr Götterhirn arbeitete sichtlich auf Hochtouren. »Nicht anfassen!«, blaffte sie, als Ren eine goldene Krokodilfigur streichelte.

Ren zog die Hand zurück, als hätte sie sich verbrannt.

Ixtab schritt um sie herum und musterte sie kritisch. »Für den Sprössling eines Mayagottes ist sie ziemlich klein, und trotzdem …«

»Trotzdem was?«, hakte ich nach.

»*Ich* stelle hier die Fragen«, fuhr mir Ixtab über den Mund. »Erzähl doch mal, *Renata* – wo kommst du her, und woran liegt es, dass du vor Magie nur so knisterst? Aber bevor du antwortest …« Sie hob den manikürten Zeigefinger mit dem glänzenden schwarzen Nagellack. »… möchte ich dich fairerweise davon in Kenntnis setzen, dass man hier in Xib'alb'a für einzige Lüge damit bestraft wird, dass man zwei volle Jahre lang im Blutfluss schwimmen muss. Welche Strafe auf zwei Lügen steht? Nun, so blutig wird es hoffentlich nicht.«

Ren schaute unsicher erst mich, dann Brooks und dann Hondo an. »Ich komme aus Texas«, brachte sie schließlich erstickt hervor.

»Aus Texas, soso. Da muss ich doch gleich an Alamo denken. Ja, das war eine furchtbare Belagerung. Aber Rachedurst zu wecken, ist mein Spezialgebiet, und es ist letztlich nur mir zu verdanken, dass die Texaner die Schlacht gegen die Mexikaner gewonnen haben. Nakon wird euch etwas anderes erzählen, aber er neigt ja bekanntlich zur Übertreibung.«

»Aber«, setzte Ren an, »bist du selbst denn nicht aus Mexiko?«

Ixtab machte eine wegwerfende Geste. »Ich bin immer auf der Seite der Sieger. Also, *Renata aus Texas*, es ist sicher kein Zufall, dass du auf Holbox aufgetaucht bist, unmittelbar bevor dieser elende Schuft meine Magie außer Kraft gesetzt hat. Was kannst du mir darüber erzählen?«

»Das habe ich auch gesagt!«, freute sich Ren, doch dann erlosch ihr Strahlen. »Aber ich weiß den Grund nicht. Ich kann dazu nichts sagen.«

»Dann beweise mir bitte, dass du kein Magiegeschöpf bist, sondern eine echte Gottgeborene.« Ixtab trat blitzschnell auf Ren zu und packte ihre Hand.

Abermals war der Göttin nichts anzumerken, aber mir war klar, dass sich die beiden telepathisch verständigten. Ich hätte zu gern gewusst, worüber. Dann nickte Ixtab und ließ Ren los. Das Erstaunen stand ihr ins Gesicht geschrieben und sie durchbohrte mich mit einem Laserblick.

»Und?«, wandte ich mich an Ren. »Ist sie deine Mutter?«

Ren schüttelte den Kopf und sah weg.

»*Du …!*«, fauchte mich Ixtab an. »Das ist alles deine Schuld! Du bist die Ursache, dass … DU hast einen Aufruf an die anderen Gottgeborenen gestartet!«

Kleine Anmerkung: Wenn du mal ein Team für eine geheime Mission zusammenstellst, dann vergewissere dich vorher, dass die Mitglieder ihre große Klappe halten können.

»Meine Schuld?!« Jetzt wurde *ich* wütend und fuhr Ren an: »Hast du gepetzt?«

»Nein! Sie – es ist irgendwie aus meinem Hirn rausgekullert.«

Mist. Was war sonst noch alles herausgekullert?

Ixtab trat drohend auf mich zu, aber ich ließ mich nicht mehr von ihr beschimpfen. Damit war Schluss. Jetzt würde *ich* ihr mal die Meinung sagen! Das hörte sich etwa so an: »Ich … äh … ich wollte bloß sichergehen, dass …«

»Wer hat dir erlaubt, Itzam-yées Magie derart zu missbrauchen?« Auweia – jetzt loderten blaue Flammen aus ihren Augen. »Ist dir überhaupt klar, was du angerichtet hast, Zane?«

»Doch, schon. Es ist mir gelungen, mich mit anderen Gottgeborenen in Verbindung zu setzen. Jetzt kannst du vielleicht noch mehr Überlebende ausfindig machen.«

»Irrtum.« Ixtab kam so dicht an mich heran, dass ich ihre makellosen Poren erkennen konnte. »Mit deiner unüberlegten, rücksichtslosen Aktion hast du die anderen Gottgeborenen für die Götter *sichtbar* gemacht!«

15

Wie konnte ein einziger Satz so einen gewaltigen Schock auslösen? Mir schossen Miss Cabs Worte durch den Kopf: *Magie ist launisch und unlogisch.*

»Heißt das, das Wahrheitspapier hat mich reingelegt?«

Ixtab machte ein finsteres Gesicht und ich hätte schwören können, dass sie Ren einen zornigen Blick zuwarf. »Das ist genau der Grund, weshalb wir die SCHAFOMA unbedingt wieder eröffnen müssen.«

»Die Scha-was?«

»Die Schamanenschule für Fortgeschrittene Magie.«

»Da würde ich mich sofort bewerben!« Rens Augen leuchteten.

»Aber ich konnte doch nicht ahnen –«

Ixtab schnitt mir das Wort ab. »Dummköpfe wie du müssen lernen, dass Magie ein wildes Tier ist. Niemand kann es ganz und gar zähmen. Die Götter nicht und auch sonst niemand.«

»Aha. Aber ich habe nun mal keine höhere Mayaschule besucht.« Meine Knie wurden weich. Wenn es noch mehr Gottgeborene wie mich gab und wenn die Götter sie jetzt erkennen konnten, würden sie sie alle umbringen – und *ich* hätte sie auf dem Gewissen. Die Situation hatte sich blitzschnell von *Nicht gut* zu *Echt übel* zu *In drei Sekunden bricht die Welt zusammen* gewandelt.

»Jetzt weiß ich auch, wo diese fliegenden kleinen Monster hergekommen sind, Zane«, rief Ren aufgeregt. »Du weißt schon – die ich vom Dach aus gesehen habe, bevor ich zur Insel aufgebrochen bin. Bestimmt haben die Götter sie losgeschickt.«

Doch Ixtab sagte verächtlich: »Wenn die Götter von deiner jämmerlichen Existenz gewusst hätten, hätte ich davon erfahren. Trotzdem – irgendjemand muss deine übernatürlichen Schwingungen empfangen haben. Ein frisch erweckter Gottgeborener strahlt mächtige Magie aus. Irgendwer nimmt hier einiges auf sich, um dich zu finden.«

Und wenn derjenige Ren entdeckte, dann … Ich hätte den Gedanken an das, was dann passieren würde, gern verdrängt, sah aber die ganze Zeit die rätselhafte, in die Erde geritzte Botschaft vor mir: *Hilf uns, ehe es zu spät ist.* »Ich glaube …« Ich schluckte. »Ich glaube, sie haben Ren schon gefunden. Und auch noch weitere Gottgeborene.«

Ixtab richtete die Saphiraugen auf mich und erwiderte gedehnt: »Da liegst du ausnahmsweise mal ganz richtig.«

Ausnahmsweise wollte ich aber gar nicht richtigliegen! Es wäre mir viel lieber gewesen, wenn sie erwidert hätte: *Unsinn, Zane. Lehmmenschen lügen wie gedruckt. Man darf ihnen kein Wort glauben.* Aber konnte ich *ihr* denn glauben? Ich hätte sie gern gefragt, weshalb sie mir seinerzeit erzählt hatte, dass alle anderen Gottgeborenen gestorben seien. Hatte sie mich angelogen oder hatte sie es selbst nicht besser gewusst?

Brooks kam mir zuvor. »Und woher weißt du das alles?«

»Zufällig bin ich die Herrscherin der Unterwelt. Ich bilde das größte Totenheer aller Mayazeiten aus und habe meine Augen und Ohren überall.«

»Außerirdische«, raunte mir Ren vielsagend zu.

Ixtab wandte sich an Quinn: »Nimm die anderen mit nach unten. Ich muss allein mit Zane sprechen.«

»Nein!«, protestierte Brooks.

»Ich habe nicht so viel Zeit …«, setzte ich an.

»Du bist von so weit hergekommen«, schnurrte Ixtab, warf Brooks aber einen giftigen Blick zu, »da können wir uns jetzt auch die Zeit nehmen, der Sache auf den Grund zu gehen.«

Mir wurde heiß und kalt. Ich musste hier weg, musste meinen Vater befreien, bevor es zu spät war. Andererseits wollte ich unbedingt wissen, was mit den anderen Gottgeborenen passiert war. Wenigstens das konnte ich noch für sie tun.

Ich nahm Brooks' Hand. *Geht ruhig. Ich komme in einer halben Stunde nach und dann hauen wir durch die Pforte ab.*

Brooks ließ meine Hand gerade noch rechtzeitig los, denn jetzt packte ihre Schwester sie am Arm und zischte ihr etwas ins Ohr, das Brooks offenbar bewog, widerstandslos mitzukommen. Ren folgte den beiden, drehte sich aber noch einmal ängstlich nach mir um.

Hondo dagegen fragte mich trotzig: »Soll ich hierbleiben?«

»Soll ich dich in ein Aschehäufchen verwandeln?«, konterte Ixtab.

»Ich lasse Zane nicht allein.«

»Schon okay«, sagte ich rasch. »Ich komme … gleich.« Er rührte sich nicht vom Fleck. »Du kannst ruhig gehen«, schob ich nach. »Ich komme schon zurecht.«

Widerstrebend zog er ab, drehte sich aber noch mehrmals um, ehe er die Stufen der Pyramide hinuntersprang.

Ich fuhr mit Ixtab im Fahrstuhl zu einer Dachterrasse hoch. Goldenes Weinlaub rankte sich über ein aus Jade geschnitztes Spalier, am anderen Ende war ein Durchgang. Dahinter war ein mit trübem Wasser gefülltes Becken zu erkennen, das aber anderthalb Meter über dem Boden schwebte. Dampf kräuselte sich darüber und ganz kurz glaubte ich zu hören, dass es im Wasser flüsterte und tuschelte.

»Cool!«, entfuhr es mir. »Das ist echt –«

»Das ist ein Wahrsagebecken.« Ixtab ging daran vorbei bis zur hinteren Dachkante und bedeutete mir, dass ich mitkommen sollte. »Die Seelen im Wasser offenbaren mir so manches.« Sie wanderte mit gesenktem Blick auf und ab. »Vorgestern bekam ich die Nachricht, dass ein paar Jugendliche entführt worden sind – keine gewöhnlichen, sondern solche mit beträchtlicher magischer Ausstrahlung. Erst dachte ich mir nichts dabei und nahm an, irgendein Magier hätte sich einen schlechten Scherz erlaubt. Wen interessieren schließlich ein paar Gören? Erst als ich von deinem Aufruf an die anderen Gottgeborenen erfuhr, wurde mir klar, von wem die Rede war.«

»Entführt?!« Mir wurde ganz anders. Ich musste mich setzen. Oder am besten hinlegen. Aber ich tat keins von beidem, weil ich vor Schreck erstarrt war.

»Das ist nicht der Punkt«, gab Ixtab zurück. »Der Punkt ist, dass die Umstände immer gleich waren. Alle wurden aus ihren Betten entführt, während sie schliefen. Niederträchtig, so was.« Sie schüttelte missbilligend den Kopf. »Derjenige hätte wenigstens warten können, bis sie die Augen aufmachen.«

»Wurden sie vielleicht von Lehmmenschen entführt? Und wenn

jemand Jagd auf Gottgeborene macht, warum wurde ich dann nicht auch entführt?«

»Weil du auf Holbox durch meine Magie geschützt warst. Niemand hätte dich dort wegholen können.«

Ich konnte nicht länger an mich halten. »Dann ist die Insel … ein Gefängnis?« In letzter Sekunde formulierte ich es als Frage. Sie sollte nicht merken, dass ich ihre Absicht, mich ein für alle Mal wegzusperren, längst durchschaut hatte.

»Das hat dir das Leben gerettet, oder nicht?« Sie spielte mit ihren Armreifen. »Die Insel ist ein Zufluchtsort, kein Gefängnis. Natürlich wollte ich nicht riskieren, dass du durch die Gegend spazierst und die anderen Götter dich schnappen. Sie hätten bald herausgefunden, dass *ich* dafür verantwortlich bin, dass du noch lebst. Ich habe mich für dich eingesetzt, das schon, aber ich bin nicht bereit, meinen Thron und mein Leben für dich zu opfern. Darum habe ich ein paar Sicherheitsvorkehrungen getroffen und dank meinem ›Gefängnis‹ bist du gesund und munter. Du könntest dich ruhig mal bedanken.«

Da war was dran. Das Ganze hatte eine abartige Logik. Ixtab war mir nichts schuldig und sie hatte mich schon mehr als einmal beschützt. Andererseits war jetzt klar, dass sie ihre Mauer um die Insel niemals aufheben würde. Ich musste zum Eiterfluss, und zwar so schnell wie möglich. »Trotzdem hättest du mal was sagen können.«

Sie senkte die Stimme, und ich glaubte, einen drohenden Unterton herauszuhören: »Manchmal nimmt es kein gutes Ende, wenn man zu viel weiß, Zane.«

Dann schob sie mich zum Wasserbecken und nahm ihre goldene Armbanduhr ab. Nach einem kurzen, stirnrunzelnden Blick darauf warf sie die Uhr auf einen Liegestuhl und sprach wieder in einen ihrer

Armreifen: »Nicht vergessen: Uhr vom Zeithüter reparieren lassen.« Anschließend schenkte sie mir ein zuckersüßes Lächeln. »Worüber sprachen wir doch gleich? Ach ja, richtig.« Als sie die Hand ins Wasser tauchte, zischte es und schwarzer Dampf stieg auf.

Im Wasser spulten sich Bilder ab wie ein Film.

Als Erstes sah ich ein Mädchen mit brauner Hautfarbe. Ungefähr so alt wie ich, mit kurzen, blond gefärbten Haaren und finsterem Blick. Sie lief einen mit Abfall übersäten Schulflur entlang, wobei sie den Kopf zwar gesenkt hielt, aber gleichzeitig verstohlen um sich schaute.

»Sie sieht aus, als ob sie wütend ist.« *Oder Angst hat.* Ich kannte diesen Blick. In meiner alten Schule waren viele Kinder so durch die Gänge gelaufen, als könnte ihnen jederzeit ein Ziegelstein auf den Kopf fallen. Oder irgendein Arschloch könnte ihnen ein Bein stellen. Ein Scheißleben ist das.

Die Szene wechselte. Man sah dasselbe Mädchen schlafend im Bett liegen, die grüne Steppdecke bis zum Kinn hochgezogen. Über die Zimmerwände huschten geflügelte Schatten. Am liebsten hätte ich einen Warnruf ausgestoßen, doch da schob sich eine große, fleischige Hand ins Bild und packte das Mädchen. Sie fuhr mit aufgerissenen Augen in die Höhe und schrie erstickt auf.

Das Mädchen verschwand, jetzt lief ein Junge eine Straße entlang. Er war vielleicht vierzehn oder fünfzehn und hatte ein spitzes Kinn, schmale grüne Augen und eine Narbe am Kinn. Seine weißblonden Haare waren kurz geschnitten, er trug eine Bomberjacke. Der Wind pfiff um ihn herum und geflügelte Schatten folgten ihm. Waren das die Wesen, die Ren beschrieben hatte?

Nächster Szenenwechsel. Der Junge lag im Bett und wälzte sich unruhig herum, bis wieder die Hand ins Bild kam. Ein fleischiger Arm schlang sich um seinen Hals, aber anders als das Mädchen schrie er nicht, sondern wehrte sich strampelnd und tretend wie ein Irrer.

Doch dann entdeckte ich noch etwas.

»Halt!«, rief ich.

Ein Wink von Ixtab und der Film fror ein. »Was ist denn?«

»Da! Der Entführer trägt einen goldenen Armreif und …«

»Viele Leute tragen Goldarmreifen.«

»Der Lehmmensch, der mich angegriffen hat, hatte genauso einen.« Ich beugte mich über das Becken und ärgerte mich, dass ich mir den Armreif der falschen Miss Cab nicht besser eingeprägt hatte. »Kannst du das Bild vergrößern?«

Ixtab schnippte mit den Fingern und das Bild wurde größer. Jetzt war zu erkennen, dass in den Reif etwas eingraviert war – ein Wesen mit riesigen Glubschaugen. Es besaß keinen Unterkiefer, dafür aber eine messerähnliche Zunge, und sein Oberkörper war mit aufgerissenen Mäulern voller spitzer Zähne bedeckt. Von der Taille abwärts war es in eine Art Gewand aus gekreuzten Knochen und Totenschädeln gehüllt. Es überlief mich eiskalt. »Was ist das denn für ein Scheusal?«

Ixtab strich sich nachdenklich das ebenmäßige Kinn und Rauch kräuselte sich aus ihren Augen, als sie flüsternd antwortete: »Das ist Tlaltecuhtli.«

»Und wer ist Tlah-te-KUUT-lie?«

»Die Erdgöttin der Mexicas. Ihr Name bedeutet: *die Leben Spendende und Verschlingende.*«

»Und wer sind nun wieder die Meh-schie-ka?«

»Vielleicht ist dir der Begriff ›Azteken‹ geläufiger. Das bedeutet so viel wie *Bewohner von Aztlán*, aber die Mexicas selbst haben sich nie als Azteken bezeichnet.« Sie seufzte.

Selbstverständlich hatte ich schon von den Aztekengöttern gehört (oder besser: den Mexicagöttern), aber sie hatten mich nie besonders interessiert. »Und wo liegt dieses Aztlán?«

»Aztlán ist ein mythischer Ort, den die Mexicas als ihre Heimat betrachten. Wer so einen Armreif trägt, verehrt die Göttin – *wenn* man Tlaltecuhtli so nennen will. Wir Mayas sind Hunderte von Jahren älter als die Mexicas und unsere Götterwelt ist der ihren haushoch überlegen.«

»Heißt das, die Mexicagötter spielen heutzutage auch noch eine Rolle?«

»Nicht direkt«, lautete Ixtabs Antwort.

»Wie denn dann?«

Sie erklärte mir, dass ein spanischer Eroberer namens Cortés seinerzeit die Mexicas überfallen und so gut wie ausgerottet hatte. »Weil niemand mehr den Göttern Opfer darbringen konnte, wurden sie immer schwächer und sind zusammen mit den Mexicas ausgestorben. Aber zurück zum Thema. Wo waren wir stehen geblieben?«

»Und warum verehrt jemand eine ausgestorbene Gottheit?«

»Ach, so was kommt öfter vor.«

Für die Mayas ist es bestimmt auch von Vorteil.

Gebannt schaute ich zu, wie Bild um Bild im Wasser erschien. Jugendliche aller Größen und Hautfarben, teils in meinem Alter, teils ein, zwei Jahre älter. Sie schienen sowohl in der Stadt als auch auf dem Land zu leben, und alle wurden gewaltsam aus ihrer Umgebung herausgerissen. Als Ixtabs Filmchen zu Ende war, hatte ich insgesamt zehn Gottgeborene gezählt.

»Wir müssen ihnen helfen!«, rief ich aus, was ziemlich gewagt war, denn ich hatte keine Ahnung, wie.

Im Wasser breitete sich eine dunkle Wolke aus.

»Ich weiß ja nicht mal, wo sie sich jetzt aufhalten«, entgegnete Ixtab, »und das ist höchst ärgerlich, weil es bedeutet, dass sie ebenfalls magisch getarnt sind.«

»Klar – von dieser Leben verschlingenden Mexicagöttin.«

»Hast du Tomaten auf den Ohren? Ich habe dir doch erklärt, dass sie tot ist. Nein, jemand anders muss dahinterstecken. Von den Mexicas sind nur noch eine Handvoll Geister übrig, verblichene Angehörige des Herrscherhauses, und die sind nicht so mächtig. Davon abgesehen wären sie bestimmt nicht so dumm, sich mit uns Mayagöttern anzulegen. Schließlich verdanken sie es nur unserer Großzügigkeit, dass sie noch hier herumspuken.«

Mir fiel etwas ein. »Als du mich auf der Insel abgesetzt hast, hast du dem Taxifahrer gesagt, er soll dich zu einem Aztekenkönig bringen. Hängt das irgendwie damit zusammen?«

Ixtab nickte. »Vor ein paar Monaten hat sich unser Rat mit den Mexicageistern getroffen. Sie können einem leidtun. Es sind alles Seelen, die den Anforderungen ihrer Unterwelt, die übrigens Mictlan heißt, nicht gewachsen sind oder sich ihnen nicht stellen wollen. Weil ihre eigene Unterwelt keine Option für sie ist und wir sie hier in Xib'alb'a nicht aufnehmen, können sie weder vor noch zurück.«

»Dass meine Aktion bewirkt hat, dass die Mayagötter die Gottgeborenen jetzt erkennen können, habe ich ja inzwischen kapiert«, erwiderte ich, »aber woher wissen die Mexicagötter darüber Bescheid? Vor allem, wenn sie nur noch Geister sind? Oder …«

»Was, oder?«

»Oder gibt es unter euch Mayagöttern einen Verräter?«

Ixtab musterte mich prüfend und in ihrer rechten Wange zuckte es. »Welcher Mayagott wäre so bescheuert, dass er oder sie …?«

»Es wäre ja nicht das erste Mal«, gab ich zurück und dachte an meinen Vater, der den Heiligen Schwur gebrochen hatte, und an Ah-Puch, der die Welt vernichten wollte. Nicht zu vergessen die Heldenzwillinge, und wahrscheinlich gab es noch zahllose andere Beispiele.

Ixtabs Blick glitt über die Dachterrasse. Anscheinend spielte sie in Gedanken unzählige Möglichkeiten durch. Dann drehte sie sich wieder zu mir um. »Erzähl mir mehr über diesen Lehmmenschen. Vielleicht hat Quinn ja irgendetwas von Bedeutung ausgelassen.«

Jetzt wanderte auch ich auf und ab. Ich hatte Angst, dass Ixtab meinen geheimen Plan, zu fliehen und meinen Vater zu befreien, aus mir herauskitzeln würde. *Alle Wege führen zum vernichtenden Zorn der Götter*, hatten die Vorfahren verkündet. War Ixtab wirklich vertrauenswürdig? Laut der falschen Miss Cab wollte mich die Göttin davon abhalten, das wahre Ausmaß meiner Fähigkeiten zu erkennen. Und was war mit den sonderbaren verschwommenen Bildern von New Mexico? Hatten sie auch etwas damit zu tun?

In diesem Augenblick erschien Quinn auf dem Dach. »Entschuldigt bitte die Störung, *mi reina*, aber soeben ist eine wichtige Nachricht für Euch eingetroffen.«

»Ich sehe sie mir im Tempel an«, entgegnete Ixtab, dann wandte sie sich zu mir um: »Aber wir beide sind noch nicht miteinander fertig, Zane.« Sie löste sich in blauen Rauch auf.

Quinn kam zu mir, schaute sich aber verstohlen um, bevor sie mit gesenkter Stimme sagte: »Hier ist etwas faul.«

»Ach nee.«

»Zane!«, fauchte sie mich an, knetete aber nervös ihre Finger. »Du verstehst mich falsch. Meine Fähigkeiten … irgendetwas stimmt mit ihnen nicht und –«

»Was willst du damit sagen?«

»Brooks ist auch betroffen.«

»Und woran merkst du das?«

»Meine Fähigkeiten lassen immer mehr nach. Erst dachte ich, ich bilde es mir nur ein, aber dann –« Sie packte mich an den Schultern. *Ihr müsst hier verschwinden – bitte! Bring Brooks weit, weit weg von hier, bevor es noch schlimmer wird.*

Bei ihrem verzweifelten Ton krampfte sich in mir alles zusammen. Und warum verständigte sie sich telepathisch mit mir? Wer sollte uns hier oben belauschen?

Ich verstehe kein Wort.

Was glaubst du, warum die Dämonen so eifrig trainieren?

Weil sie von Natur aus gern töten?

Du nervst!

Ich? Ich bin nicht derjenige, der hier in Rätseln spricht!

Sie holte tief Luft, ihr Griff lockerte sich ein bisschen. *Die Funkenschlägerin hat mich hierhergeschickt. Undercover.*

Und warum erzählst du mir das? Sollte jemand, der undercover unterwegs war, nicht besser den Mund halten?

Weil ich dir zutraue, dass du schweigen kannst. Und es auch vor Brooks geheim hältst. Sie packte meine Hände und quetschte sie zusammen wie ein Schraubstock. *Über kurz oder lang werden wir beide nicht mehr die Gestalt wechseln können.*

Ach du Scheiße. Glaubst du, Ixtab steckt dahinter? Die Göttin hatte Brooks' Fähigkeiten schon einmal lahmgelegt.

Quinn schüttelte den Kopf. *Kein Gott ist in der Lage, sämtliche Übernatürlichen auf einmal ihrer Fähigkeiten zu berauben.*

Glaubst du, es hängt mit den Entführungen der Gottgeborenen zusammen?

Quinn machte ein bestürztes Gesicht. Offenbar wusste sie noch gar nichts davon. Ich klärte sie auf.

Das kann kein Zufall sein, entgegnete sie. *Aber erzähl bitte Ixtab nichts. Die Götter dürfen keinen Wind von unserem … Problem bekommen.*

Warum nicht?

Weil sie eine Vorliebe dafür haben, die Schwächen anderer auszunutzen. Bitte versprich mir, dass du Brooks davon abhältst, etwas Unüberlegtes zu tun. Auf dich hört sie.

Äh … da bin ich mir nicht so sicher.

Doch da kehrte Ixtab zurück. Sie betrachtete uns beide forschend, dann sagte sie feierlich zu Quinn: »Es geht los.«

16

»Es geht los« bedeutet nicht unbedingt etwas Gutes – schon gar nicht, wenn man sich gerade in der Hölle aufhält und es mit der Königin von Xib'alb'a und einer Doppelagentin zu tun hat, die zufällig auch noch die Schwester des Mädchens ist, in das man ... ach, egal.

»Ruf die Krieger zusammen!«, befahl Ixtab.

Quinn nickte knapp und verschwand. Ixtab wandte sich zu mir um und ihr glühender Blick hätte mein Gesicht wegschmelzen können. »Und du kommst mit.«

»*Was* geht denn los?«, fragte ich und ärgerte mich, dass meine Stimme verräterisch zitterte. (Hey, auch Helden haben manchmal die Hosen voll.)

In ihren Augen loderte blaues Feuer. »Das hat dich nicht zu interessieren.«

Bevor ich protestieren oder weglaufen konnte, machte sie eine ausholende Handbewegung, und die ganze Umgebung verwandelte sich schneller, als ein Streichholz aufflammt. Auf einmal waren wir in einem dunklen Felsgang, in dem es nach Metall und fauligem Fleisch stank. Als der Boden unter uns schwankte, merkte ich, dass wir in einem kleinen Ruderboot standen. Der Rumpf war mit gewundenen Schlangen aus massivem Gold geschmückt, die hoffentlich nicht zum Leben erwachten.

Eine Wandfackel warf ihren matten Schein auf das schwärzliche, dickflüssige … Mir wurde schlecht. Richtig: Wir dümpelten auf dem Blutfluss. »Wa-was wollen wir hier?«

Ixtab ergriff ein langes Ruder, dessen breites Ende aus Gold und Jade bestand, tauchte es ein und zog es durch das unbewegte Blut. Ich hätte mich am liebsten übergeben. »Ich bin nicht oft hier«, antwortete sie, »aber es ist schön ruhig und wir sind vor neugierigen Augen und Ohren geschützt. Man kann nicht vorsichtig genug sein.«

Wohl wahr. Niemand, der bei klarem Verstand war, würde sich hier aufhalten. Ich traute mich nicht, den dicken Kloß in meinem Hals herunterzuschlucken, weil ich Angst hatte, dann das Boot vollzureihern. Darum ließ ich mich erst mal auf die Ruderbank fallen.

»Die Magie, die du in die Welt gesetzt hast«, fuhr Ixtab fort, als wir langsam durch das Blut glitten, »hat dich mit den anderen Gottgeborenen verbunden. Das können wir zu unserem Vorteil nutzen.«

Zu unserem Vorteil? Was meinte sie damit?

Aber ich hatte nicht vor, mit ihr zu diskutieren. Ich zog es vor zuzuhören, ihr zuzustimmen und die Hölle so schnell wie möglich wieder zu verlassen. In ungefähr einer Viertelstunde war ich mit Brooks verabredet. »Aha.«

»Hier, nimm das Ruder.«

»Nein, danke. Ich würde lieber einfach nur hier sitzen.«

»Das war keine Bitte.«

Ich konnte den Brechreiz kaum noch unterdrücken, nahm ihr das Ruder aber aus der Hand und paddelte durch das Blut, das eklig zähflüssig war. Hatte ich schon erwähnt, dass es *zähflüssig* war?!

Ixtab nahm auf der kleinen Bank im Heck Platz, ihre Augen glühten im Dunkeln. Ich schielte immer wieder verstohlen über meine Schulter, um festzustellen, ob sie sich gleich auf mich stürzen würde. »Und?«, fragte sie schließlich.

»Was, und?«

»Spürst du deine Verbindung mit den anderen Gottgeborenen?«

Ich dachte an die Männerstimme, die verkündet hatte: *Es wird Zeit, dass die Geschichte in Schwung kommt* und *Die Schokolade zu essen, war keine gute Idee.* Sie hatte nicht nach einem Gottgeborenen geklungen, eher nach einem hinterlistigen Übernatürlichen oder einem anderen Mayageschöpf, das ich lieber gar nicht kennenlernen wollte.

»Äh … glaub nicht.«

»Soso.« Ich hörte ihr an, dass sie sich nur mühsam beherrschte. »Vielleicht musst du dich noch besser darauf konzentrieren. Mach schon!«

Der Fluss musste ziemlich tief sein, denn das Ruder stieß nie auf Grund. Wessen Blut das wohl war? Stammte es von allen, die je gestorben waren?

»Na ja, irgendwas ist da schon …« Ich dachte wieder an die Bilder von New Mexico, die vor meinem inneren Auge erschienen waren.

Ixtab stand auf. »Erzähl!«

Oje. Ihre Nasenflügel blähten sich, der Rauch, der herausquoll, wurde dichter. Also erzählte ich ihr, was sie wissen wollte, und das schien ihren Blutdruck ein bisschen zu senken. »Von New Mexico? Bist du sicher?«

»Meinen Heimatstaat erkenne ich immer, aber die Bilder haben so schnell gewechselt, dass ich sie keinem bestimmten Ort zuordnen konnte. Ich glaube aber, dass sie eine Botschaft von den Entführten waren. Sie wollen, dass ich sie suche.«

»Und du sollst dich beeilen.«

»Sind es wirklich nur zehn Entführte? Kann man irgendwie feststellen, ob es nicht noch mehr waren?«

»Dein Glück, dass ich so verständnisvoll bin«, sagte Ixtab lächelnd und spielte mit einem Armreif. »Ich habe angeordnet, dass die magischen Seiten in deinem Buch vernichtet werden. In diesem Augenblick sind meine Leute unterwegs und sorgen dafür, dass sich keine anderen Gottgeborenen mehr ihrer Fähigkeiten bewusst und deswegen aus dem Schlaf gerissen und verschleppt werden.«

»Aber wie kommen deine Leute an die ganzen Bücher? Es können Hunderte sein!« Wie ich Jazz kannte, hatte er sogar Tausende drucken lassen.

»Das Papier stammt schließlich vom Weltenbaum.« Wie zu sich selbst setzte sie hinzu: »Ich wusste, dass es einen Schwarzmarkt dafür gibt, aber ich hätte trotzdem besser aufpassen sollen.« Ihr Gesicht legte sich in tiefe Falten, sodass sie um Jahre älter aussah. »Aber wo hat der Baum seine Wurzeln, hm?« Es war eine rhetorische Frage. »Natürlich hier in Xib'alb'a. Meine Dämonen und meine Hunde haben die besten Spürnasen, die es gibt. Sie stöbern alles auf, was aus ihrer Welt stammt. Es dauert nicht lange, verlass dich drauf.«

Ob es nun daran lag, dass ich durch Blut paddelte, oder daran, dass ich zusammen mit der Göttin der Unterwelt in einem dunklen Felsgang festsaß, jedenfalls hatte ich auf einmal einen Anfall von Tollkühnheit. Ich sprang ins kalte Wasser (das ist natürlich nur bildlich gemeint) und fragte: »Woher weißt du überhaupt, dass die Entführten Gottgeborene sind? Du hast mir doch erzählt, dass sie alle nicht mehr leben.«

»Hmpf. Dein halb sterblicher Verstand wird niemals auch nur ansatzweise in der Lage sein, die Geheimnisse zu begreifen, in die mich die Toten einweihen. Was glaubst du wohl, warum Ah-Puch so wild darauf ist, seinen Thron zurückzuerobern? Weil er es hier so toll findet?« Ihr bitteres Auflachen hallte von den Felswänden wider. »Nein, er giert nach der Macht, die mit der Herrschaft über die Unterwelt einhergeht. Glaub mir, Zane, die Toten wissen viel, viel mehr als die Lebenden.«

Und sie hatte ganz offensichtlich nicht vor, mir ihre Geheimnisse anzuvertrauen, schon gar nicht jene, die die Gottgeborenen betrafen.

»Aber warum macht sich jemand die Mühe, Göttersprösslinge zu entführen, zu denen sich noch niemand bekannt hat?«, bohrte ich nach. »Das ist doch unlogisch. Mein göttlicher Elternteil hat sich zu mir bekannt, okay, aber meine Macht ist trotzdem nicht der Rede wert. Mich zu kartieren, war Zeitverschwendung.« Allerdings wusste Ixtab das wahrscheinlich längst, denn sie war ja die Königin der Geheimnisse.

»Zane!«, rief sie ungehalten. »Du kannst nichts dafür, dass dein Hirn zum Teil menschlich ist, darum lasse ich dir das noch mal durchgehen, aber du solltest dich trotzdem schämen. Überleg doch mal. Die Erklärung, dass die Entführer den Gottgeborenen ihre Fähigkeiten rauben wollen, ist viel zu einfach. Nein, ihre Absichten sind weit umfassender und niederträchtiger. Nur eins ist klar: Durch die magische Verbindung zu deinesgleichen stehst du im Mittelpunkt ihres Interesses.«

Noch niederträchtiger?

Mir kam ein anderer Gedanke. »Wenn die Götter meinesgleichen jetzt erkennen können, dann braucht ihr mich doch gar nicht dafür.«

»Sobald die betreffenden Seiten in deinem Buch vernichtet sind, ist die magische Verbindung durchtrennt, aber zehn Gottgeborene wurden trotzdem schon entführt. Du hast diese Visionen nicht ohne Grund empfangen. Anscheinend ist es deine Bestimmung, sie zu befreien.«

»*Ich* soll sie befreien?« Stopp! Davon war nie die Rede gewesen. Vor lauter Schreck ließ ich das Ruder in den Blutfluss fallen. »Hoppla.«

Ixtab machte eine Handbewegung und das Boot hielt an. »Ja, du«, bestätigte sie.

»Warum kümmert es dich überhaupt, was aus ihnen wird?« Wollte sie mich womöglich nur dazu bringen, die anderen zu befreien, weil sie sie für ihre eigenen finsteren Zwecke einspannen wollte?

Wenn ich einmal so drauf bin, geht meine Fantasie regelmäßig mit mir durch, aber schließlich hatte ich es mit der Königin des Betrugs zu tun. Keine Ahnung, warum ich überhaupt gefragt hatte. Sie warf einem ja doch nur bruchstückhafte Infos hin, damit man denken sollte, man wüsste Bescheid, während man weiterhin total im Dunkeln tappte.

Ixtab zog die Augenbraue hoch. »Weil du sie in diese missliche Lage gebracht hast.«

Manchmal will man die Wahrheit echt nicht hören.

Ich versuchte rasch, davon abzulenken. »Ist vielleicht auch ein Kind von *dir* darunter?«

Sie zuckte nicht mit der Wimper, bedachte mich auch nicht mit einem lodernden oder eisigen Blick, sondern entgegnete nur: »Vergiss nicht, mit wem du sprichst, Gottgeborener. Und bleib ausnahmsweise mal beim Thema. Es geht darum, dass du die Entführten befreien musst.«

Na schön, aber wie sollte ich gleichzeitig Hurakan befreien? Klar, die Entführten saßen meinetwegen in der Klemme, aber deswegen konnte ich doch nicht die einzige Chance ungenutzt lassen, meinen Vater aus dem Knast zu holen, oder? In drei Menschenwelt-Tagen würde man ihn woanders hinbringen (keine Ahnung, wie lange wir uns schon in Xib'alb'a aufhielten) und so eine Gelegenheit kam vielleicht nie wieder.

»I-ich …« Dann kam mir ein anderer Gedanke. »Und wie kriege ich es hin, nicht entdeckt zu werden?«

»Dafür wüsste ich eine Lösung.«

War das vielleicht mein Fahrschein in die Freiheit? Von Hondo hatte ich Kampftechniken gelernt, sowohl physische als auch mentale. Wäre er hier gewesen, hätte er bestimmt gesagt, dass ich Verhandlungsmasse brauchte, und die präsentierte Ixtab mir auf dem Silbertablett. Außerdem hätte er mich darauf hingewiesen, dass Verbündete wichtig waren. Mit wem man sich zusammentut, kann über Sieg und Niederlage entscheiden. Und zum Schluss hätte er gesagt: *Es gibt zwei Arten von Kämpfen: gewonnene und verlorene. Sieger ist immer der, der den Gegner besser täuscht.*

Jetzt verdrehst du bestimmt die Augen und denkst: *Die Königin der Unterwelt kann man nicht täuschen.* Mag sein, aber ich konnte wenigstens versuchen zu verhandeln.

»Einverstanden. Meine Freunde und ich befreien die Entführten, aber nur unter einer Bedingung.«

Ixtabs Blick wurde lauernd. »Und die wäre?«

Ich schluckte. Hoffentlich warf sie mich nicht über Bord in das eklige Blut. »Du musst meinen Vater freilassen.«

»Aha.« Sie schloss die Augen, holte tief Luft und machte die Augen wieder auf. »Tja, damit kann ich leider nicht dienen.«

»Warum denn nicht? Befreiung gegen Befreiung – das ist nur fair. Kannst du nicht einen deiner Dämonen damit beauftragen?«

»Wen interessiert schon Fairness? Es ist fair, wenn du denjenigen hilfst, die du in Lebensgefahr gebracht hast. Fair wäre auch, wenn ich mir endlich mal ein paar Wochen freinehmen könnte, oder –« Sie unterbrach sich und sprach in milderem Ton weiter: »Selbst wenn ich deinen Vater freilassen würde, was glaubst du, wie schnell die anderen Götter herausfinden würden, dass ich dahinterstecke? Ich würde nicht nur meine Krone verlieren, sondern auch den Kopf, auf dem sie sitzt, und du müsstest den Rest deines Lebens auf der Flucht verbringen. Willst du das?«

»Du fragst mich, was ich will?« Der Fluss begann zu dampfen. »Ich will überhaupt nichts von dem, was hier abgeht!«

»Tja, so ist das mit der Bestimmung«, entgegnete Ixtab ohne eine Spur von Mitleid.

Ich riss mich zusammen und atmete tief durch, was aber in der feuchten Luft gar nicht so einfach war. »Und was ist mit den anderen Göttern, die mir schon geholfen haben, Kukuulkaan zum Beispiel? Sobald die Götter meine Geschichte gelesen haben, muss ihnen doch klar sein, dass er sie hintergangen hat, oder? Haben sie sich schon an ihm gerächt?«

»Nein. Weil ich nämlich gewisse Seiten herausgerissen habe.«

»Weil du ihn schützen wolltest? Weil er dein Freund ist?«

»Weil er in der Ratsversammlung für mich stimmen soll.« Sie ließ die Hand in den Fluss hängen und murmelte etwas Unverständliches, worauf das Blut zu kochen begann. Ein Strudel aus rotem Dampf stieg auf, aus dem orangefarbene Stichflammen schossen. »Tauch die Hand in den Fluss«, befahl Ixtab.

Bis ihre Aufforderung im logischen Teil meines Hirns ankam, dauerte es eine Nanosekunde. »Vergiss es! Ich fasse doch nicht in tausend Jahre altes Blut.« Alles in mir schrie nach Flucht, aber ich konnte nirgendwohin.

Ixtab seufzte und wedelte mit der Hand. Der faulige Gestank verflog, es duftete auf einmal wie die Wüste nach einem Sommerregen. Das Wasser wurde so blau wie die Karibik und ich sehnte mich plötzlich nach meiner Insel.

Misstrauisch spähte ich nach unten. Das Wasser war kristallklar, ich sah keine Piranhas oder andere fleischfressenden Ungeheuer, doch mein Argwohn war nicht besänftigt. »Woher weiß ich, dass das keine Halluzination ist und das Wasser in Wahrheit immer noch Blut ist, in dem ein Monster lauert, das mich fressen will?«

»Sei nicht albern. Niemand will dich fressen. Ich muss dir bloß die Lebenskraft entziehen.«

Ach so. Das war natürlich etwas anderes. »Das klingt aber gar nicht gut.«

Sie strich sich über das Kinn. »Hast du immer noch nicht begriffen, dass ich dich jederzeit mit einem Wimpernschlag töten könnte? Gut, vielleicht wären es auch zwei oder drei Wimpernschläge, aber es wäre mir auf jeden Fall ein Leichtes. Schließlich bist du unbefugt in mein Reich eingedrungen. Also, mach schon, was ich dir sage. Es ist die einzige Möglichkeit, wie du deine Verbindung mit den anderen Gottgeborenen festigen kannst.«

»Danke für das nette Angebot, aber … abgelehnt.«

Sie seufzte wieder und über ihrem Kopf schwebte plötzlich eine blaue Flammenkrone. Die goldenen Schlangen am Bootsrumpf zischten und Ixtab machte eine rasche Handbewegung. Ich wurde in die Höhe gehoben und …

Richtig geraten!

… landete im Blutfluss.

17

Das Wasser packte mich, als hätte es Klauen und Zähne. Ich konnte mich nicht mehr rühren. Panik stieg in mir auf, erfasste erst meine Füße und schlängelte sich dann mit immer festerer Umklammerung meine Beine hoch. Der Jadezahn um meinen Hals wurde glühend heiß und vibrierte so heftig wie noch nie.

Hurakan?, fragte ich telepathisch.

Meine Brust schnürte sich zusammen. Luft! Ich bekam keine Luft mehr!

Dann vernahm ich Ixtabs Stimme: *Sage mir, Blutfluss, ist er derjenige?*

Derjenige? Ich spürte, wie sich alle meine Geheimnisse von mir abschälten wie die Haut nach einem Sonnenbrand (ja, genauso fühlte es sich an!), und ich konnte nichts dagegen tun.

Ist er derjenige?, wiederholte Ixtab noch nachdrücklicher.

Derjenige, der schon siebzehnmal Schule geschwänzt hatte? Derjenige, der mit seinem Stock die Rückleuchte von Hondos Truck zerkloppt hatte (natürlich nur aus Versehen)? Derjenige, der im Laden eine Tüte saure Würmer geklaut hatte? Derjenige, der seinen Vater befreien wollte? Und derjenige, der … Um dieses letzte Geheimnis kämpfte ich verbissen, aber es war wie beim Luftanhalten. Irgendwann gibt man auf.

Derjenige, der Brooks neulich beinahe geküsst hatte?

Ich betone: *beinahe*. Es war nicht dazu gekommen, klar?

Mein Puls verlangsamte sich, aus meinen Armen und Beinen wich alle Kraft und durch mein Sturmläuferbein zuckten Stromschläge, als wehrte es sich verzweifelt. Als mir schwarz vor Augen wurde, war die heisere Stimme des Flusses das Letzte, was ich hörte. Die Sprache, in der er Ixtab antwortete, war mir unbekannt, aber ich verstand ihn trotzdem.

Ja, er ist derjenige, meine Königin.

Ich kam in einem Liegestuhl auf Ixtabs Dachterrasse wieder zu mir. Die orange gestreiften Polster rochen nach Zitrone, als hätte Hondo sie mit dem Reifenspray behandelt, das er immer für seinen Truck benutzte. Der Himmel war dunkel, über dem geschnitzten Jadegeländer hingen Lichterketten, und ich fühlte mich innerlich so leer und bloßgestellt wie damals, als mich Mom gezwungen hatte, Pater Monroe alle meine Sünden zu beichten.

Ixtab saß neben mir und blätterte in einer Modezeitschrift. »Also wirklich, Zane! Wenn du schon in Ohnmacht fallen musst, dann doch bitte mit Grund. Nicht wegen einem harmlosen Lebensentzug.«

Ich setzte mich auf, rieb mir die Augen und sah an mir herunter. War ich voller Blut? Zum Glück nicht. »Du hast mich in den Fluss geworfen! Das war nicht nett. Und jetzt kennst du alle meine Geheimnisse.«

»Ich musste auf den Grund deiner Seele blicken, darum musste ich deinem Körper vorgaukeln, dass er stirbt und alles loslassen kann. Aber keine Sorge, ich habe mir nur die Geheimnisse angeschaut, die für mich wichtig sind. Deine kleinen Herzensangelegenheiten habe ich nicht angerührt.« Sie lächelte vielsagend und mir schoss das Blut in die Wangen.

»Du hättest wenigstens vorher fragen können.« Ich schwang die Beine vom Liegestuhl und stand auf. »Wie spät ist es denn? Ich muss weiter.«

Sie legte die Zeitschrift weg. »Wenn meine blöde Uhr nicht kaputt wäre, würde ich es dir sagen.«

»Warum hast du vorhin gefragt: ›Ist er derjenige‹?«

Sie zögerte eine Sekunde zu lang, und ich begriff, dass sie im schlimmsten Fall mit einer Lüge und im besten mit einer Halbwahrheit antworten würde. »Ich wollte sichergehen, dass du derjenige bist, der die Gottgeborenen befreien kann. Es wäre ja witzlos, dich in eine Todesfalle zu schicken.«

Mir wurde auf einmal glühend heiß. »Aber wie soll ich sie befreien, wenn wir gar nicht wissen, wo sie sich aufhalten? New Mexico ist groß.«

Ixtab wedelte mit der Hand und ein goldener Lippenstift tauchte darin auf. Sie schraubte ihn auf und malte sich die Lippen rot. »Du musst mit den Informationen arbeiten, die du bekommen hast. Hast du nicht doch irgendwelche Bilder aus deiner Vision erkannt?«

Ich dachte an die wogenden graugrünen Hügel mit den dunkelroten Felsen und den Watteflöckchen, die durch die Luft schwebten. »Es könnte der Süden von New Mexico gewesen sein.«

»Das ist doch schon mal was. Allerdings haben wir keine Ahnung, wie es den Gottgeborenen dort ergeht, darum beeilst du dich lieber. Es kann gut sein, dass sie nicht mehr lange zu leben haben.«

Meine Welt ribbelte sich Zentimeter für Zentimeter auf wie ein kaputter Pullover und Ixtab machte keine Anstalten, sie wieder zusammenzustricken. »Selbst wenn ich sie finde, wie soll ich an sie herankommen? Und wenn es sogar zehn sind … Aber du hast schon einen Plan, oder?« Ich massierte meine Schläfen, denn ein Kopfschmerzanfall braute sich zusammen.

»Einen Plan?« Ixtab lachte. »Dein Fall ist wahrhaftig nicht die einzige Katastrophe, um die ich mich kümmern muss. Nein, aus diesem Schlamassel musst du schon allein herausfinden, Zane. Ich bin sicher, dass du es schaffst. Und wenn nicht – ts, ts, ts, daran wollen wir lieber gar nicht denken.«

Schönen Dank auch. »Bleibt immer noch das Problem, dass mich die Götter orten könnten. Mich und Ren. Je länger das Ganze dauert, desto größer ist die Gefahr.«

»Ren ist nicht in Gefahr.«

»Was? Wieso nicht? Du weißt, wer ihre Mutter ist, stimmt's?«

»Nein. Aber bevor du dir das hübsche Menschenköpfchen zerbrichst, nur so viel: Deine Freundin wird von einer Magie geschützt, über die du leider nicht verfügst. Mehr darf ich dir nicht sagen.«

Hatte ich also nur die miesen Gottgeborenen-Gene abgekriegt? Na toll! Doch dann fiel mir ein, dass Ren erzählt hatte, in ihrer Familie sei Magie erblich. Hatte Ixtab das gemeint?

»Wie gesagt, ich wüsste da etwas, womit du ebenfalls geschützt wärst«, setzte sie hinzu.

»Gut. Schutz ist immer gut. Ist es vielleicht eine Tarnkappe …« (Das wäre supercool!) »… oder wieder Schemenmagie oder so was?«

»Ich müsste dich töten.«

Ich packte meinen Speer und machte einen Satz rückwärts. »Spinnst du?«

»Reg dich ab. Du wärst nur vorübergehend tot, nur drei kümmerliche Tage lang. Aber auf diese Weise wärst du für die anderen Götter unsichtbar, größtenteils jedenfalls.«

»Ich wäre lieber *total* unsichtbar. Und würde gern am Leben bleiben.«

»Also bitte. Wunder kann ich auch nicht wirken, zur Xib'alb'a! Um alle deine Lebenszeichen zu unterdrücken, müsste ich dich richtig umbringen. Aber wenn du meinen Vorschlag annimmst, müsste ein Gott schon direkt vor dir stehen oder gezielt nach dir suchen, um dir deine Herkunft anzumerken. Und das passiert nicht, weil dich die anderen ja für tot halten. Die paar Nebenwirkungen des Ganzen können wir außer Acht lassen. Also, wie entscheidest du dich?«

Warum hatte ich immer noch das Gefühl, dass sie mir etwas verschwieg? »Und wieso hält der Schutz nur drei Tage an?«

»Normalerweise hält er sogar nur achtundvierzig Stunden an, aber ich will mal nicht so sein. Wenn du nach drei Tagen nicht wieder hier bist, zehrt dich die Magie auf und du bleibst tot. Aber keine Angst, in diesem Fall musst du in meiner Unterwelt keine schreckliche Aufgabe erfüllen. Vielleicht richte ich dir sogar auf der dritten Ebene ein eigenes Penthouse ein.«

Keine Chance. Ich würde meine Mutter, Hondo, Rosie und Brooks nicht allein lassen. Mein Jadezahn wurde wieder heiß und vibrierte. So oft tat er das erst, seit ich mich in der Unterwelt aufhielt, und das Vibrieren wurde von Mal zu Mal stärker. »Falls ich einwillige – ich sage *falls!* –, was soll ich dann mit den Gottgeborenen machen, wenn ich sie befreit habe?«

»Dann suche ich ein Versteck für sie. Aber darüber können wir auch noch nachdenken, falls, äh, *wenn* du sie befreit hast. Willigst du nun in unsere Abmachung ein?«

»Eine Abmachung beinhaltet immer eine Gegenleistung. Und zwar mehr als nur magischen Schutz.«

Ixtab lächelte und ihre Augen loderten blau. »Ja, ja, der Sohn des Feuers. Genauso mutig und stur wie sein Vater. Ich frage dich noch einmal: Wie entscheidest du dich?«

Diesmal vibrierte der Jadezahn so heftig, dass ich zusammenzuckte. Hurakan wollte mir eindeutig etwas mitteilen. »Gib mir eine Stunde Zeit. Ich muss mich erst mit meinem Team beraten.«

Natürlich konnte ich die Entführten nicht einfach im Stich lassen, aber ich musste auch meinen Vater aus seinem Kerker befreien. Womöglich bekam ich nie wieder so einen präzisen Hinweis auf seinen Aufenthaltsort.

Ich musste herausfinden, was Hurakan von mir wollte.

18

Als ich wieder ins Penthouse kam, lief Brooks ungeduldig auf und ab und Hondo boxte mit geschlossenen Augen in die Luft. Und Ren? Die zog Schubladen auf und spähte neugierig hinein (bestimmt suchte sie nach Hinweisen auf Außerirdische). Quinn sah ich nirgends.

»Zane!« Kaum trat ich aus dem Aufzug, kam Brooks auf mich zugelaufen. »Du warst über eine Stunde weg. Wir müssen reden!«

»Allerdings«, gab ich zurück, knöpfte mir aber als Erstes Ren vor. »Worüber hast du dich telepathisch mit Ixtab unterhalten?« Ich hatte den Verdacht, dass mir Ixtab etwas verschwieg, das mit Rens Magie zu tun hatte, hoffte aber, zumindest Ren würde mir gegenüber offen sein. Schließlich waren wir beide Gottgeborene.

Doch sie zögerte, und obwohl ich sie noch nicht gut kannte, spürte ich, dass sie sich ihre Antwort genau zurechtlegte – oder sich eine Lüge ausdachte.

In diesem Augenblick erschien die Designerin Itzel wieder auf der

Bildfläche. »Ich habe eure Kleider«, verkündete sie, aber ihre Hände waren leer.

»Wo denn?« Ren schien sehr froh über die Unterbrechung.

»Die Sachen sind schon fertig?«, fragte Brooks erstaunt.

Es war doch egal, was wir anhatten! Ich musste mit Ren reden und dann mit Brooks (allein) und danach musste ich endlich in die Leere springen.

»Ich glaube nicht, dass –«, fing ich an, aber da vibrierte der Jadezahn wieder.

Offenbar konnte Itzel Gedanken lesen, denn sie konterte spitz: »Das ist überhaupt nicht egal, Mr Hotdog-Mief. Willst du vielleicht, dass dich die nach Fleisch lechzenden Dämonen wittern und fressen, wenn sie heute Nacht auf die Jagd gehen? Obwohl – eigentlich wäre das ganz lustig.« Ihr schiefes Grinsen hatte etwas Schadenfrohes. »Oder ziehst du es vor, meine einzigartigen Itzel-Entwürfe zu tragen, in denen du immerhin eine gewisse Chance hast, hier unten und in der Oberwelt zu überleben?«

Sie wusste also, dass wir in die Menschenwelt zurückkehren wollten. Aber inwiefern sorgten ihre Klamotten dafür, dass wir auch außerhalb von Xib'alb'a am Leben blieben? Vielleicht musste mich Ixtab ja doch nicht vorübergehend töten …

Itzels kohlschwarze Augen funkelten im Schein der Kronleuchter. »Wenn es nach mir ginge, könntet ihr ruhig gefressen werden. Ihr seid es nicht wert, meine Schöpfungen zu tragen, aber Ixtab hat gesprochen.«

Hondo rieb sich die Hände. »Klingt gut. Dieses blöde Polyestershirt nervt echt.«

Doch statt dass uns Itzel zu einer Anprobe mitnahm, wie ich erwartet hätte, riss sie den Mund so weit auf, dass eine Reklametafel hineingepasst hätte. Eine violette Nebelwolke quoll heraus und hüllte uns ein.

Weil der Nebel so dicht war, sah ich nichts mehr, hörte Itzel aber reden. »Wunderbar«, sagte sie zufrieden. »Ich bin wirklich ein Genie. Ich hätte eine Krone oder so was verdient. Die Maße stimmen genau. Was auch sonst.«

Dann verflüchtigte sich der Nebel wieder. Wir hatten immer noch unsere hässlichen Uniformen an, hielten aber jeder einen zugebundenen Jutesack in der Hand.

»Worauf wartet ihr?«, fragte Itzel. »Seid nicht so undankbar. Schaut rein.«

In meinem Sack entdeckte ich eine Jeans, ein dunkelviolettes T-Shirt und graue Sneaker. Das sollte eine einzigartige Schöpfung sein?

Hondo ließ seine Sachen auf den Boden fallen: eine zerrissene Jeans und … er hielt ein graues, langärmliges Hemd mit Kragen und Knopfleiste hoch. »Ich hasse Knöpfe«, zischte er mir zu. »Hält sie mich für 'nen Steuerberater oder was?«

Ren zog aus ihrem Sack eine lange gelbe Kapuzenjacke und eine schwarze Jogginghose mit weißen Seitenstreifen. Man sah ihr an, dass sie genauso enttäuscht war wie Hondo und ich. »Die Hose hat nicht mal Taschen«, beschwerte sie sich.

Auch Brooks machte ein finsteres Gesicht. Sie hatte dunkelgrüne Leggings bekommen, dazu eine glänzende schwarze Bomberjacke und ein schlichtes weißes T-Shirt.

Itzel verzog das Gesicht. »Das passt gar nicht.«

Hondo nickte zustimmend. »Mir war gleich klar, dass das die falschen Sachen sind. Ich trage keine Hemden und überhaupt nichts mit Knöpfen.«

»Das meine ich nicht«, gab Itzel zurück. »Ihr passt nicht zu meinen Sachen. Sie sollen euch armselige Menschen davor bewahren, erstochen oder anderweitig umgebracht zu werden. Der Stoff hält alles ab: Klingen, Zähne, Feuer. Warum ich so etwas an euch vergeuden soll, ist mir ein Rätsel.«

»Aber das sind doch ganz normale Klamotten«, wandte Ren ein.

»›Normal‹ ist noch nett ausgedrückt«, schob Hondo naserümpfend nach.

Brooks inspizierte ihre Leggings. »Schon, aber das Material ist besonders.«

Ich betrachtete mein T-Shirt. Tatsächlich war der Stoff elastisch und so dick wie Neopren. Er erinnerte mich irgendwie an … »Ist das etwa –?« Ich brachte es nicht über die Lippen. Klar fand ich es gut, nicht erstochen werden zu können und so weiter, aber … Es überlief mich kalt.

»Ob das Dämonenhaut ist, meinst du?«, beendete Brooks den Satz für mich.

Itzel war entrüstet. »Ihr glaubt doch nicht, dass ich so etwas Wertvolles für euch opfere! Nein, das Material ist natürlich synthetisch. Kein Dämon musste dafür sterben.« Sie riss Ren die Jogginghose aus der Hand. »Dummköpfiges Menschenpack!«, schimpfte sie. »Kein Geschmack! Dieser Spezialstoff besitzt außerdem Tarneigenschaften. Habt ihr überhaupt eine Ahnung, wie viel Handwerkskunst nötig ist, um so etwas herzustellen?«

»Ist Tarnkleidung nicht eher grünbeige gefleckt, so wie Armeeklamotten?«, hielt ich dagegen. Musste Itzel vielleicht mal zum Augenarzt?

»Und Fantasie haben sie auch nicht«, grummelte sie und hielt die

Hose unter den Kronleuchter. »Die Tarnung ist natürlich magisch.« Tatsächlich verschmolz die Hose sofort mit dem Kronleuchter, sodass es aussah, als hielte Itzel gar nichts in der Hand.

»Cool!«, entfuhr es Hondo.

Auch Ren war begeistert. »Sind wir darin unsichtbar?«

Itzel rieb sich die Stirn, als hätte sie rasende Kopfschmerzen. »Ihr braucht nur an einem Knopf zu drehen. Jeder von euch hat mindestens einen.« Sie funkelte Hondo strafend an. »Aber die Tarnung funktioniert insgesamt nur dreimal – oder viermal, das habe ich vergessen. Der Tarneffekt strapaziert den Stoff zu sehr. Das kann gefährlich werden.«

»Was könnte denn passieren?«, wollte Ren wissen.

»Die Sachen fangen Feuer, ist doch klar«, antwortete Itzel.

»Ist doch klar«, wiederholte ich gedämpft.

Nur Hondo strahlte immer noch übers ganze Gesicht. »Und da dringt keine Klinge durch, hast du gesagt?«

»Diese Kleidungsstücke gehören dem Haus Itzel und verbleiben in meinem Besitz«, entgegnete Itzel förmlich. »Betrachtet sie als Leihgaben.« Sie schnaubte verächtlich. »Und wenn euch jemand fragt, wo ihr sie herhabt, dann sagt gefälligst nicht, dass ich sie entworfen habe. Diese Schande könnte ich nicht ertragen.«

Nachdem wir uns umgezogen hatten, traf ich mich im Urwald hinter der Pyramide mit Brooks. Die Unterredung mit Ren verschob ich auf später. Uns lief die Zeit davon und Ixtab wartete auf meine Entscheidung. Ich würde den »Todesschutz«, den sie mir anbot, annehmen müssen, und ich musste endlich herausfinden, was Hurakan von mir wollte.

Der goldene Baum, an dem Brooks lehnte, schimmerte im Mondlicht und einen Augenblick lang sah sie wie ein ganz normales Mädchen aus, das auf den Bus wartete. Aber natürlich war sie von Normalität so weit entfernt wie der Pluto von der Sonne.

»Was hast du so lange mit Ixtab besprochen?«, kam sie gleich zur Sache.

»Es ist einiges passiert«, erwiderte ich und dachte an Quinns unheilvolle Offenbarung. »Warum hast du mir nicht erzählt, dass deine Fähigkeiten nachlassen?«

»Damit du mich nicht so entsetzt anglotzt wie jetzt. Außerdem ist es mir erst hier in der Unterwelt aufgefallen. Ich kann nicht mehr so gut fliegen wie vorher und muss mich die ganze Zeit total drauf konzentrieren, meine Falkengestalt beizubehalten.«

»Aber Rosie hat sich doch auch nicht verändert.«

»Sie ist ja auch eine Höllenhündin. Quinn meint, es betrifft nur Menschen, die von Geburt an übernatürlich sind, so wie Gestaltwandler, Seher, Magier und so weiter. Und es passiert uns allen gleichzeitig.«

»Wieso?«

»Keine Ahnung, unsere Fähigkeiten lassen einfach nach. Ganz wegnehmen kann sie uns nicht mal ein Gott, aber vielleicht geht ja ein Virus um oder ...« Sie verstummte hilflos.

»Ein Virus, der Magie schwächt?«

»Wahrscheinlich nicht, aber das wäre immer noch besser, als wenn ein fieses, übermächtiges Monster dahintersteckt. Ist ja auch egal. Lass uns endlich die Pforte suchen und von hier abhauen.«

»Äh – ich muss vorher noch etwas erledigen.« Ich berichtete ihr, was ich von Ixtab erfahren hatte.

Sie war sichtlich erschrocken. »Entführt? Von irgendwelchen Mexicageistern?! Du darfst dich auf keinen Fall von ihr töten lassen, auch wenn es angeblich nur für drei Tage ist. Das ist doch Irrsinn.«

Ich bohrte Fuego in den Boden. »Ich würde ja nicht richtig sterben. Es wäre eher wie … ein Todeszauber oder so.«

Als Brooks mich ansah, blickten ihre warmen, goldbraunen Augen eine halbe Sekunde lang ganz sanft und ich glaubte schon, sie würde mich umarmen, aber Fehlanzeige. »Ich kann dich nicht einfach sterben lassen, Zane.«

Ich hatte schon geahnt, dass sie dagegen sein würde. »Die Gottgeborenen sitzen meinetwegen in der Klemme. Ich bin ihnen etwas schuldig. Außerdem sorgt der Zauber dafür, dass mich die Götter nicht entdecken. Und wenn ich mich beeile, bleibe ich sogar so lange unentdeckt, dass …« Ich senkte die Stimme und flüsterte. »… dass ich meinen Vater noch rechtzeitig befreien kann.«

»Aber nur, wenn du in weniger als drei Tagen herausbekommst, wohin die Entführten verschleppt wurden, *und* sie befreien kannst.« Brooks wanderte auf und ab und drehte eine Locke um ihren kleinen Finger. »*Eine* Person freizulassen, ist etwas anderes als *zehn*. Und ich nehme es lieber mit drei Dämonen auf als mit einem Heer von weiß der Teufel was für Ungeheuern.«

Ich musste ihr recht geben. Die Ungeheuer, die Hurakan gefangen hielten, kannte ich wenigstens. Wir brauchten Verstärkung. Aber wo sollte die herkommen, wenn alle Übernatürlichen gleichzeitig ihre Fähigkeiten einbüßten?

»Irgendwie hängt das alles zusammen«, sagte ich nachdenklich. »Der Lehmmensch, die Entführungen, die Übernatürlichen …«

»Denk bloß nicht zu scharf nach, sonst platzt dir der Schädel«, sagte Brooks ironisch.

»Jedenfalls brauchen wir Verstärkung, um die Gottgeborenen zu befreien.«

»Wir brauchen vor allem einen Plan, sonst laufen wir geradewegs ins Verderben. Und wenn ich meine Fähigkeiten mitten im Gefecht endgültig verliere? Was machen wir dann?«

Ich wurde rot. Mir war klar, worauf sie anspielte, weil ich das Gleiche dachte. Wenn ich selbst das Feuer besser im Griff hätte, wären wir nicht so auf ihre Fähigkeiten angewiesen.

Ein Kraftstoß schoss aus dem Jadezahn und brachte mich in die Gegenwart zurück. »Du musst mir einen Gefallen tun.«

»Ich lasse nicht zu, dass du ein Zombie wirst, wenn du das meinst.« Ihre Stimme bebte. »Es muss noch eine andere Möglichkeit geben. Stell dir vor, du wirst erwischt und kannst nicht rechtzeitig hierher zurückkommen, oder Ixtabs Pforte schließt sich oder, oder … Es kann so viel schiefgehen.«

»Brooks …«

Ihr Blick fiel auf den Jadezahn, den ich umklammerte. »Du willst wieder in die Leere springen, stimmt's?«

»Ich muss.«

»Warum?«

»Weil ich glaube, dass Hurakan das möchte. Seit wir hier sind, vibriert der Zahn, als ob er mit mir Kontakt aufnehmen will. Anscheinend hat er mir etwas Wichtiges mitzuteilen. Vielleicht kann er uns ja sogar über die Entführungen aufklären.«

»Quatsch. Er sitzt in einem Hochsicherheitsgefängnis. Wie soll er da in die Leere gelangen? Obwohl, wenn er es doch schafft …« Man sah ihre grauen Zellen förmlich arbeiten. »Dann kann er dir vielleicht sagen, wohin er verlegt wird, und wir können ihn später noch befreien.«

»Genau. Und deshalb muss ich in die Leere springen.«

Aber würde ich es über mich bringen, dorthin zurückzukehren, wo ich Ah-Puch vernichtet hatte? Haltet mich bitte nicht für paranoid, aber wir reden hier über die Mayagötter. Ich wurde die gruselige Vorstellung nicht los, dass mich der Todesgott in all seiner schlangenhaften, madenwimmelnden Herrlichkeit in der Leere erwarten und mir den Kopf abbeißen würde. Aber würde mich Hurakan dorthin rufen, wenn es gefährlich wäre?

»Könntest du bitte, äh, so lange auf meinen Körper aufpassen, damit mir niemand die Haut abzieht oder mich frisst?«, wandte ich mich an Brooks. »Ach ja, und bitte hol mich nach einer halben Stunde wieder zurück.« Ich überreichte ihr Fuego.

»Du hast vielleicht Ansprüche, Obispo.« Sie knuffte mich in den Arm. »Beeil dich einfach.«

Ich trudelte durchs Nichts, durch raunende Stimmen, die ich nicht verstand. Ein ferner Wind heulte, eine Tür knallte zu, Glas splitterte. Und als sich die Welt nicht mehr drehte, machte ich die Augen wieder auf und war in der Leere angekommen.

Ich stand oben auf der Pyramide meines Vaters und blickte durch Raubkatzenaugen aufs Meer hinaus. Diese überwältigende Kraft und Stärke spürte ich nur in Jaguargestalt, der einzigen Erscheinungsform, die ich an Hurakans geheimem Zufluchtsort annehmen konnte.

Ich hielt nach ihm Ausschau, aber ich war allein. Hatte er mich doch nicht herbeibeschworen? Doch dann sah ich, dass die Leere – *diese* Leere – nicht die üppig grüne Landschaft am Meeresufer war, an die ich mich erinnerte. Diese Welt war irgendwie zerknittert und an den Rändern eingerissen wie Seidenpapier.

Himmelsfetzen trieben im Wind, das Meer war farblos.

Eine sterbende Welt, schoss es mir durch den Kopf.

Auf einmal wollte ich nur noch weg. Aus dem Augenwinkel sah ich den Abyssus, den unvollendeten Teil der Leere. Dort hatte ich Ah-Puch in Flammen aufgehen lassen.

Ja, ich geb's zu, ich machte mir vor Angst fast in die Hose.

Dann vernahm ich eine vertraute Stimme.

Schön, dass du endlich gekommen bist.

19

Ich drehte mich erfreut und erleichtert um. *Hurakan?*

Wir haben nicht viel Zeit. Seine matte, heisere Stimme ertönte von irgendwoher aus dem Urwald unter mir.

Ich bekam Herzklopfen und meine Worte überschlugen sich. *Ich weiß, warum man dich eingesperrt hat, aber ich komme dich befreien!*

Das spielt jetzt keine Rolle mehr.

Warum denn nicht? Ich sauste die Pyramidenstufen hinunter und durch die Bäume auf die Stimme zu.

Für mich ist es zu spät, aber du musst mir zuhören, Zane. Wenn ich sterbe, stirbt dieser Ort mit mir, und wir haben nur noch diese eine Chance.

Wieso zu spät? Götter können nicht sterben.

Für euch Menschen bedeutet der Tod das Ende. Für mich bedeutet er etwas anderes.

Dann stirbst du gar nicht richtig?

Die Stille traf mich wie lauter Schläge, und die sterbenden Bäume waren mit Spinnweben überzogen, so wie seinerzeit in der Alten Welt. Die weißen Fäden wehten im Wind.

Hurakan?

Mist! War er schon gestorben? Hatte ich unsere einzige Chance zu einer letzten Unterredung verpasst? Ein dumpfes Knurren drang aus meiner Kehle und hallte durch den Urwald.

Zane ... Es war nur noch ein Flüstern. Aus dem Augenwinkel nahm ich eine Bewegung wahr und dann – Hurakan kam hinter einem Baum hervor. In Menschengestalt. Es verschlug mir den Atem. Halb sah er noch lebendig, halb schon wie ein Geist aus. Er trug eine schwarze Kombination aus kittelähnlichem Hemd und Hose wie ein Krankenpfleger, sein Gesicht war eingefallen und seine Augen lagen tief in den Höhlen.

Im selben Augenblick verwandelte er mich ebenfalls wieder in einen Menschen.

»Krass!« Ich sah erst meine Hände an und dann wieder ihn. »Warum sind wir keine Raubkatzen mehr?«

Bei unserem ersten Treffen in der Leere hatte er mir erklärt, wir könnten uns nur in unserer Tiergestalt miteinander verständigen, weil wir einander noch zu fremd wären. Sobald wir eine Beziehung zueinander aufgebaut hätten, könnten wir auch eine andere Gestalt annehmen.

Eine Beziehung ... Ach so!

Stell dir vor, in deiner Brust zündet jemand tausend Dynamitstangen. So fühlte sich diese Erkenntnis an.

Doch ich sah, dass es ihm gar nicht gut ging. Er hustete und schwankte und sein Umriss verschwamm immer wieder. Lodernder Zorn packte mich. Am liebsten hätte ich den Göttern für das, was sie meinem Vater angetan hatten, qualvoll die Eingeweide rausgerissen.

Rasch lief ich zu ihm und stützte ihn. Als er wieder allein stehen konnte, ließ er mich los und sagte: »Ich hätte dir gern noch so viel beigebracht, aber … ich wurde leider davon abgehalten.« Er holte pfeifend Luft und verzog dabei das Gesicht, als hätte er sich die Rippen gebrochen und jeder Atemzug täte ihm weh. »Von meinen Kerkerwänden zum Beispiel.«

»Das ist nicht lustig«, gab ich zurück.

»Tja, so ist das mit Papawitzen.«

Wer hätte gedacht, dass er Humor besaß?

»Ich habe schon länger auf dich gewartet, Zane.«

»Ich dachte, du könntest nicht mehr in die Leere kommen«, verteidigte ich mich. »Und der Jadezahn … du hast mich erst heute gerufen.«

Er sah mich erstaunt an. »Ich habe keinen Einfluss mehr auf den Zahn. Darum kann ich es nicht gewesen sein, der dich gerufen hat.«

»Aber –« Mir gefror das Blut in den Adern. »Wer war es denn dann?«

Auf einmal war seine Miene kalt und ausdrucklos. »Dieses Rätsel können wir jetzt nicht lösen. Es ist etwas im Gange und du musst –«

»Die anderen Gottgeborenen befreien?«, fiel ich ihm ins Wort. »Du bist nämlich nicht der Einzige, der den Heiligen Schwur gebrochen hat.« Keine Ahnung, wieso, aber ich fand, er müsste das wissen. Rasch erzählte ich ihm alles, was ich mit Ixtab besprochen hatte.

Er zuckte nicht mit der Wimper, doch es kostete ihn sichtlich Anstrengung zu entgegnen: »Für das, was dir bevorsteht, brauchst du all deine Kraft. Und darum musst du mir jetzt gut zuhören.« Er begann zu verblassen.

»Bleib hier!«, rief ich verzweifelt.

Doch es half nichts. Er war unsichtbar geworden, aber der Seewind trug seine Stimme heran. *Steig wieder auf die Pyramide. Auf die oberste Stufe. Sofort!*

Ich sprintete los. Hier in der Leere humpelte ich nicht, und auch als Mensch lief ich so schnell und kraftvoll wie ein Jaguar. Doch plötzlich kippte der Boden unter mir weg, die Leere geriet in Schieflage. Weil ich das Gleichgewicht verlor, wollte ich mich an einem Ast festhalten, rutschte aber ab und trudelte durch die Luft in Richtung Klippen.

Beeil dich, Zane!

Mit letzter Kraft warf ich mich gegen den nächstbesten Baum und klammerte mich daran fest. Dann richtete sich die Welt wieder auf, sodass ich weiterrennen konnte. Und ich rannte wie noch nie in meinem Leben, weder als Mensch noch als Jaguar oder Gottgeborener.

Als ich oben auf der Pyramide stand, regnete es Himmelsfetzen wie Ascheflocken und die Erde grollte. Die oberste Stufe der Pyramide war mehrfach gesprungen, aus einem Spalt ragte ein Stück Pergament. Ich zog es heraus, strich es glatt und las, was darauf stand.

Lieber Zane,
wenn du das hier liest, habe ich mich schon vor dem Rat zu dir bekannt, sodass du im Vollbesitz deiner Macht bist. Ich selbst werde dann ein Gefangener sein, aber es ist dir hoffentlich gelungen, Ah-Puch, so wie wir ihn kennen, zu vernichten.

So wie wir ihn kennen? Hurakan musste die Botschaft verfasst haben, bevor die Schlacht in der Alten Welt stattgefunden hatte.

Asche rieselte auf die Schrift und ich las weiter.

Ich schreibe dir in der Hoffnung, dass mein Plan aufgegangen ist und du jetzt unter Ixtabs Schutz stehst. Leider sieht die Zukunft ziemlich düster aus.

Die Leere erbebte, ich spürte den Sog der Unterwelt.

Nein! Noch nicht! Ich las schneller.

Du hörst es sicher nicht gern, aber die Prophezeiung des Feuers ist erst der Anfang.

Warum erzählen mir das eigentlich immer alle?

Ich schreibe dir diesen Brief, weil ich nicht weiß, ob wir irgendwann noch mal persönlich miteinander sprechen können.

Mir schnürte sich die Kehle zu.

So, wie ich dich einschätze, willst du mich befreien. Tu's nicht. Es wäre Zeitverschwendung, denn so steht es geschrieben und so soll es geschehen.

»Geschrieben? Wo? Was soll das überhaupt heißen?« Ich hatte endgültig die Nase voll von Halbwahrheiten und verschlüsselten Botschaften. Warum konnte nicht mal einer dieser blöden Götter Klartext mit mir reden?

»Gib es auf, mich retten zu wollen. Rette lieber dich selbst.« Wieder erschien Hurakans verschwommene Gestalt vor mir. »Hast du mich verstanden?«

»Nein! Aber du verstehst mich anscheinend auch nicht. Ich *muss* die anderen Gottgeborenen befreien, denn ich habe sie in diese Lage gebracht. Aber ich weiß nicht, wo sie sind und …« Ich unterbrach mich. Vielleicht erzählte ich ihm lieber nichts von meiner Todeszauber-Abmachung mit Ixtab. »Wie soll ich ihnen helfen, wenn ich das Feuer immer noch nicht beherrsche und wenn die Fähigkeiten sämtlicher Übernatürlichen nachlassen und –«

»Wie bitte?« Hurakan sah erschrocken aus. »Was ist mit den Übernatürlichen?«

»Ihre Fähigkeiten schwinden.«

»Der Feuerhüter!«, entfuhr es ihm.

»Der *was?«* Ich konnte kaum noch klar denken und mir war plötzlich schwindlig.

»Der Feuerhüter bewacht die ewige Flamme«, sagte Hurakan. »Nur Itzam-yée', der Göttervogel, der im Weltenbaum nistet, weiß, wo er sich aufhält.«

»Hat dieser Feuerhüter den ganzen Tag nichts anderes zu tun, als auf eine Flamme aufzupassen? Und was geht das mich und die Übernatürlichen an?«

»Er sorgt dafür, dass die Flamme niemals erlischt, denn sie ist die Quelle unvorstellbarer Macht.« Hurakan stockte kurz. »Die meisten halten ihn für eine reine Sagengestalt, denn wenn die Götter oder andere *malos* wüssten, dass es ihn tatsächlich gibt, wäre es mit seiner Ruhe vorbei. Sie würden ihn bis in alle Ewigkeit verfolgen.«

»Ist er eine Art Seher?«

»Der Feuerhüter kann jedes Flackern der Flamme deuten, jedes Aufglimmen der Glut. Er sieht mehr als jeder andere – Orte, Menschen, Ereignisse –, und das alles klar und deutlich. Möglichkeiten und ihre Folgen. Er kann sogar die Zukunft beeinflussen.«

»Du meinst, er kann ihren Lauf ändern?«

»Es hat einen hohen Preis, aber ja, das kann er.«

Mein Herz klopfte wild. Vielleicht konnte mir ja dieser Feuerhüter den Aufenthaltsort der anderen Gottgeborenen verraten und auch, wer sie entführt hatte. Womöglich konnte er sogar die Zukunft meines Vaters noch beeinflussen. »Und was hat der Feuerhüter mit den Übernatürlichen zu tun?«, fragte ich noch einmal.

»Wieso bin ich nicht gleich darauf gekommen?«, sagte Hurakan wie im Selbstgespräch. »Der Feuerhüter ist die Lösung. Er …« Hurakan stützte sich mit beiden Händen an den Tempelwänden ab und rang röchelnd nach Luft, als hätte ihm jemand in den Bauch geboxt.

»Was, ›er‹?«

Hurakan verflüchtigte sich wieder.

»Hurakan?« Nur Stille war die Antwort. »Hurakan!« Verzweiflung wallte so heftig in mir auf, als müsste ich gleich in Flammen aufgehen. Ein Windstoß fegte durch den Urwald.

Lauf, Zane. Lauf weit, weit weg und schau dich nicht mehr um, hörte ich ihn sagen.

»Ich denke gar nicht dran!« Ich hatte es satt, eine Lüge zu leben, hatte es satt, in einem Gefängnis festzusitzen, das andere erschaffen hatten, hatte es satt, so zu tun, als lebte ich ein Leben, das nicht meins war.

Stolz bringt niemanden weiter.

»Weglaufen aber auch nicht.«

Im nächsten Augenblick wurde ich von einem Strudel erfasst. Meine Zeit war um. Alles verschwamm, verdunkelte und drehte sich, und der Brief ging in Flammen auf, als ich aus der Leere herausgeschleudert wurde.

20

Brooks beugte sich mit aufgerissenen Augen über mich. Ihr gebräuntes Gesicht schwebte dicht über meinem und sie drückte beide Hände auf meine Brust. »Du hast um dich geschlagen«, sagte sie. »Das hast du noch nie gemacht. Ich dachte schon, du wärst dem alten Stinker Ah-Puch begegnet und er hätte dich in Stücke gerissen.«

»Ich hätte ihn fertiggemacht«, gab ich zurück, »aber gut zu wissen, was du mir zutraust.«

»Heiliger K, Zane, du hast mir echt Angst eingejagt!« Sie beugte sich immer noch über mich.

Bestimmt hörte sie, wie mein Herz raste. Ich rutschte im Liegen ein Stück von ihr weg und rieb mir mit dem Handrücken die linke Wange. Sie brannte, als ob …

»Ich musste dir eine runterhauen, damit du wieder zu dir kommst«, sagte Brooks. »Tut mir leid. Warum hast du diesmal eigentlich kein Nasenbluten?«

Ich setzte mich auf, fasste nach dem Jadezahn und rief mir ins Gedächtnis, was Hurakan gesagt hatte: *Ich kann es nicht gewesen sein, der dich gerufen hat.* Jähe Angst traf mich wie ein Vorschlaghammer.

»Du hast meine Frage nicht beantwortet, Obispo.«

»Wie? Was? Ach so.« Wir standen auf. Ich erzählte Brooks in groben Zügen, was ich erlebt hatte, und beendete meinen Bericht mit: »Wenn Hurakan mich nicht in die Leere gerufen hat, wer dann?«

»Pazifik vielleicht? Schließlich hat sie dir den Zahn überbracht.«

»Aber danach ist sie auf Tauchstation gegangen und … was hätte sie davon, mich in die Leere zu schicken?« Es dauerte einen Augenblick, bis ich begriff, was ich da gesagt hatte.

»Du glaubst doch nicht, dass es Ah-Puch war, oder?«, sagte Brooks.

»Auf gar keinen Fall! Vergiss es!« Ah-Puch hatte keinen Einfluss auf den Jadezahn, außerdem steckte er in einem immerwährenden Feuerstrudel fest.

Doch dann fiel mir etwas ein, was er kurz vor unserem letzten Kampf zu mir gesagt hatte. *Wenn Hurakan erst tot ist, gibt es auch diesen Ort nicht mehr. Dann kann ich in die Unterwelt zurückkehren und meinen angestammten Thron zurückerobern. Wie du es auch drehst und wendest – ich bleibe Sieger.*

Stimmte das oder hatte er nur geblufft? Konnte der Todesgott zurückkehren, um sich an mir zu rächen?

»Vielleicht hat dich der Jadezahn selber in die Leere gerufen«, überlegte Brooks. »Vielleicht weiß die Jade mehr als Hurakan und alle anderen. Könnte doch sein, oder?«

Ich hoffte, dass sie recht hatte, aber ich ahnte, dass mir die Wahrheit, wie immer sie lauten mochte, nicht gefallen würde. Warum war bloß auf einmal alles so kompliziert? Ich hatte mich in die Unterwelt begeben, um Ixtabs Schemenmagie zu entfliehen, aber jetzt kam es mir vor, als säße ich noch mehr in der Falle als vorher. Was sollte ich tun? Meinen Vater retten oder lieber die Entführten befreien? Wie sollte ich mich zwischen beidem entscheiden?

Brooks riss mich aus meinen Gedanken. »Du verschweigst mir etwas.«

Mich dumm zu stellen, hatte keinen Zweck. Sie würde mich sofort durchschauen. »Hurakan hat gesagt, ich soll weglaufen.«

»Wie bitte? Das wäre so was von …« Sie schnitt eine Grimasse, als hätte sie in eine Zitrone gebissen. »… *feige.*«

»Vielleicht hat es ja mit der ›düsteren‹ Zukunft zu tun oder so.«

Sie verschränkte die Arme vor der Brust. »Hat er wirklich ›düster‹ geschrieben?«

»Ja.«

»Ganz sicher?«

»Brooks!«

Sie strich sich das Haar hinter die Ohren. »Ist ja schon gut. Düster ist kacke«, sagte sie halblaut, warf einen Blick über die Schulter, ergriff meine Hand und fuhr telepathisch fort: *Lass uns noch mal zusammenfassen, was wir bis jetzt wissen. Laut den Vorfahren ist die Prophezeiung des Feuers erst der Anfang und die Götter werden auf jeden Fall stinksauer, egal, wie du dich entscheidest. Die Fähigkeiten der Übernatürlichen lassen nach und wir haben keine Ahnung, warum das so ist oder wer dahintersteckt. Und andere Gottgeborene werden entführt.*

Jemand belauscht uns, stimmt's?

Neben uns ist eine Dämonin, aber schau nicht hin. Sie tut furchtbar beschäftigt, aber sie ist eine erbärmliche Schauspielerin.

Ich wandte mich um.

Nicht hinschauen, hab ich gesagt!

Wenn jemand so was sagt, muss ich erst recht hinschauen!

Brooks verdrehte die Augen und fuhr fort: *Dann ist da noch ein sagenhafter Typ namens Feuerhüter, der ein Seher ist und die Zukunft beeinflussen kann, was echt krass ist. Hurakan sagt, du sollst weglaufen, weil die Zukunft düster ist. Mann, wenn dir schon der mächtige Sturmgott so was rät, ist »düster« wahrscheinlich gar kein Ausdruck. Aber wo sollst du hin? Wenn dein Schicksal schon durch die Prophezeiung besiegelt ist, gibt es kein Entkommen.*

Niemand hat behauptet, dass mein Schicksal schon besiegelt ist.

Klar doch. Die Vorfahren haben das nur so dahingesagt. Plötzlich hellte sich ihr Gesicht auf. *Ich hab's!*

Was denn?

Wir gehen zu diesem Feuerhüter und sagen ihm, dass er den Lauf der Zukunft ändern soll. Tschüss, Düsternis.

Ich grub Fuegos Spitze in die Erde. *Ich glaube nicht, dass das klappt. Außerdem hat Hurakan auch gesagt, dass man einen hohen Preis dafür zahlt, wenn man die Zukunft ändert. Das klingt nach Blut oder einem abgerissenen Kopf oder so was.*

Das ist ein Argument.

Und du hast bei deiner Aufzählung etwas vergessen, sagte ich.

Was denn?

Erst erzählt mir Ixtab, dass alle anderen Gottgeborenen gestorben sind, und jetzt soll ich auf einmal welche befreien. Warum soll ich ihr eigentlich glauben?

Da ist was dran, aber ich habe immer noch das Gefühl, dass du mir etwas verschweigst.

Bestimmt sah sie mir die Lüge schon an, bevor ich sie aussprach. *Nein, ich … ich habe dir alles erzählt.* Dass ihre Schwester Quinn eine

Doppelagentin war, behielt ich lieber für mich, trotzdem fand ich es schrecklich, Brooks anzuschwindeln. Eigentlich hatten wir uns vorgenommen, ehrlich zueinander zu sein.

Und wenn wir uns aufteilen?, schlug sie vor. *Ich befreie deinen Vater und du kümmerst dich um die Entführten.*

Wenn dich deine Nawalmagie verlässt, bist du den Dämonen nicht gewachsen, wandte ich ein.

Sie war sichtlich gekränkt. *Mit Waffen kann ich auch umgehen, schon vergessen?*

Nein, wir bleiben zusammen.

Sie drückte meine Hand fester. *Die Lauscherin ist weg.*

Ich nickte geistesabwesend.

»Jetzt hast du wieder diesen Blick«, sagte sie laut.

»Welchen Blick denn?«

»Deinen Jetzt-weiß-ich-was-ich-mache-Blick.« Warum hielt sie eigentlich meine Hand noch fest? Nicht, dass ich etwas dagegen gehabt hätte. Sie fuhr mit ihrem Daumen über meinen und ich lehnte mich ein bisschen zu ihr hinüber – natürlich höchstens anderthalb Zentimeter oder so. Sofort ließ sie meine Hand los und wich zurück. »Du hast dich längst entschieden, dass du Ixtabs Angebot annimmst und dich von ihr töten lässt, stimmt's?«

»Mir bleibt nichts anderes übrig«, gab ich zurück. »Egal, wie wir weiter vorgehen, auf diese Weise können mich die anderen Götter wenigstens nicht orten.« Ich schluckte und fürchtete schon, sie würde mich beschimpfen oder sogar gegen den nächstbesten Baum schubsen, aber sie musterte mich nur forschend und sagte: »Nächstes Mal redest du gleich mit mir. Telepathisch.«

Ich hatte ihr noch gar nicht erzählt, dass die Leere im Sterben lag.

Vielleicht gab es ja kein nächstes Mal für uns – oder für die ganze Welt. Aber das auszusprechen, war zu deprimierend und außerdem hatte ich keine Lust mehr, immer der Unglücksbote zu sein.

Die unartikulierten Schreie der Dämonenkrieger hallten durch den Urwald. Jetzt war mir auch klar, warum sie so verbissen trainierten. Weil eine große Schlacht bevorstand. War es das, was Hurakan so verstört hatte?

Wir liefen wieder zum Penthouse zurück, wo Hondo und Ren schon auf uns warteten.

»Wo ist Ixtab?«, fragte ich ganz außer Atem.

»Eben war sie noch hier«, antwortete Hondo, »aber dann ist sie zum Trainingsplatz gegangen. Sie schien schlechte Laune zu haben. Bei dir alles okay?«

Fragen schwirrten mir durch den Kopf, Fragen, über die ich jetzt nicht nachdenken und die ich schon gar nicht beantworten konnte. Brooks lieferte Hondo und Ren eine Kurzversion der Ereignisse, ich rannte auf die Terrasse und hielt nach Ixtab Ausschau. Da! Sie stand auf der gegenüberliegenden Seite des Platzes vor dem Wasserfall. Wir liefen nach unten. Als wir uns zwischen den kämpfenden Dämonen durchdrängelten, ernteten wir mordlustige Blicke.

»Du darfst nicht sterben!«, rief Hondo mir zu.

»Genau«, schloss Brooks sich ihm an.

Ich ignorierte die beiden und lief weiter. »Ixtab!«

Doch weil das Dämonengebrüll und Waffengeklirr so laut waren, hörte sie mich nicht. Ren stolperte über einen am Boden liegenden Speer. Hondo half ihr hoch, ohne stehen zu bleiben.

Als wir endlich vor dem Wasserfall standen, war Ixtab weg.

»Wo ist sie hin?«, fragte ich. Ich brauchte den Todeszauber unbedingt!

Brooks wollte etwas sagen, doch da flog ein brennender Pfeil quer über den Platz und zielte offensichtlich auf ihren Rücken. Ich war vor Schreck wie gelähmt.

»NEIN!« Instinktiv riss ich die Hand hoch, dann warf ich mich auf Brooks und schubste sie um. Der Pfeil zischte über uns hinweg und ich landete auf ihr.

»Spinnst du, Zane?«

Ich stützte mich auf und blickte auf ihr gerötetes Gesicht herab. »Der Pfeil galt dir. Hast du dir wehgetan?«

Sie schob mich schnaufend von sich herunter und rollte sich weg. »Welcher Pfeil denn?«

Ich zeigte auf das Geschoss. Es war zu Boden gefallen und brannte immer noch. »Der da.« Dann sah ich mich nach dem Schützen um, aber weil überall Pfeile über den Platz sausten, konnte ich ihn nicht ausmachen. Anscheinend war jetzt Bogentraining angesagt, oder der Dämon, der ihn abgeschossen hatte, hatte an einem beweglichen Ziel üben wollen.

»Wir tragen doch Panzerkleidung«, flüsterte Ren mir zu.

Hondo zog mich auf die Füße. »Hey, du behauptest doch immer, dass dir das Feuer nicht gehorcht.«

Ich ging zu dem Pfeil hin und wollte die Flammen gerade austreten, als ich eine wohlbekannte Stimme vernahm. Leider verstand ich nicht, was sie sagte.

»Du hast dem Pfeil befohlen, die Richtung zu ändern.« Rens Ton war bewundernd. »Klar, alles ging total schnell, aber du hast ›Nein‹ gerufen und er ist in letzter Sekunde abgebogen.«

»Ich hab's doch gewusst«, sagte Brooks triumphierend. »Wenn echte Gefahr droht, gehorcht dir das Feuer. Probieren wir's doch gleich noch mal. Vielleicht können wir ja einen Dämon bitten, sich auf dich zu stürzen.«

»Ich habe gar nichts gemacht«, widersprach ich verlegen. »Und nein, danke – ich habe keine Lust, schon wieder von einem Dämon angegriffen zu werden.«

Wie Ren richtig gesagt hatte, war alles total schnell gegangen. Ich hatte nicht mal an das Feuer *gedacht*, ich hatte nur nicht gewollt, dass Brooks verletzt wurde. Rasch hob ich den Pfeil auf, sog die Hitze der Flammen in mich hinein und ließ sie anschwellen. Der Hitzeschwall fegte so rasend schnell durch mich hindurch, dass ich zu explodieren glaubte. Dann schossen plötzlich Flammen aus meinen Fingerkuppen wie aus einem riesigen Feuerwerkskörper. Ich wurde mindestens drei Meter weit nach hinten geschleudert und landete mit schmerzhaftem Aufprall auf der Seite.

»Zane!« Brooks kam sofort angerannt, aber ich rappelte mich schon wieder hoch.

»Geht's?«, fragte Hondo.

»Das war toll!« Ren strahlte mich an. »Sogar die Dämonen sind in Deckung gegangen.«

Ich starrte wie unter Schock auf meine Finger, die noch qualmten.

Quinn kam zu uns herüber. »Sag mal, willst du die Unterwelt in die Luft jagen?«, fragte sie wütend. »Wir üben Bogenschießen und du schleuderst Flammen?«

»Ich … äh … Das wollte ich nicht.« Ich riss mich zusammen. Woher kam diese Gabe auf einmal? Hatte es damit zu tun, dass ich mich in Xib'alb'a aufhielt, oder war mein Wiedersehen mit Hurakan dafür verantwortlich? Als ich die Finger bog und streckte, spürte ich die Nachwirkung der Stichflammen. Wahnsinn.

Im selben Augenblick materialisierte sich Ixtab aus einer blauen Nebelsäule. Sie hatte Rosie bei sich.

»Hast du dich entschieden?«, wollte sie wissen.

Ich räusperte mich und blickte von Hondo zu Brooks und dann zu Ren. Dann sah ich wieder Ixtab an.

»Ja. Töte mich.«

21

Hier muss ich kurz unterbrechen.

Vor allem deswegen, weil das, was dann kam, im Grunde der Anfang von allem war – oder das Ende, je nachdem. Es ist schwer zu erklären, aber ich versuch's trotzdem. Stell dir vor, du hättest dein ganzes Leben im Meer verbracht. Eines Tages springst du aus dem Wasser und entdeckst, dass du Lungen hast. Ganz plötzlich ist alles anders und macht dir Angst und ist so viel deutlicher als unter Wasser. Auch wenn dir nicht gefällt, was du siehst – du kannst nie wieder ins Meer zurückkehren, weil du ja jetzt diese blöden Lungen besitzt.

Was ich damit sagen will: Große Veränderungen standen bevor und das Leben würde nie wieder wie vorher sein. Weder für mich, noch für meine Freunde und Familie oder für die anderen Gottgeborenen. Tut mir echt leid. Wenn du mich jetzt umbringen willst, zieh eine Nummer und stell dich hinten an.

Ixtab trug ein langes schwarzes Abendkleid, das über den Steinfußboden der Terrasse wogte. Irgendwie fand ich das für den ernsten Anlass unpassend. »Du hast dich richtig entschieden«, sagte sie.

»Tu's nicht«, flüsterte Brooks eindringlich.

Ren machte ein erschrockenes Gesicht. »Zane! Was ist, wenn …« Sie sprach nicht weiter, denn es gab viel zu viele »Wenn«. Wenn ich nicht stark genug war, zum Beispiel. Wenn ich scheiterte. Wenn die Entführten meinetwegen sterben mussten. Wenn ich dauerhaft tot blieb. Ich musste wieder an die Botschaft der Vorfahren denken: *Wähle deinen Weg in der Finsternis, aber nimm dich in Acht, denn alle Wege führen zum vernichtenden Zorn der Götter.* War ich in jedem Fall dem Untergang geweiht?

Vielleicht lag es an der Feuerkraft, die mich gerade durchströmt hatte, oder daran, dass ich mich in der Hölle aufhielt, aber ich beschloss in diesem Moment, die Prophezeiung zu ignorieren. Wieso sollten die Vorfahren eigentlich alles bestimmen dürfen? Ich ließ mich nicht mehr von ihnen herumkommandieren!

Als ein Speer über uns hinwegsauste, winselte Rosie leise und Hondo raunte ihr tröstend zu: »Diese Dämonen können echt nicht zielen, was, mein Mädchen?«

Ixtab richtete sich hoch auf. »Bist du so weit, Gottgeborener?«

»Zane …«, sagte Brooks warnend.

Ich dachte nicht mehr nach, sonst hätte ich vielleicht doch noch einen Rückzieher gemacht. Ixtab hielt mir die Hand hin und ich schlug ein.

Hondo kam zu mir und legte mir den Arm um die Schultern. »Das ist mein Diablo«, sagte er stolz und setzte mit einem Seitenblick auf Rosie leise hinzu: »Tot oder lebendig.« Dann wandte er sich an Ixtab. »Wenn Zane das hier nicht überlebt, kannst du dich auf was gefasst machen!«

Ich find's ja super, dass mein Onkel so tollkühn ist, aber der Königin der Unterwelt zu drohen, ist nie klug. Ich rechnete damit, dass Ixtab ihn in eine Feuerwolke hüllen oder mit ihrer Goldkette erwürgen würde.

Doch sie überhörte seine Bemerkung einfach und sagte zu mir: »Du hast nur eine einzige Chance, nach Xib'alb'a zurückzukehren. Nimm das hier. Damit kannst du überall eine Pforte öffnen, auch wenn vorher keine da war.« Sie drückte mir etwas in die Hand. Es war klein und bläulich, und als ich draufdrückte, gab es ein bisschen nach. War das etwa … ein Maiskorn?

»Was soll ich denn damit?«, fragte ich erstaunt.

»Auch unbedeutende Dinge können Großes bewirken«, erwiderte sie. »Mais ist den Mayas heilig. Quinn erklärt dir, wie du das Korn einsetzen musst – aber was auch geschieht, vergeude es nicht.« Sie drehte sich zu Quinn um. »Du weißt, was du zu tun hast. Bitte flirte nicht wieder, so wie beim letzten Todeskandidaten.« Damit verschwand sie.

Todeskandidat? Flirten?

Alle sahen Quinn an. Sie wirkte tatsächlich verlegen. Wer dieser letzte »Todeskandidat« wohl gewesen war? Dann stapfte sie die Stufen zum Wasserfall hoch.

»Hey«, rief ich ihr nach, »wo gehen wir denn hin?« Keine Antwort. Hoffentlich war ich bald mal mit ihr allein und konnte sie ausfragen, was sie alles undercover über Ixtab in Erfahrung gebracht hatte.

»Müssen wir jetzt über den Eiterfluss springen?«, wollte Hondo wissen.

Ren war dicht hinter mir und ich wartete, bis sie mich eingeholt hatte. »Worüber hast du telepathisch mit Ixtab gesprochen?«, fragte ich noch einmal.

Sie sah mich nicht an. »Ixtab ist nicht meine Mutter.«

»Das hast du mir schon erzählt. Weiß sie wenigstens, wer dann deine Mutter ist?«

»Sie hat nichts gesagt.«

Ich hätte sie gern noch weiter ausgefragt, aber wir waren auf einer Aussichtsplattform angekommen, die auf halber Höhe der Stufenpyramide lag. Von dort aus führte ein schmaler, etwa sechs Meter langer Steg direkt in den Wasserfall hinein. »Nach euch«, übertönte Quinn das Donnern der Wassermassen.

Hondo kratzte sich das Kinn. »Machst du Witze? Wir sollen in einen dreißig Meter hohen Wasserfall reinspazieren, der uns sämtliche Knochen brechen kann?«

»Ich mache niemals Witze«, gab Quinn mit unbewegter Miene zurück. »Das ist der Weg zu Zanes Todesritual.«

Rosie beschnupperte den Steg und setzte sich dann auf die Hinterläufe, als wollte sie erst abwarten, was wir machten.

Brooks wich ein paar Schritte zurück. »Ich mag kein Wasser.«

Quinns Züge wurden weicher und man sah ihr an, dass sie gern etwas darauf erwidert hätte. Doch stattdessen nickte sie nur, sagte: »Dann geh ich mal vor«, und betrat den Steg.

»Gibt es keine andere Möglichkeit, an unser Ziel zu gelangen?«, sagte ich rasch.

»Klar. Den Eiterfluss«, antwortete Quinn über die Schulter.

»Kommt schon, Leute«, sagte Hondo übertrieben fröhlich. »Es ist doch bloß ein Wasserfall. Ein klitzekleiner.« Er schob sich neben Ren und raunte ihr zu: »Denk an das, was ich dir beigebracht habe. Visualisieren – atmen – meditieren.«

Ren wirkte trotzdem verunsichert, als sie zusammen mit ihm hinter Quinn herging, die schon hinter dem Wasservorhang verschwunden war. Am Ende des Stegs nahm Hondo Ren an der Hand und rief schallend: »Geronimo!« Ich hätte schwören können, dass das Wasser eine Nanosekunde lang stillstand. Dann waren auch die beiden verschwunden.

Doch als ich Brooks fragte, ob sie es auch gesehen hatte, sah sie mich nur mit einem Warum-müssen-wir-das-machen?-Blick an.

Rosie war die Nächste. Sie streckte die Vorderläufe und gähnte laut. Dann schlüpfte sie so unbekümmert durch den Wasservorhang wie durch eine Hundeklappe.

Brooks straffte sich, biss die Zähne zusammen und sagte zu mir: »Irgendwann begeben wir uns auf eine Mission, bei der null Wasser im Spiel ist, Obispo.«

Während ich ihr folgte, fragte ich mich, was sie damit wohl meinte. Doch das Wasser toste so laut, dass ich mich selbst kaum denken hörte. Am Ende des Stegs wartete Brooks auf mich.

»Auf drei?«, fragte ich und fasste nach ihrer zitternden Hand.

Aber ich hatte noch nicht »eins« gesagt, als sie schon die Augen zukniff, sprang und mich mitzog.

22

Ich hatte damit gerechnet, dass mir das Wasser den Schädel zertrümmern oder die Zähne ausschlagen oder dass ich in eine Todesgrube stürzen würde, aber ich landete (übrigens ohne einen Tropfen abzubekommen) auf einem Hochzeitsempfang. Grüne und rosafarbene Partylichter flackerten über einen parkähnlichen Platz, Braut und Bräutigam waren schon auf der Tanzfläche. Gläser klirrten und das Geplauder und Gelächter der Gäste hallte von den zu Kugeln gestutzten niedrigen Bäumen wider. Etwas abseits standen ein paar Typen, kippten Schnäpse und schlugen mit den Fäusten auf den Tisch, während am dämmrigen Himmel die Sonne unterging.

»Wo sind wir hier?«, fragte ich Brooks verwundert und sah mich nach den anderen um.

»Ich würde sagen, in der Hölle, aber da kommen wir ja schon her.«

Quinn erschien und zog uns hinter einen Baum, und dort warteten zum Glück auch Hondo, Rosie und Ren. Hondo versuchte, einen

Kellner auf uns aufmerksam zu machen, und Ren hüpfte im Takt der Musik herum.

»Ich hasse Hochzeiten«, übertönte Quinn den Lärm.

»Wo sind wir hier?«, wollte Brooks wissen.

»Warum muss ich eigentlich immer die gleiche Frage beantworten?«, gab ihre Schwester genervt zurück.

»Wir sind in San Miguel de Allende«, sagte Hondo und rief einem Kellner mit einem Tablett voller Gläser (war das Champagner?) zu: »He, *señor*, ich hätte gern 'nen Drink.«

Der Typ hörte ihn nicht – oder wollte ihn nicht hören.

»San Miguel de *hä?*«, wiederholte ich fragend.

»In Mexiko, du Kulturbanause«, entgegnete Quinn.

Es roch nach Knoblauch, Hackfleisch und irgendwelchen Gewürzen, als hätte jemand hundert verschiedene Suppen zusammengekippt. Rosie leckte sich die gewaltigen Lefzen. Hatte sie etwa schon wieder Hunger? Sie hatte doch eben erst eine Portion Schlangenköpfe vertilgt!

Um den Platz herum gab es viele kleine Geschäfte und am hinteren Ende ragte eine riesige Kathedrale mit lauter rosafarbenen gotischen Türmchen und Spitzgiebeln in den Abendhimmel.

»Ich habe eine erstaunliche Neuigkeit und eine schlechte«, sagte Quinn.

»Erst die erstaunliche«, erwiderte Ren und wir nickten alle, sogar Rosie.

Quinn deutete auf die Kirchturmuhr. »Seit eurer Ankunft in Xib'alb'a sind in der Oberwelt nur ein paar Stunden vergangen, was eigentlich nicht sein kann. Ich habe nachgerechnet und in Wahrheit wart ihr zehn Stunden lang weg. Aber anscheinend ist acht Stunden davon die Zeit stillgestanden oder so was.«

Stillgestanden … wie der Wasserfall.

»Tja, in der Hölle kann man nicht mal den Uhren trauen«, sagte Hondo.

Mir war es egal, wo die zusätzliche Zeit herkam. Hauptsache, mir blieben immer noch drei volle Tage. »Und die schlechte Neuigkeit?«

»Abgesehen davon, dass Zane sterben muss«, ergänzte Hondo.

Quinn drehte sich einmal um sich selbst und sah verwirrt aus. »Irgendwas stimmt hier nicht.«

»Ist das die schlechte Neuigkeit?«, kam es von Brooks.

»Wir müssen da hin.« Quinn zeigte nach links. »Oder ist es dort? Ja, dort muss es sein. Kommt mit.« Sie ging in Richtung Kirche.

»Hast du die Orientierung verloren?«, fragte ich, denn genau diesen Eindruck machte sie. Nichts für ungut, aber ich fand schon, dass meine Begleitperson in den Tod wenigstens ein bisschen Orientierungssinn besitzen sollte.

»Natürlich nicht«, gab sie schroff zurück. »Ich war bloß seit einem Jahr nicht mehr hier und manchmal verschiebt sich die Pforte, klar? *Das* ist die schlechte Neuigkeit.«

»Die Orientierung zu verlieren, ist immer schlecht«, sagte Brooks gedämpft zu mir.

Rosie beschnüffelte das Kopfsteinpflaster und wedelte mit dem Stummelschwanz. Dann lief sie voraus und schlüpfte zwischen zwei kleinen Kindern hindurch, die sich einen Churro teilten. Das eine Kind riss die Augen auf und zupfte seine Mutter aufgeregt am Pullover. Anscheinend konnte es Rosies Höllenhundgestalt erkennen.

»Können wir uns nicht auch Churros kaufen?«, fragte Ren und ich merkte plötzlich, dass ich Hunger hatte.

»Nein«, entgegnete Quinn. »Das kostet zu viel Zeit.«

»Lenkt sie ab. Ich bin gleich wieder da«, raunte Hondo mir zu und verschwand in der *panadería*.

Wir bogen nach rechts ab, und als wir durch das schmiedeeiserne Tor vor der Kathedrale traten, legte ich den Kopf in den Nacken. Wasserspeierdämonen glotzten auf uns herab, die starren Augen weit aufgerissen, als würden sie gleich loskreischen. Dann hörte ich etwas. Erst achtete ich nicht darauf, aber es wiederholte sich. Als würde aus der Kirche jemand nach mir rufen. War das wieder Hurakan?

»Hörst du das auch?«, wandte ich mich an Brooks.

»Meinst du die grässliche Partymusik?«

Mom hätte mich bestimmt in die Kirche geschleift, um eine Kerze anzuzünden und kurz zu beten, aber sie war nicht hier. Auch wenn ich noch nicht mal einen Tag weg war, fehlte sie mir jetzt schon, und ich fühlte mich schlecht, weil ich mich nicht von ihr verabschiedet hatte. Ich wies Rosie an, draußen zu bleiben und auf Hondo zu warten, damit er uns wiederfand, dann folgten Brooks und Ren mir in die Kirche. Quinn kam nur widerstrebend hinterher und rief uns etwas zu.

Die Kirche war menschenleer, ein Kronleuchter warf seinen trüb flackernden Schein auf die gewölbte Ziegeldecke und den Steinfußboden. Die Bankreihen waren mit gelben Blumensträußchen geschmückt, die wahrscheinlich von der Hochzeit stammten.

Brooks dämpfte die Stimme. »Was hast du vor, Zane?«

»Willst du ein letztes Gebet sprechen, bevor du sterben musst?«, setzte Ren hinzu.

Sehr aufmunternd. Ich stand ganz still und wartete. Horchte auf das leise Raunen. Wo kam es her? Ich ging zu einem Altar hinüber, auf dem kleine Opferkerzen in roten Gläsern unter einer bunt bemalten Marienstatue brannten.

Sogar Quinn traute sich nicht, laut zu sprechen, aber es war trotzdem klar, dass sie sauer war. »Wo steckt dein blöder Onkel und was wollen wir hier, Zane? Wir müssen uns beeilen! Jede Sekunde, die du ungeschützt rumläufst, bringt dich dem echten Tod durch Kopfabreißen näher.«

Ich legte den Finger auf die Lippen und stellte mich vor den Altar. Sofort wurde das Raunen lauter und ich begriff, dass es aus den Kerzenflämmchen kam.

Ich hörte aber keine einzelnen Stimmen heraus, sondern nur Namen und Bruchstücke wie *Ignacio* oder *Charles* oder *Bitte mach, dass er mich heiratet* und *Bitte mach sie wieder gesund.*

»Ich kann sie hören«, sagte ich.

»Die Kerzen?«, fragte Ren.

»Die Gebete.«

»Das ist gruselig.« Quinn verschränkte die Arme. »Und übergriffig. Und gruselig.«

Brooks zog mich am Arm. »Hör nicht hin, Zane. Das ist bestimmt Gotteslästerung oder bringt Unglück.«

»Ja, es bringt Unglück«, bestätigte Ren. »Ich habe mal von einem Typen gehört, der die Gebete der Leute im Fürbittenbuch ausradiert hat und verflucht wurde.«

»Verflucht?« Ich hatte plötzlich einen Kloß im Hals.

»Er bekam über Nacht eine Glatze und dabei war er erst achtzehn.«

Instinktiv befühlte ich mein Haar. Ja, es war übergriffig, anderer Leute Gebete – oder Fetzen davon – zu belauschen, und ich konnte weder Unglück noch einen Fluch gebrauchen.

»Wir müssen weiter, Zane«, mahnte Quinn. »Fausto ist ziemlich ungeduldig.«

Ich wollte gerade fragen, wer Fausto war, da kamen Hondo und Rosie herein. Hondo schwenkte stolz eine große Papiertüte mit Churros.

Jeder nahm sich einen. Sogar die gestrenge Quinn. Rosie fraß vier.

Bevor wir wieder gingen, zündete ich eine Kerze an und sprach ein stummes Gebet: *Bitte hilf mir, die Gottgeborenen zu finden und meinen Vater zu befreien. Und ach ja, bitte mach, dass ich keine Glatze kriege oder sonst wie verflucht bin und die anderen auch nicht, okay? Und ... äh ... danke.*

Wir verließen die Kathedrale durch den Hinterausgang und standen in einer schmalen, kopfsteingepflasterten Gasse. Die Häuser drängten sich dicht aneinander und der aufgehende Mond warf sein kaltes Licht über die gelben, roten und blauen Fassaden. Bougainvilleen rankten sich über die Dächer und die geschnitzten Hoftore.

Alle paar Meter blieb Quinn stehen und legte die Hand auf ein Tor. Über manchen waren steinerne Engel angebracht, andere hatten Löwenkopftürklopfer. »Wo ist es bloß?«, murmelte sie vor sich hin. »Hier muss es sein. Oder da drüben? Wahrscheinlich ist er wieder mal umgezogen. Grrr! Das ist nicht lustig.«

So nervös kannte ich sie gar nicht. Sogar als wir auf der Jagd nach dem Todesgott zusammen über die Alte Welt geflogen waren, war sie kühl und beherrscht gewesen, aber jetzt? Man hätte denken können, sie müsste gleich in der Pause vom Superbowl als Sängerin auftreten.

»Wenn du uns verrätst, wonach du suchst, können wir vielleicht mithelfen«, sagte Brooks ungeduldig.

»Na endlich.« Quinn lächelte (kein Witz!), blieb vor einer braunen *puerta* stehen und fuhr mit den Fingern darüber. Daraufhin erschienen auf dem Holz zwei Wörter: EL GRITO.

»Cooler Trick.« Hondo leckte sich die letzten Zuckerkrümel von den Fingern. »Aber warum nennt jemand sein Haus ›Der Schrei‹?« Der Blick, den er mir zuwarf, war besorgt.

»Vielleicht, weil die Leute drinnen viel schreien?«, schlug Ren mit gesenkter Stimme vor.

Mir wurde mulmig zumute. Als ich näher trat, sah ich, dass das Tor in acht Felder unterteilt war, aber die Schnitzereien in den Feldern waren eben noch nicht dagewesen. Es waren acht runde, entsetzt blickende Gesichter, die den Mund zum Schrei aufrissen. Wie passend.

Brooks trat ein paar Schritte zurück. »Das gefällt mir gar nicht. Ich dachte, wir sind hier, weil Zane irgendwie sterben muss, damit er geschützt ist.«

Quinn klopfte zweimal an drei verschiedene Felder, als wäre das ein verabredetes Zeichen, dann entgegnete sie: »Nicht *irgendwie.* Er muss sterben.«

»Aber nur *vorübergehend*«, sagte ich.

Sie ging nicht darauf ein. »Dachtest du, ich ersticke ihn mit einem Kissen, Brooks? Was wir vorhaben, ist eine hohe Kunst. Eine falsche Bewegung, und Zane ist hinüber. Und jetzt sind wir auch noch zu spät.«

»Wie jetzt – was meinst du mit ›hinüber‹? Ixtab hat von ein paar Nebenwirkungen gesprochen, aber nie davon, dass ich bei dem Ritual richtig sterben könnte!«

»Wenn uns die Götter tatsächlich orten sollten, können wir ihnen bestimmt entwischen«, sagte Ren. »Lassen wir es doch einfach drauf ankommen.«

Hondo dagegen schüttelte den Kopf. »So verrückt es sich anhört, der Todeszauber bietet Zane die höchste Überlebenschance. Ich hoffe bloß, dass derjenige, der ihn durchführt …« Dabei funkelte er Quinn an. »… ein Profi ist.«

»Also bitte! Ich bringe Zane schließlich nicht zu irgendeinem Straßenverkäufer, der mit schwarzer Magie handelt. Fausto ist der Beste. Unausstehlich, aber der Beste.«

»Gibt es denn Straßenverkäufer, die mit schwarzer Magie handeln?«, wandte ich mich gedämpft an Brooks.

Sie zuckte die Achseln und drehte eine Locke um ihren kleinen Finger, was nie ein gutes Zeichen war. Wenn *sie* beunruhigt war, stand in der Regel etwas bevor, wovon *mir* das Blut in den Adern gefror.

Das Tor machte *klick!* und schwang auf, als sei es automatisch. Ich blickte von einem ängstlichen Gesicht zum anderen. Aus dem Hof wehte uns ein kühler Luftzug entgegen, aber es war zu dunkel, um etwas zu erkennen.

Doch als ich den Fuß über die Schwelle setzte, zerriss ein schriller Schrei die Luft und wir zuckten alle erschrocken zurück. Alle außer Quinn. »Hoppla«, sagte sie gelassen. »Ich hätte euch vorwarnen sollen. Dieser kleine Willkommensgruß ist nur eine Tonbandaufnahme. Einer von Faustos albernen Einfällen.«

»Gibt es noch mehr solche *albernen* Überraschungen?«, erkundigte sich Brooks.

Als Quinn das Gesicht verzog, sah sie einen Augenblick lang wie ihre Schwester aus (minus die Sommersprossen auf der Nase). »Nö, ich glaube, das ist die einzige«, erwiderte sie dann, »aber bei Fausto weiß man nie. Er hält sich für den größten Witzbold aller Zeiten.«

»Wer ist dieser Fausto denn nun?«, hakte ich nach. Wollte ich den Typen überhaupt kennenlernen?

»Ein erfahrener Todeszauberer … unter anderem.« Quinn trat durch das Tor.

Na super. Mein Henker hatte also eine Schwäche für schlechte Scherze.

Hondo legte mir den Arm um die Schulter und zog mich an sich. »Keine Sorge, Kleiner. Wenn uns irgendwas komisch vorkommt, führt hier niemand irgendeinen Todeshokuspokus durch.«

Brooks nahm meine Hand. *Du kannst dich noch umentscheiden.*

Ausnahmsweise irrte sie sich. Zu viele Schicksale hingen von mir ab. Ich musste die Sache durchziehen.

Ich betrat El Grito.

23

Ein mit einem Holzgitter überdachter Gang führte in ei-nen dunklen Garten. In der Mitte standen mehrere violett blühende Bäume.

»Sind das Köpfe, die da an den Ästen hängen?«, fragte Ren entsetzt.

Ein Glück, dass ich im Dunkeln so gut sah, sonst wäre ich vielleicht auch darauf hereingefallen. »Nein, das sind bloß Masken.« Es waren unzählige. Sie hingen offenbar an Angelschnüren und schwangen im Wind hin und her. Am hinteren Ende des Gartens ragte ein mindestens drei Stockwerke hohes Haus auf, das mit Dornenranken bewachsen war.

»Krass!«, entfuhr es Hondo. »Das Haus ist echt super, aber die Masken – *no me gustan.*«

»Mir gefallen sie auch nicht«, erwiderte ich und Rosie knurrte zustimmend.

Ren war schon zu den Bäumen hingegangen. Sie tippte auf ein hautfarben bemaltes Exemplar mit schmalen Augenschlitzen und einer klaffenden Mundöffnung. »Diese Masken könnten auch Außerirdische darstellen.«

Daraufhin schaute auch ich mir die Masken näher an. Keine war wie die andere. Manche waren aus Jadestücken zusammengesetzt, andere bestanden aus bemaltem Pappmaschee und hatten Hörner und modellierte Augenbrauen, und die übrigen waren aus Holz und Stein gefertigt. Aber alle hatten zum Schrei aufgerissene Münder, sogar die Wölfe, Löwen und Jaguare.

Die Masken faszinierten mich derart, dass ich den jungen Mann, der jetzt hinter den Bäumen hervorkam, erst gar nicht bemerkte. Er war ungefähr so groß wie Hondo und hatte schulterlanges aschblondes Haar. Nase und Augenbrauen waren gepierct, die Tattoos auf seinen Armen zeigten überwiegend Messer, Drachen und gebrochene Herzen. Er trug eine Jeans, ein graues Tanktop und eine farbverkleckste Schürze.

»Hallo, Fausto«, sagte Quinn, ohne ihn richtig anzuschauen. »Hast du schon alles vorbereitet?« Als er sie stürmisch umarmte, machte sie sich steif.

»Mann, wie lange ist das jetzt her? Ein Jahr?«, sagte er. »Hoffentlich bleibst du diesmal länger.«

Quinn wurde rot. Du hast dich nicht verlesen, die Eiskönigin wurde rot.

Hondo räusperte sich und richtete sich hoch auf, wobei er sich den Kopf an einer Wolfsmaske stieß. »Nein, wir bleiben nicht länger.«

Fausto drehte sich um und musterte ihn, dann entgegnete er grinsend: »Dich habe ich nicht gefragt.«

Ich sah Hondo an, dass er dem Typen am liebsten eine reingehauen hätte, aber Quinn trat rasch zwischen die beiden. »Du weißt, warum wir hier sind, Fausto.«

»Und wir haben es eilig«, setzte Brooks hinzu. »Wir müssen noch weiter.«

Richtig. Zum Beispiel nach New Mexico. Ich wollte mich als Erstes nach den entführten Gottgeborenen umschauen, denn mein Vater wurde erst in drei Tagen verlegt. Den Entführten dagegen blieben womöglich nicht mal mehr drei Stunden, und wie Ixtab schon gesagt hatte, man wusste nicht, wie es ihnen überhaupt ging.

Rosie gähnte und ließ sich unter einen Baum fallen. Ich musste gleich sterben und sie dachte ans Schlafen?!

Fausto wischte sich die farbverschmierten Hände an der Schürze ab und schaute uns der Reihe nach an. »Wer von euch ist denn das glückliche Opfer?«

Ich hob zaghaft die Hand. »Äh … ich.«

Er musterte mich. »Schöner Speer«, sagte er mit einem Blick auf Fuego, der aber im Stockmodus war. Konnte er ihn als Waffe erkennen, weil er ein Zauberer war?

»Danke«, sagte ich und beobachtete Ren, die sich wieder den Masken widmete. Mondschatten stiegen vom Boden auf und hüllten sie ein. Waren die Schatten in Xib'alb'a außer Gefecht gesetzt gewesen?

»Also, Zane«, sagte Fausto, »dann erklär ich dir mal den Ablauf. Du suchst dir eine Maske aus, setzt sie auf und stirbst. Noch Fragen?«

Brooks mischte sich ein. »Erst würden wir gern noch ein paar Dinge wissen. Zum Beispiel, wer du bist, was du für Empfehlungen vorweisen kannst und wie in aller Welt die Masken …«

»Mich umbringen«, beendete ich den Satz.

Fausto ignorierte mich und konzentrierte sich wieder auf Quinn. »Ist das deine kleine Schwester?« Er deutete auf Brooks.

»Keine Verzögerungstaktik, Fausto«, erwiderte Quinn streng.

»Immer hetzen die Kunden uns Todeszauberer«, schimpfte er gedämpft, dann ging er auf unsere Fragen ein. »Die Masken sind übernatürliche Kunstwerke und werden seit Generationen von meiner Familie hergestellt. Sie sind 1-a-Qualitätsarbeit. Nur ein Familienmitglied war ein Stümper, oder vielleicht auch zwei, aber das ist lange her und es waren Onkel dritten Grades oder so. Meine Erfolgsquote liegt bei hundert Prozent. Das bedeutet, die Todesmagie bringt dich ausreichend um, aber dein Herz schlägt weiter.«

»Was meinst du mit ›ausreichend‹?«, wollte ich wissen. »Entweder ist man T-O-T oder nicht!«

Fausto strich sich das Kinn. »Hm … dann versuche ich mal, es dir so zu erklären, dass du es verstehst.«

Brooks' Miene war finster. Sie und Fausto würden wohl keine Freunde mehr werden.

»Stell es dir wie eine Narkose vor«, fing Fausto an. »Wenn du ausreichend Narkosemittel bekommst, bist du weggetreten, wenn es zu viel ist, kratzt du ab.« Er zeigte auf die Bäume. »An diesem Baum dort hängen Kriegsmasken und an dem dahinter Ritualmasken. Und an diesem hier?« Er deutete mit dem Kinn auf den Baum, der uns am Nächsten war und als einziger keine violetten Blüten hatte. »Hier hängen die Todesmasken. Sie wurden schon von bedeutenden Kriegern, Priestern, Königen und Königinnen getragen, beziehungsweise von ihren Leichen, und sind mit Todesmagie getränkt.«

»Ich soll eine Maske aufsetzen, die ein T-O-T-E-R getragen hat?!«

»Das ist echt krank«, sagte Hondo.

»Dich habe ich nicht gefragt«, konterte Fausto wieder.

Hondo sah aus, als hätte er Fausto am liebsten in den Schwitzkasten genommen, aber bevor er die Beherrschung verlor, legte ihm Quinn den Arm um die Schultern und lehnte sich an ihn. Mein Onkel wurde mindestens zehn Zentimeter größer, ich schwör's.

Fausto machte ein säuerliches Gesicht. »Ist das dein Ernst, Quinn? Gibst du dich jetzt mit *Menschen* ab?« Sein Grinsen wirkte aufgesetzt.

Sie bedachte ihn mit einem kühlen Blick, aber als sie den Mund aufmachte, um etwas zu erwidern (garantiert etwas Ironisches, Verletzendes), griff ich schnell ein. »Die beiden können einander nicht ausstehen«, sagte ich. »Sie streiten die ganze Zeit.«

Wenn Fausto sich über Quinn ärgerte, unterlief ihm bei meinem Ritual womöglich ein Fehler und ich musste richtig sterben. Nein, danke.

Quinn schien das Gleiche zu denken, denn sie stieß Hondo rasch weg und sagte: »Reingelegt!«

Brooks verdrehte die Augen. Hondo dagegen brach keineswegs unter dieser Kränkung zusammen, sondern zwinkerte mir zu, als wollte er sagen: *Da hast du's. Sie steht auf mich.*

»Können wir jetzt endlich weitermachen?«, fragte Quinn.

»Sobald ich meinen Lohn bekommen habe«, erwiderte Fausto anzüglich.

»Den bekommst du erst, wenn wir mit eigenen Augen sehen, dass du Zane nicht hundertprozentig getötet hast«, sagte Brooks.

Fausto nickte. »In Ordnung.«

»Was hast du damit gemeint, dass die Masken von Leichen getragen wurden?« Interessierte das denn niemanden außer mich? »Hast du ihnen die Masken nach der Bestattung geraubt oder was?«

»Sie brauchten sie ja nicht mehr. Außerdem gehört die Magie, mit der sie aufgeladen sind, mir.«

Hoffentlich hatte er die Dinger wenigstens ausgewischt/ausgeräuchert/desinfiziert. Mein Magen rumorte. »Spielt es eine Rolle, welche ich mir aussuche?«

»Selbstverständlich. Wenn du die Falsche wählst, wirst du geköpft.« Er lachte schallend. »Guck nicht so verstört, Kleiner! Das war ein Witz.« Rosie knurrte ihn an und er hob abwehrend die Hände. »Oje, kein Humor. Frag weiter, *amigo.* Du kannst dir keine falsche Maske aussuchen.«

Schon klar. Ich ging zum Todesmaskenbaum und ließ den Blick über die Äste gleiten. Welche Maske war die am wenigsten gruselige? Brooks kam zu mir. »Wie wär's mit der hier?« Sie zeigte auf ein schlichtes Exemplar aus Holz, aber mein Blick war schon an einer Jademaske hängen geblieben. Augen und Nasenlöcher waren geweitet, aber der Mund war geschlossen. Und der Ausdruck hatte etwas … Harmloses.

Ob das die richtige Wahl war? Wie zur Antwort wurde mir auf einmal erst warm und dann kochend heiß, und als ich meine Hände betrachtete, glühten meine Handflächen. Sofort ballte ich die Fäuste, damit es niemand mitbekam.

Hondo redete mit tiefer, sanfter Stimme auf mich ein: »Visualisiere die richtige Maske … lass sie vor deinem inneren Auge erscheinen …«

Als Ren zu uns herüberkam, folgten ihr zwei Schatten und umschwebten die Maske, wie um sie zu begutachten. »Mir gefällt sie«, sagte Ren leise. »Glaubst du, König Pakals Totenmaske hängt auch hier?«

Ich nahm die Jademaske von ihrem Angelhaken. Sie war überraschend schwer. Die Hitze, die mich durchströmte, ebbte ab.

Fausto betrachtete Ren forschend. Konnte er ihre Schatten erkennen? Falls es so war, äußerte er sich nicht dazu, sondern drehte sich wieder zu mir um und zog die Augenbraue hoch. »Interessante Wahl.«

Wie er »interessant« betonte, war irgendwie verdächtig. Es hörte sich eher an wie: *Meine Wahl wär's nicht gewesen.* »Wem hat diese Maske gehört?«, fragte ich.

»Der Roten Königin.«

»Und wer ist das?«, fragte Brooks.

»Eine Adlige, die um 600 herum gelebt hat. 1994 haben Archäologen ihren Sarkophag entdeckt und seither rätselt man, wer sie war. Aber diese Dummköpfe werden die Wahrheit nie herausfinden.«

»Was ist denn die Wahrheit?«

»Dass sie eine Außerirdische war«, sagte Ren prompt.

Sengende Hitze pflanzte sich von meinen Armen in meine Beine fort und ließ vor meinen Füßen eine kleine Flamme aufzüngeln.

»Nicht schlecht!«, sagte Fausto anerkennend.

Die Flamme wurde vom Wind emporgetragen wie ein welkes Blatt und ganz kurz, bevor sie erlosch, vernahm ich wieder die fremde Männerstimme. Diesmal sagte sie: *Eine ausgezeichnete Wahl.* Vor Schreck hätte ich die Maske beinahe fallen lassen.

Die anderen sahen mich erwartungsvoll an. Offenbar hatten sie nichts gehört. Die Schatten rückten wieder dicht an Ren heran. Ich zog Quinn ein Stück beiseite und fragte leise: »Und was ist, wenn Faustos Fähigkeiten ebenfalls nachgelassen haben und er es nicht hinkriegt?«

»Ich habe ihn schon danach gefragt. Ja, auch seine Fähigkeiten schwinden, aber weil die Masken bereits mit Magie getränkt sind, tritt die Schutzwirkung trotzdem ein.«

Da fühlte ich mich doch gleich besser. *Von wegen!*

»Wenn du in der Menschenwelt überleben willst, bleibt dir sowieso nichts anderes übrig, Zane. Oder möchtest du lieber nach Holbox zurückkehren?«

Nein, ich würde nicht weglaufen, auch wenn mir Hurakan dazu geraten hatte. »Bringen wir's hinter uns.«

Wir gingen wieder zu den anderen, aber als ich die Maske vors Gesicht hob, rief Fausto plötzlich: »Stopp!«

»Was ist denn?«

»Ich hab was vergessen. Ich muss dich noch über die möglichen Nebenwirkungen aufklären. Echt lästig.« Er ratterte die lange Liste so schnell herunter, dass er sich anhörte wie in einem Fernsehwerbespot für irgendwelche Medikamente. »Migräne, Durchfall, Erbrechen, Haar- und Zahnverlust, Schlaflosigkeit, Nierenversagen, erhöhter Blutdruck, Albträume. Mal überlegen ... war da noch was?«

Reichte das nicht schon?

»Ach ja, Akne. Manche Leute sehen echt schlimm aus, aber natürlich desinfiziere ich alle Masken gründlich, um Hautunreinheiten vorzubeugen.«

»Wobei das Desinfizieren natürlich nicht gegen die hängen gebliebenen Haarbüschel, Hautfetzen und so weiter hilft«, ergänzte Brooks. »Ganz zu schweigen von ...« Sie verstummte.

»Oh Mann«, flüsterte Hondo mir zu. »Ist es das wirklich wert?«

Ich fing Brooks' Blick auf. Blöd, dass wir uns nur telepathisch verständigen konnten, wenn wir uns anfassten, aber im Grunde wusste ich auch so, was sie dachte: *NEIN, DAS IST ES SO WAS VON* NICHT *WERT!*

Aber es half nichts, die Götter durften mich nicht entdecken. Ich wandte mich wieder an Fausto. »Kannst du mir noch mal erklären, inwiefern ich danach vor den Blicken der Götter geschützt bin? Macht mich das Ritual unsichtbar oder was?«

Er schüttelte den Kopf. »Die Götter haben eine feine Nase für Lebenskraft, aber wenn deine auf zwei Prozent sinkt, wittern sie dich nicht. Außer natürlich, du rennst direkt in einen von ihnen rein, aber davon würde ich dir sowieso abraten.«

Was das betraf, brauchte er sich keine Sorgen zu machen.

»Und wofür setzen Leute, die sich nicht vor den Göttern verbergen müssen, deine Todesmagie ein?«, wollte Ren wissen.

Gute Frage. Ich ging nicht davon aus, dass die Kunden Fausto die Bude einrannten.

Er machte große Augen, als hätte ihn das noch niemand gefragt. »Na, um ihre Magie zu verbergen, was sonst?«

Warum sollte jemand seine Magie verbergen wollen? Ich hob die Maske wieder vors Gesicht und holte tief Luft. Brooks umklammerte meine Hand so fest, als wollte sie mir die Knochen brechen, und ihre Augen blitzten bernsteinfarben. *Wehe, du bist hinterher nicht mehr Zane!*

Hmmm … Konnte es passieren, dass die Rote Königin von mir Besitz ergriff oder so etwas? Oder dass ein Teil von ihr zusammen mit mir wieder zum Leben erwachte? Die bloße Vorstellung ließ mich schaudern.

Brooks umarmte mich, aber das tröstete mich irgendwie weniger, als ich gedacht hätte.

Ich rang mir ein schiefes Lächeln ab, dann trat ich einen Schritt zurück und drückte mir die Maske fest aufs Gesicht.

24

Meine Beine gaben nach, alles verschwamm. Dann fand ich mich in einem Gewölbe wieder, das nur halb so groß wie mein Zimmer auf Holbox war. Eine einzige Wandfackel beschien einen rechteckigen Steinsarkophag, der fast den ganzen Platz einnahm. Rechts von mir war ein Durchgang. Der sandige Boden war mit rotem Pulver bestreut.

Das hatte ich nicht erwartet. Ich meine, ich fühlte mich nicht tot. Vielleicht war diese Todesmagie ja doch nicht so schlimm?

»Hallo?«, rief ich. Meine Stimme erzeugte ein Echo.

Über dem Sarkophag erschien erst eine schimmernde Wolke, dann materialisierte sich darin eine ältere Frau. Sie hatte olivfarbene Haut, einen straffen schwarzen Haarknoten und trug eine Jadekette um die Stirn. »Zane Obispo«, sagte sie lächelnd. »Ach, ich hatte schon so lange keinen Besuch mehr … Kaum jemand sucht sich meine Todesmaske aus, aber ich sehe sofort, dass du intelligenter als die meisten anderen bist.«

Ich wusste nicht, was ich von ihr und von diesem Ort halten sollte. »Äh … bin ich denn schon tot?«

»*Ich* bin tot. Du bist nur demnächst durch einen Todeszauber getarnt. Vielleicht stelle ich mich erst mal vor.«

»Bist du die Rote Königin?«

»Richtig. Und *du* musst dich beeilen, denn ich kann nur anderthalb Minuten lang bleiben. Die Regeln lauten folgendermaßen: Ich darf dir nur Auskunft geben, wenn du die richtigen Fragen stellst, und du darfst weder dieselbe Frage zweimal noch mehrere Fragen auf einmal stellen. Noch eine Minute und fünfzehn Sekunden.«

Meine Kehle war wie zugeschnürt und ich versuchte zu verdrängen, dass ich in einer uralten Grabkammer mit einer längst toten Königin sprach. »Ich dachte … Sollst du mich denn nicht … na, du weißt schon … umbringen?« Von einem Frage-Antwort-Spiel hatte mir vorher niemand erzählt!

»Du stehst hier vor der berühmten Roten Königin und fragst solche Nichtigkeiten? Ich biete dir an, dir jede Frage zu beantworten, und so wie du aussiehst, hast du viele Fragen. Aber vor allem bin ich hier, um eine alte Schuld zu begleichen. Also verschwende nicht unsere Zeit.«

Ich hätte gern gewusst, um was für eine »Schuld« es sich handelte, entschied mich aber für eine andere Frage: »Ich habe neulich im Feuer eine Stimme gehört. Sie hat zu mir gesprochen.«

»Das ist keine Frage.«

»Warum hat die Stimme zu mir gesprochen?«

Die Rote Königin streckte die schmale Hand in Richtung der Fackel aus und über ihrer Handfläche erschien eine kleine Flammenkugel. »Weil sie dir etwas mitteilen wollte.«

Ich wollte schon protestieren, dass das ja wohl die beknackteste

Antwort aller Zeiten war, so wie in *Alice im Wunderland*, aber wir standen schließlich unter Zeitdruck. Dann hatte ich eine Eingebung. Hatte etwa der Feuerhüter zu mir gesprochen? Was hatte er sonst noch gesagt? *Es wird Zeit, dass die Geschichte in Schwung kommt.* Und seit wann verfolgte er mich? Seit Ren auf die Insel gekommen war? Als ich den geheimnisvollen Sprecher auf Miss Cabs Veranda gefragt hatte, wer er war, hatte er geantwortet: *Wart's ab. Du wirst es noch erfahren.*

»Wessen Stimme ist das?«

»Stimmen sind nicht mein Spezialgebiet. Hast du sie aufgezeichnet?«

»Du wolltest mir jede Frage beantworten!«

Die Rote Königin funkelte mich an. »Noch so ein Blick, und ich sperre dich zu den Würmern in meinem Sarkophag.«

Ooookay, nächste Frage. »Könnt ihr tatsächlich die Zukunft beeinflussen?«

»Wen meinst du mit ›ihr‹?«

Ich beherrschte mich nur mit Mühe. »Können Feuerhüter die Zukunft beeinflussen?«

»Selbstverständlich.«

Sofort schöpfte ich gegen alle Vernunft wieder Hoffnung. Vielleicht war Brooks' Vorschlag ja doch nicht so *loca*. Wenn ich den Feuerhüter dazu bringen konnte, den Lauf der Zukunft zu ändern, könnte ich bestimmen, was aus meinen Vater *und* aus den Gottgeborenen wurde. Dann müsste ich nicht an zwei Orten gleichzeitig sein. Bestimmt hatte Hurakan den Feuerhüter nicht ohne Grund erwähnt und ich hatte mir diese Maske ausgesucht und keine andere. Aber wenn ich daneben lag …

»Kannst du mir sagen, wo sich der *aktuelle* Feuerhüter aufhält?«

Sie lächelte wieder. »Natürlich kann ich dir das sagen, immerhin bin ich seine Vorfahrin. Noch eine Minute.«

Fausto hatte Migräne als Nebenwirkung aufgezählt und mir dröhnte jetzt schon der Schädel. Ich musste mir meine Fragen besser überlegen. »Wo finde ich ihn?«

Ich hoffte, dass die Königin beziehungsweise die ehemalige Feuerhüterin antworten würde: *Er wohnt gleich nebenan*, doch sie schloss kurz die Augen und verkündete dann: »Momentan hält er sich in Land's End auf. Dort, wo sich zwei Welten treffen.«

War das alles? »Hast du nicht seine richtige Adresse?«

Die Rote Königin machte ein Gesicht, als wollte sie sagen: *Willst du mich verarschen?* Dann klatschte sie in die Hände und löschte die Flamme. »Ich sehe Orte und Umgebungen, keine Adressen.«

Auf einmal wurde mir alles zu viel. »Ich soll die Gottgeborenen und meinen Vater befreien und mir bleiben nur noch drei Tage und ich glaube, dass mir der Feuerhüter helfen kann, aber wenn du nicht mal seine Adresse hast …« Ich holte tief Luft. »Was soll ich denn jetzt machen?«

»Ich hätte mich vorhin deutlicher ausdrücken sollen«, entgegnete sie. »Auf Gewissensfragen kann ich nicht eingehen.« Sie hatte dunkelbraune, fast schwarze Augen und die Fältchen darum herum ließen sie ein bisschen großmütterlich wirken. »Diese Frage kannst du nur selbst beantworten.«

War das ihr Ernst? Erst behauptete sie, dass sie mir *jede* Frage beantworten würde, und jetzt kam sie mit lauter blöden Einschränkungen an! »Also gut«, sagte ich. »Wäre es eine kluge Entscheidung, wenn ich mich auf die Suche nach dem Feuerhüter mache?«

»Du bist der Sohn des Feuers.« Die Rote Königin kniff die Lippen zusammen. »Du bist mit dem Feuerhüter auf eine Art verbunden, die er dir nur selbst offenbaren kann.«

»Kann er den Lauf der Zukunft ändern, wenn ich ihn darum bitte?«

»Wenn du ihn aufsuchst, *wird* sich der Lauf der Zukunft ändern.«

Danach hatte ich nicht gefragt. Offenbar merkte sie, dass ich enttäuscht war, denn sie setzte hinzu: »Zum Besseren.«

Wieder schöpfte ich Hoffnung. Dann war das anscheinend doch die Lösung. Eine bessere Zukunft war ja wohl tausendmal besser als eine »düstere«.

»Wie finde ich ihn, wenn ich seine Adresse nicht habe?«

»Frag die Flamme. Noch vierzig Sekunden.«

Welche Flamme?, hätte ich sie am liebsten angebrüllt, doch eine andere Frage war dringender. »Weißt du etwas darüber, warum die Fähigkeiten der Übernatürlichen nachlassen?«

»Oh, darüber weiß ich eine ganze Menge.« Sie hob die Hand. »Die Zeit ist gleich um.« Sie richtete den Blick auf die Wand hinter mir. »Ich habe ihm alles erzählt, worum du mich gebeten hast. Wenn er es nicht kapiert, ist das nicht mein Problem. Meine Schuld ist jedenfalls beglichen.«

Ich drehte mich rasch um. »Mit wem redest du?«

»Mit dir. Ich muss dir noch etwas Wichtiges sagen. Wenn du dich entschließt, den Feuerhüter zu suchen, musst du allein losziehen.« Sie schaute wieder auf die Wand. »Bist du jetzt zufrieden?« Ich begriff, dass sie mit der Fackel sprach.

Meine Wangen brannten, als hätte mich jemand mit einem heißen Handtuch ins Gesicht geschlagen. »Ich kann meine Freunde nicht im Stich lassen.« Keine Chance. Wir waren ein Team.

Die Rote Königin stand jetzt dicht vor mir. Sie reichte mir nicht mal bis zur Schulter. »Die letzten Schritte auf der Reise des Feuers muss man immer allein gehen. Und die Identität und der Aufenthaltsort des Feuerhüters müssen unter allen Umständen geheim bleiben.«

Die Grabkammer fing an, sich zu verflüchtigen.

»Warte! Was würde denn passieren, wenn meine Freunde mitkommen?«

»Wenn sie keine Götter sind oder kein Götterblut in ihren Adern fließt, werden euer Vorhaben und sie selbst vom Unglück verfolgt sein. Vielleicht sind dabei auch ein, zwei scheußliche Flüche im Spiel.«

Na klar. Bei den Mayas ging es nie ohne Unglück und fiese Flüche ab.

»Die Zeit ist um«, verkündete die Rote Königin in dramatischem Flüsterton. »Nun denn, Sohn des Feuers, des Windes, des Schöpfers und des Zerstörers – verlangst du zu sterben?«

Ich hatte erst »Ja« *gedacht*, als sie auch schon fortfuhr: »So sei es!«

25

Ein Hitzeschwall fegte durch mich hindurch und verschlug mir den Atem. Es war wie ein Millionen Volt starker Stromschlag, der sämtliche Zellen meines Körpers aufsprengte und neu belebte. Als würden alle meine Knochen erst gebrochen und dann wieder zusammenwachsen. Als würde mein Hirn erst explodieren und dann wieder zusammengeflickt. Von wegen Nebenwirkungen! Das Todesritual hatte einen fetten Warnaufkleber verdient: *Achtung – Sterben macht dich fertig!*

Als ich unter den Bäumen in Faustos Garten wieder zu mir kam, stach es hinter meinen Augen und es dauerte eine Weile, bis ich wieder scharf sehen konnte. Ich lag im Gras, hatte aber die Maske der Roten Königin noch in der Hand. Zum Glück war sie nicht an meinem Gesicht festgewachsen oder so. Ich schaute mich rasch um, doch die Königin hatte sich anscheinend nicht an mich rangehängt, denn ich sah nur meine Freunde und Fausto.

Ren starrte mich entsetzt an.

»Mannomann«, sagte Hondo. »Du siehst echt scheiße aus, Bro. Bleich und verschwitzt und grün im Gesicht.«

»Ihr könnt mich sehen?«

»Du bist doch kein Geist, Schwachkopf«, erwiderte Quinn schroff.

»Puh – es hat geklappt.« Fausto rieb sich die Stirn. »Wär auch blöd gewesen, wenn du mir meine Neunzig-Prozent-Erfolgsquote vermasselt hättest.«

»Neunzig Prozent?!« Brooks sah aus, als würde sie ihm gleich an die Gurgel gehen. »Vorhin waren es noch hundert!«

»Mit Zahlen hab ich's nicht so.«

Sie kniete sich neben mich. »Wie geht es dir denn? Du warst plötzlich verschwunden. Was war los?«

»Ich fühl mich wie vom Bus überfahren.« Ich tastete nach meinem Puls und war erleichtert, als ich das gleichmäßige *Poch, poch, poch* spürte. Dann rappelte ich mich unbeholfen hoch und stützte mich auf Fuego. »Ich habe die Rote Königin kennengelernt.« Ich erzählte ihnen, was ich erlebt hatte, ließ aber unsere kleine Frage-Antwort-Runde weg. Das hätte nur zu noch mehr Fragen geführt.

»Eine verschimmelte Königin in einer Grabkammer? Ist ja gruselig«, sagte Hondo.

Brooks beobachtete mich scharf. Offenbar ahnte sie wieder, dass ich etwas verschwieg.

»Am besten übernachtet ihr heute hier«, meinte Fausto.

Hondo wollte widersprechen, aber Quinn legte mir die Hand auf die Schulter und sagte: »Du wirst dich noch eine Weile schwach und erschöpft fühlen, das gehört dazu. Und wir anderen müssen uns auch ausruhen. Gleich morgen früh brechen wir wieder auf.«

»Zwei Befreiungsaktionen in nicht mal drei Tagen?« Hondo verzog das Gesicht, verkniff sich aber auszusprechen, was ihm offensichtlich auf der Zunge lag: *Das klappt nie!*

Rosie beschnupperte mich und wich knurrend zurück. Aus ihren Augen kräuselten sich Rauchfäden.

»Ich bin's doch, mein Mädchen!« Doch als ich die zitternde Hand nach ihr ausstreckte, wich sie noch weiter zurück. Plötzlich fühlte ich mich innerlich so leer, als hätte mich jemand ausgeweidet.

Brooks tätschelte Rosie beruhigend und flüsterte ihr etwas ins Ohr. Und Ren musterte mich so forschend, als sähe sie etwas an mir, was die anderen nicht erkennen konnten, aber ich war zu erledigt, um nachzufragen.

Als wir durch den dunklen Garten zum Haus gingen, war mir schwer ums Herz. Ich wusste, was ich zu tun hatte. Und die anderen würden total sauer auf mich sein.

Im Traum hörte ich Hurakan wieder sagen: *Lauf, Zane. Lauf weit, weit weg und schau dich nicht mehr um.*

Klatschnass geschwitzt, fuhr ich in die Höhe. »Hurakan?«

Keine Antwort.

Der Wecker auf dem Nachttisch zeigte 4 Uhr 3. Ich spähte in die Dunkelheit. Das fensterlose Zimmer war so klein, dass mich die gemauerten Wände zu erdrücken schienen. Es war stickig wie in einem Sarg.

Bald würde es draußen hell werden. Zeit aufzubrechen. Ich schlüpfte aus dem Bett, knipste eine Lampe an, griff mir meine Schuhe und Fuego und schlich zur Tür. Vor dem Wandspiegel blieb ich kurz stehen. *Uff!* Ich sah schlimmer aus denn je. Mein Gesicht war leichenblass, meine Augen hatten dunkle Ringe und lagen tief in den Höhlen, und meine Lippen waren aufgesprungen. Wie ein Zombie im Horrorfilm.

Positiv war (wenn überhaupt), dass ich mich ausgeruht und tatendurstig fühlte. Am vergangenen Abend hatte ich mich noch an Faustos Computer gesetzt und Mom gemailt, dass es uns allen gut ging. Anschließend hatte ich Bilder von New Mexico gegoogelt. Meine Vermutung, dass die Gottgeborenen in den südlichen Teil des Bundesstaates verschleppt worden waren, hatte sich bestätigt. Allerdings begriff ich nicht, warum sich die Entführer ausgerechnet meine frühere Heimat ausgesucht hatten.

Danach hatte ich über Land's End recherchiert. Es konnte sich um einen Ort in England handeln (aber würde sich ein Mayafeuerhüter dorthin verkriechen?) oder in San Francisco (schon wahrscheinlicher). Es konnte auch eine Klamottenfirma sein (aber der Feuerhüter hauste bestimmt nicht in einem Outlet). Dann entdeckte ich, dass auch die Südspitze der Baja California so genannt wurde, das war eine Halbinsel im Westen von Mexiko. Dort gab es einen Ort namens Cabo San Lucas, dessen Attraktion ein natürlicher Felsbogen namens El Arco war. Und dort trafen auch der Pazifik und der Golf von Kalifornien aufeinander. Ich kam zu dem Schluss, dass dieses »Land's End« gemeint sein musste, denn die Rote Königin hatte ja gesagt: *Wo sich zwei Welten treffen.* Ein Ozean war schließlich auch eine Welt, oder?

Ich hatte mir schon alles überlegt. Wenn der Feuerhüter tatsächlich ein Seher war, dann konnte er mir den genauen Aufenthaltsort der Entführten nennen. Anschließend würde ich ihn bitten, den Lauf der Zukunft so zu beeinflussen, dass ich sowohl die anderen Gottgeborenen als auch Hurakan befreien konnte. Ich weiß schon, was du jetzt denkst. Ja, das Ganze war superriskant und es gab keine Garantie, dass es klappte. Aber der Feuerhüter hatte bestimmt nicht ohne Grund mit mir Kontakt aufgenommen und der Roten Königin Anweisungen erteilt. Und als ich Ihre Majestät gefragt hatte, ob der Feuerhüter den Lauf der Zukunft ändern konnte, hatte sie *selbstverständlich* geantwortet, in einem Ton wie: *Logisch, was denn sonst?*

Doch dann packte mich wieder das schlechte Gewissen. Ich machte mich praktisch mitten in der Nacht, während alle noch schliefen, wie ein Deserteur aus dem Staub.

Beim Abendessen hatte ich nur lustlos an meinen Chickenwings genagt und die ganze Zeit Schiss gehabt, dass Brooks Verdacht schöpfte. Tatsächlich hatte sie mich hinterher geradeheraus gefragt, warum ich so still wäre. Ich hatte es auf die Todesmagie geschoben, hatte aber gemerkt, dass sie mir das nicht abnahm.

Was sollte ich denn machen? Sie und Hondo – und Rosie genauso – hätten mich niemals allein losziehen lassen. Ich wollte doch bloß nicht riskieren, dass sie verflucht würden! Weil ich es aber auch nicht über mich brachte, einfach zu verschwinden, nahm ich einen Zettel und einen Bleistiftstummel vom Nachttisch.

Hallo Leute,
wenn ihr das lest, bin ich schon weg. Bestimmt seid ihr total sauer auf mich und es tut mir auch echt leid, aber ich kann euch nicht mitnehmen. Ich will nicht riskieren, dass ihr verflucht werdet. Aber macht euch bitte keine Sorgen. Mein Plan ist genial und klappt auf jeden Fall. Wir sehen uns dann auf der isla.

Mehr fiel mir nicht ein und ich fühlte mich plötzlich allein und ganz leer. Dann schlich ich den Flur entlang bis zu Brooks' Tür. Geräuschlos schlüpfte ich ins Zimmer und spähte im Dunkeln umher, bis ich entdeckte, was ich suchte: ihren Rucksack, den sie am Fußende des Bettes hatte fallen lassen. Ich ging davor in die Hocke und zog den Reißverschluss mit angehaltenem Atem Millimeter für Millimeter auf. Hoffentlich hatte sie Quinn den Pfortenplan noch nicht gegeben. Als ich ihn ertastete, atmete ich auf.

Brooks drehte sich schnaufend auf die andere Seite.

Ich hielt erschrocken inne, mein Puls pochte in meinen Ohren. Wenn sie mich dabei ertappte, wie ich den Plan studierte, würde sie sofort begreifen, dass ich ohne sie losziehen wollte. Dann brauchte ich mir keine Gedanken mehr zu machen, ob die Todesmagie womöglich für immer anhielt, denn sie würde mich eigenhändig umbringen.

Die quadratischen Felder auf dem Plan blinkten so hell, dass jeder andere davon aufgewacht wäre, aber Brooks schlief zum Glück so fest wie ein Vampir. Die nächste offene Pforte war anderthalb Kilometer von hier an einer Bushaltestelle. Aus Erfahrung (na ja, viel hatte ich nicht) wusste ich, dass sich die Pforte wahrscheinlich in einer Dreiviertelstunde wieder schließen würde. Wenn ich mich gleich auf den Weg machte, konnte ich in einer Viertelstunde dort sein und hätte noch Luft, was die Zeit betraf. Damit die anderen den Rückweg nach Holbox fanden, nahm ich den Plan aber nicht mit, sondern steckte ihn wieder zurück.

Bevor ich hinausging, legte ich noch meinen Zettel auf die Kommode. Einen letzten Blick auf Brooks verkniff ich mir. Ich wusste auch so, dass ihr Gesicht hinter der zerknüllten Bettdecke versteckt war und dass sie die Arme über den Kopf streckte, denn in dieser Haltung schlief sie immer. Wie jemand, der jederzeit aufspringen und zuschlagen konnte.

Draußen im Freien kroch Nebel über den Boden wie Geisteratem. Ich hatte nicht mitbekommen, wo sich Rosie gestern Abend schlafen gelegt hatte. *Bitte nicht vorn am Gartentor!*

Als ich an den Masken in den Bäumen vorbeikam, gab ich acht, sie nicht zu berühren. Wenn mich die Maske der Roten Königin vorübergehend töten konnte, was vermochten dann die Kriegs- und Ritualmasken?

Die ganze Zeit war ich darauf gefasst, dass Rosie mich gleich anspringen, umwerfen und so laut heulen würde, dass alle aus dem Bett fielen, aber ich sah sie nirgends. Das war ungewöhnlich, denn eigentlich hatte sie die empfindlichste Nase des Universums. Meine Hündin witterte eine Kakerlake auf fünfzehn Kilometer Entfernung. *Es läuft zu glatt*, schoss es mir durch den Kopf, als ich das Tor zur Straße öffnete, und auf einmal war ich *muy nervoso.*

Ich nahm eine Bewegung wahr und blieb wie angewurzelt stehen. Hinter einem Blumenkübel kam eine rotbraune Katze hervorgehuscht und fauchte mich an. Dann sprühte die Luft Funken und die Katze verwandelte sich in …

»Quinn?«

»Na, machst du einen Ausflug?«

Ganz kurz erwog ich, sie anzuschwindeln, aber es hätte wahrscheinlich sowieso nicht geklappt. »Seit wann bist du denn eine Katze?«

»Ich kann alles Mögliche sein, aber je kleiner die betreffende Gestalt ist, desto weniger Kraft kostet sie mich. Du weißt ja, dass ich momentan nicht so gut in Form bin.«

Tatsächlich hatte mir Brooks erzählt, dass viele Nawal alle möglichen Gestalten annahmen und dass sie selbst deprimiert war, weil sie sich nur in einen Falken verwandeln konnte.

»Du kannst mich nicht aufhalten«, sagte ich.

»Und du hast mir versprochen, dass du auf Brooks aufpasst, Obispo.«

»Deswegen muss ich ja weggehen. Vertrau mir einfach.« Am liebsten hätte ich erwidert: *Keine Angst. Ich kann den Lauf der Zukunft ändern.* Genau genommen konnte das zwar nur der Feuerhüter, aber die Rote Königin hatte ja gemeint, dass ich mit ihm verbunden war. Dass mein Plan ohne Gewalt auskam, war das Beste daran.

Würde mich Quinn jetzt in den Schwitzkasten nehmen und nach El Grito zurückschleifen? Doch zu meiner Überraschung nickte sie und entgegnete: »Wenn du dein Team freiwillig zurücklässt, hat dir die Rote Königin offenbar etwas Wichtiges anvertraut.«

Ich nickte, hatte aber einen dicken Kloß im Hals. »Stimmt. Und mein Plan ist narrensicher.«

»Mein Vater hat immer gesagt, wer irgendwas für narrensicher hält, ist selber ein Narr.«

»Versuch nicht, es mir auszureden.«

»Mache ich ja gar nicht. Ich will dir nur noch etwas sagen.« Sie musste sich sichtlich überwinden. »Eigentlich darf ich das nicht, aber es wäre gemein, es dir zu verschweigen, und wenn ich du wäre, würde ich es auch wissen wollen.«

Wieso hatte ich auf einmal das Gefühl, dass sich im nächsten Augenblick alles ändern würde, und zwar unwiderruflich?

»Dein Vater wird nicht verlegt.«

»Er bleibt, wo er ist?«

Sie schüttelte betreten den Kopf. »Er wird hingerichtet.«

Mir wurde eiskalt und der Kloß in meinem Hals schwoll auf Eisberggröße an. Ich bekam keine Luft mehr, konnte nicht mehr klar denken und kämpfte mit den Tränen. »Aber warum? Ixtab hat gesagt, die anderen Götter würden ihn niemals töten, weil er ihnen irgendwann noch mal nützlich sein könnte!«

»Anscheinend haben sie es sich anders überlegt. Die Einladungen wurden schon rausgeschickt. Diesmal soll es eine öffentliche Hinrichtung werden.«

Verständlich. Die letzte zum Tode Verurteilte war Pazifik gewesen, die Göttin der Zeit, aber mein Vater hatte sie noch rechtzeitig befreit und jetzt verbarg sie sich auf dem Grund des Meeres. Eine schriftliche Einladung zur Hinrichtung – das sah den Göttern wieder mal ähnlich.

Quinn hielt mir ein Blatt Papier hin. »Tut mir leid.«

Ich überflog den Text.

EINLADUNG ZUR HINRICHTUNGSPARTY AM 24. MÄRZ

EINBEIN, DAS HERZ DES HIMMELS, AUCH BEKANNT
ALS DER VERRÄTER HURAKAN, WIRD EINEN KOPF
KÜRZER GEMACHT!
GRILLEN AB 23.00 UHR.
BRINGT EURE BESTEN UND ÜBELSTEN HURAKAN-
GESCHICHTEN MIT.
DIE EXEKUTION ERFOLGT UM MITTERNACHT
AUF DER PYRAMIDE DES ZAUBERERS.

Demnach hatte man sein Verlegungsdatum in sein Hinrichtungsdatum geändert. Meine Hand zitterte, ein stechender Schmerz durchzuckte mein Gottgeborenenbein. Ich gab Quinn die Einladung zurück. »Und warum erzählst du mir das ausgerechnet jetzt?«

»Weil du deinen Plan dann vielleicht noch einmal überdenkst. So würde es mir an deiner Stelle jedenfalls gehen.«

»Bloß weil mein Vater einen blöden Schwur gebrochen hat, hat er nicht den Tod verdient.« Aber warum hatten die Götter es sich anders überlegt? Und warum fürchteten sie uns Gottgeborene überhaupt so sehr? Ich war entschlossener denn je, den Feuerhüter aufzusuchen. Er musste die Hinrichtung verhindern.

»Viele Leute haben irgendwas nicht verdient.« Quinns Miene wurde ernst. »Egal, wie narrensicher dein Plan ist, überleg dir bitte noch einen Plan B.«

Sie hörte sich wie Brooks an und sie hatte recht. Vielleicht konnte der Feuerhüter ja nur *ein* zukünftiges Ereignis beeinflussen oder es gelang mir nicht, ihn zu finden, oder … Nein. Er hatte zu mir gesprochen und die Rote Königin hatte gesagt, er würde mir helfen.

»Kannst du mir einen Gefallen tun?«, wandte ich mich an Quinn. »Kannst du dafür sorgen, dass Brooks nicht sauer auf mich wird, weil ich einfach so abhaue?«

Sie lachte spöttisch. »Als ob *ich* irgendeinen Einfluss auf meine Schwester hätte.«

Auch wenn sich Quinn gern kratzbürstig gab – man spürte, dass sie ihre Schwester liebte. Darum hatte sie Brooks wahrscheinlich auch den Pfortenplan gelassen.

Nach einem Blick zum Himmel setzte sie hinzu: »Aber wenn ihr irgendwas zustößt, finde ich dich und hacke dir die Augen aus.«

»Bleibst du denn nicht bei ihr?«

»Ich muss auch weg.«

Ich bekam einen Schreck. »Wohin denn?«

»Du glaubst doch nicht im Ernst, dass ich dir das verrate, oder?« Sie verwandelte sich wieder in eine Katze und schlüpfte in eine dunkle Seitengasse.

»Warte!« Aber sie war schon verschwunden.

Jetzt hatte ich ein noch schlechteres Gewissen, dass ich Brooks, Hondo und Ren allein ließ. Ich war davon ausgegangen, dass Quinn die drei vor Gefahren beschützen würde. Aber dann ging mir auf, dass *ich* diese Gefahren überhaupt erst heraufbeschworen hatte, und ich fühlte mich gleich noch mieser.

Wenigstens hatten sie noch einander und den Pfortenplan. Mit seiner Hilfe konnten sie nach Holbox zurückkehren, wo sie in Sicherheit waren.

Auf dem Weg durch die gewundene, kopfsteingepflasterte Gasse in Richtung der rosafarbenen Kathedrale dachte ich bei jedem Schritt nur: *Hinrichtung – Hinrichtung – Hinrichtung.*

Die Kirche wurde von Scheinwerfern angestrahlt, die lang gezogene Schatten auf die verwitterten Mauern warfen. Als ich aus dem kleinen *jardín* auf die *plaza* hinaustrat, materialisierte sich Rosie aus einer Rauchwolke.

Ich blieb stehen. »Hallo, mein Mädchen. Schöne Nacht für einen kleinen Spaziergang, stimmt's?«

Ihre Augen glühten rot, sie fletschte die Zähne.

Es war sinnlos, ihr etwas vormachen zu wollen. »Willst du mich etwa aufhalten?«

Eine Flammenkugel war die Antwort. Ich duckte mich und schlug die Kugel weg, als hätte Rosie nur ein Kissen nach mir geworfen. »Spinnst du?«, sagte ich.

Sie sah mich an, als wäre sie nicht ganz sicher, wer ich war. »Ist schon gut«, sagte ich besänftigend. »Ich bin nicht richtig T-O-T.«

Sie schaute mich mit ihren glänzenden braunen Augen an, als wollte sie erwidern, dass sie selbst auch nicht gern tot war. Ich hatte noch niemandem erzählt, hatte es vielleicht sogar vor mir selbst verdrängt, dass ich mir meine alte Rosie mit ihren schwarzen Tupfen, dem breiten Grinsen und dem zierlichen Körperbau zurückwünschte. Natürlich hatte ich mich riesig gefreut, als sie aus Xib'alb'a zurückgekehrt war, aber unser Verhältnis war seither nicht mehr das Gleiche. Was natürlich meine Schuld war. Ich hätte meine Hündin niemals in die Nähe der Botendämonen lassen dürfen.

Inzwischen war sie offenbar zu dem Schluss gekommen, dass ich es tatsächlich war, denn sie winselte und legte mir die Pfote auf den Schuh.

Ich kraulte ihr den Kopf. »Ich kann dich nicht mitnehmen, mein Mädchen. Ich habe keine Ahnung, was passieren wird, und du könntest verflucht werden.« Andererseits war sie ja schon verflucht und vielleicht brauchten wir einander jetzt mehr denn je. Ich schaute auf die große Uhr im *jardín.* Sie zeigte 4 Uhr 25.

Plötzlich spitzte Rosie die Ohren und heftete den Blick auf etwas, das hinter mir war.

Als ich mich umdrehte, sah ich Ren auf einer Bank hinter dem schmiedeeisernen Kathedralentor liegen. Sie schlief. Ich war hin- und hergerissen. Sollte ich nachschauen, ob mit ihr alles in Ordnung war, oder mich einfach davonstehlen? Dass sie aufwachte und mich fragte, was ich hier zu suchen hatte, konnte ich jetzt echt nicht gebrauchen. Doch da fiel mein Blick auf die beiden Schatten unter der Bank. Schliefen sie auch?

Nö. Sie entrollten sich und nahmen menschliche Umrisse an. Ihre Augen glühten weiß und ich wagte nicht, mich zu rühren, als wären sie wilde Tiere, die man besser nicht durch plötzliche Bewegungen reizte.

Nur gut, dass sie uns noch nicht entdeckt hatten. Ich legte Rosie die Hand auf die Schulter. *Ganz ruhig.*

Nicht gut war, dass meine Hündin knurrte und aus ihren Augen eine Stichflamme abschoss. *Ganz ruhig* war doch wohl deutlich genug gewesen, oder? »STEAK, Rosie!«

Zu spät. Die beiden Schatten wandten die Köpfe und kamen durch das Eisengitter auf uns zugeschwebt. Ich lachte hysterisch auf. »*Steak* ist nur so ein Kommando. Und es wirkt, seht ihr? Rosie ist jetzt ganz lieb.«

Die Schatten schwebten unbeirrt näher und streckten sich, bis sie über zwei Meter groß waren. Dann verschmolzen sie blitzschnell zu einer einzigen Gestalt, einem hageren Mann, der einen Zylinder auf dem Kopf hatte und auf Stelzen lief. Kein Witz. Ich denke mir so was nicht aus, klar?

Der Typ mit dem Zylinder öffnete den Mund und das Geräusch, das herauskam, hörte sich wie ein Riesenschwarm zirpender Heuschrecken an: *klickzzklickzzklickzz.*

Rosie knurrte und bleckte die im Mondlicht funkelnden Zähne. Sie sah echt zum Fürchten aus.

Ich änderte meine Meinung um hundertachtzig Grad. Auf einmal war ich superfroh, dass sie eine Höllenhündin war.

26

»Hey, Ren!«, rief ich. Mir war klar, dass sie uns nicht ab-sichtlich umbringen wollte, sondern einen Albtraum hatte, aber … »Wach doch mal auf!«

Sie rührte sich nicht. Typisch.

Ich packte Fuego fester und schob mich rückwärts. Nicht, dass mir der Speer etwas genützt hätte. Bei der letzten Begegnung mit Rens Monstern hatte er sich als Totalversager erwiesen und war einfach durch die Schatten durchgesaust. Rosie spie wieder eine Stichflamme, was den Zylindertypen natürlich genauso wenig abschreckte.

»Ich will Ren nichts tun«, versicherte ich mit zittriger Stimme. »Ich bin ihr Freund. Kannst sie fragen!«

Doch der Schatten glitt weiter auf mich zu. Ganz langsam, als wollte er meine Todesangst auskosten. Rosie stellte sich mit gesträubtem Nackenfell schützend vor mich und ich überlegte rasch. Mein Gegenüber war ein unterernährter, unbewaffneter Typ. Was konnte so jemand einem zu 98 Prozent toten Gottgeborenen schon antun?

Der Zylindertyp streckte die dürren Arme aus und sie wurden länger und länger wie bei einer Zeichentrickfigur.

»Halt ihn auf, Rosie!«

Rosie knurrte drohend und ich duckte mich rasch hinter eine Mülltonne. Doch als ich gerade lossprinten wollte, um Ren wachzurütteln, hörte ich ein ersticktes Winseln. Der Schatten hatte Rosie eine Stelze auf die Kehle gestellt und drückte sie zu Boden. Meine Höllenhündin wand sich, die Flammen, die aus ihren Augen schossen, wurden von der Dunkelheit verschluckt.

»Lass meinen Hund los!«, brüllte ich und stürmte auf das Ungeheuer zu. Im Laufen schleuderte ich instinktiv Fuego, worauf mein Humpeln wieder einsetzte. Doch wie beim ersten Mal segelte der Speer glatt durch die Schattengestalt hindurch und kehrte in meine Hand zurück. Ich ließ mich fallen und versuchte, dem Schatten die andere Stelze wegzutreten, doch mein Fuß traf auf keinen Widerstand.

Lachte der Schatten in sich hinein?

Jedenfalls beugte er sich plötzlich vor und griff nach mir. Ich robbte weg, aber er packte mich und drückte mir den Brustkorb so fest zusammen, dass ich keine Luft mehr bekam. Wenigstens konnte Rosie sich befreien, weil er jetzt mit mir beschäftigt war.

Als meine Lungen zusammengequetscht wurden, begriff ich, dass ich trotz der Todesmagie sterben konnte.

»HAU AB!« Rens gellender Schrei war Musik in meinen Ohren.

Der Schatten verflüchtigte sich sogleich mit einem letzten schaurigen *Klickzzklickzzklickzz.*

»Zane!« Ren lief, gefolgt von Rosie, zu mir hinüber. »Alles okay?«

Ich richtete mich mühsam auf Hände und Knie auf und Rosie klopfte mir mit der gewaltigen Pfote auf den Rücken. »Ren … du musst«, – *keuch* –, »mit diesen Albträumen«, – *schnauf* –, »aufhören, sonst bringst du irgendwann jemanden um.«

»Ich wollte das nicht. Ich glaube …« Sie suchte nach Worten. »Ich glaube, die Schatten sind eine Art Wächter, die mich beschützen sollen oder so.«

»Dann machen sie ihre Arbeit gut, aber kannst du ihnen bitte klarmachen, dass ich nicht dein Feind bin?«

»Ein Glück, dass Rosie mich geweckt hat.«

»Ein Glück, dass nur Übernatürliche deine Schatten sehen.« Ich malte mir aus, wie irgendein Ahnungsloser einen Morgenspaziergang machte und ihm ein Schatten plötzlich die Kehle aufschlitzte.

»Was macht ihr überhaupt hier?«, wechselte Ren das Thema.

»Das Gleiche könnte ich dich fragen.« Ich stand schwerfällig auf. Vor meinen Augen tanzten weiße Flecken, meine Arme und Beine waren wie aus Gummi. Wenn sich so »vorübergehend tot« anfühlte, wollte ich gar nicht wissen, wie »endgültig tot« war.

»Ich habe es in El Grito nicht ausgehalten«, sagte Ren. »Ich fand das Haus so gruselig, dass ich noch mal rausgegangen bin, als ihr alle im Bett wart. Dann bin ich anscheinend hier auf der Bank eingeschlafen.« Sie musterte mich kopfschüttelnd. »Du siehst furchtbar aus, Zane. Geht es dir auch wirklich gut?«

»Besser, als ich aussehe«, gab ich zurück. »Und du solltest lieber wieder zurückgehen.« Ich hatte jetzt keine Zeit, mich noch länger mit ihr zu unterhalten.

Ihr eisblauer Blick durchbohrte mich. »Ich glaube dir nicht.«

»Mir geht's super, ich schwör's.«

»Das meine ich nicht. Ich glaube dir nicht, dass du uns alles über deine Unterredung mit der Roten Königin erzählt hast. Für so etwas habe ich einen sechsten Sinn. Oder was dachtest du, wie ich erfundene Außerirdischen-Sichtungen erkenne?«

Gab es auch *nicht* erfundene Außerirdischen-Sichtungen? Rens sechster Sinn ging mir echt auf die Nerven. Ich streichelte Rosie und entgegnete: »Ich habe euch alles erzählt und jetzt muss ich weiter.«

»Wohin denn?«

»Spazieren. Den Kopf freikriegen.« Damit wandte ich mich ab. Hoffentlich kam sie mir nicht nach. Ich musste an der Bushaltestelle sein, ehe sich die Pforte wieder schloss, und mir blieben nur noch zwanzig Minuten. *Danke, Zylindertyp!*

»Ich komme mit«, sagte Ren. »Es wird sowieso bald hell und wir wollen doch ganz früh aufbrechen.«

»Stimmt.« Ich überlegte fieberhaft. »Aber ich … ich möchte vorher noch eine Kerze anzünden und ein Gebet sprechen.« Mann, war ich ein *mentiroso*! Und das direkt vor einer Kirche. Mom hätte mir was erzählt.

»Dann beten wir zusammen.«

»Ich muss noch etwas erledigen, Ren … allein. Wenn du nicht verflucht werden willst, kannst du nicht mitkommen.«

Sie zuckte nicht mit der Wimper, sondern schien in Gedanken ganz woanders zu sein.

»Ich muss dir etwas sagen.« Sie zupfte verlegen an ihrem T-Shirt. »Es ist sehr wichtig und die anderen sollen es nicht mitkriegen. Noch nicht.«

»Können wir das vielleicht auf später verschieben? Wie gesagt, ich habe noch etwas vor.«

Sie hatte plötzlich Tränen in den Augen. »Es ist was ganz Schlimmes, Zane.«

Wenn Angst ein wildes Tier ist, dann zerfetzte es mir jetzt die Eingeweide. Seufzend gab ich nach. »Meinetwegen. Dann gehen wir eben ein Stück zusammen.«

Während wir in Richtung Bushaltstelle gingen, zupfte Ren nervös an ihrer Nagelhaut. Dann fing sie stockend an: »Ich hatte dir doch erzählt, dass mein *abuelo* meint, ich hätte Magie im Blut, weißt du noch? Er sagt, das wäre mein Erbe und meine Bestimmung.«

»Hmmh.«

»Väterlicherseits stamme ich von einem Geschlecht von *brujos* ab, das die Mayagötter offenbar für ausgestorben halten. Jedenfalls hat mir Ixtab das so erzählt.«

Rosie trabte an uns vorbei und ich ging schneller.

»Aha. Dann bist du also eine Gottgeborene, die Hexer in der Familie hat.« Wieso hatte ich auf einmal das Gefühl, dass gleich etwas ganz Schreckliches kam?

»Ixtab meinte auch, die Götter würden mich und meine Familie umbringen, wenn sie herausfinden, dass mein väterliches Erbe noch lebendig ist.«

»Lass mich raten.« Mein Kopf dröhnte zum Zerspringen. »Die Götter dulden nicht, dass außer ihnen selbst noch jemand anders magische Kräfte besitzt.« Darum hatten sie es auch auf uns Gottgeborene abgesehen. Hätte mir Quinn nicht erklärt, dass das nicht sein konnte, hätte ich den Göttern durchaus zugetraut, dass *sie* hinter der Schwächung der Übernatürlichen steckten.

»Ich weiß über die magischen Kräfte meiner Familie Bescheid«, fuhr Ren fort, »beziehungsweise ich weiß das, was mir mein *abuelo* darüber erzählt hat. Ich wette, das ist auch der Grund, weshalb mein Vater nie darüber sprechen wollte. Er wollte mich schonen.« Sie klang unglücklich und ich ahnte, warum. Es war ungerecht, für etwas büßen zu sollen, wofür man nichts konnte. Schließlich sucht man sich seine Familie nicht aus.

»Aber wo ist das Problem?«, fragte ich. »Die Götter lassen die anderen Übernatürlichen, die Nawal und die Seher und so weiter, doch auch in Ruhe. Was haben sie gegen *brujos*?«

»Meine väterlichen Vorfahren stammen aus Mexiko.«

Ich verstand nicht, worauf sie hinauswollte. »Meine Mutter ist auch Mexikanerin. Was spielt das für eine Rolle?«

»Mein Fall ist anders.« Sie schaute mich nicht an. »Unser Erbe …« Sie blieb stehen und riss entsetzt die Augen auf. »Was – ist – das?!«, sagte sie tonlos.

Ich folgte ihrem Blick.

Rosie knurrte dumpf.

Aus einer dunklen Gasse ungefähr dreißig Meter vor uns kam eine gebückte Gestalt. Ihr Umriss flackerte, war kurz zu sehen und dann wieder verschwunden. Der kahle Kopf war so abgeknickt, als könnte er gleich abfallen, und die fahle Haut sah im Mondlicht grau aus. Panik schnürte mir die Luft ab.

Rasch zog ich Ren in eine schmale Lücke zwischen zwei Häusern. Als ich um die Hausecke herumspähte, sah ich, dass die Gestalt auf uns zukam. Es war ein Mann, erkannte ich.

Jedes Atom meines Körpers flammte auf.

Ren packte meinen Arm. *Zane?*

Das ist er.

Wer?

Es fiel mir sogar telepathisch schwer, ihn beim Namen zu nennen.

Wer ist das, Zane?!

Ah-Puch.

27

WIE BITTE?!*, rief Ren telepathisch aus. *Der Todesgott? Der *Typ, den du umgebracht hast? Oder anscheinend nicht – aber wie …? Bist du ganz sicher?*

Leider ja. Der *viejo* sah Ah-Puch zwar überhaupt nicht ähnlich, aber daran, wie meine Knochen vibrierten und mein Blut kochte, spürte ich, dass er es war. Und obwohl die Narbe an meinem Handgelenk längst verblasst war, schmerzte sie wieder, als wäre das Totenkopftattoo, das er mir verpasst hatte, immer noch da.

Aber wir hatten ja unsere magischen Knöpfe! Laut Itzel brauchten wir nur an irgendeinem Knopf unserer Zauberkleidung zu drehen und wären getarnt. *Wumm!* Als ich an mir herunterschaute, sah ich keine Arme und Beine mehr, sondern nur eine grasgrüne Hauswand, an die jemand Kaugummi geklebt hatte.

Dreh an einem Knopf, forderte ich Ren auf.

Sie tat wie geheißen und ich drückte Rosie die freie Hand auf den Hals. *Du musst auch verschwinden, mein Mädchen. Er darf dich nicht se-*

hen oder riechen. Meine Höllenhündin blickte mich mit rot glühenden Augen an. Sie war von Natur aus angriffslustig, aber jetzt musste sie sich zusammenreißen. Was hätte es uns gebracht, wenn ich Ah-Puch wieder in Brand steckte (beim ersten Mal hatte es ja offensichtlich auch nicht geklappt)? Er würde bloß am nächsten oder übernächsten Tag in einer anderen, noch gruseligeren Gestalt wieder auftauchen. Hoffentlich hatte er uns noch nicht entdeckt. *Aber bleib in der Nähe*, schob ich rasch hinterher, als Rosie sich in eine Rauchfahne auflöste.

Meine Knöpfe funktionieren nicht, Zane! Rens telepathische Stimme klang panisch. Tatsächlich sah ich sie immer noch und Ah-Puch war höchstens drei Meter vor unserem Versteck stehen geblieben. Trotzdem nahm er Ren anscheinend nicht wahr. Noch nicht.

Doch da stiegen drei Mondschatten aus dem Boden auf und hüllten Ren ein. Sie drückte meine Hand.

Ich habe ihnen befohlen, mich zu verbergen, aber jetzt sehe ich selber nichts mehr. Ist er weg?

Ich drückte mich flach an die Hauswand. *Nein, er steht noch da.* Seine Gestalt flackerte wie ein kaputter Bildschirm, war mal zu erkennen und dann wieder nicht.

Was machen wir denn jetzt?

Mein Puls dröhnte in meinen Ohren. *Uns nicht bewegen.*

Ah-Puch schnüffelte. Dass ich Rosie neben mir spürte, half nicht gegen die Todesangst, die wie eine Flutwelle in mir aufstieg.

Ren drückte wieder meine Hand. *Was macht er?*

Ich wartete mit angehaltenem Atem und hatte einen scheußlichen Metallgeschmack im Mund. Warum war Ah-Puch in dem Flammeninferno, das ich entfesselt hatte, nicht verbrannt? Wie in aller Unterwelt war er daraus entkommen? Wieso *lebte* er noch? Ihr Götter! War die Leere etwa schon endgültig zerfallen? War mein Vater …?

ZANE! Rens Ton war drängend.

Er schaut auf den Boden und …

Und was?

Und legt den Kopf schief, als ob er lauscht. Verdammt.

WAS IST?!

Ah-Puch hatte den Kopf wieder gehoben und witterte wie ein Raubtier auf Beutejagd.

Dann kam er auf uns zu. Drei schreckliche Sekunden verstrichen. Fünf.

Zane?

Meine Knie schlotterten mit der Stärke zehn auf der Richterskala. Ich umklammerte Fuego. Egal, wie hinfällig Ah-Puch aussah, ich würde den Speer einsetzen. Mir fiel wieder ein, wie schwach er gewesen war, als ich ihn seinerzeit aus seinem Kerker befreit hatte. Damals hatte ihm seine Botin Muwan ein Blutopfer zur Stärkung gebracht, aber Muwan war tot. Wie wollte er dann …?

Er war nur noch anderthalb Meter weit weg. Jedes Mal, wenn sich seine eingefallene Brust hob und senkte, war ein dumpfes Rasseln zu hören. Er trug ein ausgeleiertes weißes T-Shirt und die graue Hose war ihm viel zu weit. Kein Vergleich zu dem smarten Anzugträger von früher.

Ich wagte nicht, mich zu rühren.

Sag mir, was los ist, Zane!

Eine Paniklawine erdrückte mich. Als Ah-Puch aufblickte, schimmerten seine Augen ungesund gelb. Er schlurfte näher, hob das knochige Kinn und schnüffelte wieder. Dann umspielte ein Lächeln seine runzligen Lippen. »Zane Obispo«, sagte er heiser. »Endlich sehen wir uns wieder.«

Wobei er mich vielleicht nicht *sah*, aber eindeutig witterte.

Tolle Todesmagie. Ja, ich geb's zu, ich wäre gern unsichtbar geblieben. Hondo dagegen hätte mir bestimmt geraten, den »Einschüchterungsvorteil« zu nutzen und dem Todesgott selbstbewusst gegenüberzutreten. Seine Ratschläge klangen deutlich einleuchtender, wenn man gerade nicht mit Todesangst zu kämpfen hatte.

Doch wenn ich die Pforte rechtzeitig erreichen wollte, hatte ich keine Wahl. Als ich wieder an meinem Knopf drehte, verflüchtigte sich meine Tarnung. Ich zwang mich, alle Angst aus meiner Körpersprache zu verbannen. Dann ließ ich Ren los, trat zwischen den Häusern hervor und rammte Fuego auf den Boden zwischen Ah-Puch und mir.

Der Todesgott war nicht mehr zwei Meter groß, sondern höchstens noch eins fünfzig. Seine Haut war schrumplig wie ein vergammelter Apfel und auf seinem kahlen Schädel wuchsen nur noch drei, vielleicht vier lange Haare. Aber dass er nicht so aussah, wie ich ihn in Erinnerung hatte, machte ihn nicht weniger angsteinflößend oder gefährlich. Wie gesagt, in der Mayawelt kann der äußere Eindruck täuschen, vergiss das nie.

»Willst du mich denn nicht begrüßen?«, fragte er krächzend.

Ich dachte an meinen furchtlosen Onkel und antwortete: »Als wir uns zuletzt begegnet sind, warst du noch eine Schlange.«

Er nickte bedächtig. »Ich habe mir diese erbärmliche Erscheinungsform nicht ausgesucht.« Er machte eine Pause, als wartete er darauf, dass ich nachfragte, aber vielleicht war er auch nur außer Atem. »Übrigens ist deine Tarnmagie nicht übel. Der Tod steht dir gut.«

»Woher weißt du das?«

»Ich bin schließlich der Gott des Todes. Der einzige Gott, der diese Art Magie durchschaut.«

Ich schielte verstohlen zu Ren hinüber beziehungsweise zu den Schatten, die sie verbargen. Sie durchschaute Ah-Puch offenbar nicht, aber warum unternahmen die Schatten nichts? Warum fielen sie nicht über ihn her und polierten ihm die hässliche Visage? Wo zum Teufel blieb der Zylindertyp? Aber dann fiel mir wieder ein, dass die Schattenmonster ja nur auftauchten, wenn Ren schlief.

Rosie wurde ebenfalls wieder sichtbar und fletschte die gewaltigen Zähne. Schwarzer Rauch quoll ihr aus Augen und Nase und sie war sichtlich ganz wild darauf, Ah-Puch zu zerfetzen.

Er riss erstaunt die Augen auf. »Ixtab hat dir erlaubt, die Höllenhündin zu behalten? Wie nett von ihr.«

Seine schlechte Verfassung ließ mich Zuversicht schöpfen. Ich tätschelte Rosie und erwiderte kurz angebunden: »Was willst du hier? Und wie bist du überhaupt hergekommen?«

Er machte ein paar Schritte und lehnte sich an die Hauswand. »Ein Teil von mir treibt immer noch in dem Flammeninferno, in das du mich verbannt hast.« Er schüttelte den Kopf und schloss kurz die Augen, als strengte ihn das Sprechen sehr an. Dann fuhr er fort: »Doch die Leere zerfällt allmählich, und ich habe eine kleine Schwachstelle entdeckt, durch die ich so viel von mir hindurchgezwängt habe, wie ich konnte.« Er bekam einen Hustenanfall und rang pfeifend nach Luft. Ich war erleichtert, dass sich die Leere anscheinend noch nicht völlig aufgelöst hatte. Dann musste auch Hurakan noch am Leben sein.

Rosie duckte sich sprungbereit und ließ Ah-Puch nicht aus den lodernden Augen.

Mutiger geworden, entgegnete ich: »Wenn du dich an mir rächen willst …«

»Rächen?« Er lachte rasselnd. »Ganz im Gegenteil. Ich möchte dich um Hilfe bitten, Zane.«

»*Mich?*« Offenbar war sein Hirn im Feuerstrudel verbrutzelt.

Du denkst jetzt bestimmt an die Pforte, die sich gleich schließen würde. Aber was sollte ich machen? Den Todesgott über den Haufen rennen? Ren mit ihm allein lassen? Ich stand unter Schock, und da kann niemand klar denken.

Er hob die runzlige Hand. »Hör mir doch erst mal zu. Du warst kürzlich in der Leere.«

Ich bestätigte das nicht, verneinte es aber auch nicht. Ich war ihm *nada* schuldig, fand ich.

»Ich habe dich und Hurakan dort belauscht. Es gibt noch mehr Gottgeborene?« Er schüttelte wieder den Kopf. »Wo soll das hinführen? Aber das ist nicht meine Sorge. Meine Sorge gilt ausschließlich mir selbst. Du hast mit dem Todesgott persönlich gekämpft und ihn besiegt. Eine echte Heldentat. Und jetzt bist du ironischerweise der Einzige, der mir wieder zu Macht und Ruhm verhelfen kann. Darum bitte ich dich, mir das Leben zu retten.«

»Bist du *borracho*? Niemals! Von mir aus kannst du im Feuer schwarz werden!«

»Auch dein Vater wird immer schwächer, das spüre ich, und er hat dir ja schon gesagt, dass es für ihn zu spät ist. So spricht nur ein Gott, der sein Ende nahen sieht. Bald gibt es die Leere nicht mehr und ich komme sowieso frei.«

»Mein Vater wird aber nicht hingerichtet, weil –« Ich biss mir auf die Zunge.

»Wollen meine Kollegen endlich an ihm ein Exempel statuieren?«

Warum hatte ich nicht die Klappe gehalten? »Dass die Leere zerfällt, spielt keine Rolle. Die anderen Götter lassen dich sowieso nicht frei rumlaufen.«

»Du bist ein kluges Kerlchen, Zane, das gefällt mir. Bestimmt hast du das von deiner Mutter. Geht es ihr gut?«

Rosie knurrte, Speichel tropfte von ihren Lefzen.

Dieser freundliche Typ war eindeutig nicht mehr der Gegner, den ich seinerzeit besiegt hatte. »Das geht dich nichts an.«

Ah-Puch ließ sich an der Hauswand herunterrutschen, bis er zusammengesunken auf dem Boden saß. »Wenn du mir hilfst, helfe ich dir auch«, entgegnete er matt. »Darum habe ich dich ja in die Leere gerufen. Aber du warst so mit Hurakan beschäftigt, dass ich mich nicht bemerkbar machen konnte.«

»*Du* hast mich gerufen?«

»Tja, als du mich mithilfe deines kleinen Jadeamuletts dorthin verbannt hast, ist zwischen uns anscheinend eine Verbindung entstanden. Mir ist es auch nicht sofort aufgefallen, aber manchmal, wenn mich die Flammen versengen, erhasche ich einen Blick auf dein Leben. Auf die Insel, das Meer, die Salsasauce, das Mädchen … So viel Gefühl … Das hat auch mich all diese Monate am Leben gehalten.«

Mein Kopf drohte zu zerspringen. »Du hast mich bespitzelt?«

»Ich hatte ja sonst nichts zu tun. Und leider war dein jämmerliches Menschenleben mein einziger Hoffnungsschimmer.« Er brachte ein schiefes Grinsen zustande. »Als du dann in der Unterwelt aufgetaucht bist, meinem angestammten Reich –«

»*Ixtabs* Reich.«

»Von mir aus. Wie geht es ihr denn? Aber keine Sorge, es macht mir nichts mehr aus. Soll sie sich doch mit der blöden Unterwelt rumärgern.« Er hustete wieder. »Jedenfalls konnte ich mit dir Kontakt aufnehmen, als du dich nach Xib'alb'a begeben hast. Und jetzt ist es sogar noch einfacher, dich zu orten, weil du tot bist. Sozusagen.«

Das ist das Problem mit Mayamagie – es gibt immer irgendwelche Nebenwirkungen, mit denen man vorher nicht rechnet.

»Egal. Von mir aus kannst du trotzdem in der Leere schwarz werden.«

Ah-Puch leckte sich die aufgesprungenen Lippen und zuckte schmerzgepeinigt zusammen. Ich weiß, es klingt *loco*, aber irgendwie tat er mir leid. Wenn ich nicht gewusst hätte, dass es sich um den alten Stinker handelte, hätte ich ihn für irgendeinen netten Opa gehalten, der schon mit einem Bein im Grab stand und um einen letzten Teller Suppe bat.

Ich wagte mich näher heran. Rosie hielt sich dicht neben mir und sabberte, als wollte sie ihn gleich als kleine Zwischenmahlzeit verspeisen. Er wog ja höchstens fünfundvierzig Kilo.

»Ich … kann … dich …«, er war kaum noch zu verstehen, »zum … Feuerhüter … bringen.«

Offenbar hatte er tatsächlich alles mitgehört, was Hurakan und ich besprochen hatten. Plötzlich fiel mir ein, dass Ren jetzt bestimmt ebenfalls alles mitbekam, aber ich konnte sie ja schlecht bitten wegzuhören, oder Ah-Puch bitten, mit mir in die Kirche zu gehen, damit wir ungestört reden konnten. Er durfte Ren auf keinen Fall entdecken.

Ich schüttelte den Kopf. »Ich brauche deine Hilfe nicht. Außerdem weiß sowieso niemand, wo sich der Feuerhüter aufhält. Das ist streng geheim.«

Das hatte die Rote Königin doch gesagt, oder? Auf Cabo San Lucas war ich nur gekommen, weil sie mir einen versteckten Hinweis gegeben hatte. Inzwischen hatte sich die Pforte an der Bushaltestelle bestimmt schon geschlossen. Mir war, als hätte sich ein Elefant auf meine Brust gesetzt und würde mir die Luft abdrücken.

»Niemand außer der Roten Königin, stimmt's?«, konterte Ah-Puch. »Es war schön, mal wieder ihre Stimme zu hören. Na ja, eigentlich nicht, aber ich bin ja höflich.« Er holte zittrig Luft.

War er etwa auch in der Grabkammer dabei gewesen? Verdammt. »Deine Glanzzeit ist vierhundert Jahre her. Inzwischen gibt es einen neuen Feuerhüter. Du bist nicht mehr auf dem aktuellen Stand.«

»Wenn es um den Tod geht, bin ich immer auf dem aktuellen Stand, und als rechtmäßiger Herrscher von Xib'alb'a kenne ich mehr Geheimnisse, als du dir vorstellen kannst.« Er schloss wieder die Augen. »Dachtest du, die Toten sprechen nicht mehr mit ihrem König?« Ein Schauder überlief ihn. »Die Zeit drängt. Ich bin der Einzige, der dir helfen kann, dein Ziel zu erreichen. Wie wär's, wenn wir eine Abmachung treffen?«

»So wie beim letzten Mal?« Bei der Erinnerung an seinen Verrat packte mich wieder die Wut. »Als du mir versprochen hast, Brooks *und* Rosie zu retten, aber dann nur Brooks gerettet hast?«

»Rosie habe ich auch gerettet. Schau sie dir doch an … sie ist eine prächtige Höllenhündin.«

»Das ist nicht dein Verdienst, sondern das von Ixtab.«

Ah-Puch hakte die Daumen in den Gürtel und zog seine schlabbrige Hose hoch. »Und wer hat dafür gesorgt, dass Ixtab bei der Aufnahme in die Unterwelt auf sie aufmerksam geworden ist, hm? Das war *ich*! Aber lassen wir das. In nicht mal drei Minuten wird meine körperliche Hülle ihren letzten Atemzug tun. Dann ist die Gelegenheit vorüber und du kannst nicht mehr rechtzeitig beim Feuerhüter eintreffen. Und bevor du fragst – ja, ich habe auch deine Unterredung mit Ixtab belauscht und weiß, dass der Todeszauber nur drei Tage lang wirkt. Zu meiner Zeit hielt so was länger vor, aber das interessiert offenbar niemanden mehr.« Er schnaubte verächtlich. »Nimm meine Hilfe an, Zane. Ich bin ein mächtiger Verbündeter. Nicht in dieser Gestalt vielleicht, aber trotzdem. Du darfst sogar die Bedingungen bestimmen.«

»Du kannst ihn nicht einfach sterben lassen, Zane.« Ren stand plötzlich hinter mir. Ihre Schatten waren verschwunden, sie war wieder vollständig sichtbar. Rosie hob den Kopf und stupste meine Schulter mit der Schnauze an, als wollte sie Ren zustimmen. »Er hat dich nicht gerettet, Rosie!«, wandte ich ein, aber stimmte das auch? Hatte er sein Versprechen vielleicht doch gehalten? »Du kennst ihn nicht, Ren. Du weißt nicht, wozu er fähig ist.«

»Ich habe dein Buch gelesen, schon vergessen? Vielleicht ist er ja jetzt ein anderer, nachdem er fünf Monate lang im Feuer eingesperrt war.« Sie kniete sich neben ihn. »Du warst sehr böse und hast schlimme Sachen gemacht«, sagte sie zum Todesgott und nahm behutsam seine Hand. »Beweise mir, dass wir dir jetzt vertrauen können.«

Während sich die beiden telepathisch verständigten, flatterten Ah-Puchs Augenlider und er atmete immer mühsamer. Dann huschte ein Ausdruck des Erstaunens über sein Gesicht. War ihm aufgegangen, was es mit Ren auf sich hatte? Spürte er, dass sie eine Gottgeborene war? Wusste er womöglich sogar, wer ihre Mutter war? Auf jeden Fall rang er sich ein mattes Lächeln ab, das entweder erfreut oder hinterhältig war. Genau konnte ich das nicht erkennen.

Ren schaute zu mir hoch. »Wer ist denn der Feuerhüter?«

Ich funkelte Ah-Puch ärgerlich an. »Das sollte doch geheim bleiben!«

Er atmete immer flacher, und als er sich beim Husten die Hand vor den Mund hielt, bekam sie Blutflecken ab. »Wenn ich dich hinbringe, dauert es nur ein paar Minuten. Auf die Weise sparst du kostbare Zeit.«

»Zane?« Rens Blick flehte mich an, sein Leiden irgendwie zu beenden.

»Warum hast du nicht einfach gewartet, bis die Leere endgültig zerfallen ist?«, versuchte ich, hinter Ah-Puchs Beweggründe zu kommen.

»Weil ich gern auf Nummer sicher gehe«, brachte er röchelnd heraus. »Es besteht die winzige Chance, dass dein Vater das Ganze überlebt und –« Er zuckte vor Schmerzen zusammen, verzog das Gesicht und beendete den Satz: »Und was mache ich dann?«

Dann drehst du dich weiter im Feuerstrudel, wo du hingehörst, dachte ich.

Ren zupfte mich am Ärmel. »Bitte, Zane. Du siehst doch, wie schlecht es ihm geht.«

Und wenn er mir tatsächlich helfen konnte? Wenn ich die Bedingungen selbst bestimmen durfte, konnte ich das Risiko kleinhalten. Schließlich hatte ich im Grunde keine echte Alternative. Ich gab mir einen Ruck. »Falls – und ich meine *falls!* – ich Ja sage, was kann ich dann machen, damit es dir besser geht? Erzähl mir bloß nicht, dass du Blut brauchst, denn von mir kriegst du keins.«

»Da gibt es viele Möglichkeiten. Zum Beispiel dein Jadeamulett.«

»Vergiss es.«

Er war zu schwach, um zu diskutieren. »Dann eben das Maiskorn, das dir Ixtab geschenkt hat. Ich wittere es.«

»Das Maiskorn garantiert mir den Rückweg nach Xib'alb'a. Da werde ich es ja wohl nicht dir überlassen!«

»Du brauchst mir nur ein kleines bisschen Kraft abzugeben, dann öffne ich dir jede Pforte, die du willst …« Er hustete so heftig, als würde er gleich einen Lungenflügel auf Rens rote Stiefel spucken. »Eine kleine Dosis pro Tag würde schon reichen«, fuhr er dann fort. »Das Risiko für dich ist minimal, und wenn ich meinen Teil der Abmachung nicht erfülle …« Er schloss die Augen und biss die Zähne zusammen. »Dann brauchst du mir nie wieder zu helfen. Aber wenn wir Erfolg haben, dann … dann musst du mich wiederherstellen.«

»Weil ich dich zerstört habe?«

Er suchte meinen Blick. »Weil du die älteste, mächtigste Magie des Universums um den Hals trägst.«

Den Jadezahn. Das Amulett gewährte mir jeden Wunsch, aber er musste jemand anderem gelten.

»Siehst du?«, sagte Ren eifrig. »Du brauchst ihn nur ein bisschen gesünder zu machen, damit er dir – uns – weiterhelfen kann.«

Tja, so ungern ich sie enttäuschte, aber hier ging es nicht um *uns*. Ah-Puchs Gestalt begann zu verschwimmen. Mir lief die Zeit davon und ich musste mich entscheiden.

Schon klar, was du jetzt denkst. *Hast du denn gar nichts kapiert? Das ist der Gott des Todes! Lass ihn verrecken.*

An sich richtig, bloß dass sich so schnell keine andere Pforte öffnen würde.

Als ich mich ebenfalls hinkniete, schlug mein Herz wie der Beat zu einem Rapsong. Ah-Puch stank nach verwester Rinderleber. »Die Abmachung lautet folgendermaßen«, begann ich mit fester Stimme, denn wer mit Göttern verhandelt, sollte *muy fuerte* wirken. »Du bringst mich noch heute zum Feuerhüter und dienst mir auch danach, solange ich dich brauche und bis ich dich wieder entlasse.« Wenn ich schon mit dem Todesgott verhandelte, dann richtig, und falls es mit dem Feuerhüter nicht so lief, wie ich mir das vorstellte, konnte ich garantiert göttliche Unterstützung gebrauchen.

»Du bringst niemanden um und frisst auch niemanden«, fuhr ich fort. »Du versuchst nicht, deinen Thron in der Unterwelt zurückzuerobern, fängst keinen Krieg an und tust weder mir noch anderen Gottgeborenen noch sonst jemandem etwas an. Du hörst auf das, was ich dir sage, und wenn die Sache erledigt ist *und* alles, was ich aufgezählt habe, geklappt hat, dann –« Ich stockte und schielte zu Ren hinüber, aber sie nickte zustimmend. Daraufhin holte ich noch einmal tief (und ärgerlicherweise ein bisschen zittrig) Luft und beendete den Satz: »Dann stelle ich, Zane Obispo, deine Kräfte vollständig wieder her.«

Ah-Puch streckte mir die runzlige Hand hin. »Einverstanden, Gottgeborener.«

28

Drei winzige Krümel von dem magischen Maiskorn brachten Ah-Puch wieder auf die Beine. Zwei weitere sorgten dafür, dass ihm ein paar Haare nachwuchsen und er nicht mehr husten musste. »Wie jetzt – fünf kümmerliche Brösel? Damit soll ich eine Pforte öffnen?«, beschwerte er sich.

»Ganz genau.« Ich steckte das Maiskorn wieder ein und drehte mich zu Ren um. »Du kannst leider nicht mitkommen. Da hat sich die Rote Königin unmissverständlich ausgedrückt. Wenn ich jemanden mitnehme, ist die ganze Unternehmung vom Unglück verfolgt und die Begleitperson kann sich einen Fluch einfangen.«

»Wobei –«, Ah-Puch hob den runzligen Zeigefinger und schmatzte mit den ausgedörrten Lippen, »wobei sich das genau genommen nicht auf Götter oder solche Begleitpersonen bezieht, die göttlicher Abstammung sind. Soll heißen …«

Ich warf ihm einen vernichtenden Blick zu. Natürlich hatte er recht, aber das brauchte Ren nicht zu wissen. Ich wollte nicht, dass sie mit dem alten Stinker zusammen war, wenn es nicht unbedingt sein musste.

»Ich komme mit!«, sagte sie entschlossen, und als ich protestieren wollte, setzte sie hinzu: »Du wirst mich noch brauchen, Zane.«

»Allerdings«, stimmte ihr Ah-Puch zu. »Vertrau mir.«

»Niemals!«, knurrte ich.

Er bleckte grinsend die schiefen grauen Zähne. »Zu spät.«

Seine neueste Erscheinungsform ging mir echt auf die Nerven. »Wir haben eine Abmachung«, erwiderte ich. »Eine Bedingung ist, dass du auf mich hörst, also kannst du bitte mal die Klappe halten?«

Er zuckte die Achseln, inspizierte seine schartigen Fingernägel und pfiff ein albernes Liedchen.

»Das gilt auch fürs Pfeifen«, sagte ich.

Er hielt die Hand ans Ohr. »Ich bin schwerhörig. Was hast du gesagt?«

Ren verschränkte die Arme. »Spiel dich nicht so auf, Zane. Du bist hier nicht der Oberboss und ich kann dir auch mit Ah-Puch behilflich sein.« Sie senkte die Stimme. »Versprochen.«

Ihr Tonfall verriet mir, dass es über ihre Magie noch mehr zu sagen gab als das, was ich schon wusste. »Ren …«

Sie zeigte mit dem Daumen auf Ah-Puch. »Oder willst du unbedingt mit Mister Ich-bin-der-schwerhörige-Todesgott allein losziehen?«

Rosie knurrte. »Entschuldige. *Du* bist sowieso die beste Begleiterin der Welt.« Ren kraulte meiner Höllenhündin den muskulösen Nacken.

Offen gestanden graute auch mir ein bisschen davor, meine Mission nur in Gesellschaft des alten Stinkers anzutreten. Davon abgesehen wollte ich endlich erfahren, was an Rens väterlicher Abstammung »ganz schlimm« war. Was fanden die Götter daran so bedrohlich, dass sie die gesamte Familie ausrotten wollten?

Ich funkelte Ah-Puch streng an und kommandierte: »Öffne die Pforte und bring uns zum Feuerhüter nach Land's End – und zwar in Cabo San Lucas.« Ich wollte nicht riskieren, womöglich in Großbritannien zu landen. Oder, noch schlimmer, in einem Versandkatalog für Klamotten.

Er hielt wieder die Hand ans Ohr. »Cabo was?«

Meine Geduld war am Ende, aber ich beherrschte mich und wiederholte den Ortsnamen etwas lauter.

»Brüll nicht so. Ich bin nicht dein persönlicher Flaschengeist.« Er hob wieder den Zeigefinger und malte ein großes Quadrat in die Luft.

Nichts geschah.

Die Sonne kroch langsam am Horizont empor.

»Wo bleibt die Pforte?« Jeden Augenblick konnte Brooks aufwachen und meine Nachricht vorfinden. Hoffentlich drehten sie und Hondo nicht durch, wenn sie merkten, dass Ren ebenfalls verschwunden war. Aber es war ja nur zu ihrem Besten.

In Gedanken ging ich rasch alle Gründe dafür durch, dass ich Brooks zurückgelassen hatte: Ich wollte nicht die ganze Zeit ein schlechtes Gewissen haben, weil ich ihr schon wieder etwas verschwieg. Ich wollte nicht riskieren, dass sie verwundet oder verflucht wurde. Sie sollte nicht erfahren, dass ich schon wieder eine Abmachung mit Ah-Puch getroffen hatte. Und das Ganze hatte noch einen Vorteil, auch wenn ich es nur ungern zugab: Ich musste mir nicht dauernd anhören, was alles schiefgehen konnte, denn Brooks neigte zur Schwarzseherei.

Ah-Puch brachte mich wieder in die Gegenwart zurück. »Anscheinend bin ich immer noch zu schwach«, sagte er und kratzte sich das knochige Kinn.

»Du lügst.« Warum hatte ich nicht die Bedingung *Keine Lügen* gestellt?

Ren tätschelte ihm den Arm. »Komm, versuch's noch mal.« Wahrscheinlich fiel es ihr leichter, nett zu ihm zu sein, weil sie seine Bosheit nicht am eigenen Leib erlebt, sondern nur davon gelesen hatte.

»Ein bisschen Mais könnte hilfreich sein«, sagte er.

»Du hattest genug.«

Er bohrte sich den Finger ins rechte Ohr. »Hä?«

»Du hattest genug!«, brüllte ich.

»Noch ein Körnchen reicht sowieso nicht aus, um mich vollständig wiederherzustellen. Das kannst nur du, laut unserer Abmachung. Und ich habe nicht vor, diese Chance zu verschenken.«

Widerstrebend holte ich das Maiskorn wieder aus der Tasche und knibbelte einen Krümel davon ab. Als Ah-Puch ihn in den Mund steckte, bekam sein Gesicht Farbe, und als er wieder ein Quadrat in die Luft malte, sprühten knisternde Funken und eine Pforte erschien, die für uns drei groß genug war. Ich hätte gern gewusst, was dahinter war, aber genauso gut hätte man versuchen können, vom tiefsten Meeresgrund aus den Himmel zu erkennen.

»Vielleicht wird die Landung ein bisschen holprig«, sagte Ah-Puch. »Wir nehmen uns lieber an den Händen.«

»Was meinst du mit ›holprig‹?«, wollte Ren wissen.

Er ging nicht darauf ein. »Macht schon. Die Pforte schließt sich gleich wieder.«

Doch als wir uns an den Händen genommen hatten (ich fand es

eklig, ihn anzufassen, stand aber leider in der Mitte) und eben durch die Pforte treten wollten, hörte ich, wie Brooks nach mir rief.

Ich drehte mich um. Sie kam angelaufen, blieb aber wie angewurzelt stehen, als sie Ah-Puch erblickte und offensichtlich erkannte. Als sie dann auch noch sah, dass ich mit ihm Händchen hielt, machte sie große Augen. Alles ging so schnell, dass ich nicht mehr weiß, was zuerst kam – ihr ungläubiger Gesichtsausdruck, ihr gekränkter bernsteinfarbener Blick oder der Aussetzer, den mein Herz machte.

»Beeilung!«, mahnte Ah-Puch.

Rosie beschnupperte die Pforte und Ren drückte meine Hand. *Komm schon.*

»Zane!«, rief Brooks.

Ohne nachzudenken, versuchte ich, mich loszureißen. Ich wollte nur noch zu ihr, wollte, dass sie nicht verletzt war, dass sie mich verstand. Dass sie nicht sauer auf mich war. Doch dazu kam es nicht, denn Ah-Puch hielt mich eisern fest und zerrte mich durch die Pforte.

Kurzer Einschub: Es gibt ganz verschiedene Gründe, sich beschissen zu fühlen. Zum Beispiel, wenn man in der Schule gemobbt und verprügelt oder beim Sportunterricht im Klo eingeschlossen wird. Oder aber, wenn man seine beste Freundin so tief gekränkt hat, dass es einem selber das Herz bricht. So war mir zumute, als wir jetzt auf die breite Promenade an einem Jachthafen hinausstolperten.

Links von uns lagen Dutzende weiße Boote vor Anker und schaukelten sanft auf dem glitzernden Wasser. Rechts von uns reihte sich eine schattige, mit Touristen voll besetzte Restaurantterrasse an die andere. Die salzige Luft war warm und duftete nach Knoblauch und gegrilltem Fisch.

Ich verpasste Ah-Puch einen unsanften Knuff. »Warum durfte ich mich nicht mal verabschieden?«

»Sie wird es dir verzeihen.« Er schaute sich um. »Wahrscheinlich.«

Er kannte Brooks ja nicht. Vielleicht konnte sie nachvollziehen, dass ich weggegangen war, ohne mich von ihr zu verabschieden, oder Quinn erklärte es ihr, aber sie würde mir *niemals* verzeihen, dass ich mit dem Todesgott weggegangen war.

»Du darfst dich davon nicht ablenken lassen, Zane«, sagte Ren beschwichtigend.

»Aber …« Ich fühlte mich elend. Rosie stieß knurrend ein Rauchwölkchen aus, als wollte sie Ren recht geben, doch die Vorstellung, dass Brooks sauer auf mich war, trug nicht zu meiner Konzentration bei.

Ah-Puch streckte sich, dass seine Ellbogen knackten. »Die Pforte zu erschaffen, hat mich viel Kraft gekostet. Ich muss etwas essen, aber auf gar keinen Fall Fisch. Lieber ein saftiges Stück Fleisch. Extra blutig.«

Rosie leckte sich hungrig die Lefzen.

Im selben Augenblick fiel mir auf, dass es schon dunkel wurde und es traf mich wie ein Schlag. »Die Sonne geht unter! War es nicht eben noch Morgen?«

»Stimmt. Die Pforte durfte nicht auf dem Radar der anderen Götter auftauchen, und so was frisst nun mal viel Zeit«, entgegnete Ah-Puch so gelassen, als hätten wir nicht einen ganzen Tag verloren. Mir blieben also nur noch zwei Tage und die paar Stunden des heutigen Abends.

»Wir können uns keine Dinge leisten, die Zeit fressen«, sagte ich ärgerlich.

»Sag ich doch«, stimmte Ah-Puch mir zu. »Zeit, dass wir was essen.«

»Ich rede von ›Zeit *fressen*‹, nicht von –«

»Wo sind wir überhaupt?«, fiel mir Ren ins Wort.

»Dieses kleine Paradies hier nennt sich Cabo San Lucas«, antwortete Ah-Puch. »Das ist zwar nicht der richtige Name, aber manchmal lügt die Geschichte, stimmt's? Die Geister des vergessenen Pericú-Volkes können das bestätigen.«

Ich musste mir Mühe geben, ruhig zu bleiben. »Können wir nicht erst den Feuerhüter aufsuchen?«

Eine Gruppe Touristen kam an uns vorbei. Ihnen folgte ein magerer Typ mit einer Rikscha. »*¿Quieren un aventón?*«

»Danke, wir wollen nicht mitfahren«, erwiderte ich und wandte mich wieder an Ah-Puch. »Die Abmachung lautet, dass du uns zum Feuerhüter bringst, und zwar heute noch. Also – wo ist er?«

»Meinst du, jetzt in diesem Augenblick?«

Am liebsten hätte ich ihn erwürgt. »Du weißt genau, was ich meine.«

»Nö. Du wolltest nach Land's End bei Cabo de San Lucas und ich habe dich hingebracht, und zwar schnell und problemlos, wenn ich mich selbst loben darf. Was ich als Nächstes tun soll, musst du mir schon ein bisschen präziser beschreiben.«

Ja, ich würde den Todesgott erwürgen. Gleich. »Dann muss ich dich leider wieder in die Leere verbannen, denn unsere Abmachung sieht vor, dass du mich *noch heute* zum Feuerhüter bringst.«

»Dann kann ich mir ja bis Mitternacht Zeit lassen, oder?« Sein herausfordernder Ton erinnerte mich an den Ah-Puch von früher.

»Kannst du nicht einen von deinen Spitzeln in der Unterwelt fragen?«, schlug Ren vor.

»Mit denen Kontakt aufzunehmen, wäre zu riskant. Wenn die anderen Götter herausfinden, dass ich teilweise wieder frei bin …«

Den Rest des Satzes bekam ich nicht mit, denn plötzlich ertönte aus der Palme, unter der wir standen, ein markerschütterndes Kreischen. Ich legte den Kopf in den Nacken. Ein großer Affe mit blauem Fell klammerte sich an den Stamm. Er riss das Maul zu einem großen »O« auf und seine Schreie klangen wie eine Mischung aus schaurigem Geheul und Zähneknirschen.

Instinktiv machte ich einen Satz rückwärts, damit er mir nicht auf den Kopf sprang, und wäre beinahe ins Wasser gefallen.

»Was ist los?«, Ren folgte meinem Blick.

»Da!« Ich zeigte auf die Palme.

»Meinst du den Baum?«

»Nein, den Affen.«

»Da ist kein Affe, Zane. Vielleicht bist du unterzuckert und hast Wahnvorstellungen. Du musst etwas essen.«

Bildete ich mir den Affen etwa nur ein? Doch das Tier wirkte durchaus lebendig, und sein Kreischen … Auch Ah-Puch schaute jetzt nach oben und ich hoffte schon, er würde sagen: *Guckt mal, das blaue Vieh da*, aber nach seinem Gesichtsausdruck zu urteilen, sah auch er nichts Besonderes. Im nächsten Augenblick verpuffte der Affe in einer gelblichen Dunstwolke, doch das bekam ich kaum mit, denn jetzt schnupperte Ah-Puch hungrig und verkündete: »Ich rieche frisches Blut!«

Er schlurfte los, aber Rosie stupste mich in die Rippen und ich packte seinen mageren Arm, sodass er stehen bleiben musste. »Unsere Abmachung lautet, dass du niemanden tötest oder frisst, klar?«

Er musterte mich abschätzend. »Wie treffsicher ist dein Speer, Gottgeborener?«

Ich drückte Fuego an mich. »Wieso?«

»Vielleicht, weil ich Blut rieche? Es kommt auf uns zu und will uns umbringen. Natürlich vor allem dich, aber das schließt mich vermutlich mit ein.«

»Und was sollen wir tun?«

»Abhauen!«

29

»Aber wohin?«

»Wir müssen aufs offene Wasser«, erwiderte Ah-Puch. »Schnell.«

»Und wer sagt, dass du besser riechen als hören kannst?«

»Blut erkenne ich immer und überall, Gottgeborener.«

Das überzeugte mich. Ren und ich rannten los, Rosie flitzte voraus. Als ich mich umdrehte, sah ich Ah-Puch hinter uns herschlurfen. Ich erwog kurz, ihn einfach zurückzulassen, aber wir hatten ja eine Abmachung, darum kehrte ich zusammen mit Rosie um.

»Los, setz dich auf ihren Rücken.«

»Ich bin der Gott des Todes! Ich reite nicht auf einer Höllenhündin!«

»Dann geht es für dich zurück ins Inferno.«

Mürrisch kletterte er auf Rosies Rücken und brummelte Ausdrücke vor sich hin, die ich hier nicht wiederholen kann.

Unten am Jachthafen scheuchte er Ren und mich auf ein schnittiges Motorboot, so eins, mit dem man Rennen fährt. Rosie und er sprangen ebenfalls an Bord.

Nachdem er in sämtlichen Fächern gekramt hatte, fand er endlich die Bedienungsanleitung und blätterte sie hektisch durch.

»Was machst du da?«, fragte ich.

»Fahren lernen«, entgegnete er und versuchte, das Boot zu starten.

»Wir brauchen den Zündschlüssel.« Ich schaute unter den Fahrersitz und drehte ein paar Kissen um. Vielleicht hatte der Eigentümer den Schlüssel ja versteckt.

»Meint er das ernst?« Ren schaute sich nervös um. »Wir können nicht einfach ein fremdes Boot nehmen. Dann landen wir in einem mexikanischen Knast.«

»Das Blut, das auf uns zukommt, macht mir mehr Angst«, gab ich zurück.

»Was meinst du überhaupt damit?«, wandte sie sich an Ah-Puch, der aber nicht antwortete, weil es ihm inzwischen gelungen war, das Boot zu starten. Frag mich nicht, wie er das ohne Zündschlüssel geschafft hatte.

»Lass mich ans Steuer«, sagte ich, doch sofort ertönte in meinem Hirn eine Warndurchsage: *GEHT'S NOCH?! Du kannst nicht zusammen mit dem Todesgott aufs offene Wasser rausfahren!*

Ah-Puch steuerte das Boot vom Kai weg, und Rosie lehnte sich hechelnd auf der Hafenseite über Bord, als freute sie sich schon auf das mysteriöse »Blut«, das uns verfolgte.

»Wir dürfen kein Boot klauen!«, übertönte Ren das Motorengedröhn.

»Darüber sagt unsere Abmachung nichts«, entgegnete Ah-Puch. Wir kreuzten durch den Hafen, dann waren wir auf dem Meer. »Und wenn ihr nicht wollt, dass das Unheil, das uns droht, auf dem Radar der anderen Götter auftaucht, müssen wir aufs offene Wasser, vertraut mir.«

»Sag das nicht dauernd«, erwiderte ich genervt.

Ich hielt es für gut möglich, dass Ah-Puchs Geruchssinn ihn in die Irre geführt hatte. Schließlich war er nicht ganz er selbst. Auch Rosie knurrte nicht und spie keinen Rauch. Wenn uns tatsächlich Gefahr drohte, hätte meine Höllenhündin es gespürt, oder?

»Woher weißt du, wie man so ein Boot fährt?«, rief Ren Ah-Puch zu, als wir übers Wasser schossen. Unsere Heckwelle ließ einen Touristen von seinem Jetski purzeln.

Er deutete nur wortlos auf das Handbuch, das auf den Boden gefallen war.

Aha. Anscheinend war er auch der Gott des Schnelllesens.

Ren zog mich am Arm. »Da kommt das Unheil!« Dicht über der Wasseroberfläche schwebte eine schwarze Wolke auf uns zu. Sie war so groß wie Hondos alter Truck.

Ah-Puch blickte auf und die spärlichen weißen Haarsträhnen peitschten um sein eingefallenes Gesicht. »Wenn ich sie abwehren soll, brauche ich mehr Mais, Zane.«

»Wen meinst du mit *sie*? Was ist das?«

Ein sonderbares Summen hallte über das Wasser und der kräftige Seewind schwoll zu einem regelrechten Sturm an. Zwei andere Boote wären beinahe zusammengestoßen, ein Gleitschirmflieger stürzte ab. Die schwarze Wolke war höchstens noch fünfzehn Meter entfernt und folgte uns unbeirrt, obwohl Ah-Puch jetzt im Zickzack fuhr.

Rosie legte den Kopf in den Nacken und bellte ohrenbetäubend. Jetzt auf einmal fiel es ihr ein, uns zu warnen! Dann schoss sie aus

Maul, Nase und Augen Flammen auf die Wolke ab, doch die duckte sich einfach darunter weg.

Ren lief ans Heck, als wollte sie das Geschehen besser verfolgen.

»Was machst du da?«, brüllte ich. »Runter!«

Die Wolke kam direkt auf sie zu, doch sie stand wie gelähmt da.

Ich holte aus und schleuderte Fuego. Er flog über ihren Kopf hinweg und traf die Wolke, spaltete sie aber nur in zwei Hälften, aus denen irgendwelche kleinen … Dinger herauspurzelten und ins Wasser fielen. Als der Speer zu mir zurückkehrte, schwirrten aus den beiden Wolkenhälften riesige Bienen. Ihr dröhnendes Summen jagte mir einen Schauer über den Rücken.

Das waren keine Bienen.

Es waren Fledermäuse – mit krummen, hautfarbenen Klauen und gebogenen Vampirzähnen, die aus ihren hässlichen, haarigen Mäulern ragten. Sie flogen zu Dutzenden auf uns zu.

»Nicht bewegen!«, befahl Ah-Puch.

»Spinnst du?«

»Je mehr ihr euch bewegt, desto wilder werden sie, vertrau mir.«

Wenn ich diese beiden Worte aus seinem Hirn hätte löschen können, hätte ich es sofort getan.

Ah-Puch ließ das Steuerrad los. Das Boot scherte seitlich aus und er rollte sich auf dem Boden zusammen.

Alles ging blitzschnell.

Ich schubste Ren hinter einen Sitz und rief: »Tarn dich!«

Was das Problem war? Dass *nada* passierte, als ich an meinem Knopf drehte. Bei Ren war es das Gleiche, so wie vorhin schon. *Schönen Dank, Itzel. Und mach dich schon mal auf eine superschlechte Bewertung deiner »Kreationen« gefasst.*

Ren duckte sich jammernd und legte die Arme über den Kopf, denn die blutsaugenden Viecher umschwärmten jetzt das Boot.

Ich machte es wie Ah-Puch, ließ mich fallen und rollte mich zusammen.

Als die Fledermäuse auf mir landeten, musste ich alle Willenskraft aufbieten, um still zu liegen. Mit ihren kleinen Klauen trippelten sie über meinen Rücken, meinen Hals und meinen Kopf, drückten ihre Mäuler auf meine Ohren und Wangen, sodass ich ihren heißen Atem spürte. Ich kniff die Augen zu und hoffte, dass sie mich nicht zu lange quälen würden, doch als ich verstohlen blinzelte, riss gerade eine das Maul auf und grub mir die Zähne in den Handrücken.

»AUAAA!«

Ich rappelte mich hoch und die Viecher flatterten auf. Dann hieb ich mit Fuego um mich. Ich traf die eine oder andere Fledermaus in den fetten Bauch, aber es waren einfach zu viele und sie kreischten in einer so hohen Tonlage, dass es mir durch Mark und Bein ging.

Auch Ah-Puch stieß ein Kreischen aus. Beherrschte er etwa die Fledermaussprache?

Die Biester stürzten sich mit Zähnen und Klauen wieder auf mich und bissen mich in Hals und Hände. Sie tranken mein Blut! Ich fiel hin. Mein Herz hämmerte, vor meinen Augen verschwamm alles.

Ren …

Sie lag zusammengerollt im Heck und rührte sich nicht. Anscheinend besaß sie deutlich mehr Selbstbeherrschung als ich. Auf einmal packte mich Wut auf die blöden Fledermäuse und unter meiner Haut begann es zu glühen. Als ich wieder auf die Füße kam, kreischten die Plagegeister angriffslustig. Weil ich alles rot sah, glühten offenbar auch meine Augen und aus meinen Fingerkuppen quollen schwarze

Rauchschwaden. Dann bildete der Rauch plötzlich ein großes Netz und hüllte Ren ein. Die Fledermäuse wollten durch die Maschen schlüpfen, aber es gelang ihnen nicht.

Jetzt machte Rosie einen Riesensatz, schnappte sich ein paar Fledermäuse und landete steuerbords im Wasser. Ich hätte mich gefreut, wenn sie die Viecher gegrillt hätte, aber dann hätte sie vielleicht auch das Boot mit uns darin in Brand gesteckt.

Mit jeder Sekunde verließ mich die Kraft und das Rauchnetz würde sich bald wieder verflüchtigen. Auch wenn es mir gewaltig gegen den Strich ging, ich musste den Todesgott um Hilfe bitten. Als ich zu ihm hinübertaumelte, stoben die Fledermäuse auseinander. Er lag immer noch auf dem Boden und atmete mühsam, aber ich packte seine Hand, drückte das Maiskorn hinein und rief: »Für dich!«

Mit zitternden Fingern warf er sich das restliche Korn auf einmal in den Mund, und eine Millisekunde danach war er aufgesprungen. Er holte eine Fledermaus nach der anderen aus der Luft, brach ihnen das Genick und saugte ihnen das Blut aus.

Es ging so schnell, dass ich mich nicht mal ekeln konnte.

Auch Rosie sprang wieder ins Boot. Ein Feuerschwall schoss aus ihrem Maul und hüllte mich in eine strudelnde Wolke, die das Boot aber nicht berührte. Mit letzter Kraft fegte ich sämtliche Fledermäuse, an die ich herankam, in die Flammen, wo sie verkohlten. Als sich die Hitze enger um mich schloss, kämpfte ich nicht dagegen an und stellte fest, dass die Bisswunden auf meinen Händen verschwanden.

Dann hörte ich den Feuerhüter sagen: *Du musst endlich lernen, wie ein Zerstörer zu kämpfen.*

Ich war so verblüfft, dass ich nicht mal beleidigt war. *Wo bist du?*

Doch in diesem Augenblick erlosch die Feuerwolke.

Ich schaute mich um.

Ah-Puch war zu Ren gegangen. Der Seewind zerzauste sein dichtes dunkles Haar, er leckte sich das Blut von den Fingern. Der gebrechliche Greis war verschwunden.

Vor mir stand wieder der kraftstrotzende Gott des Todes, der Finsternis und der Zerstörung, so wie ich ihn vorher gekannt hatte.

30

Ich glaube, ich hatte vergessen, wie Furcht einflößend Ah-Puch war (ich weiß, ich weiß – wie kann man so was vergessen?). Nicht nur, dass er mich um Haupteslänge überragte, auch sein grimmiger Blick und seine markanten Gesichtszüge konnten einem eine Scheißangst einjagen.

Rosie knurrte ihn an, aber sie geiferte nicht, ihre Augen glühten nicht rot und sie schoss auch keine Feuerkugeln ab. Immerhin ein gutes Zeichen. Offenbar wollte uns Ah-Puch nicht zum Abendbrot verspeisen.

Stattdessen zeigte er mit hochgezogenen Augenbrauen auf Ren.

Ich riss mich zusammen und lief zu ihr (richtig – dafür musste ich über die leer gesaugten Fledermausleichen drübersteigen). Sie drehte sich auf den Rücken und schaute mit großen Augen zu mir hoch.

»Geht's dir gut?«, fragte ich. Sie schien nicht verletzt zu sein. »Haben dich die Biester nicht gebissen?« Klar, unsere Spezialkleidung wehrte Stichwaffen und dergleichen ab, aber was war mit entblößter Haut? War Ren gegen die Fledermäuse immun oder was?

»Ich habe visualisiert, was im besten Fall passieren kann«, gab sie zurück. »So wie Hondo es mir beigebracht hat.«

»Die Fledermäuse mögen den Geruch ihres Blutes nicht«, warf Ah-Puch mit flüchtigem Lächeln ein.

Ich drehte mich zu ihm um. »Was soll das jetzt wieder heißen?«

Doch ich bekam keine Antwort. Als Ren aufstand, tappte Rosie zu ihr hin und beschnupperte sie, aber Ren beachtete sie nicht. Sie sah Ah-Puch an. »Du … du …« Ausnahmsweise fehlten ihr die Worte. »Du hast die Fledermäuse gefressen!«, brachte sie schließlich heraus.

»Stimmt nicht. Ich habe ihr übernatürliches Blut getrunken.«

Sie musterte ihn staunend. »Siehst du deswegen so …«

»So imposant aus?«

»Ich wollte eigentlich ›gruselig‹ sagen.«

Wir wechselten einen nervösen Blick, doch Ah-Puch entgegnete gelassen: »Ich kann eure Beunruhigung nachvollziehen, aber keine Bange. Meine prächtige neue Erscheinungsform wird nicht lange halten.« Er seufzte theatralisch. »Das Fledermausblut war geraubt und kein Opfer, aber selbst wenn – ein Teil von mir dümpelt ja immer noch in Zanes ewigem Feuerstrudel.«

»Die Bedingung war, dass du niemandem etwas antust.«

»Das bezog sich auf Menschen. Von Monstern war nicht die Rede.«

Der Typ hatte immer eine Ausrede! »Du hast uns reingelegt. Du wolltest nur aufs offene Wasser, damit die Fledermäuse an uns rankommen.«

Er verzog keine Miene. »Ich hatte Hunger, und sie haben uns sowieso verfolgt. Wir sind ihnen lediglich ein Stück entgegengefahren.

Mitten in der Stadt hättest du viel mehr Probleme gehabt, sie abzuwehren, und andere Menschen hätten dabei zu Schaden kommen können. Insofern habe ich dir – *uns allen* – lediglich einen Gefallen getan.«

»Die Biester hätten uns umbringen können!«, rief ich empört.

»Haben sie aber nicht. Außerdem können uns die anderen Götter hier draußen nicht orten. Dass diese Trottel auch noch Jagd auf uns machen, können wir echt nicht gebrauchen. Dann ist es nämlich auf jeden Fall aus mit euch.«

Ren wagte sich näher an ihn heran. »Wenn wir dir vertrauen sollen, darfst du uns nicht mehr reinlegen, bloß weil du nach Blut dürstest. Und du brauchst uns auch nicht wieder aufzufordern mitzukommen, denn das machen wir nicht mehr.«

Ah-Puch kniff die Lippen zusammen.

»Und du …«, Ren drehte sich zu mir um, »du warst plötzlich ein menschlicher Flammenwerfer … und der Rauch hat mich beschützt.«

Ich blickte verlegen auf meine Finger. »Stimmt, aber ich weiß selber nicht, wie ich das gemacht habe.«

»Könnte es vielleicht damit zu tun haben, dass du der Sohn des Feuers bist?«, sagte Ah-Puch mit beißender Ironie. »Der Sohn des Schöpfers *und* des Zerstörers.«

Es mochte am Adrenalin liegen, aber ich fühlte mich auf einmal unbesiegbar, als könnte ich es mit einem ganzen Heer von Dämonen oder Fledermäusen oder … keine Ahnung aufnehmen. »Aber ich habe das Feuer immer noch nicht im Griff«, sagte ich leise und dachte, dass es niemand gehört hätte.

»Das kommt schon noch«, erwiderte Ah-Puch.

Was wusste er, das ich nicht wusste?

Rens Blick fiel auf die leblosen Fledermäuse. »Irgendwie tun sie mir leid.«

War das ihr Ernst? »Sie wollten uns töten!«

»Weiß ich ja, aber vielleicht sollten wir sie über Bord werfen. Wie bei einer Seebestattung.«

Rosie knurrte wieder, als fände sie, dass die kleinen Ungeheuer so etwas Würdiges nicht verdient hätten. Dann beobachtete sie hoch aufgerichtet, wie die Sonne im Meer versank.

»Was sind das überhaupt für Fledermäuse?«, wandte ich mich an Ah-Puch.

»Eine besondere Abart von Magie, die ich seit tausend Jahren nicht mehr gekostet habe. Eine echte Delikatesse.«

»Und was wollten sie hier? Wie haben sie uns überhaupt entdeckt?«

Ren räusperte sich. »Sie wollten mich entführen.«

Ich drehte mich wieder zu ihr um. »Wie kommst du darauf?«

»Sie haben versucht, mich hochzuheben.« Sie sah mich mit ihren eisblauen Augen eindringlich an. »Ich glaube, es waren die gleichen Flugwesen, die ich damals in Sievers Cove beobachtet habe.«

Ah-Puch ließ den Motor an und lenkte das Boot wieder in Richtung Hafen. »Wenn ihr nichts dagegen habt, würde ich gern duschen, mich umziehen und ein Vier-Gänge-Menü bestellen, bevor ich euch die schmutzige Geschichte der Fledermäuse erzähle.«

»Au ja! Ich mag schmutzige Geschichten«, sagte Ren begeistert.

»Äh ... für ein mehrgängiges Menü reicht mein Geld leider nicht«, warf ich ein. »Wie wär's mit ein paar Tacos?«

Er lachte. »Geld spielt keine Rolle.«

Wir brachten das Boot wieder an seinen Liegeplatz (Ren hatte eindeutig einen guten Einfluss auf den Todesgott) und hielten ein Taxi an. Als wir eingestiegen waren, sagte Ah-Puch zum Fahrer: »Bringen Sie uns zum besten Hotel der Stadt.« Weil Rosie nicht auf den Rücksitz passte, musste sie neben dem Auto herlaufen. Wir brausten erst durch die bunte, geschäftige Innenstadt und dann durch einen Tunnel, in dem lauter Kronleuchter von der Decke hingen. Wieder herauszukommen war, als würde man aus einem langen Traum erwachen. Wir waren von Bergen umgeben, am Horizont leuchtete türkisfarben das Meer und die Palmen wiegten sich, als wollten sie uns begrüßen. Vor einer weitläufigen Anlage stand das Personal bereits Spalier.

»Ja, das ist wirklich ganz nett«, sagte Ah-Puch lächelnd.

Ren fiel die Kinnlade herunter. »Ganz nett?! Das hier ist … noch toller als ein Schloss oder das Weiße Haus oder … seht euch doch bloß diese Aussicht an!«

»Wir müssen uns beeilen«, fiel ich ihr ins Wort, denn schließlich machten wir hier nicht Urlaub. Allerdings war ich wider Willen auch ziemlich beeindruckt.

Ah-Puch schlenderte in das Foyer, als wäre er der Hotelbesitzer persönlich, und ein Angestellter namens Javier folgte ihm in respektvollem Abstand. Ich blieb am Eingang stehen und sah zu, wie Ah-Puch mit der Frau am Empfangstresen flirtete. Sie lächelte ihn freundlich an – nein, das stimmt nicht. Sie überschlug sich geradezu vor Eifer, ihm die größte und luxuriöseste Suite herauszusuchen. Ich staunte. Schließlich trug er immer noch ein schmuddeliges weißes T-Shirt (auch wenn es ihm jetzt mindestens drei Größen zu klein war), eine ebenfalls schmutzige Hochwasserhose und stank nach Knoblauch und ranzigem Käse. Aber vielleicht konnte der Todesgott ja jeden um den Finger wickeln, und dass sein Gesicht jetzt anders aussah, schadete auch nicht. Egal.

Und als es ans Bezahlen ging? Da beugte er sich einfach vor und sagte vertraulich: »Setzen Sie's auf meine Rechnung.«

Hatte ich mich verhört? Er hatte doch bestimmt nicht im Voraus bezahlt, oder? Tja, hatte er auch nicht, wie sich herausstellte. »Meine Rechnung« bezog sich auf Kukuulkaan. Offenbar hatte der alte Kumpel meines Vaters (der von seinen Freunden »Mat« genannt wurde) mit jedem Fünf-Sterne-Hotel der Welt ein Arrangement getroffen. Reisen war anscheinend sein Hobby.

Als uns die Empfangsdame zu unserer *casita* brachte, wurde es schon dunkel und am Himmel funkelten die ersten Sterne. Ich fand, das freistehende, zweistöckige Haus sah wie eine Minivilla aus, denn es hatte einen eigenen Innenhof und einen Privatstrand samt Grillplatz. Drinnen gab es hohe Decken mit dunklen Holzbalken, einen Whirlpool und einen Wahnsinnsmeerblick. Nicht zu vergessen, dass schon Tortillachips und Guacamole bereitstanden und, ach ja, habe ich schon den Butler erwähnt, den man jederzeit telefonisch ordern konnte? Zu schade, dass Hondo und Brooks nicht da waren. Überhaupt jammerschade, dass sie das alles nicht miterlebten. Brooks hätte bestimmt Hackfleisch aus den Fledermäusen gemacht. Hoffentlich hatte sie ausnahmsweise auf mich gehört und war nach Holbox zurückgekehrt.

Als wir allein waren, bombardierte ich Ah-Puch sofort wieder mit Fragen über die Fledermäuse und darüber, wie sie uns gefunden hatten, aber er entgegnete nur: »Erst muss ich mal duschen und mir was Anständiges anziehen.«

Warum zauberte er sich nicht einfach in einen Maßanzug, so wie damals, als ich ihn aus seinem Kerker befreit hatte? Oder hatte Muwan das arrangiert?

Doch nach nicht mal einer Stunde wurden seine neuen Sachen geliefert, alle hatten geduscht und der Zimmerservice hatte das Abendessen gebracht: Quesadillas, Papaya und Ananas für Ren und mich, fünf rohe Steaks für Rosie und einen hundert Jahre alten Tequila für Ah-Puch. Seinen Hunger hatte offenbar das Fledermausblut gestillt – vorerst.

Dann klärte er uns endlich auf, dass die Biester höchstwahrscheinlich die Untergebenen eines Fledermausgottes namens Camazotz waren, der früher im Haus der Fledermäuse in Xib'alb'a gewohnt und die Aufgabe gehabt hatte, den Vorbeikommenden die Köpfe abzubeißen. Aus irgendwelchen Gründen, an die sich Ah-Puch nicht erinnerte, war er aus der Unterwelt verbannt worden und seither hatte niemand mehr etwas von ihm gehört.

»Camazotz wie der Planet in *Das Zeiträtsel*?«, fragte Ren.

»Was soll das sein?«, fragte Ah-Puch zurück.

»Ein Buch. Und ein Film. Von Disney.«

Ah-Puch zog die Augenbraue hoch. »Ist dieser Disney ein Bekannter von Camazotz?«

»Na ja, nicht direkt. Und Camazotz ist ein Fledermausgott, hast du gesagt?«

»Richtig.« Ah-Puch zog seine Manschetten glatt und schnippte einen Fussel von seinem schwarzen Jackett.

»Aber …« Ren stocherte in ihrer Quesadilla. »… wie haben mich die Fledermäuse denn nun gefunden?«

»Deine Magie hat eine starke Ausstrahlung«, antwortete Ah-Puch feierlich. »Sie hat die Biester angezogen, ist aber zugleich der Grund, weshalb sie dir nichts tun konnten. Gegen diese Art Macht können sogar ihre nadelspitzen Zähne nichts ausrichten.«

Ich sah Ren an. »Besitzt du vielleicht irgendwelche magischen Supermayakräfte?« War es das, was sie mir in San Miguel hatte erzählen wollen?

Ah-Puch rieb sich das Kinn. »Mit den Mayas hat das nichts zu tun, aber darum geht es jetzt nicht. Die Frage ist vielmehr, warum Camazotz seine kleinen Freunde ausgeschickt hat, um Ren zu entführen. Nicht, dass mich das interessieren würde. Ich möchte deinem Winzhirn nur auf die Sprünge helfen.«

»Mein ›Winzhirn‹ kann anscheinend immer noch nicht mit einem Mayahirn mithalten«, gab ich zurück. »Ich verstehe nicht, worauf du hinauswillst.«

Ren mischte sich ein. »Du siehst ziemlich … blass und müde aus, Zane. Geh lieber schlafen.«

Dann zuckte ihr Arm heftig. Ihr Glas zerschellte auf dem Boden und sie wurde ganz steif. Offenbar war sie wieder in Trance. Sie sackte zusammen und wäre in die Scherben gefallen, wenn Ah-Puch sie nicht aufgefangen hätte.

Er bettete sie so behutsam aufs Sofa, als wäre sie aus Porzellan. Als er sich wieder aufrichtete, begegneten sich unsere Blicke. »Es bringt ja nichts, wenn sie sich den Schädel einschlägt. Wir brauchen sie noch.« Doch ich spürte, dass er sie nicht nur aus egoistischen Gründen aufgefangen hatte. Er mochte sie gern, auch wenn er das niemals zugegeben hätte.

Er sah zu, wie ich ein dickes Handtuch nahm und damit die Scherben aufsammelte.

»Was weißt du über sie?«, fragte ich und schüttelte das Handtuch über dem Papierkorb aus.

»Das geht dich nichts an. Und bevor du mir jetzt wieder mit der Leere drohst – zu unserer Abmachung gehört nicht, dass ich die Geheimnisse anderer Leute ausplaudere.«

Mein Blut begann wieder zu kochen. »In San Miguel wollte Ren es mir selber erzählen, aber dann bist du aufgetaucht, und ich glaube, es wäre gut, wenn ich es wüsste, weil …«

»Weil?«

»Weil es womöglich ein Geheimnis ist, das uns den Kopf kosten kann.«

»Das kann sowieso passieren. Zum Beispiel, weil du immer noch nicht richtig mit deinen Feuerkräften klarkommst.« Er zögerte kurz und gab sich dann einen Ruck. »Weil mir aber daran liegt, meinen früheren Ruhm wiederzuerlangen, habe ich beschlossen, dir ein, zwei Kniffe beizubringen. Damit wir unsere Köpfe behalten.«

»*Du* willst *mich* ausbilden?«, sagte ich erstaunt.

»Von ›wollen‹ und ›ausbilden‹ war keine Rede.« Er verschränkte die Arme.

»Na schön, aber warum hast du dann vorhin auf dem Boot gemeint, dass ich das Feuer bald in den Griff bekomme?« Ich dachte wieder an den Rauch, der aus meinen Fingern gequollen war und Ren in ein schützendes Netz gehüllt hatte. So wie schon in Xib'alb'a hatte mein Hirn da den Nicht-sterben-Autopiloten eingeschaltet. War das vielleicht des Rätsels Lösung? Waren meine Feuerkräfte eher eine instinktive Reaktion als etwas, das ich bewusst einsetzte?

Ah-Puch knöpfte sich mit einer Hand das Jackett zu. »Genauso gut könnte ich einer Ameise das Universum erklären. Ich gedenke nicht, meine kostbare und zeitlich begrenzte Energie für so eine sinnlose Aufgabe zu vergeuden. Aber ich gebe dir einen kostenlosen Tipp: Versuch nicht, das Feuer zu zähmen. Gib dich ihm hin.«

Er war eindeutig *loco. Loco* und verwirrend. Warum unterhielt ich mich überhaupt mit ihm darüber? Ich war doch nicht so bescheuert, einen Rat des *Todesgottes* anzunehmen!

»Toller Tipp«, sagte ich säuerlich. »Nächstes Mal kann ich ja eine weiße Fahne schwenken.«

»Als ich noch in Amt und Würden als Gott des Todes, der Finsternis und der Zerstörung war, habe ich mich diesen dreien hingegeben. Um in den Vollbesitz meiner Macht zu gelangen, bin ich mit jedem davon eins geworden. Kann dein senfsamenkleines Menschenhirn nachvollziehen, was ich meine?«

Mir schoss das Blut in die Wangen. »Mein Vater hat gesagt, damit mich das Feuer nicht umbringt, muss ich es zähmen, und jetzt erzählst du mir das Gegenteil?« Vielleicht wollte er mich ja einfach nur ein für alle Mal loswerden.

Seine Miene war ausdruckslos. »Was ist daran so schwer zu verstehen?«

»Wie kann ich das Feuer denn gleichzeitig zähmen und mich ihm hingeben?«

»Du bist ein Halbgott. Vielleicht solltest du dich mal darauf besinnen.«

Dann klatschte er in die Hände. »Das war's von meiner Seite. Jetzt muss ich mich auf die Schnüffelarbeit konzentrieren, solange mich diese großartige Blutmagie noch belebt.«

»Welche Schnüffelarbeit?«

»Als *wahrer* Herrscher der Unterwelt bin ich von allen Göttern der

Findigste, oder was glaubst du, wie ich damals die vielen Seelen aufgespürt habe, die sich vor mir verstecken wollten? Da wird es mir ja wohl gelingen, das finstere Geheimnis aufzudecken, das diese Fledermäuse umgibt. Und wer weiß, vielleicht entdecke ich dabei ja einen Hinweis auf deinen Feuerhüter.«

»Vergiss es. Du ziehst nicht ohne mich los.« Ich traute ihm immer noch nicht über den Weg.

Er schüttelte den Kopf. »Du würdest mich bloß behindern und außerdem hat Ren recht. Du siehst furchtbar aus. Du musst dringend …«, er musterte mich von oben bis unten, »keine Ahnung … noch mal duschen, dich kämmen, raus in die Sonne oder so.«

»Es ist schon dunkel.«

»Bleib einfach hier. Womöglich tauchen noch mehr von Zotz' Schoßtierchen auf. Er wird bald mitkriegen, dass sie ihm nicht den ersehnten Schatz gebracht haben.« Er deutete mit dem Kinn auf Ren.

Wenn Ah-Puch recht hatte, dann war dieser Camazotz ein weiterer bösartiger Gott auf Rachefeldzug. Steckte er etwa auch hinter den Entführungen? Was führte er im Schilde? Ich ahnte, dass wir erst an der Oberfläche der vielen Schichten kratzten, aus denen sich dieser ganze Mayawahnsinn zusammensetzte.

»Eine Stunde«, sagte ich streng.

Aber ich durfte mich nicht nur auf Ah-Puch verlassen. Ich musste selbst etwas unternehmen, und zwar schnell.

Als er weg war, rief ich Mom über das Hoteltelefon an. Genau genommen rief ich ihr Büro an, weil da der Anrufbeantworter dranging. Persönlich mit ihr zu sprechen, hätte die Sache garantiert nicht leichter gemacht.

Ihre muntere Stimme ertönte: »Sie sprechen mit *Maya Adventures.*

Momentan haben wir geschlossen, aber wenn Sie nach dem Signalton eine Nachricht hinterlassen, rufen wir so schnell wie möglich zurück.« Sie wiederholte das Ganze auf Spanisch, dann folgte der gefürchtete Piepton.

»Hallo, Mom. Ich bin's, Zane.« Blöder Anfang. »Ich … äh … hast du meine Mail bekommen? Uns geht's gut und wir sind bald wieder da. Reg dich nicht auf. Ich hab Mist gebaut und jetzt sind ein paar Leute meinetwegen in Schwierigkeiten und ich muss die Sache wieder in Ordnung bringen. Du sagst doch immer, wenn man Mist baut, muss man auch die Konsequenzen tragen.« Ich holte zittrig Luft. Rosie sah mich mit ihren dunklen Augen eindringlich an und winselte leise. »Rosie sagt auch Hallo. Okay, das war alles. Zünde eine Kerze für mich an. Tschüss.«

Ich legte auf. Rosie leckte sich die Lefzen und knurrte grollend, als wollte sie sagen: *Deine Mutter bringt dich um!* Tja, dann konnte Mom sich hinter Brooks und Hondo anstellen und vielleicht auch hinter den Entführten, wenn die erst rausfanden, dass ich schuld an ihrer Misere war. Und dann war da noch der Drahtzieher des Ganzen (wahrscheinlich dieser Zotz), der mir offenbar nach dem Leben trachtete. Nicht zu vergessen die Todesmagie, die sich inzwischen wie eine Schlinge anfühlte, die sich mit jeder Sekunde fester um meinen Hals zuzog.

Rosie und ich gingen nach draußen. Auf dem Grillplatz loderte ein Feuer, das ein unsichtbarer Angestellter für uns angezündet hatte. Der Mond warf einen breiten, weiß schimmernden Lichtstreifen auf das dunkle Meer.

»Die Rote Königin hat gesagt, ich soll die Flamme fragen«, sagte ich zu Rosie, ließ mich auf einem Korbsessel nieder und legte Fuego weg. Dann beugte ich mich über die Feuerstelle. Rosie wedelte mit dem

Schwanz, sprang hinein, nahm ein brennendes Holzscheit ins Maul und sah mich auffordernd an.

»Nein, wir spielen jetzt nicht *Bring das Feuer*.«

Rosie schnaubte eine Rauchfahne aus, ließ das Holzscheit fallen, kam wieder zu mir und legte sich hin. Das Feuer knisterte und sprühte Funken.

»Hallooo?«, sagte ich und streckte den Kopf in die Grube. (Bitte nicht zu Hause nachmachen – ich dachte bloß, dass ich vielleicht ganz nah ran müsste, um etwas zu verstehen.)

Eine kleine Flamme hüpfte heraus.

Ich zog den Kopf erschrocken zurück und die Flamme landete auf einem gläsernen Beistelltisch, wo sie erlosch, aber erst, als mein Blick auf die Ledermappe gefallen war, die auf dem Tischchen lag. Sie enthielt Infomaterial über Ausflugstouren und Aktivitäten in Cabo de San Lucas.

Ich blätterte die Mappe durch, bis ich an einer Werbeanzeige auf einer der letzten Seiten hängen blieb. Mein Herz machte eine Vollbremsung.

Das Foto zeigte einen gewaltigen Felsbogen mitten im Meer. Darunter stand mit großen Goldbuchstaben:

EL ARCO, DAS TOR ZU EINER ANDEREN WELT.
BESUCHEN SIE LAND'S END.

»Rosie!« Ich hatte plötzlich schweißfeuchte Hände. »Die Rote Königin hat gesagt, ich muss nach Land's End, wo sich zwei Welten treffen. Findest du nicht, dass dieser Felsen wie ein Eingang aussieht?«

Rosie beschnupperte das Foto argwöhnisch.

Rasch überflog ich das Kleingedruckte. Weil es so spät war, hatte der Anbieter der Touren schon geschlossen. Daraufhin griff ich zum Telefon (hier draußen gab es natürlich auch eins) und rief den Hotelempfang an. Vielleicht konnte mir ja dort jemand sagen, wie ich nach Land's End kam. Doch die *señora* erklärte mir, dass man El Arco nur übers Wasser erreichte, und das erste Boot fuhr am nächsten Morgen. Zum Glück war es von der Hotelanlage aus nur eine kurze Fahrt. Wenn ich ein anderes Boot oder ein Surfbrett oder meinetwegen auch einen Wasserreifen auftrieb, war ich nicht auf die offizielle Tour angewiesen.

Rosie trippelte ungeduldig auf der Stelle und winselte. Sie wollte selbst hinschwimmen und mich auf ihrem Rücken nach Land's End bringen. »Das geht nicht«, sagte ich und drehte mich nach der *casita* um. »Du musst Ren bewachen. Das ist eine verantwortungsvolle Aufgabe. Versprich mir, dass ihr nichts zustößt. Ich beeile mich auch.« Sie sah mich an, als hätte sie mich verstanden. Als ihre sanften braunen Augen im Feuerschein glänzten, erkannte ich ganz kurz wieder meine alte Rosie und mir wurde ganz warm ums Herz. »Braves Mädchen.«

Der Strand war menschenleer und – richtig! – ich entdeckte natürlich nirgendwo ein Boot oder Surfbrett oder sonst etwas Brauchbares. Vielleicht konnte ich mich beim Schwimmen ja an einem Stück Holz festhalten oder … Da ertönte plötzlich aus der Palme, unter der ich stand, ein markerschütterndes Gekreisch.

Als ich nach kurzem Zögern den Kopf hob, klatschte mir eine Bananenschale ins Gesicht.

Der Affe war wieder da. Ich warf die eklige Schale wieder zu ihm hoch. »Du hast was verloren.«

Er bleckte die Zähne. Lachte er? Dann machte er mir ein Zeichen, dass ich ihm folgen sollte, und sprang auf die nächste Palme. Sein langer Schwanz diente ihm dabei als zusätzliches Greifwerkzeug.

»Ich soll mitkommen? Ich kenne dich doch gar nicht!« Gehörten Wahnvorstellungen etwa doch zu den Nebenwirkungen der Todesmagie?

Ein altes Ehepaar kam anspaziert und glotzte mich an, als wäre ich ein armer Irrer, der mit den Bäumen redete.

»Entschuldigen Sie bitte«, sagte ich rasch, »sehen Sie den Affen dort oben?«

Sie spähten in die Palmkrone, und als ich schon dachte, sie würden die Köpfe schütteln und erwidern, ich sei wohl *loco*, lächelten sie plötzlich, sagten etwas auf Französisch, zückten ihre Handys und machten ein Foto. Dann gingen sie weiter.

Ich war also doch nicht verrückt.

Als sie außer Hörweite waren, wandte ich mich wieder an das freche Vieh. »Und woher weiß ich, dass du nicht ein Affendämon bist, der mich in eine fiese Falle locken will?«

Der Affe verdrehte die Augen, schlug sich an die Stirn und warf die nächste Bananenschale nach mir. Wo nahm er die blöden Dinger eigentlich her? Hatte er eine Geheimtasche im Fell oder was?

»Hey!« Ich schwenkte Fuego. »Das ist mein todbringender Speer! Zwing mich nicht, ihn zu benutzen!«

Der Affe fauchte, kletterte von der Palme und flitzte über den dunklen Strand. Ich drehte mich misstrauisch um. Lauerte in meinem Rücken schon ein ganzes Affenheer? Doch die Luft war rein, darum lief ich hinterher. Der Affe rannte zu einem Schlauchboot. Er sprang hinein, schnappte sich die Ruder (sie sahen wie lange Knochen aus –

hoffentlich nicht von Menschen) und heulte mich an, als sollte ich mich beeilen. Mann, hatte das Vieh lange Zähne …

»Ich soll zu dir ins Boot steigen?«

Als er seine Flanke betastete, dachte ich schon, er würde die nächste Bananenschale rauskramen, doch er holte eine Postkarte von El Arco hervor und warf sie mir ärgerlich fauchend zu.

»Du willst nach Land's End rudern?«

Er schmatzte und zog die Lippen zurück, sodass seine sämtlichen Beißerchen entblößt waren. *Iieh-ieh-ieh!*

Ich interpretierte das als »Ja« und kletterte in das Boot. Der Affe kratzte sich am Kopf, dann ruderte er drauflos wie ein Weltmeister (er machte das bestimmt nicht zum ersten Mal). Als wir hinter der Brandung waren, stand er auf. Jetzt war es so weit. Er würde ein Messer herausholen und mich erstechen.

Ich zückte Fuego. Ein bläulicher Blitz leuchtete auf und der Affe verwandelte sich in einen Menschen. In einen Mann mit schwarzen Locken, die glitzerten, als wären sie einzeln mit Sternenstaub bestreut. Er war groß und dünn und trug eine Brille mit Metallgestell, aber weil die Gläser verspiegelt waren, konnte ich seine Augen nicht erkennen. Sogar sein langes blaues Gewand schimmerte. Hatte Ren mit ihren Außerirdischen etwa doch recht? Der Typ sah jedenfalls aus, als käme er vom Mond.

»Wer bist du?« In seinen Brillengläsern erblickte ich mein eigenes Spiegelbild: ein Junge mitten auf dem Meer, der sich seine Angst vor einem fremden Typen im Glitzergewand nicht anmerken lassen will.

Ich bekam keine Antwort. Jedenfalls nicht gleich. Er sah mich nur lange an (jedenfalls vermutete ich das). Schließlich setzte er sich wieder hin und erwiderte mit tiefer Stimme: »Ich bin Itzamna.«

31

»Itz-*wer?*« Dann erkannte ich die Stimme wieder und mir wurde schlecht.

Er nahm die Brille ab. Seine Augen waren so schwarz wie ein sternenloser Himmel, aber von einem silbrigen Licht umrahmt, das zu seinem glitzernden Haar passte. Sogar seine dunkle Haut funkelte wie Quarzgestein. »Ich bin der Mondgott, der Überbringer von Schrift und Kultur, der Schöpfer des Kalenders und der Vater der Bakabs. Und du bist Zane Obispo.«

»Du bist nicht der Feuerhüter.«

»Nein.«

»Aber du bist der, der aus dem Feuer zu mir gesprochen hat.«

»Höchstpersönlich.«

Mist. Mistmistmistmist! Hatte ich den größten Fehler meines Lebens gemacht? War ich reingelegt worden? Quinns Worte fielen mir ein: *Wer irgendwas für narrensicher hält, ist selber ein Narr.* Und ich war der größte Narr in diesem Irrenhaus.

Ich schluckte meine Enttäuschung hinunter. »Was machst du hier?« Durfte man so etwas zu einem Glitzergott sagen, dem man noch nie begegnet war und der einen womöglich genau wie die übrigen Götter einen Kopf kürzer machen wollte?

Dann traf mich die Erkenntnis wie eine zehn Meter hohe Monsterwelle. Er sah mich! Von wegen »magische Spezialkleidung«. *Danke, Ixtab.* Ich wich zurück. »Willst du … willst du mich umbringen?« Wir konnten ebenso gut gleich Klartext reden.

Itzamna warf den Kopf zurück und lachte melodisch. Besser kann ich es nicht beschreiben – sein Lachen klang, als hätte er ein ganzes Orchester im Mund. »Wenn ich das wollte, hätte ich es längst getan. Ich beobachte dich nämlich schon eine ganze Weile.«

»Du warst dabei, als ich mit der Roten Königin gesprochen habe, stimmt's?«

»Ich war *fast* dabei. An mehreren Orten zugleich zu sein, ist nicht so einfach, wie es sich anhört. Aber ich wollte die Rote Königin daran erinnern, dass sie mir noch etwas schuldig war. Ich achte penibel darauf, dass mir meine Schuldner alles zurückzahlen.«

»Warum? Was sollte sie denn tun?«

»Das ist jetzt unwichtig. Jetzt geht es darum, dass du ein großartiger Schriftsteller bist und ich dein Fan bin.« Er schmunzelte. »Ich habe schon dein erstes Werk gelesen – die Geschichte, die du auf Anordnung meiner Kollegen niederschreiben musstest. Sie hatten anscheinend keine Ahnung, welche Macht sie dir dadurch verleihen.«

»Macht?« *Hat er wirklich »Fan« gesagt?*

»Das geschriebene Wort besitzt große Macht. Es kann Welten verändern. Wie ich immer sage: Man soll durch Weisheit herrschen, nicht durch Krieg.«

Seine tiefe Stimme übte eine ähnlich beruhigende Wirkung auf mich aus wie die Spezial-Trinkschokolade meines Freundes Jazz. Ich entspannte mich total.

Er fuhr fort: »Schon als du die erste *cuento* verfasst hast, bist du mir, dem Gott des Schreibens, aufgefallen. Ich mische mich nicht gern in die Angelegenheiten der Menschen ein und schon gar nicht in die der Götter. Ich lese lieber bedeutende Werke, schreibe Gedichte, spiele Flöte und schwebe über den Sternenhimmel.« Er legte die Stirn in Falten. »Aber dann hast du weitergeschrieben – eine zweite Geschichte mit magischer Tinte – und die Magie hat mich unwiderstehlich zu dir hingezogen. Deine Worte haben uns miteinander verbunden.« Er seufzte und lächelte gleichzeitig. »Ich muss schon sagen, deine Lage ist nicht beneidenswert. Ich bin nicht sicher, ob es klug von dir war herzukommen. Das Ganze ist sehr riskant – aber wer nicht wagt, der nicht gewinnt.«

Mir wurde wieder flau im Magen. »Warum hast du den anderen Göttern nicht verraten, dass ich noch am Leben bin?«

Er setzte das Boot wieder in Bewegung, zog die Ruder ohne Anstrengung durch die dunklen, stillen Fluten. »Warum sollte ich? Damit diese unerleuchteten Dummköpfe ein Talent wie deines vernichten, wie sie es schon mit so vielen meiner Schützlinge gemacht haben? Nein, danke. Aber ich will ehrlich sein – an deiner Ausdrucksweise musst du noch arbeiten und bei den Landschaftsbeschreibungen könntest du auch ein bisschen Nachhilfe gebrauchen. Trotzdem – ich habe ein Gespür für echtes künstlerisches Talent, und du, junger Mann, hast eine große Zukunft vor dir. Es wäre absurd, eine solche Gabe zu vergeuden. *Darum* bin ich hier. Weil ich dir meine Unterstützung anbieten will.«

Warum hatte ich bloß das Gefühl, dass mich schon wieder ein Gott zu seiner Marionette machen wollte?

»Und wie soll diese Unterstützung aussehen?«, erkundigte ich mich.

»Nun ja, ich würde dich unter meine Fittiche nehmen und deinen Bildungshorizont erweitern, an deinem Stil feilen und –«

»Äh … das ist ein tolles Angebot, aber ich … ich muss zum Feuerhüter. Sofort.« Wenn es nicht der Feuerhüter gewesen war, der zu mir gesprochen hatte, hieß das noch lange nicht, dass er mir nicht helfen würde, oder? »Hast du eben gemeint, dass es keine gute Entscheidung wäre, ihn aufzusuchen?«

»Ich habe eine Vorliebe für riskante Entscheidungen«, gab er zurück. »Mir ist bewusst, was auf dem Spiel steht. Deswegen habe ich mir ja die Mühe gemacht, mit dir Kontakt aufzunehmen. Mir liegt daran, dass du auch weiter am Leben bleibst, Zane Obispo. Darum verstoße ich gegen meine eigenen Grundsätze und mische mich dieses eine Mal ein. Aber dafür musst du dich natürlich revanchieren.«

Da war es. Das Kleingedruckte. Bei den Mayagöttern gibt es nie etwas umsonst. »Wie denn?«

»Indem du weiterschreibst. Was auch geschieht, die Welt muss von deiner Geschichte erfahren.«

Ist das alles?, ging es mir durch den Kopf. Ich fand es ja gut, dass ihm meine Geschichte gefiel, aber es gab Millionen andere Schriftsteller auf der Welt. »Okay, ich schreibe weiter.« Diese Bedingung konnte ich leicht erfüllen, oder? Aber noch mal: Wenn es um Mayagötter geht, kann man sich gewaltig täuschen. »Und warum?«

Itzamna hörte zu rudern auf und beugte sich vor. »Weil die Welt mithilfe einer Geschichte entstanden ist, und weil die Welt vielleicht noch gerettet werden kann, wenn –« Er räusperte sich. »Ich habe schon zu viel geredet, aber ich bin froh, dass wir uns geeinigt haben. Ab jetzt werde ich mein Möglichstes dafür tun, dass du am Leben bleibst, und wenn du dich ebenfalls an unsere Abmachung hältst, bekommst du zur Belohnung einen lebenslangen Vorrat sämtlicher magischen Papiersorten, die je beschrieben wurden.«

Toll. Ein lebenslanger Papiervorrat. Hatte ich ein Glück. »Kannst du mich nicht stattdessen zum Feuerhüter bringen?« Die Rote Königin hatte zwar gesagt, dass ich den Feuerhüter ohne Begleitung aufsuchen musste, aber das bezog sich bestimmt nicht auf Götter. »Ich meine, wo du schon mal hier bist und so.«

»Das wäre viel zu einfach. Alle guten Geschichten handeln von Gefahren, von so unüberwindbaren Hindernissen, dass der Leser in seinem warmen Bett um das Leben des jungen Helden zittert. Dass er fürchten muss, der junge Held könnte eine verhängnisvolle Entscheidung getroffen haben.« Itzamna tat so, als würde es ihn eiskalt überlaufen. »Bleibt der Held am Leben? Siegt das Gute über das Böse? Erobert er seine Herzensdame?« Er schob sich die Brille ins Haar. »Und darum – abgelehnt. Ich werde dir dein Vorhaben nicht erleichtern. Eine tolle Geschichte hat für mich immer Vorrang. Eine, die den Leser richtig packt. Geht es dir nicht genauso?«

Äh … NEIN! »Ich würde meinen Kopf gern behalten, und meine Eingeweide und meine Haut auch.« Ich schaute erst zum schwarzen Himmel hoch und dann wieder Itzamna an. »Ist meine Entscheidung denn verhängnisvoll?«

»Nun ja, heikel ist das Ganze schon. Die Chance, dass du dabei umkommst, ist beträchtlich, aber sollte diese Tragödie eintreten, biete ich dir großzügigerweise an, dich höchstpersönlich nach Xib'alb'a zu überführen, wo du dann das Ende der Geschichte zu Papier bringen kannst.«

Ich stemmte die Füße auf den Boden des Bootes. »Ich habe nicht vor zu sterben.«

»Das hat niemand.«

»Dann bist du nur hergekommen, weil du mich auffordern wolltest, eine gute Geschichte zu schreiben?«, fragte ich ungläubig.

»Natürlich nicht. Ich bin hergekommen, um dir Glück zu wünschen. Schreib eine Geschichte, die *fuerte* ist! Eine spannende Geschichte!«

Er setzte die Brille wieder auf. In den verspiegelten Gläsern erblickte ich einen riesigen, angsteinflößenden Drachen mit blauen, roten und grünen Schuppen und einer goldenen Federhalskrause. Das Gruseligste war aber, dass aus dem offenen Maul keine Flammen schossen, sondern eine Hand herausragte. Eine Hand, die einen Stift hielt.

»Krass!«, entfuhr es mir. »Das ist … Moment mal – hat der Drache gerade einen Schriftsteller gefressen?«

»Offenbar müssen wir uns auch mit Metaphern befassen. Falls du am Leben bleibst.«

»Ist er echt? Kann er fliegen?«

»Selbstverständlich.« Itzamna stand auf. »Er ist mein treuer Gefährte, und alle Schriftsteller, die ich schätze, besitzen Drachenkräfte. Aber jetzt muss ich wieder los.«

»Nein!«, protestierte ich so laut, dass es über das Wasser hallte. »Was meinst du mit ›Drachenkräften‹? Was bedeutet das?« Meine Gedanken drehten sich schneller als jeder Küchenmixer und schredderten meinen Verstand zu Brei.

Itzamna legte den Finger auf die Lippen und schaute sich um, als hätte er etwas gehört. »Viel Glück, junger Mann. Erweise dich meines Vertrauens als würdig.«

Dann lösten er und seine Knochenruder sich in schimmernden Staub auf, den der Wind auf das dunkle Meer hinaustrug.

32

Großartig.

Ich dümpelte mitten auf dem Golf von Kalifornien, ohne Ruder, ohne Karte, ohne die leiseste Ahnung, wie ich nach Land's End gelangen sollte. Der Mond verbarg sich hinter einer Wolkenbank, sodass sogar ich so gut wie nichts mehr sah. (Du hättest mir wenigstens *ein* Ruder dalassen können, Itzamna!)

Dann konnte ich vor mir eine gewaltige Felsformation ausmachen. Der Umriss erinnerte an einen Stegosaurus, der den Kopf zum Trinken ins Wasser tauchte. Der geschwungene Hals musste der berühmte Felsbogen sein, links davon war ein schmaler Streifen Strand.

Rasch tauchte ich Fuego ins Wasser und versuchte, ihn als Ruder zu benutzen. (Blöde Idee, ich weiß, aber in der Not frisst der Teufel Fliegen.) Der Felsen war höchstens fünfzig Meter weit weg, aber es hätten genauso gut fünfzigtausend Kilometer sein können, denn jetzt machten sich die Gezeiten bemerkbar und die Strömung trug mich in die entgegengesetzte Richtung.

Kurz entschlossen sprang ich in die kalten Fluten, hielt mich am Rand des Schlauchboots fest und strampelte wie ein Irrer mit den Beinen, aber die Strömung war zu stark. Hatte etwa Itzamna sie heraufbeschworen, damit meine Geschichte noch spannender wurde?

Doch so kurz vor dem Ziel kam Aufgeben nicht infrage. Ich überlegte fieberhaft. *Wenn Brooks hier wäre, könnte sie sich in einen Falken verwandeln und mich hintragen.* Aber die Rote Königin hatte ja darauf bestanden, dass ich mich allein nach Land's End begab. Hatte sich Itzamna deswegen verdrückt?

Ich schloss die Augen und konzentrierte mich auf mein übernatürliches Bein, forderte es auf, etwas zu tun – irgendetwas. Ich war schon öfter mit Überschallgeschwindigkeit durchs Wasser geschossen.

Konzentrier dich.

Ich rief mir alle Kränkungen ins Gedächtnis, die ich je erlitten und verdrängt hatte, all meine Wut darüber. *Du bist ein Halbgott*, hatte Ah-Puch gesagt. Mein Sturmläuferbein fing zu brennen an, und dann war es plötzlich, als zuckte ein Blitz durch jede Zelle meines Körpers und entfachte ein ungekanntes Feuer. Eine überwältigende Kraft ließ mich durchs Wasser schnellen.

»Wooowww!«

Doch ich hatte mich zu früh gefreut, denn jetzt setzte sich Land's End auf einmal in Bewegung. Kein Witz. Der Felsdino hob den Kopf, blickte in meine Richtung und glitt dann *von mir weg.*

»HALT!«, brüllte ich. »Warte auf mich!«

Verdammt. Der Felsen war zu schnell. Wenn ich nicht *pronto* etwas unternahm, war er gleich am Horizont verschwunden. Es war gewagt, aber …

Ich kletterte wieder ins Boot, schlang das Haltetau um Fuego, versetzte ihn in Speermodus und befahl ihm: »Flieg, wie du noch nie geflogen bist!« Dann schleuderte ich ihn auf den Felsen. Das Tau entrollte sich blitzschnell und ich bekam das Ende gerade noch zu fassen. Mit einem jähen Ruck wurde ich emporgerissen und segelte hinter meiner Zauberwaffe her.

Genial! Aber dann setzte die blöde Schwerkraft ein und ... *platsch.*

Ich plumpste ins Meer, hielt das Tau aber fest und wurde weiter mitgeschleift. Salzwasser drang mir in Mund und Nase und ich musste daran denken, wie ich auf Holbox das erste Mal von einem Jetski abgeworfen worden war und vergessen hatte, das Seil loszulassen. Ich hustete und prustete, meine Augen brannten und ich sah nichts mehr. Als sauste ich geradewegs in den Rachen eines Riesenhais.

Dann beförderte mich ein zweiter Ruck wieder in die Höhe und ich sah voller Entsetzen, dass ich direkt auf eine Felswand zuhielt. Oder war es ein Stegosaurusbein? In letzter Sekunde ließ ich das Tau los, wirbelte durch die Luft und landete bäuchlings im Sand.

Keuchend richtete ich mich auf den Knien auf und hielt nach Fuego Ausschau. Der Speer steckte im Felsen ... nein, ich nehm's zurück: Er steckte im Rachen eines Riesendinos!

Als der steinerne Stegosaurus ein Schnauben ausstieß, sprühte mir aus seinen Nüstern ein so kräftiger Schwall schleimiges Meerwasser ins Gesicht, dass ich zurücktaumelte. Igitt! Hatte mich ein hundertzwanzig Meter hoher Dino vollgerotzt?

Ich wischte mir das eklige Zeug aus den Augen, und weil ich hier ja nichts verschweige – ja, ich hatte auch etwas davon in den Mund bekommen. Okay, ziemlich viel. Aber irgendwie beunruhigte mich mehr, dass der Felsbogen lebendig war und Fuego zwischen seinen Steinkiefern klemmte.

»Lass meinen Speer los!«, rief ich. Für den Felsen musste ich wie eine Ameise aussehen, und ich ging nicht davon aus, dass er auf mich hören würde, aber meinem Fuego tat niemand etwas an!

Der Felsdino knurrte und ich duckte mich instinktiv. Als ich den Kopf wieder hob, glühte Fuego blau. Es war ein grelles, elektrisches Blau, das dem Stegi nicht zu behagen schien, denn er jaulte auf und ließ den Speer fallen. Sofort kehrte Fuego zu mir zurück. Ich fing ihn auf und schob mich langsam rückwärts. Das steinerne Ungeheuer fiepte kläglich. Hatte es etwa Angst vor mir? Nein, es hatte anscheinend Angst vor Fuego, andererseits hätte es uns mühelos zertrampeln können … Was war da los?

In diesem Augenblick hörte ich jemanden pfeifen. Erst nur ganz leise, dann lauter, doch als ich mich umsah, war niemand da. Nur Fuego und die Dunkelheit.

Dann hörte ich es wieder. Die traurige Bluesmelodie kam mir bekannt vor. Beunruhigend bekannt. Das Pfeifen wurde noch lauter, dann vernahm ich eine Stimme, die ich nie mehr hatte hören wollen.

»The prophesied days are a-comin', oh, they are a-comin'. Find the shadows and hide, for the days are a-comin' …« Die Tage der Prophezeiung standen bevor und man sollte sich rechtzeitig in den Schatten verkriechen …

Nein, das war ausgeschlossen!

Doch da erschien am Rand meines Blickfelds auch schon ein lang gezogener Mondschatten und hinter Stegi kam ein Typ mit langen Dreadlocks hervor.

»Der Junge, der in der Klemme steckt«, sagte er mit dem gleichen breiten Akzent wie seinerzeit am Venice Beach. »Ich habe deine Zukunft immer noch in der Tasche.«

Vor meinen Augen drehte sich alles. Konnte das wirklich der singende, Gitarre spielende Tarotkartenleser von damals sein, der mir die Zukunft vorhersagen wollte? Der behauptet hatte, die Prophezeiung des Feuers sei erst der Anfang? *Feuer greift um sich, bis es alles vernichtet hat, was ihm in die Quere kommt.*

»Bist du …«, es blieb mir im Halse stecken, »bist *du* der Feuerhüter?«

Er schmunzelte nur flüchtig, als wäre er nicht sicher, ob ich ein richtiges Lächeln verdiente. Seine goldenen Schneidezähne funkelten im Mondlicht und auch sonst sah er noch aus wie damals. Seine Augenbrauen waren immer noch weggesengt, ansonsten trug er Shorts und ein orangefarbenes T-Shirt. Hinter seinem Ohr steckte ein zerkauter Bleistift, und wie mir erst jetzt auffiel, hatte er auf dem linken Bein ein rotes Tattoo. Es stellte einen geflügelten, Feuer speienden Panther dar.

»Ich bin Antonio Marcel De La Vega.« Jazz hatte ihn Santiago genannt, aber so ein Feuerhüter hatte bestimmt einen Tarnnamen. Er tätschelte den Steindino. »Ist ja gut, Chiquita, nachher schreibe ich ein Lied für dich. Und keine Sorge, der Kleine ist bald wieder weg. Was wir zu erledigen haben, dauert nicht lange.«

»Mein Vater … also Hurakan … hat mir von dir erzählt und die Rote Königin auch.«

Antonio kratzte sich den Nacken und erwiderte: »Glaubst du, das weiß ich nicht?« Dann musterte er Fuego. »Ich mag keine Besucher, die meinem Schätzchen das Maul verbrennen.«

»Dein Schätzchen? Das ist –« Beinahe wäre mir »ein Monster«, herausgerutscht. »Das Vieh ist riesig und besteht aus Stein!«

»Es ist eine ›Sie‹ und ihr Name ist Chiquita. Du musst dich bei ihr entschuldigen.«

Chiquita fiepte wieder und dicke Tränen liefen ihr wie Miniwasserfälle über das zerklüftete Gesicht. Emotionale Erpressung oder was?

»Na schön«, gab ich nach. »Es tut mir leid, Chiquita. Und Fuego tut es auch leid. Wir dachten, du willst uns fressen.«

Das schien ihr zu gefallen, denn sie neigte den langen Hals, beschnupperte mich und jaulte leise.

Der Feuerhüter tätschelte sie noch einmal und sagte: »Ich war gerade mitten in einer coolen Jamsession, aber dann hast du Chiquita überfallen und mich unterbrochen.«

»Ich habe sie nicht –« Doch als seine Miene finster wurde, schaltete ich rasch um und wiederholte: »Es tut mir leid.«

»Allen tut es immer leid. Eine billige Ausrede.« Dann wiegte er den Kopf. »Hey, das wär doch ein guter Text.« Er klopfte sich mit den Fingern aufs Bein und sang zu einem Hip-Hop-Beat: *»Allen tut's leid. Billige Ausreden, billige Gefühle.«* Er sah mich fragend an. »Bisschen zu viel Bebop, oder? Mehr R&B wär besser. Hast du mal 'nen Stift?«

»Du hast doch einen hinterm Ohr.«

Überrascht zog er den Stift hervor, dann tastete er die Taschen seiner Shorts ab. »Kein Papier, Mann. Präg dir die Zeile gut ein, sie ist echt gut. *Billige Ausreden, billige Gefühle.*« Chiquita stieß einen Laut zwischen Schnurren und Brummen aus. Anscheinend gefiel ihr der Text ebenfalls.

Ich trat nervös von einem Fuß auf den anderen. »Noch mal dazu, warum ich hier bin …«

»Vielleicht hättest du mir damals am *playa* besser zuhören sollen. Dann hättest du nicht so viel Zeit verplempert. Aber nein, du dachtest ja, du weißt schon alles, und jetzt hat deine Untätigkeit eben Konsequenzen.« Er breitete beide Hände aus und pustete auf die Handflächen. Eine violette Flammenwolke wallte empor und hüllte uns beide ein.

Im nächsten Augenblick standen wir in einem großen, von Kerzen erhellten Raum mit Betonboden und einer geziegelten Gewölbedecke. In einem klapprigen Regal links von mir standen reihenweise Platten, in der Vitrine gegenüber waren Gitarren in allen Farben und Lackierungen ausgestellt. Manche waren sogar signiert. Auf einem gläsernen Beistelltisch brannte ein Räucherstäbchen, das nach Wüstenregen duftete, sonst gab es noch zwei schäbige Barhocker, an denen mehrere akustische Gitarren lehnten.

Antonio sah, dass ich die Vitrine betrachtete. »Auf diesen Kunstwerken haben die berühmtesten Gitarristen der Geschichte gespielt: Hendrix, Cobain, Richards, Clapton und Santana.« Hondo wäre ausgeflippt, wenn er das gesehen hätte.

»Wo sind wir hier?«, fragte ich.

»In meiner Bude.«

Ein hochgewachsener, hagerer Typ mit langen blonden Haaren und derart vielen Nasenpiercings, dass ich sie nicht zählen konnte, streckte den Kopf aus einer Tür und sagte: »Komm endlich, Mann. Wir haben nicht den ganzen Tag Zeit.«

»Doch«, gab Antonio zurück. »Aber ich bin gleich da.«

Der Blonde musterte mich, dann sah er wieder Antonio an und verdrehte theatralisch die Augen. »Wenn ich deinetwegen den Groove verliere –«

»Niemand verliert hier den Groove«, entgegnete der Feuerhüter. »Nimm dir ein *cerveza.* Ich komme gleich.«

Der Blonde schnaubte ärgerlich und knallte die Tür zu.

»Und wer ist das?«

»Der Neue in unserer Band. Er ist ziemlich hektisch. Aber er ist ja auch Schlagzeuger. Er macht nicht gern zwischendurch Pausen und kann's nicht leiden, wenn jemand Fremdes bei einer Probe dabei ist. Er glaubt, das bringt Unglück.«

»Ach so. Wohnst du denn auch hier?« Vielleicht lockerte ein bisschen Small Talk die Stimmung ja auf.

»Nö. Ich nähre hier bloß die ewige Flamme.«

Ich sah mich wieder um, entdeckte aber nichts dergleichen. Der Fußboden war mit Zigarettenkippen und Papier übersät und überall standen Leuchter mit halb abgebrannten Kerzen. Abgesehen davon *nada*. Keine Ahnung, was ich erwartet hatte – auf jeden Fall etwas anderes.

»Und wo ist diese *ewige* Flamme?«, fragte ich scheinbar beiläufig.

Er klopfte sich lachend auf die Brust. »Hier drin.«

Mein Blick besagte anscheinend: *Willst du mich verarschen?*, denn er setzte hinzu: »Du glaubst doch nicht, dass wir Feuerhüter etwas so Bedeutendes offen brennen lassen, oder?«

Okay, ich hatte in letzter Zeit schon Seltsameres gehört. Was, fiel mir zwar gerade nicht ein, aber ich hatte ja auch Wichtigeres im Kopf, zum Beispiel die Frage, wo genau sich die Entführten aufhielten oder wie ich meinen Vater befreien konnte. Ich fasste mir ein Herz.

»Ich brauche deine Hilfe.«

»Sag bloß.«

Ich erzählte ihm alles. »Ich dachte, du kannst mir vielleicht sagen, wie ich die Entführten befreien und außerdem Hurakans Hinrichtung verhindern kann.«

Antonio verzog keine Miene und strich sich eine Dreadlock aus dem Gesicht. »Seh ich wie dein persönlicher Rettungsdienst aus oder was?«

Hallo? »Mein Vater meinte …«

Er grinste vielsagend, als wüsste er ganz genau, was mir Hurakan geraten hatte: *Lauf weg.* »Okay. Dein Alter sitzt also im Knast und das Universum ist im Umbruch. Du hättest ein paar Tage früher kommen sollen, dann wäre das alles noch kein Problem gewesen. Der Preis wäre zwar hoch gewesen, aber ich hätte vielleicht noch etwas abwenden können. Jetzt kannst du froh sein, wenn es mir gelingt, die Entführten zu orten.«

»Wieso ist das Universum im Umbruch? Hat das etwas damit zu tun, dass die Kräfte der Übernatürlichen nachlassen?«

Er strich mit den langen Fingern über den Gitarrenhals und erwiderte: »Finstere Tage. Finsterer Krieg. Verbirg dich im Dunkeln.« Er bückte sich nach einem Blatt Papier und kritzelte etwas darauf. »Nicht schlecht.«

Ich wedelte den Räucherstäbchenqualm weg, der mich in der Nase kitzelte.

Antonio sprach weiter. »Ich sehe dir an, dass du nur hergekommen bist, weil dir nichts anderes eingefallen ist. Weil dir die Zusammenhänge nicht klar sind. Du weißt nichts darüber, wie dein Vater den Menschen das Feuer geschenkt hat. Er hat eine Flamme genommen und den ersten Feuerhüter erschaffen, damit er die Magie der Mayas beschützt. Er machte sich Sorgen, was passieren würde, wenn alle Macht bei den Göttern liegt. Er war immer darauf bedacht, dass ein Gleichgewicht herrscht. Du hast also keine Ahnung von gar nichts.«

»Mein Vater wollte die Übernatürlichen und ihre Magie beschützen? Aber warum?«

»Damit es ein faires Spiel ist. Damit die Götter die Welt nie wieder vernichten können.« Er schüttelte den Kopf. »Bis vor ein paar Tagen konnte ich in einem einzigen Lodern der Flamme die Vergangenheit, die Gegenwart und ein Aufblitzen der Zukunft sehen. Ich konnte alle deine Entscheidungen und ihre möglichen Folgen sehen.« Er lachte heiser und schlug die tiefe E-Saite an, um seine Worte zu unterstreichen.

Mir war beklommen zumute. Kam ich tatsächlich zu spät? Hatte ich den weiten Weg ganz umsonst gemacht? »Erzähl mir mehr über den finsteren Krieg. Trainieren die Unterweltdämonen deshalb so verbissen?«

Antonio schlug jetzt Akkorde an, erst bedächtig, dann so flink, dass seine Finger rauchten und kleine Flammen von den Saiten aufzüngelten. Es sah echt toll aus, muss ich zugeben. Erst als ihm der Schweiß übers Gesicht lief, hörte er auf und schwankte, als würde er gleich zusammenklappen. Dann sagte er schwer atmend: »Ich sehe sechsundsiebzigeinhalb Möglichkeiten, die einen Krieg auslösen *könnten*. Alle hängen von gewissen Entscheidungen ab, die im Wayeb getroffen werden. Es kann aber auch sein, dass der Krieg während des Wayeb ausbricht, da bin ich nicht sicher.«

»Wayeb? Du meinst die fünf Unglückstage?«

»Aha, der Kleine weiß also doch etwas. Man nennt diese Zeitspanne auch ›die namenlosen Tage‹ oder, wie ich gern sage, ›die seelenlosen Tage‹. Sie beginnen genau heute in vier Monaten.«

Er bezog sich auf einen der drei Mayakalender, nämlich das sogenannte Haab. Das war ein 365 Tage umfassender Kalender, der in achtzehn Monate zu je zwanzig Tagen eingeteilt war. Für den letzten Monat blieben nur fünf Tage übrig, und das war der Unglücksmonat, der Wayeb.

»Wenn die Magie der Übernatürlichen nachlässt und wenn *du* die Flamme hütest, die ihnen Macht verleiht«, ich schluckte, »dann musst du derjenige sein, der …?«

»Der die Übernatürlichen ihrer Macht beraubt?« Er verzog den Mund zu einem breiten, golden funkelnden Grinsen.

33

»Krieg dich wieder ein, Mann«, sagte er und lachte. »Ich bin ein Hüter, kein Dieb. Seit ein paar Tagen flackert die magische Flamme. Wahrscheinlich, weil dein Vater immer schwächer wird.«

Ich hätte am liebsten irgendwas kaputt geschlagen. »Willst du damit sagen, wenn er stirbt, erlischt die Flamme?«

»Das auch. Und wenn er sie nicht mehr nährt –« Antonio brach ab.

»Dann sind die Übernatürlichen machtlos«, beendete ich den Satz.

Allmählich ergab das Ganze einen Sinn. Entführte Gottgeborene. Schwindende Magie. Der kurzfristige Hinrichtungstermin meines Vaters. Krieg. Steckte wirklich der Fledermausgott Zotz dahinter? Wer auch immer – das alles gehörte zu einem großen Plan. Die Gottgeborenen und die demnächst machtlosen Übernatürlichen waren nur Schachfiguren in diesem Krieg. Und die Mayagötter hatten immer noch nicht begriffen, was los war.

Meine Hände wurden heiß. »Ich bin der Sohn des Feuers. Vielleicht …« Einen Versuch war es auf jeden Fall wert. »Vielleicht kann *ich* die Flamme ja nähren.« Wenn sie sich erholte, konnte Antonio womöglich die Hinrichtung meines Vaters abwenden und mir Auskunft über die Entführten geben. Vielleicht gelang es mir ja tatsächlich, die Magie noch zu retten.

Er zog skeptisch die Augenbraue hoch.

»Lass es mich wenigstens versuchen.«

Seine dunklen Augen glänzten im Kerzenschein. »Du hast doch noch nicht mal dein eigenes Feuer im Griff, Mann. Wie willst du da der großartigsten Feuermagie der Weltgeschichte neue Kraft einhauchen?«

Eine zähe, lavaähnliche Hitze kroch mein Sturmläuferbein hoch. Ich hatte diese ganzen Halbwahrheiten, dieses Leben überhaupt, das nichts Halbes und nichts Ganzes war, so was von satt! »Wieso traust du mir das nicht zu?« Vielleicht war *das* ja der wahre Grund, weshalb ich hier war.

Antonio zuckte die Achseln. »Keine Ahnung. Aber wir können ja mal jemand anderen fragen.«

Er wedelte den Rauchfaden des Räucherstäbchens zu sich heran und trommelte mit den Fingern in die Luft, worauf der Rauch den Umriss eines … Menschenherzens nachzeichnete? Gebannt sah ich zu, wie das Herz zu schlagen anfing. *Poch-poch-poch* hallte es durch den Raum. Dann züngelte in der Mitte ein Flämmchen empor. Ohne nachzudenken, holte ich es zu mir heran und verdichtete es auf meiner flachen Hand zu einer kleinen Feuerkugel. Die Kugel rotierte wie ein Miniplanet um ihre eigene Achse und wurde dabei immer größer. So groß, dass sie schließlich zerbarst und eine blaue Feuerwand zwischen mir und Antonio aufloderte. Im Nu hatte mich ein gewaltiges, geräuschloses Inferno verschluckt.

Ich schaute mich suchend um. »Hurakan?«

Ich spürte, dass er ganz in der Nähe war. Inmitten der Flammen fühlte ich mich zum ersten Mal seit Tagen geborgen, als könnte mir hier nichts etwas anhaben.

Hallo, Zane. Du bist ja doch nicht weggelaufen.

Und du hast mir nicht erzählt, dass du hingerichtet werden sollst.

Schweigen.

Ich holte tief Luft. *Wie kann ich die ewige Flamme wieder kräftiger machen?*

Ich dachte, wenn du wegläufst und aus dem Spiel bist, ändert sich vielleicht etwas.

Wir verplemperten kostbare Zeit. *Bitte sag mir erst mal, wie ich die Flamme nähren kann.*

Das Feuer um mich herum loderte noch höher auf. *Das erfordert ein großes Opfer, und selbst dann kann die Sache anders ausgehen, als du es erwartest.*

Verstehe, aber was muss ich denn nun machen?

Das Feuer erstarb und das Letzte, was Hurakan sagte, war: *Blut.*

Das Feuer war erloschen. Ich musste mich an die Wand lehnen und hustete Rauchwolken aus.

Antonio klimperte so lässig auf seiner Gitarre, als würde in seiner »Bude« immerzu jemand in Flammen aufgehen. »Na, was hat dein Alter gesagt?«

»Ich habe ihn so verstanden, dass die ewige Flamme Blut braucht, um wieder kräftiger zu brennen.«

»Ganz so einfach ist es leider nicht. Das klappt nur mit *seinem* Blut.«

»Er ist doch mein Vater. Ich … ich könnte mein eigenes Blut opfern. Das wäre doch dasselbe, oder?«

»*Pura sangre*«, gab Antonio mit seinem breiten Akzent zurück. Seine Miene war ausdruckslos. Oder war sie resigniert? »Nur der Schöpfergott des Feuers kann der ewigen Flamme mit seinem reinen Blut neue Kraft schenken.«

Damit war auch klar, weshalb die anderen Götter Hurakan so dringend loswerden wollten. Er sollte nie mehr über die Magie der Mayas wachen können. Der Feind hatte an alle Schlupflöcher gedacht. Mir wurden die Knie weich und ich musste mich auf Fuego stützen.

Dann dämmerte es mir – aber so langsam, dass ich fürchtete, die Eingebung würde sich wieder verflüchtigen, wenn ich zu lange darüber nachdachte. »Mein Stock ... also mein Speer ... Die Funkenschlägerin hat ihn damals mit Hurakans Blut getränkt.«

Antonio sprang von seinem Barhocker auf (und stieß dabei eine andere Gitarre um). »Dann musst du ihn spalten!«

Fuego glühte türkisblau auf. Die Farbe erinnerte mich an den Oktoberhimmel in New Mexico und ich hatte plötzlich nur noch den Wunsch, meinen Stock zu beschützen. »Das geht nicht! Wenn wir ihn spalten, ist seine ganze Magie ... Dann kann er sich nicht mehr in einen Speer verwandeln und die ganze Magie ist futsch!«

»Wenn du ihn nicht zerstörst, ist die ganze Magie der Mayas futsch und damit unzählige Möglichkeiten. Es könnte die Rettung für die Flamme sein und dir auch bei deinem Vorhaben helfen.«

So heftige Panik überwältigte mich, dass ich mich kaum noch auf den Beinen halten konnte. »Aber die Funkenschlägerin hat gesagt, Fuego ist unzerstörbar!«

Antonio kam näher. »Mit dieser Art Magie kenne ich mich aus. Die Waffe kann tatsächlich nicht zerstört werden – *außer* von ihrem Besitzer.«

Ich sank auf die Knie und starrte Fuego an. Natürlich war er nur ein Gegenstand, aber für mich hatte er eine Seele. Außerdem hatte er mir nicht nur einmal das Leben gerettet. Wie konnte ich ihn da opfern? Fuego hatte mich noch nie im Stich gelassen. Aber hatte ich überhaupt eine Wahl?

»Es muss noch einen anderen Weg geben.«

»Es gibt immer andere Wege, Mann. Andere Entscheidungen, andere Folgen. Aber die Zeit wird knapp und die Flamme wird immer schwächer. Wenn die Magie einmal erloschen ist, kann nichts und niemand sie zurückbringen, klar?«

»Kannst du nicht doch versuchen, Hurakans Hinrichtung abzuwenden? Dann könnte er selbst etwas von seinem Blut opfern und –«

»Dafür ist die Flamme schon zu schwach. Aber vielleicht hilft ihr das Blut aus deinem Stock ja.«

Ich sollte Fuego für ein bloßes *Vielleicht* umbringen? Der Gedanke schnürte mir die Luft ab und Tränen schossen mir in die Augen. »Es tut mir leid, Fuego.« Ich legte den Stock auf den Boden, holte mir aus einer brennenden Kerze eine Flamme und ließ sie auf meiner Hand anschwellen. Dann atmete ich noch einmal tief durch und steckte Fuego in Brand.

34

Es war wie ein Film, den man rückwärts abspielt. Von Fuego stieg ein dunkelrotes Blutrinnsal empor und schlängelte sich auf eine kleine Flamme zu, die Antonio auf seiner Hand entfacht hatte. Die Flamme zischte, sprühte Funken und wurde dunkelblau, dann dehnte sie sich aus und verschluckte Antonio.

Im nächsten Augenblick erlosch sie wieder. Antonio war zum Glück unversehrt, doch von Fuego waren nur noch eine Silberpfütze und der Jadeknauf übrig. Antonio kniete sich neben mich. »Die Prophezeiung der Tage erfüllt sich und dein Opfer wird nicht vergessen werden.«

Ich war zu benommen, um etwas zu erwidern. Zu benommen, um etwas zu fühlen. Als hätte ich einen Teil meiner selbst verloren, und zwar unwiederbringlich. Als wäre es in mir kalt und dunkel geworden.

Unbeholfen stand ich auf, klopfte mir die Asche von der Jeans und versuchte, mich zu sammeln. Und, ich geb's zu, nicht zu heulen. Ich steckte den Jadegriff in die Hosentasche. »Und? Reicht das, um den Lauf der Zukunft zu ändern?«

Antonios Miene war grimmig, aus seinem Gesicht war alle Farbe gewichen. »Oh Mann.« Er drückte die Hand auf die Brust. »Ein bisschen größer ist die Flamme schon geworden.«

»*Ein bisschen?!*«

»Sie ist immer noch zu schwach.«

»Ich … ich habe meinen Stock umge –« Ich brachte es nicht über die Lippen. Antonio würde mich sowieso nicht verstehen, niemand würde das. Ich kam mir wie ein Mörder vor. »Dann habe ich Fuego ganz umsonst geopfert!« Alles war umsonst gewesen.

»Das stimmt so nicht. Du bist in einer bestimmten Absicht hergekommen, mit einem bestimmten Ziel. Aber Ziele können sich ändern, ob es uns passt oder nicht. Das Schicksal regiert mit starker Hand, und du hast der Flamme immerhin so viel Kraft eingehaucht, dass wir ein bisschen Zeit gewonnen haben. Zeit, um eine jahrhundertealte Magie vor der Vernichtung zu bewahren. Das nenne ich nicht ›umsonst‹.«

»Die Rote Königin hat mich angelogen. Sie hat behauptet, wenn ich herkomme, dann könnte ich die Zukunft ändern, und zwar zum Besseren.«

»Wer sagt, dass dir das nicht gelungen ist? So ist das nun mal mit der Zukunft – wir sehen nicht, was hinter der nächsten Ecke liegt.« Antonio griff nach einer anderen Gitarre und spielte ein paar Akkorde. »Angenommen, ich könnte dir einen Wunsch gewähren, einen einzigen. Selbst wenn ich Hurakans Hinrichtung abwenden könnte – würdest du deinen Wunsch dann *dafür* einsetzen oder für die Befreiung der Entführten? Oder würdest du lieber selbst am Leben bleiben? Oder Krieg und Blutvergießen beenden? *Welche* Zukunft würdest du ändern? Denk dran: Eine einzige falsche Entscheidung, und sei sie noch so gut gemeint, kann eine Katastrophe auslösen. Ursache und Wirkung nennt sich das, Mann, und es kann echt brutal sein.«

Meine Stimme wurde schrill. »Du hast nur an dich selbst gedacht!« Rauch quoll mir aus Mund und Nase. »Bestimmt musst du ebenfalls sterben, wenn die Flamme stirbt.«

»Der Tod ist nur ein anderer Daseinszustand. Was aus mir wird oder wie das Ganze ausgeht, ist für mich nicht so wichtig, klar? Wenn man ein Lied spielen will, muss man erst mal die Töne anschlagen, aber eins sage ich dir schon mal: Sei wachsam. Unter euch ist ein Verräter.«

»Wer denn?« Bestimmt meinte er Ah-Puch. Dann kam mir ein anderer schrecklicher Gedanke und mir rutschte das Herz nicht nur in die Hose, sondern geradewegs bis hinab nach Xib'alb'a. War etwa Ren eine Verräterin? War es das, was sie mir hatte sagen wollen? Hatte es etwas mit ihrer besonderen Magie zu tun?

»Ich halte die Flamme so lange am Leben, wie es geht. Mehr darf ich nicht sagen, denn das würde deine Entscheidungen und ihre Folgen beeinflussen«, redete Antonio weiter. »Aber ich habe noch etwas für dich.«

Er pustete auf seine flache Hand. Ein kleiner Rauchstrudel stieg wie ein Miniwirbelsturm davon auf und kam auf mich zu. Ich duckte mich, doch der Rauch war mir schon in die Nase gedrungen. Mein Hirn feuerte einen grellen Lichtblitz ab, sodass es hinter meinen Augen weiß leuchtete, und auf einmal wusste ich nicht nur ganz genau, wohin die Entführten verschleppt worden waren, sondern auch, wie ich sie von dort wegholen konnte. Sie waren nur ein paar Hundert Kilometer von meinem alten Zuhause in New Mexico entfernt. Als

Nächstes erblickte ich Hurakan. Er kniete unter einem sternenlosen Himmel auf einer Pyramide mit abgerundeten Ecken. Vor ihm standen zwei schemenhafte Gestalten.

Eine davon hielt eine blitzende Axt in der Hand.

35

Ich schwamm auf Chiquitas Rücken von Land's End weg und in meinen Ohren hallte zweierlei wider: Antonios mysteriöse Worte sowie dröhnende Gitarrenakkorde. Du denkst vielleicht, es würde Spaß machen, auf einem riesigen Steindino über den Golf von Kalifornien zu kreuzen. Irrtum. Ich fühlte mich, als hätte mein Hirn ein Leck, sodass die Erinnerung an Antonio, seine Bude und Fuego immer mehr versickerte. Als ich endlich am Strand zusammenbrach, wusste ich nur noch, dass etwas kaputtgegangen und etwas anderes wiederhergestellt worden war. Zwei Worte tauchten aus meinem Unterbewusstsein auf: *Schöpfer* und *Zerstörer.*

Was jetzt kommt, haben mir andere beschrieben, und ich muss mich auf Rens und Ah-Puchs Ehrlichkeit verlassen. Anscheinend entdeckten sie mich am nächsten Morgen ohnmächtig am Strand. Als ich wach wurde, habe ich (vermutlich) irgendwas von Krieg, Blut, Papier, Drachen und der Bestie gebrabbelt.

Meine eigene Erinnerung setzt erst wieder ein, als ich auf dem Sofa in unserer Hotelsuite lag. Ich richtete mich auf, hielt mir den Kopf und versuchte, mich zurechtzufinden. Was war geschehen und wie war ich hierhergekommen? Als ich Ren etwas sagen hörte, war ich erleichtert.

»Er ist wieder wach.«

Sie beugte sich über mich und Rosie schleckte mir das Gesicht ab, wobei sie knurrte und dicke Rauchwolken ausstieß.

»Wa-was ist passiert?« Mein Mund war trocken wie ein Wattebausch und schmeckte nach dem Inhalt eines Aschenbechers.

»Wird auch Zeit, dass du dich entschließt, wach zu werden«, erwiderte Ah-Puch seufzend. »Wir werden belagert und du schlummerst wie ein Baby.«

»Belagert?«

»Von noch mehr Fledermäusen«, sagte Ren. »Allerdings hat Rosie die meisten schon unten am Strand abgefackelt und A.P. hat mir nicht erlaubt, sie zu bestatten.«

A.P.? Sie hatte dem Gott des Todes einen Spitznamen verpasst?

»Die Viecher waren so verbrutzelt, dass alles Blut verdampft war«, beschwerte sich Ah-Puch, dann schaute er sich hektisch um. »Wir müssen schleunigst von hier verschwinden. Aber wo sollen wir hin?«

Ohne nachzudenken, antwortete ich: »Nach New Mexico.«

»Oh nein!«, entfuhr es Ah-Puch.

»Bist du sicher?«, fragte Ren verwundert. »Wie kommst du darauf?«

Ich überlegte angestrengt. Das Letzte, woran ich mich noch erinnerte, waren ein Boot und ein durchgeknallter Gott … Wie hieß er doch gleich?

Ah-Puch wirkte schrecklich nervös, und gealtert war er auch wieder. Er war zwar kein kleiner, glatzköpfiger, Blut hustender *viejo* mehr, dafür sah er jetzt wie ein versoffener, Kette rauchender Fünfzigjähriger mit Halbglatze aus.

»Wie war's denn so beim Feuerhüter?«, wollte Ren wissen.

»Können wir uns bitte woanders darüber unterhalten?«, unterbrach Ah-Puch sie. »Wenn wir durch die nächste Pforte abgehauen und weit, weit weg sind? Ich wittere Gefahr.«

»Noch mehr Fledermäuse?«, fragte ich.

»Noch mehr Gefahr«, lautete die Antwort.

Ich betrachtete meine Hände. Unter der fahlen Haut wölbten sich grünliche Adern. Die Todesmagie hielt erst zwei Tage an und ich verwandelte mich zusehends in einen Zombie.

»Beim Feuerhüter …«, wiederholte ich tonlos und hatte das Gefühl, dass mein Hirn im tiefsten Meer ertrank. Ja, da war irgendwas gewesen … mit Dinosauriern und Dunkelheit … oder waren es Gitarren? Ich griff in meine Hosentasche und holte Fuegos Jadegriff heraus.

Im selben Augenblick überflutete mich die Erinnerung an die vergangene Nacht, und die schreckliche Wahrheit schnürte mir die Luft ab. Rosie kam zu mir und stupste mich sanft mit der Schnauze an, als ahnte sie, was ich verloren hatte. Was ich zerstört hatte.

»Was ist letzte Nacht passiert?«, fragte Ren eindringlich.

Um mich ein bisschen zu beruhigen, stand ich auf und ging herum. »Du meinst, was ich vom Feuerhüter erfahren habe?« Plötzlich war ich furchtbar wütend. Hondo hat mal gesagt, dass Wut das unmittelbarste Gefühl von allen ist. Sie packt einen plötzlich und reißt einen mit. Ich funkelte erst Ah-Puch an und dann Ren. »Er hat gesagt, dass unter uns ein Verräter ist. Wie wär's, wenn du mir endlich mehr über deine Magie erzählst, Ren? Und warum bist du ausgerechnet in der Nacht vor dem Überfall auf mich aufgetaucht und was hat es mit deinen Schatten auf sich und –«

Sie schüttelte fassungslos den Kopf. »Du glaubst … du glaubst, dass ich eine Verräterin bin?« Ihre Unterlippe zitterte, sie schien den Tränen nahe.

»Ich weiß nicht, was ich noch glauben soll!«

»Glaub, was du willst, aber wir müssen endlich hier verschwinden«, kam es von Ah-Puch.

Ren richtete sich hoch auf und stemmte die Hände in die Hüften. »Ich habe immer die Wahrheit gesagt! Ich habe dir erzählt, dass auf der mexikanischen Seite meiner Familie magische Fähigkeiten vorkommen. Ich habe immer die Wahrheit gesagt«, bekräftigte sie noch einmal.

»Bevor du mir nicht *alles* erzählt hast, gehe ich nirgendwohin«, konterte ich. »Ich muss wissen, was es mit deinem Familienerbe auf sich hat.«

Sie sah zu Ah-Puch hinüber.

»Erzähl's ihm«, sagte er, »aber mach schnell.«

Ren richtete sich noch höher auf und sagte: »Ich bin zur Hälfte eine Mexica.«

Alle sahen mich an und einen Sekundenbruchteil lang schien die Zeit stillzustehen. »Du bist mit diesen jämmerlichen Geistern verwandt?«

Okay, so hatte ich mich eigentlich nicht ausdrücken wollen. Ich sehe schon vor mir, wie du die Augen verdrehst und dir an den Kopf schlägst. Bist du noch nie ins Fettnäpfchen getreten, dass es nur so spritzt?

»So war das nicht gemeint«, ruderte ich zurück. Mit aller Kraft. »Ich meinte bloß –«

»Tja, wie es aussieht, sind nicht alle von ihnen Geister«, entgegnete Ah-Puch.

»*Mi familia* … wir sind die letzte *bruja*-Linie unseres Geschlechts«, sagte Ren. »Ein paar Mayagötter wollen nicht, dass die Mexicamagie noch irgendwo überdauert, und wenn sie es herausfinden …«

Sie brauchte den Satz nicht zu beenden. Ich wusste aus eigener Erfahrung, wie machtgierig die Götter waren.

»Dann hat sich also eine Mayagöttin …« Diesmal achtete ich auf meine Ausdrucksweise. »Dann hat sich deine Mutter sozusagen in einen Mexica verliebt?«

Diese Formulierung schien Ren auch nicht zu gefallen. »Sie hat sich in meinen *Vater* verliebt.«

»Das meinte ich ja.« War denn alles verkehrt, was ich sagte? »Es tut mir leid, was deine Familie durchmachen musste. Ich weiß, wie es ist, wenn man verfolgt wird. Wenn man für etwas büßen soll, was man selbst gar nicht getan hat.«

»Wir haben mit diesem ganzen Mist überhaupt nichts zu tun«, gab Ren zurück. »Mein Vater hat sich immer geweigert, mir irgendwas Magisches beizubringen, und jetzt ist er tot. Also kann ich keine Verräterin sein, klar?«

Ich hob beschwichtigend die Hände. »Ich hab's verstanden. Ich wollte dich nicht kränken.«

»Genug der widerlichen Höflichkeiten«, knurrte Ah-Puch. »Davon wird mir kotzübel, und mir ist sowieso schon schlecht. Wir müssen endlich los.«

Ren beachtete ihn nicht. »Wo hast du denn Fuego gelassen?«

»Ich … ich habe ihn zerstört. Weil ich musste.« Ich berichtete den beiden, was geschehen war.

Ren fing ebenfalls an, auf- und abzuwandern. »Das heißt, wer auch immer hinter den Entführungen steckt, hinter dem Hinrichtungstermin deines Vaters und der geschwächten Mayamagie – es dreht sich um irgendeinen Krieg?«

»Den Mayas soll alles genommen werden, womit sie sich verteidigen können.« Ich hörte mich wie Hondo an, wenn er einen Wrestlingkampf analysierte, bloß dass er das Ganze bestimmt viel früher durchschaut hätte.

»Ich würde es genauso machen«, sagte Ah-Puch munter. »Geniale Taktik, finde ich.«

Ich drehte mich zu ihm um. »Bist du vielleicht auch in die Sache verwickelt?«

Er schüttelte den Kopf. »Der geheimnisvolle Drahtzieher kann mich nicht aus dem Feuerstrudel holen, und ich halte immer zu demjenigen, von dem ich mir den größten Vorteil verspreche. Momentan bist du das.«

»Was würdest *du* denn als Nächstes tun?« Vielleicht konnte Ah-Puch ja die Schachzüge unseres geheimnisvollen Gegners vorhersehen, schließlich war er selbst durchtrieben wie kein anderer.

Die Frage schien ihn zu überraschen. »Das Unerwartete natürlich.«

»Das hat Zane doch schon getan, als er die Flamme des Feuerhüters genährt hat«, wandte Ren ein.

»Damit konnte ich uns nur einen Aufschub verschaffen«, gab ich mit einem Blick auf die Wanduhr zurück. Der Sekundenzeiger bewegte sich nicht. »Die Macht unserer Gegner ist nicht von Dauer. Noch nicht.«

»Wer sich das alles ausgedacht hat, hat bestimmt für alle Eventualitäten vorgesorgt«, gab Ah-Puch zu bedenken.

»Glaubst du, es ist dieser Zotz?«

»Camazotz ist der geborene Mörder«, entgegnete Ah-Puch. »Er ist gerissen und schlau, aber nicht *so* schlau. Wenn er dahintersteckt, arbeitet er mit jemandem zusammen und dieser Jemand weiß, dass die Mayagötter sämtliche Magie der Welt an sich reißen wollen. Dafür nehmen sie auch in Kauf, dass sie alles zerstören.«

»Diese Mayagötter sind ganz schön dreist, finde ich«, sagte Ren. »Erst behandeln sie uns Gottgeborene wie den letzten Dreck und jetzt sollen wir sie unterstützen.«

In diesem Augenblick flog die Tür auf.

Wir fuhren alle drei erschrocken herum.

Auf der Schwelle standen zwei bullige Wachleute und richteten ihre Pistolen auf uns. *»¡Pongan sus manos sobre sus cabezas! Están bajo arresto«*, sagte der eine Wachmann, der eine Glatze hatte.

»Was wird uns vorgeworfen?«, gab Ah-Puch knapp zurück, als hätte er schon Erfahrung damit, verhaftet zu werden.

»Robo. Incendio provocado. Fraude.«

»Es war ein Fehler, das Boot zu klauen. Ich hab's ja gewusst«, sagte ich und nahm die Hände hinter den Kopf.

»Und die Fledermäuse zu brutzeln«, ergänzte Ren und sah dabei Rosie an.

Auch Ah-Puch nahm die Hände hoch und ging langsam rückwärts. »Ich bin der furchterregende Mayagott des Todes, der Finsternis und der Zerstörung, und wenn ihr nicht tausend Jahre lang verflucht sein wollt, lasst ihr uns laufen.«

Daraufhin griff der andere Wachmann zum Funkgerät und sprach so aufgeregt hinein, dass er dabei spuckte. Wahrscheinlich forderte er Verstärkung aus der Irrenanstalt an. Der Glatzkopf dagegen beschimpfte uns und richtete weiter die Waffe auf uns.

»Ich gehe nicht ins Gefängnis!«, sagte Ren.

Rosie schnaubte Rauchwolken und knurrte angriffslustig, aber die Wachleute sahen natürlich nur einen dreibeinigen Boxmatinermischling, der gegen Schusswaffen nichts ausrichten konnte. Sollte ich Rosie auffordern, Feuer zu speien? Andererseits waren die beiden Männer Menschen und machten nur ihre Arbeit. Sie abzufackeln, wäre nicht fair gewesen.

Ren wandte sich an Ah-Puch. »Kannst du nicht schnell eine Pforte öffnen?«

»Dafür bin ich zu schwach.«

»Wie bitte?!«, entfuhr es mir, dann riss ich mich wieder zusammen. »Dann müssen wir die Wachen eben umrennen. Keine Sorge, Ren, wir werden schon mit ihnen fertig. Du nimmst den Kleineren.«

»Es gibt keinen Kleineren«, widersprach sie. »Beide sind Riesen und äh … sie sind bewaffnet.«

»Kannst du dann vielleicht ein paar Schatten herbeibeschwören, die sie außer Gefecht setzen?«

»*¡Silencio!*«, blaffte der Glatzkopf.

Mein Vorschlag schien Ren nicht zu überzeugen, aber sie schloss gehorsam die Augen, ballte die Fäuste und murmelte etwas Unverständliches. Tatsächlich erhoben sich ein paar Schatten aus dem Fußboden, verflüchtigten sich aber gleich wieder. »Ich brauche Ruhe!«, sagte Ren.

Die Wachleute kamen jetzt langsam auf uns zu. An ihren Gürteln baumelten Handschellen.

»Rosie kann uns von hier wegbringen«, sagte ich gedämpft, ohne die beiden Typen aus den Augen zu lassen. »Ich zähle bis drei.«

Dann ging auf einmal alles rasend schnell. Im nächsten Augenblick saßen wir drei auf Rosies Rücken und sie stürmte aus der Tür, die zum Strand hinausging. Großes Geschrei. Die Männer kamen hinter uns her, aber Rosie war höllisch schnell.

»Weiter, Rosie!«, feuerte ich sie an.

Ah-Puch saß zwischen uns und rief triumphierend: »Ich sterbe doch nicht durch die Hand eines schnöden Wachmanns!« Dann rief er: »Bring uns zu den Klippen!«

Wie bitte? Sollten wir uns das Genick brechen?

Doch ein zweites Paar Wachleute auf Motorrädern schnitt uns den Weg ab. Rosie schlug einen Haken und flitzte in einen engen Durchgang zwischen zwei Gebäuden. Dahinter tauchten Klippen und das Meer auf. Als sie schlitternd anhielt, kreiste plötzlich ein Helikopter über uns. Bevor ich von Holbox aufgebrochen war, hatte ich mir alles Mögliche ausgemalt, was passieren konnte, aber ich wäre nie darauf gekommen, dass ich mal dicht vor einer Klippe wegen Diebstahl, Brandstiftung und Betrug verhaftet werden könnte.

»Wir sitzen in der Falle!«, rief Ren.

Der Propeller des Helikopters drehte sich wie wild und uns peitschte ein warmer Wind entgegen. Ein Typ mit einer riesigen Kamera auf der Schulter lehnte sich aus der Kabine.

Die Motorräder kamen immer näher.

»Was machen wir denn jetzt?«, übertönte Ren den Propeller.

»Wir müssen unsere Kräfte vereinen!«, brüllte Ah-Puch. »Das bedarf ungeheurer Konzentration und …« Er brach ab und tätschelte Rosie die Flanke, worauf sie in Richtung Klippe weiterlief.

Gehorchte sie jetzt dem Todesgott oder was?

Ich wollte eben einwenden, dass ich keine Lust hatte, mir das Genick zu brechen, da begannen meine Füße zu kribbeln. Das Kribbeln kroch erst meine Beine hoch und erfasste dann meinen Oberkörper. Rosie setzte uns oben auf der Klippe ab und drehte sich zu den Wachleuten um. Wahrscheinlich sollte sie die Männer ablenken. Ich schaute nach unten. Bevor man von hier aus ins Meer stürzte, zerschmetterte man sich auf einem gewaltigen Felsvorsprung den Schädel.

Die Wachleute waren von ihren Motorrädern abgestiegen und richteten ebenfalls Pistolen auf uns. »*¡Alto!*«

Daraufhin stieß Rosie ein Knurren aus, das jedem Drachen Ehre gemacht hätte, und es wurde ziemlich chaotisch: Die Männer schrien, der Helikopter geriet ins Trudeln und drohte abzustürzen, und Rosies riesige Gestalt qualmte wie verrückt. Ich begriff, dass unsere Verfolger sie als das erkannten, was sie war – eine Höllenhündin. Seit wann funktionierte das auch bei Menschen?

Ah-Puch packte Ren und mich bei den Händen und zog uns an den Rand der Klippe.

Spürt ihr das auch?, fragte er telepathisch.

Ja!, bestätigten wir gleichzeitig. Das elektrische Kribbeln verband uns wie eine magnetische Kraft, während der Luftstrom des Helikopters auf uns einpeitschte. Als ich mich kurz umdrehte, sah ich, dass Rosie die Wachen in Schach hielt.

Stell dir den Ort in New Mexico vor, den du am besten kennst, brachte mich Ah-Puch in die Gegenwart zurück.

Nein. Wir müssen sofort zu den Entführten.

Damit es klappt, musst du dort viel Zeit verbracht haben.

Mach schon!, drängte Ren.

Rasch stellte ich mir die *mesa* vor, wo früher die Bestie gestanden hatte. *Und jetzt?*

Jetzt springen wir!

36

Der Felsen war mindestens hundert Meter unter uns und ich konnte nur noch denken: *Ich bin gerade von einer Klippe gesprungen, weil mich der Todesgott dazu aufgefordert hat – bin ich noch ganz dicht?*

»Öffne die Pforte!«, schrie Ren.

Konzentriert euch fester, entgegnete Ah-Puch, der es irgendwie schaffte, unsere Hände festzuhalten. Das seltsame Kribbeln fesselte uns wie ein unsichtbares Tau aneinander.

Dann hörten wir Rosie heulen und im nächsten Augenblick kam sie auch schon durch die Luft gesaust.

»Konzentration!«, brüllte Ah-Puch.

Schau nicht nach unten, Zane, hörte ich Ren telepathisch sagen. Es klang bemüht ruhig.

Sie hatte gut reden! Aber Halt … wieso konnte sie sich auf diese Weise mit mir verständigen? Ah-Puch war doch zwischen uns.

Plötzlich breitete sich unter uns ein großer Schatten aus und nahm uns die Sicht. Das war ja ganz nett, aber wir stürzten immer noch in den sicheren Tod. Doch dann geriet die Luft in Bewegung – nein, sie schien sich eher zu verdichten und unseren Sturz abzubremsen. Wie war das möglich?

Das Genick würden wir uns zwar trotzdem brechen, aber es war immerhin ein kleiner Aufschub.

Ren?

Stell dir deinen Vulkan vor, antwortete sie ein bisschen hastig, aber immer noch bemüht gelassen. *Du kennst ihn besser als jeder andere.*

Ich kniff die Augen zu und rief mir die *mesa* in New Mexico ins Gedächtnis. Dann hörte ich in Gedanken Hondo sagen: *Du musst visualisieren, was du dir wünscht. Du musst es richtig spüren.*

Konzentration, Konzentration, Konzentration.

Warme Sonne, trockene, heiße Luft.

Fernes Kojotengeheul.

Der Wüstenregenduft der Kreosotbüsche.

RUMS!

POLTER!

Aua, mein Rücken!

(Letzteres kam von Ah-Puch.)

Ich öffnete die Augen und setzte mich auf. Rechts taten mir die Rippen weh, aber ich jubelte trotzdem: »Cool! Wir haben's geschafft. Wir leben noch!«

»Das war noch besser als der Bungeesprung, den ich mal von einer Brücke gemacht habe«, sagte Ren, wohingegen Ah-Puch wilde Flüche ausstieß. Rosie stupste mich mit ihrer Riesenpfote an, als wollte sie sagen: *Hier kenne ich mich aus. Los, komm!*

Ich schaute mich um. Um uns herum wuchsen silbrige Büsche,

vor uns ragte die Bestie auf. Allerdings war es nur eine Nachbildung. Ixtab hatte sie dort aufgestellt, damit die Bewohner der Gegend nicht ausrasteten, weil ein ganzer Vulkan plötzlich weg war. Der Fake war sehr gelungen, das musste man Ixtab lassen. Sie hatte sogar an den gedrungenen, stachligen Kaktus am Fuß der Bestie gedacht und an den Zickzackpfad, der zu meinem Geheimeingang hochführte.

Doch als mein Blick über den Horizont glitt, verflog meine Hochstimmung. Die Häuser, in denen einst Mr Ortiz, Miss Cab und meine Familie gewohnt hatten, waren nur noch verfaulte Trümmerhaufen. Ixtab hatte eine Überschwemmung geschickt und sie zerstört. Widerstreitende Gefühle überwältigten mich und ich empfand eine seltsame Trauer darüber, wie schnell so ein Menschenleben verschwinden konnte.

Die Sonne stand schon hoch, es musste kurz vor zwölf sein. Mir blieben nur noch anderthalb Tage. Dann sollte Hurakan hingerichtet werden und ich musste mich in der Unterwelt zurückmelden.

Ren klopfte sich den Sand ab und zupfte sich Mesquitezweige aus dem kurzen, zerstrubbelten Haar. Auf einer Wange hatte sie eine kleine Schnittwunde, aber nachdem Rosie einmal kräftig drübergeschleckt hatte (Ren musste kichern), war der Schnitt verheilt.

Als Ah-Puch sich aufrichten wollte, entschlüpfte ihm ein Stöhnen. Sofort war Ren bei ihm und half ihm, sich hinzusetzen. Dann stellte sie die Frage, die auch mir auf der Zunge lag: »Wie haben wir das gemacht? Mit dem Schatten, meine ich. Und du hast eine Pforte geöffnet, Zane!«

»Wir haben unsere Magie vereint«, entgegnete Ah-Puch leicht genervt. »Genau genommen habe *ich* unsere Magie vereint. Das wiederum …« Als er Luft holte, zuckte er vor Schmerzen zusammen. »… hat unsere Macht verdreifacht.« Er funkelte uns an. »Das ist eine uralte, streng geheime göttliche Methode, und wenn ihr jemals herumerzählt, dass ich sie euch gezeigt habe, reiße ich euch das Rückgrat raus und schleudere euch in die finstersten Abgründe von Xib'alb'a.«

Die Drohung schien Ren nicht zu beeindrucken. Sie betrachtete ihre flachen Hände und sagte staunend: »Es hat zwischen uns gekribbelt wie elektrischer Strom.«

»Haben dir die Schatten deswegen gehorcht und unseren Sturz abgefangen?«, fragte ich.

»Keine Ahnung. Ich habe mich einfach ganz fest konzentriert und sie mir vorgestellt, und dann waren sie auf einmal da. So wie Hondo es mir beigebracht hat.«

»Das ist echt grausam.« Ah-Puch wiegte den kahl werdenden Kopf. »Bitter und grausam, dass ich ausgerechnet an den Ort zurückkehren muss, wo ich vierhundert Jahre lang eingekerkert war. Und dann auch noch in Begleitung von zwei Gottgeborenen.«

»Das ist doch nicht der echte Vulkan, A.P.«, versuchte Ren, ihn zu trösten. Dann ging sie ein Stück in die Wüste hinein und checkte die Lage.

»Wir müssen zu den Entführten«, sagte ich energisch.

»Auch wenn ich es hier grässlich finde, ich muss mich kurz ausruhen«, gab Ah-Puch hustend zurück.

»Zane?« Rens Stimme bebte.

Ich ging zu ihr. Im Sand waren mehrere runde Pfotenabdrücke zu erkennen (wie von einem Riesenwolf) und jede Pfote hatte offenbar vier lange Krallen. Doch die Spuren waren sehr unregelmäßig angeordnet. Stammten sie tatsächlich von einem Vierbeiner?

Rosie knurrte. Dann beschnupperte sie jeden Abdruck einzeln und scharrte daran herum.

»Ein anderer Höllenhund?«, überlegte ich.

»Außerirdische«, erwiderte Ren ehrfürchtig.

»Keins von beidem.« Ah-Puch war zu uns herübergekommen. Er legte den Kopf schief und sog die Luft ein. »Ich wittere einen Ahuizotl.« Er sprach es *Ah-wie-tzo-tul* aus.

»Wer oder was ist das denn?« Ren riss die Augen auf, aber nicht ängstlich, sondern eher erwartungsvoll.

»Ein Ungeheuer aus der Mexicamythologie. Es hat ein hässliches, schiefes Gesicht, stachliges Fell auf dem Rücken und einen Eidechsenschwanz mit einer gruseligen Hand am Ende, den es um seine schreienden Opfer wickelt.«

»Opfer?« Rens Augen wurden noch größer.

»Der Ahuizotl frisst gern Menschen, vor allem ihre Nägel, Augen und Zähne.« Halb zu sich selbst setzte Ah-Puch hinzu: »Anscheinend ist es jemandem gelungen, die Ungeheuer zurückzuholen.«

Ich hatte Herzklopfen. »Und was wollte dieser Ahuizotl hier?«

»Und wo ist er hin?«, ergänzte Ren.

Rosie schnüffelte immer eifriger im Sand und zwängte schließlich den Kopf unter einen Mesquitebusch. Sie winselte klagend, zog den Kopf wieder hervor und hatte etwas im Maul. *Bitte keine Hand oder einen Fuß oder einen Augapfel!*

»Was hast du entdeckt, mein Mädchen?«

Es war eine von Brooks' Dämonentaschenlampen und sie war noch angeknipst (aber im Nicht-Töten-Modus). Daraus schloss ich, dass sie kürzlich jemand verloren hatte. Der Schock traf mich wie ein Schlag in den Magen. Brooks war hier gewesen?

Rasch kroch ich selbst unter den Busch und förderte ihren zerfetzten Rucksack zutage. Der Pfortenplan steckte noch drin. Brooks hätte ihn niemals freiwillig zurückgelassen.

Dann entdeckte ich ein Stück hinter dem Busch einen in den Sand gerammten Ast, auf den jemand einen Kuhschädel gesteckt hatte. Etwas war daran befestigt. Als ich hinlief, merkte ich, dass ich wieder humpelte. Das war ganz ungewohnt, denn es war für mich selbstverständlich geworden, mit Fuegos Hilfe aufrecht und schnell laufen zu können. Eine bräunliche Feder war an dem Schädel befestigt – die Feder eines Falken. Sie konnte nur von Brooks stammen. Und wenn Brooks hier gewesen war, hatte Hondo sie bestimmt begleitet.

Doch als ich nach den Fußabdrücken der beiden Ausschau hielt, entdeckte ich stattdessen eine frische Blutspur im Sand und mir wurde ganz anders.

»Wo sind sie?!«, wandte ich mich an Ah-Puch. Als hätte er eine Ahnung.

»Das Blut kann von sonst wem sein«, sagte er ausweichend.

Rosie beschnupperte das *sangre*, sah mich traurig an und heulte.

»Wenn es Hondos Blut ist, spuckst du Rauch, wenn es von Brooks stammt, Feuer.« Ich hielt den Atem an.

Aus Rosies Nase quoll eine Rauchwolke.

Ich sank auf die Knie.

»Dreh jetzt nicht durch, Zane«, sagte Ren bittend. »Wir müssen nachdenken.«

Sie hörte sich wie Brooks an. Allzeit bereit, einen Krisenplan zu entwerfen – aber was nutzten Pläne? Sie zerfielen schneller als brennendes Gestrüpp, auch wenn man noch so sehr versuchte, sie vom Brandherd fernzuhalten.

Hitze durchströmte mich. Ich jagte ein Ungeheuer, das ich nicht kannte, einen Gegner, der kein Gesicht hatte. Und mein Onkel war verletzt.

»Die beiden wurden überfallen«, sagte ich grimmig und stand auf. Warum hatten sie bloß nicht auf mich gehört und waren nach Holbox zurückgekehrt? »Kann es sein, dass das Ungeheuer …« Ich wollte es mir nicht mal vorstellen.

»Der Ahuizotl hat sie nicht getötet«, sagte Ah-Puch.

»Woher weißt du das?«

»Ich habe mich nicht präzise ausgedrückt: Er hat sie nicht *hier* getötet. Sonst würde ich den Tod wittern.« Er leckte sich hungrig die Lippen. »Schalte mal deine Götterhirnhälfte ein, Zane.«

»Aber woher wusste der Ahuizotl, dass Brooks und Hondo hier sind?«, fragte Ren.

»Tja, wir sind in Feindesland«, gab Ah-Puch zurück. »Bestimmt wurden für den Fall, dass Zane irgendwann zurückkommt, gewisse Sicherheitsvorkehrungen getroffen.«

»Ein ziemlich unwahrscheinlicher Fall«, gab ich zu bedenken. Konnte derjenige, der hinter dem Ganzen steckte, denn alle unsere Entscheidungen vorhersehen?

»Der Feind lauert dir überall auf. Er spielt Gedankenspiele, kennt deine kindischen Menschengefühle. Das hier ist eine Falle, war es immer schon. Und jetzt müssen wir herausfinden, wie sie ausgelöst wird.«

Ich hatte eine Eingebung. »Ich glaube, ich weiß, wo Hondo und Brooks sind.« Ich sah wieder den Aufenthaltsort der Entführten vor mir, den mir Antonio offenbart hatte. »Damit rechnet der Gegner bestimmt nicht, und Falle hin oder her, wir müssen uns beeilen. Oder hast du unsere Abmachung vergessen?«

»Kennt du die exakten Koordinaten?«, fragte Ah-Puch seufzend. »Wir dürfen nicht aufs Geratewohl eine Pforte öffnen, sonst landen wir womöglich in der Höhle des Feindes. Das würde ich gern vermeiden.«

Ich steckte den Pfortenplan ein und wanderte in Gedanken durch die Bilder, die mich Antonio hatte sehen lassen. Unter anderem auch den Weg zum Versteck der Entführten. Dort ragte eine bewaldete Felswand über einem Zeltplatz auf. Kurz entschlossen fasste ich Ah-Puch am Ellbogen und gewährte ihm Zugang zu meinen Gedanken. Konnte er die Bilder auch sehen?

»Mit diesem Wald stimmt etwas nicht«, sagte er grimmig.

»Was denn?«, fragte Ren.

»Keine Ahnung. Muss an dem Winzhirn liegen, das mir die Bilder zeigt.«

Diesmal überhörte ich die Beleidigung geflissentlich. »Glaubst du, es sind irgendwo Wachen postiert?«

»Keine Wachen. Magie. Und weil ich bekanntlich vorhabe, meinen rechtmäßigen Platz unter den Göttern wieder einzunehmen, gedenke ich nicht, in ihre hübsche kleine Falle zu spazieren. Das verstehst du sicher.«

»Wir haben eine Abmachung«, erinnerte ich ihn noch einmal. »Wenn du deinen Platz unter den Göttern wieder einnehmen willst, müssen wir erst die Gefangenen befreien.«

Er bedachte mich mit einem bösen Blick, dann brummte er resigniert: »Man soll eben keine Abmachungen treffen, wenn man der Schwächere ist.«

»Und wie kommen wir an dem magischen Zaun, oder was es ist, vorbei?«, hakte Ren nach.

Hondo hätte bestimmt wieder gesagt, wir sollten visualisieren, was wir uns wünschen. Dann hätte er selbst sich eine Ladung Waffen gewünscht und das Zeltlager einfach gestürmt. Brooks dagegen hätte einen Plan ausgetüftelt und den richtigen Zeitpunkt zum Zuschlagen abgewartet. Aber wann war der?

»Dann passt wenigstens auf, dass die Falle nicht zuschnappt«, sagte Ah-Puch mürrisch. »Ich will mich nicht fangen lassen wie eine Ratte.«

Mein Blick fiel wieder auf Brooks' Feder. Sie schimmerte in der Sonne, goldene Staubkörnchen umtanzten sie wie ein winziger Sandsturm. Ich beugte mich vor.

»TU'S NICHT!«, brüllte Ah-Puch.

Zu spät. Ich hatte die Feder schon in der Hand. Der Kuhschädel zerbarst, ein Wirbelwind saugte mich in einen Tunnel. Schatten schlossen sich so fest um mich, dass es sich anfühlte, als würde mir ein Berg lehmiger Erde die Lunge zerquetschen. Keine Luft. Kein Licht. Doch ich wurde nicht lebendig begraben, sondern höher und höher emporgerissen.

Itzamnas Stimme drang zu mir durch: *Es wird wehtun, aber verrate ihnen nichts. Hörst du mich? Trau niemandem.*

Wehtun? Was *wird wehtun? Du hast gesagt, du hilfst mir!*

Mach ich ja gerade.

Ich verlor das Bewusstsein.

Als ich wieder zu mir kam, sah ich nichts mehr. Jemand hatte mir die Augen verbunden. Bewegen konnte ich mich auch nicht, weil ich an Händen und Füßen an einen Pfahl oder Baum gefesselt war.

Ein kalter Windstoß traf mich. Blätter raschelten. Vögel zwitscherten.

»Und der Fürst erwacht«, sagte eine Frau.

Ich sträubte mich vergeblich gegen die Fesseln. »Wer ist da? Wo bin ich?«

»Dazu kommen wir später«, säuselte die Frau. »Erst ist die Schlange dran, junger Fürst.«

37

Über das zu schreiben, was als Nächstes geschah, fällt mir sehr schwer, denn ich würde es lieber ein für alle Mal vergessen. Ich hatte immer gedacht, Angst wäre ein Gefühl – eine herzrasende Kampf-oder-Flucht-Reaktion –, aber weißt du, was? Angst ist ein Lebewesen. Ein lebendiges Geschöpf mit Zähnen und Klauen und einem so überwältigenden Hass, dass er einen zerreißen kann.

Vielleicht hatte Itzamna deshalb angekündigt, dass es wehtun würde. Er hatte nicht gemeint, dass ich einen Schlag auf den Kopf bekommen oder von einer Klippe geworfen würde. Er hatte die Angst gemeint, und er hatte recht.

Ich verfluchte mich selbst, dass ich so dumm gewesen war. Dass ich geradewegs in die Falle getappt war, vor der mich Ah-Puch gewarnt hatte.

Die Frau nahm mir die Binde ab. Als sich meine Augen an die jähe Helligkeit gewöhnt hatten, schaute ich mich um. Ich befand mich auf einer Wiese, die von bewaldeten Felswänden umgeben war. Die Luft war kalt und roch nach Kiefern und Pferden. Doch das Ganze hatte auch etwas Unwirkliches, als wäre es aus Stofffetzen zu einem Abbild der realen Welt zusammengestückelt. Ixtab hätte es einen armseligen Abklatsch genannt.

»Sieh da, der Sohn des Feuers. Willkommen.«

Die Frau war mittelgroß und hatte das Haar zu zwei langen weißen Zöpfen geflochten. Sie hatte hellgraue Augen und ihr faltiges Gesicht mit den Hängebacken erinnerte an einen nassen Teebeutel. Ihre Hände waren groß und fleischig, die Knöchel waren behaart. Es waren dieselben Hände, die in Ixtabs Wahrsagebecken die Gottgeborenen gepackt hatten. *Das* war die Entführerin?

»Wo sind Brooks und Hondo?«, fragte ich und gab mir Mühe, mir meine Beunruhigung nicht anmerken zu lassen. Es war eine blöde Frage, denn die Frau sah nicht aus, als hätte sie hier das Sagen. Dafür blinzelte sie zu krampfhaft, und wenn sie sich bewegte, hinterließ sie eine schmierige Lehmspur. Na toll. Schon wieder ein Lehmmensch, der von irgendwem befehligt wurde. Leider konnte ich meine Fesseln nicht mit einer Flammenkugel wegsengen, weil ich nirgends eine Hitzequelle entdeckte.

»Dazu kommen wir später«, sagte die Frau wieder. »Erst stelle ich mich mal vor. Du kannst mich Ge nennen, so wie der Buchstabe. Ach ja, und bevor du versuchst, jemanden in Brand zu stecken – die Meister haben deine Kräfte gehemmt.« Sie machte eine ausholende Handbewegung. »Jetzt lernst du erst mal die anderen Gottgeborenen kennen.«

Zehn Jugendliche traten in einer Reihe aus dem Wald. Alle trugen die gleichen schwarzen Trainingsanzüge und marschierten so zackig wie Soldaten. Am liebsten hätte ich die Faust gereckt und ihnen zugebrüllt: *Hey, Leute, ich befreie euch! Sobald ich nicht mehr an diesen blöden Pfahl gefesselt bin …*

Warum sahen sie mich so finster an?

Ich entdeckte das farbige Mädchen mit den kurzen, blond gefärbten Haaren und dem argwöhnischen Blick. Ihr Bild hatte mir das Wahrsagebecken als Erstes gezeigt. Sie war einen vermüllten Schulflur entlanggelaufen und hatte mit gesenktem Kopf verstohlen um sich gespäht. Jetzt schaute sie nicht mehr nach unten.

Ge gab ihr einen Wink und sie kam mit immer noch finsterer Miene auf mich zu.

»Zane, das ist Serena. Wie die anderen auch hat sie ein Geschenk für dich.«

»Ein Geschenk?« Wieso hatte ich das Gefühl, dass das nicht das richtige Wort war?

»Jungs und Mädels!« Als Ge die Arme ausbreitete, bröckelte trockener Lehm aus ihren Achselhöhlen. »Bitte tretet vor, wenn ich euch dazu auffordere, und bringt eure Opfergabe dar. Denkt an das, was wir besprochen haben. Selbstbeherrschung ist oberstes Gebot. Daran muss sich auch Zane halten, wenn er sich uns anschließen möchte.«

Okay, die Frau hatte einen Sprung in der Schüssel. Buchstäblich, denn jedes Mal, wenn sie das Gesicht verzog, bekam es Risse. *Wenn Zane sich uns anschließen möchte?* Waren diese Jugendlichen gar keine Gefangenen? Wobei … sie sahen tatsächlich nicht so aus. Eher wie Rekruten.

Serena streckte mir die flachen Hände hin. Eine rote Wolke stieg davon auf und verdichtete sich zu einer Schlange. Einer großen, dicken, mordlustig aussehenden Schlange mit schwarz glänzenden Augen und einer gespaltenen Zunge, die in meine Richtung zuckte. Wäre ich nicht gefesselt gewesen, hätte ich einen Zehn-Meter-Satz rückwärts gemacht.

»Dieb«, sagte Serena leise und setzte die Schlange auf den Boden. Das Vieh glitt durch das trockene Gras auf mich zu.

»Hey!«, rief ich und wand mich vergeblich. »Ist die giftig?«

Ge schnaubte, als wäre Lachen für sie zu anstrengend.

Als die Schlange auf mein verkürztes Bein zukroch, lief mir der Angstschweiß über den Rücken. *Nein, so sterbe ich nicht*, redete ich mir gut zu und versuchte gleichzeitig, mich mit der Sonnenhitze zu verbinden, um die Wiese und alles darum herum in Brand zu stecken. Aber in Wahrheit war ich im Panikmodus, weil die Schlange jetzt Anstalten machte, sich um meinen Knöchel zu wickeln. Doch kaum berührte sie mein Bein, zuckte sie zischend zurück.

Ge machte ein verärgertes Gesicht, als sei so etwas nicht vorgesehen. »Egal. Die Show muss weitergehen«, sagte sie gedämpft, als die Schlange in einer Dampfwolke verpuffte. Dann winkte sie den nächsten Entführten heran und Serena nahm ihren Platz in der Reihe wieder ein.

Wo waren Ah-Puch, Ren und Rosie? Waren sie nicht mitgekommen? Auch Brooks und Hondo waren immer noch nirgends zu sehen.

»Willst du mich nicht losbinden?«, wandte ich mich in der Hoffnung an Ge, dass mich ihr beschränktes Lehmhirn nicht durchschaute. »Dann können wir in Ruhe über alles reden und … äh … werden uns bestimmt einig.«

Sie ignorierte mich. Wann würde wohl ihr Erschaffer auf der Bildfläche erscheinen?

Auf einmal hörte ich Itzamnas Stimme in meinem Kopf sagen: *Denk dran, Zane, die Dunkelheit ist die Geliebte der Täuschung.*

Ich hocke hier gefesselt im Lager des Feindes, wo mich lauter hasserfüllte Augen anglotzen, und du redest irgendwelchen Schwachsinn über die ›Geliebte der Täuschung‹? Wo bleibt die Hilfe, die du mir versprochen hast?

Sieh genau hin.

Hä?! Unter Hilfe verstehe ich, dass du meine Fesseln durchschneidest oder mich hier rausholst oder … Hallo? Itzamna?

Sorg dafür, dass die Geschichte spannend wird.

Ich bin doch nicht dein Alleinunterhalter!

Ein untersetzter Junge in Hochwasserhosen kam auf mich zu. Ge stellte ihn als Louie vor.

Auch er sah mich böse an. »Verräter.«

Am liebsten hätte ich ihn angeschrien: *Ich bin kein Verräter – ich will euch befreien, Mann! Ich riskiere für euch mein Leben! Ich schreibe sogar ein Buch über euch. Macht so was ein Verräter?* Aber wahrscheinlich war es besser, vor dem Direktor dieses albernen Zirkusunternehmens nicht gleich alle Karten auf den Tisch zu legen. Wer auch immer hinter dem Ganzen steckte, er oder sie liebte das Drama.

Als Louie mir die flachen Hände hinstreckte, hielt ich den Atem an. *Bitte nicht wieder irgendwas, das fiese Zähne und Klauen hat oder mir das Blut aussaugen will.*

Ein ohrenbetäubender Donnerschlag ließ die Schlucht erbeben. Mir lief es eiskalt den Rücken hinunter. Dann zuckte ein Blitz über den sich verdunkelnden Himmel und die Bäume bogen sich unter einem Sturzregen. Würde er mich vielleicht einfach wegschwemmen?

Als ich wieder an meinen Fesseln zerrte, schnitten sie mir nur noch tiefer ins Fleisch.

Die nächste Gottgeborene kam auf mich zu. Diesmal sparte sich

Ge die Vorstellung und wegen des Regens hatte das Mädchen seine Kapuze tief ins Gesicht gezogen. Auch als der Regen plötzlich wieder aufhörte, sah ich ihr Gesicht nur verschwommen.

»Hier kommt jemand ganz Besonderes«, verkündete Ge und trat beiseite.

Das Mädchen blieb vor mir stehen. Dunkle Locken ringelten sich unter der Kapuze hervor, und als sie den Kopf hob, blickten mich bernsteinfarbene Augen an. Mir stockte das Herz.

»Lügner«, sagte sie leise.

Ich bäumte mich verzweifelt gegen meine Fesseln auf. »Ich bin's doch, Brooks! Ich habe nicht gelogen!«

Ein flüchtiges Lächeln huschte über ihre zusammengekniffenen Lippen, dann verschwammen ihre Züge, als würden sie vor meinen Augen ausradiert.

»Was zur …?«

Über ihr Kinn zog sich plötzlich eine Narbe, dann erschien eine Nase und kleine, leuchtend grüne Augen hoben sich von seiner bräunlichen Haut ab. Nein, du hast dich nicht verlesen – von *seiner* Haut. Ich erkannte den Jungen sofort wieder, auch wenn sein Gesicht noch skizzenhaft wirkte. Es war der Typ mit den weißblonden Haaren, der eine windgepeitschte Straße entlanggelaufen war. Er hatte bei seiner Entführung nicht geschrien, sondern sich erbittert gewehrt.

»Das ist Marco«, verkündete Ge stolz.

Der Junge sah mich ausdruckslos an.

»Ich bin nicht euer Feind«, sagte ich. Er zuckte nicht mit der Wimper.

»Sind das nicht tolle Geschenke?«, fragte Ge schrill. »Wenn wir sie richtig einsetzen, erlangen wir unvorstellbare Macht.«

Einsetzen? Wofür? Für den Krieg, in den Zotz und sonst wer die Mayagötter verwickeln wollten? Ich überlegte. Das Schlangenmädchen, der Regenjunge und der Gruseltyp mit dem veränderlichen Gesicht … Wenn diese Jugendlichen solche Fähigkeiten besaßen, musste sich ihr göttlicher Elternteil zu ihnen bekannt haben.

Sieh genau hin.

»Sollen wir weitermachen?«, fragte Ge.

»Danke, das reicht«, antwortete eine wohlbekannte Stimme – eine Stimme, die ich eigentlich nie mehr hatte hören wollen.

Hinter mir ertönten Schritte. Ge duckte sich wie ein verängstigter Hund, dann verzog sie sich zusammen mit den Gottgeborenen in den Wald.

»Hallo, Zane.«

Das Herz schlug mir bis zum Hals.

Jordan (auch bekannt als der fiese Heldenzwilling Xb'alamkej) kam um den Pfahl herum und baute sich vor mir auf. Und ja, er sah genauso groß, bullig und bösartig aus wie bei unserem ersten Zusammentreffen auf seiner magischen *fiesta* in Los Angeles. Nur trug er diesmal keinen dunklen Anzug, sondern ein langärmliges graues T-Shirt und eine schwarze Jeans.

»Du?!«, brachte ich erstickt heraus. »*Du* hast die Gottgeborenen entführen lassen? Ich dachte, du wärst …«

»Vergiftet und von *La Muerta* gelähmt? Von Usukuns öligen Schwingen erstickt?«, erwiderte Jordan so grimmig, als hätte er diese kleine Ansprache einstudiert. »In einem Kerker aus Blut und Gebein vermodert?« Als er mich an der Kehle packte, riss mir sein Ring die Haut auf. Seine schwarzen Augen waren kalt und ausdruckslos wie Flusskiesel. »Wenn ich wollte, könnte ich dir das Genick brechen.«

Er war der Verräter, vor dem mich Antonio gewarnt hatte. Ein Gottgeborener, der seinesgleichen verraten hatte und uns damit alle in Verruf brachte.

Eine farblose Staubwolke wallte auf und ihr entstieg Jordans Zwillingsbruder Bird, alias Jun'ajpu'. Wie damals auf dem Fest war seine Miene wie aus Granit.

»Er hat den Tod nicht verdient, Bruder.«

Ich schöpfte Hoffnung, doch der zaghafte Funke erlosch sofort, als Jordan entgegnete: »Noch nicht gleich.«

38

Bird musterte mich. »So beschissen hast du letztes Mal nicht ausgesehen.« Seine Stimme war glatt und kalt wie Eis. Nahm er die Todesmagie wahr?

»Wo sind Brooks und Hondo?«, knurrte ich.

Bird verschränkte die Arme und lächelte flüchtig. »*Du* bist hier nicht derjenige, der die Fragen stellt, Gottgeborener.«

Er ritt also mal wieder darauf herum, und vielleicht war er ja auch sauer, dass ich Ah-Puch damals zu ihrem Versteck geführt und den Mayagöttern verraten hatte, dass er und sein Bruder noch am Leben waren. Die Zwillinge waren die allerersten Götterprösslinge gewesen und ihre Hinterhältigkeit war schuld daran, dass es so etwas wie den Heiligen Schwur überhaupt gab und dass wir übrigen Gottgeborenen unerwünscht waren.

»Glaubt ihr wirklich, ihr könnt die Mayagötter fertigmachen?« Mir ging durch den Kopf, dass Gegner unter gewissen Umständen Verbündete werden können.

»Jetzt komm erst mal runter, Obispo«, erwiderte Jordan belustigt.

Bird knöpfte sein Jackett auf. Trug der Typ denn nie normale Kleidung? »Du warst ein echt witziges Versuchstier, Zane. Du bist wie eine Maus durch das Labyrinth geflitzt, das wir erschaffen haben, und hast keine Falle ausgelassen. Angefangen mit dem Lehmmenschen bis zu diesem Ort hier, den dir die Käfer ins Hirn eingepflanzt haben –«

»Das waren die Käfer? Aber wie habt ihr mich auf Holbox gefunden?«

»Ich gebe zu, das war ein Schuss ins Blaue.« Jordans Ton war hämisch. »Irgendwann hat der Radar geblinkt, und zwar weil Jazz seine Nachricht an euch magisch aufgeladen hatte. Das hat uns geradewegs zu dir geführt.« Er machte eine kurze Pause. »Ixtab hat gute Arbeit geleistet. Ihre Schemenmagie hat unseren Empfang erheblich gestört. Als du dann dein Versteck verlassen hast, mussten wir das Labyrinth ein bisschen abwandeln, und als unsere Wachen Brooks und Hondo am Vulkan abgefangen haben, war das natürlich ein Volltreffer. Damit konnten wir dich wunderbar herlocken.«

Ich kam mir wie der letzte Idiot vor. Egal, wie – ich wäre auf jeden Fall zur Bestie zurückgekehrt. Wenn nicht wegen der Entführten, dann wegen Brooks und Hondo.

Am liebsten wäre ich im Erdboden versunken, aber um aus dem Labyrinth der beiden zu entkommen, musste ich sie aushorchen. »Habt ihr die anderen Gottgeborenen etwa bloß entführt, damit *ich* hierherkomme? Ich fühle mich geehrt, dass Typen wie euch so viel an mir liegt.«

»So würde ich das nicht ausdrücken. Wir hassen dich«, sagte Bird.

»Wär ich jetzt gar nicht draufgekommen.«

Bird wollte etwas entgegnen, aber Jordan klopfte ihm besänftigend auf die Schulter und sagte zu mir: »Du glaubst doch nicht, dass wir dir verraten, was wir im Schilde führen, oder?«

Schade eigentlich. Dann war jetzt eben Plan B dran: abhauen. In der Hoffnung, meine Fesseln dadurch zu lockern, drehte ich unauffällig die Hände hin und her, aber die Knoten saßen bombenfest.

Jordan hatte es bemerkt. »Spar dir die Mühe.«

Ich warf mich mit einem Ruck nach vorn. »Ihr könnt nicht gewinnen!« Am liebsten hätte ich ihnen die selbstgefälligen Fressen eingeschlagen.

»Wer soll uns daran hindern?«, sagte Bird.

Ich spähte zum Wald hinüber. Wo blieben die anderen Gottgeborenen?

»Als uns Ah-Puch aufgeklärt hat, dass ausgerechnet *du* ein Gottgeborener bist, waren wir sehr überrascht.« Jordan drehte an seinem dicken silbernen Totenkopfring.

»Wir waren monatelang eingesperrt«, sagte Bird eisig. »Tag für Tag haben wir unsere Rache geplant, unseren nächsten Schachzug gegen die Götter, die sich von uns abgewandt haben. Du hast allen Grund, uns dankbar zu sein. Wir hätten dich auch verpfeifen können, *hermano.* Wir hätten den Göttern stecken können, dass du noch lebst, um dann deiner Hinrichtung beizuwohnen.«

»Ich bin nicht euer Bruder.«

»Ach nein?«, gab Jordan zurück. »Wir verfolgen schließlich ein gemeinsames Ziel und jetzt fehlt nur noch, dass –«

Bird brachte ihn mit einem strafenden Blick zum Verstummen.

Was *fehlt nur noch?*, wunderte ich mich. »Ich arbeite nicht mit euch zusammen!«

Bird wanderte vor mir auf und ab und strich sich über das stoppelige Kinn. Er genoss meine Demütigung und so, wie ich die Brüder kannte, würden sie das Ganze so lange wie möglich auskosten. Ich musste zu Brooks und Hondo … Hondo! Als mir einfiel, dass die beiden meinen Onkel schon einmal beinahe umgebracht hatten, wurde mir ganz anders. Wenn Hondo wüsste, dass diese Typen noch immer ihr Unwesen trieben, hätte er ihnen den Kampf seines Lebens geliefert, aber sie hätten ihn kaltblütig abgeschlachtet.

Wieder sah ich mich unauffällig um. Verbargen sich Ah-Puch, Rosie oder Ren vielleicht im Wald? Mir fiel erst jetzt auf, dass die Bäume unnormal aussahen. Ihre Stämme und Zweige waren verdreht und auch der Himmel wirkte verzerrt wie ein falsch zusammengesetztes Puzzle.

Sieh genau hin.

Dieser Ort war ein Trugbild, genau wie die Partylocation der Zwillinge in Los Angeles! Und das da drüben war nicht der Gila National Forest.

Verdammt.

Wie sollten mich Ah-Puch und Ren hier wiederfinden? Die Zwillinge hatten das Ganze genial eingefädelt. (Ja, sie waren hinterhältig und echt krank, aber trotzdem manchmal genial.) Aber was hatten sie bloß vor?

Wut kochte in mir hoch, während ich mein Hirn strapazierte. Es war ihnen gelungen, mich von der Insel zu locken, aber warum war ich ihnen so wichtig? Rachedurst konnte nicht der einzige Grund sein. Hondo hätte gesagt, dass Rachedurst aus Wut entspringt. Dass Wut etwas Unvernünftiges ist und dass die Unvernunft niemals siegt.

Beim letzten Mal hatte ich ihrem Ego geschmeichelt. Vielleicht klappte das ja auch diesmal. Ich gab mir einen Ruck. »Okay, ihr habt mich geschnappt und Brooks und Hondo auch. Schön für euch. Aber wie habt ihr das angestellt?«

»Als wir erfahren haben, was es mit dir auf sich hat, war uns klar, dass es noch mehr von deiner Sorte geben muss. Die Götter sind von Natur aus Betrüger. Logisch, dass nicht nur einer von ihnen den Heiligen Schwur gebrochen hat. Schließlich konnten wir fliehen, weil uns jemand geholfen hat, nämlich …« Er unterbrach sich.

»Nämlich wer?« Wer war so bescheuert, diesen Typen zu helfen? Etwa Camazotz?

»Das ist unwichtig.« Er kam näher. »Auf jeden Fall haben wir die anderen Gottgeborenen aufgespürt und setzen jetzt unseren Plan in die Tat um. Und weißt du, was?«

»Ich weiß, dass ihr geisteskrank seid.«

Bird verzog keine Miene. »Erst hatten wir keine Ahnung, wo wir suchen sollten, und dann –«

»Nicht alles verraten!«, schnitt ihm Jordan das Wort ab. »Lass ihn zappeln.«

Ich richtete mich im Sitzen hoch auf. »Schon gut. Ich kenne euren *Plan.*« Vielleicht konnte ich ihnen ja den Überraschungsvorteil versauen. »Die Übernatürlichen, die Gottgeborenen, die Hinrichtung … und die Mexicageister«, schob ich auf gut Glück nach, verkniff es mir aber gerade noch, den Krieg zu erwähnen.

Die Brüder wechselten einen verblüfften Blick. Offenbar hatte ich ins Schwarze getroffen. Dann – und jetzt war *ich* verblüfft – lachten sie schallend. Hatte ich mich geirrt? Ich spürte, wie ich knallrot wurde, und konnte meine Wut kaum noch bezähmen.

»Für einen Halbgott bist du ganz schön schlau«, sagte Bird, als er sich wieder eingekriegt hatte.

»Du meinst, wenigstens sein halbes Hirn funktioniert«, brummte Jordan.

Wenn die Zwillinge nichts von mir wollen würden, hätten sie sich nicht die Mühe gemacht, mich herzuholen. Sie hätten auch nicht lange geredet, sondern mich einfach umgebracht. Worum es ging, wusste ich zwar immer noch nicht, aber ich hatte immerhin eine gewisse Verhandlungsmasse, um die anderen freizubekommen. Ich musste sie aber innerhalb der nächsten vierundzwanzig Stunden befreien, bevor mein Vater hingerichtet wurde. Darum schluckte ich eine Wagenladung Stolz hinunter und fragte: »Was soll ich für euch tun? Soll ich mit euch gemeinsame Sache machen und gegen die Mayagötter kämpfen oder was?«

Bird wedelte mit dem Zeigefinger vor meinem Gesicht herum. »Es geht nicht darum, dass du etwas für *uns* tust. Aber für deine Freundin und deinen Onkel würdest du alles tun, hab ich recht?«

39

Der Wald kräuselte sich wie Wasser.

Die Erde bebte und ächzte, weiße und schwarze Ascheflocken schwebten wie Schnee vom Himmel und entzogen der Welt alle Farbe. Der Wald schrumpfte zu einem Ort aus Metall, Dunkelheit und Furcht zusammen.

Im nächsten Augenblick fand ich mich in einem Käfig wieder, der so niedrig war, dass ich nicht aufrecht stehen konnte. Wenigstens war ich nicht mehr gefesselt. Dann nahm ich den Geruch wahr: nach Benzin und alten Reifen. War ich in einer Autowerkstatt gelandet? Ich schaute mich um. Mein Käfig war in ungefähr drei Metern Höhe an einer Wand angebracht. An der gegenüberliegenden Wand standen weitere zwölf Käfige auf dem Boden. Von ihren Eisengittern tropfte eine zähe Masse, die wie Honig aussah und von geflügelten, skorpionähnlichen Insekten wimmelte. Vor den Käfigtüren waren verdunkelte Glasplatten angebracht, sodass man die Insassen nicht sah. Ich strengte meine Nachtsichtaugen an, konnte aber trotzdem nichts erkennen.

Dann tauchten Jordan und Bird wieder auf. Sie standen auf einem Sims vor meinem Käfig.

»Na, wie gefällt dir dein neues Zuhause?«, fragte Jordan lachend.

»Du kannst froh sein. Das hier ist deutlich komfortabler als der Kerker, in dem wir beide die letzten sieben Monate verbracht haben«, setzte Bird hinzu. »Wir sind eben großzügig.« Er schlug mit der Faust gegen den Beton über der Tür. »Du hast einen Spezialkäfig bekommen, damit du eine gute Aussicht hast, aber die Sache hat natürlich auch Nachteile. Du brauchst gar nicht erst zu versuchen, irgendeinen Feuerzauber zu veranstalten. Hier drin ist nur *unsere* Magie wirksam. Solange du keinen Schlüssel hast, kommst du hier nicht raus.«

In einem Käfig gegenüber flammte Licht auf und die Glasscheibe wurde durchsichtig.

Als ich vor Schreck in die Höhe fuhr, stieß ich mir den Kopf an der Betondecke und ein scheußlicher Schmerz durchzuckte meinen Rücken.

»Hondo!« Ich umklammerte das klebrige Gitter. Die geflügelten Skorpione peitschten angriffslustig mit den Schwänzen und stachen zu. Ich zuckte zurück. Meine Hände brannten unerträglich, dann wurden sie kalt und schlaff wie zwei Eisbeutel.

»Ach ja, und fass das Gitter lieber nicht an«, sagte Jordan. »Gelähmt zu sein, ist echt nicht schön – selbst wenn es nur vorübergehend ist.«

»Was habt ihr mit ihm gemacht?« Mein Onkel lag in seinem Käfig auf dem Rücken und starrte an die Decke. Schweißtropfen standen ihm auf der Stirn, über seinen Unterarm zog sich eine lange, blutverkrustete Schnittwunde.

»*Wir* haben gar nichts gemacht«, entgegnete Bird. »Wir haben ihn mehrmals verwarnt, aber er hat immer wieder wie ein Irrer am Gitter gerüttelt. Er hat nach Brooks gerufen und lauter leere Drohungen gebrüllt und … tja, das sind nun mal die Folgen.«

»Hondo!«, schrie ich wieder.

»Er hört dich nicht«, sagte Jordan. »Und wegen der Blende kann er dich auch nicht sehen.«

In engen Räumen bekam Hondo Panikattacken. Ich konnte nur ahnen, wie er sich fühlte. Am liebsten hätte ich durch das magische Gitter gegriffen und den Zwillingen die Köpfe abgerissen.

Dummerweise waren meine Hände immer noch gefroren und nicht zu gebrauchen.

Der Käfig neben Hondo wurde hell. Ich hatte Angst, wen ich darin erblicken würde, aber ich schaute hinein. Es war ein zerrupftes Falkenweibchen. Es hüpfte auf einem Bein und hatte einen Flügel angelegt.

Brooks!

Jetzt packte mich eine so überwältigende Wut, dass aus meinen Augen Flammen schossen, doch sie prallten von den magischen Gitterstäben ab und schlugen mir selbst entgegen.

Jordan grinste schief. »Du kannst gern versuchen, dieses Gefängnis mit deinen mickrigen Fähigkeiten in Brand zu stecken, aber gegen unsere Magie kommst du sowieso nicht an. Und wenn sich die Substanz auf dem Gitter erhitzt, strömt in die Käfige gegenüber ein giftiges Gas, das Halluzinationen auslöst.«

Brooks drückte sich angstvoll in eine Ecke, um dem grünlichen Dampf auszuweichen, der in ihren Käfig quoll. Hondo lag reglos da und atmete das Gift ein.

»Nein!«, rief ich entsetzt.

Bird lachte nur, als das Gas jetzt auch in die übrigen Käfige drang. »Ja, wir haben uns mit deinem Kerker wirklich große Mühe gegeben.«

»Ihr seid doch krank!«

»Und du bist todgeweiht«, gab Bird ungerührt zurück.

Ich rang nach Luft und nach Worten, brachte aber nur ein stammelndes »Wa-warum?« heraus. Dann versagte mir die Stimme.

»Das haben wir dir doch schon erklärt«, lautete Birds Antwort. »Weil wir einen Plan haben – einen großartigen Plan. Ist doch toll, dass ausgerechnet deine abscheuliche göttliche Herkunft der Grundstein ist, auf dem wir unser neues Reich errichten.« Er lachte. »Klingt richtig poetisch, was, Jordan?«

»Ich denke nicht dran, euch zu helfen!«, rief ich, aber das war gelogen. Um Brooks und Hondo zu retten, hätte ich alles getan.

»Als ob wir *deine* Hilfe brauchen würden, du eingebildeter Dummkopf«, fauchte Bird.

Was wollten sie dann von mir? Mich einfach nur quälen?

Bird zog sein Jackett zurecht und wandte sich zum Gehen, drehte sich aber noch einmal um und sah mir fest in die Augen. »Weißt du, was die alten Mayas mit ihren Gefangenen gemacht haben?«

Ich brachte es kaum über mich, den Typen anzuschauen, und mit ihm reden wollte ich schon gar nicht.

»Na?«

Ich schaute stur weg.

Er beugte sich vor und raunte: »Sie haben ihre Herzen den Göttern geopfert.«

Eine schreckliche Stille trat ein. »Ihr … ihr wollt mich den Mayagöttern opfern? Aber wozu? Damit sie euch verzeihen oder was?«

Als Bird das Käfiggitter packte, fielen die Skorpione tot zu Boden. »Du bist wirklich ein Dummkopf«, sagte er. »Natürlich erweisen wir den Göttern *nicht* die Ehre, ihnen dein Blut – oder das von jemand anderem – als Opfer darzubringen. Dafür wärst du auch viel zu schade.«

Hondo pflegt zu sagen, dass man über seinen Gegner genauso viel erfährt, wenn man herausfindet, was er *nicht* will. Die Brüder wollten nicht, dass ich für sie kämpfte, und ich sollte auch nicht den Göttern geopfert werden. Wollten sie sich einfach einen Spaß daraus machen, mich im Schlaf abzuschlachten? Nein, Typen wie die beiden würden meine Todesangst auskosten wollen, wenn sie mir den Dolch ins Herz stießen.

Jordan schaute auf seine Armbanduhr. »Wir müssen los. Sonst kommen wir zu spät zur Hinrichtung deines Vaters.«

»Was?!« Unwillkürlich machte ich einen Satz vorwärts, bremste aber ein paar Zentimeter vor dem Gitter. »Das kann nicht sein! Die Hinrichtung findet erst morgen statt.«

Birds Augen blitzten triumphierend. »Anscheinend hast du in unserer Welt kein Zeitgefühl. ›Morgen‹ ist heute.«

Kaum waren die Zwillinge weg, durchströmte mich sengende Hitze. Sie wurde von Hass, Panik und Rachedurst genährt und verursachte solche Schmerzen, dass ich mich kaum noch rühren konnte. Ich versuchte, das Feuer einzudämmen oder zu ersticken, aber es wütete weiter.

Die Luft war wie elektrisch aufgeladen. Schweiß lief mir in den Nacken, Tränen brannten in meinen Augen. Alle meine Sinne konzentrierten sich auf das eine: Das lebendige Feuer wollte heraus.

Atmen – atmen – atmen.

Ich kniff die Augen zusammen und drückte die Hände gegen meine Schläfen. Angst bohrte sich wie Stacheln in mein Herz.

Dann hörte ich in Gedanken Ah-Puch wieder sagen: *Versuch nicht, das Feuer zu zähmen. Gib dich ihm hin.*

Okay, vielleicht war es nicht schlau, vom Gott des Todes einen Rat anzunehmen, aber wenn ich nicht schnell etwas unternahm, würde ich von innen heraus verbrennen.

Noch etwas kam mir in den Sinn, etwas, das Hurakan damals in der Leere gesagt hatte: *Wenn du das Feuer nicht im Griff hast, bringt es dich um.*

Aber was sollte aus Brooks und Hondo werden? Das Gas würde sie vergiften …

Dem Feuer waren meine Zweifel egal, es schoss durch mich hindurch wie eine Gewehrkugel. Meine Augen loderten, ich sah alles blutrot. Rauch kam aus meinem Mund und meiner Nase. Ich drehte mich um, holte tief Luft und drückte beide Hände auf das hintere Käfiggitter.

Dann ließ ich das Feuer mit einem gellenden Schrei heraus.

40

Ein blauer Flammenstrudel hüllte mich ein, doch als ich zurückweichen wollte, schloss er sich nur noch enger um mich. Wenn ich atmete, atmete das Feuer auch. Wenn ich mich bewegte, bewegte es sich mit.

Ich ließ es brennen. Und wie ich es brennen ließ! Staunend schaute ich zu, wie das blaue Lodern (der heißeste Teil einer Flamme) um sich griff. Die Betoneinfassung meines Käfigs schmolz wie farblose Lava, dann wurde mir klar, dass ein magischer Faden den Käfig mit den Wänden verband. Behutsam holte ich die Flammen wieder zu mir heran und dämmte sie ein, bis sie nur noch eine blaue Pfütze vor meinen Füßen bildeten und zischend und gurgelnd im Boden versickerten.

Erschöpft und nach Luft ringend, schaute ich mich um. Ich war auf einem von Unkraut überwucherten Schrottplatz. Rostige Autos, alte Reifen und irgendwelche Metallteile türmten sich meterhoch. Kein Wunder, dass es hier so stank.

Ein aufgeblähter Mond schwebte über dem dunklen Wald, der

den Platz umgab. Die leblosen Bäume waren schief und krumm, ihre Zweige glichen gierigen Klauen.

Benommen begriff ich, dass es mir gelungen war, die Trugwelt der Zwillinge zu vernichten. Und nicht nur das: Ich war endlich mit dem Feuer eins geworden. Aber was nützte mir das? Ich saß immer noch hinter magischen Gittern, die nicht geschmolzen waren, und die übrigen Gottgeborenen genauso.

Brooks' Käfig stand neben dem aufgebockten Wrack eines Lieferwagens. Sie hockte zitternd und mit gesträubtem Gefieder in der Ecke. Hondo lag immer noch reglos da und die anderen Käfige standen überall verstreut. Aber warum hatten die Zwillinge die Entführten überhaupt eingesperrt? Die Jugendlichen hatten ihnen doch vorher gedient! Die Blenden vor den Käfigtüren waren verschwunden und ich verfluchte zum ersten Mal, dass ich im Dunkeln so gut sah. Alle Gefangenen schauten mit offenen Mündern zum Himmel hoch – nur dieser Marco nicht. Der angelte nach einem Schraubenzieher, der vor seinem Käfig lag.

Ich schaute ebenfalls nach oben.

Der Mond schien so hell, dass alle die riesige Traube aus Fledermäusen erkennen konnten, die von einem grünen Schrottkran hing. Die Tiere hatten die Köpfe unter die schwarz glänzenden Flügel gesteckt.

Sie sahen genau wie die Blutsauger aus, die uns in Cabo den Garaus hatten machen wollen. In der Mitte des Schwarms zeichnete sich ein gewaltiger kugeliger Umriss ab, eine mindestens drei Meter große Riesenfledermaus. Sie hing mit ihren Krallen am Kran und schwang sanft im Wind hin und her. Die ledrigen Schwingen waren um den aufgedunsenen Leib gewickelt. Und der Kopf? Der war menschlich –

menschen*ähnlich.* Das Gesicht glich einer Horrormaske. Die fahle Haut war straff gespannt wie bei einem Brathähnchen und die Augen waren geschlossen.

Camazotz. Und ich hatte mich vor den Botendämonen gegruselt!

Doch obwohl ich eben erst das Bühnenbild der Zwillinge abgefackelt hatte, schlummerten die Fledermäuse tief und fest, als hielten sie Winterschlaf. Hatten wir einfach unglaubliches Glück gehabt?

Ich hätte meinem Onkel, Brooks und den anderen Entführten gern etwas zugerufen, wollte aber nicht riskieren, King Batman aufzuwecken.

Mein Blick fiel wieder auf Marco. Inzwischen hatte er den Schraubenzieher zu fassen bekommen, hielt ihn wie ein Messer und stach in Richtung der Fledermäuse in die Luft.

Warum wollte er die Fledermäuse töten? Stand er denn nicht auf der Seite der Zwillinge? Hatte er nicht vorhin sein Gesicht in das von Brooks verwandelt, um mich aus der Fassung zu bringen?

Ich schüttelte den Kopf und legte den Finger auf die Lippen. *Verhalte dich ruhig!*

Er verzog das Gesicht und steckte den Schraubenzieher stattdessen ins Schlüsselloch seiner Käfigtür. *Klirr!* Er hielt erschrocken inne.

Sofort schauten alle wieder nach oben. Die Fledermäuse schliefen weiter.

Serena legte die Hände erst an den Mund und breitete sie dann mit gespreizten Fingern aus, als wollte sie mir sagen: *Spei Feuer!* Aber vielleicht meinte sie auch nur: *Ich muss gleich kotzen.* Die anderen machten es ihr nach und im Nu fuchtelten alle Gottgeborenen mit den Händen, umklammerten ihre Kehlen und taten so, als würden sie ersticken, und zeigten immer wieder auf die Fledermäuse.

Ich flüsterte dem rothaarigen Mädchen im Käfig neben meinem zu: »Wieso habt ihr euch den Zwillingen angeschlossen?«

Sie sah mich mit einem Was-zur-Xib'alb'a-ist-das-denn-für-eine-Frage-Blick an. »Weil wir *Gefangene* sind, was sonst?«

»Ach, echt?«, sagte ich ironisch, aber so leise, dass sie mich nicht verstehen konnte. Laut fuhr ich fort: »Aber dieser Marco da drüben wollte mich zu Tode erschrecken und Serena hat eine Schlange auf mich gehetzt und ...« Ich schaute mich nach Louie um und entdeckte ihn in dem Käfig auf meiner anderen Seite. Er lehnte in der Ecke und scharrte stumpfsinnig mit den Füßen im Dreck. »... Louie hat es regnen lassen.«

Das Mädchen sah die anderen erstaunt an. »Red keinen Quatsch. Wir waren die ganze Zeit eingesperrt.«

Sagte sie die Wahrheit? Hatten Jordan und Bird die Entführten geklont, um mich glauben zu machen, sie wären gegen mich? War das Ganze bloß wieder eine ihrer kranken Zaubershows gewesen?

Ich hatte es schon öfter mit der Angst zu tun bekommen, aber verglichen mit dem eisigen Grauen, das ich jetzt empfand, war das der reinste Spaziergang gewesen. Der Grund war aber nicht, dass mich höchstwahrscheinlich gleich eine Riesenfledermaus mit Menschengesicht verschlingen würde, sondern der Umstand, dass sich die anderen offenbar auf mich verließen. Alle schauten mich erwartungsvoll an, als wollten sie sagen: *Du hast uns in diesen Schlamassel reingeritten, jetzt hol uns auch wieder raus.* Ich war immer zuversichtlich gewesen, dass es mir gelingen würde, sie *und* meinen Vater zu befreien, aber wie? Die Betonteile meines Käfigs hatte ich wegschmelzen können, die verdammten Gitter nicht. In einem Punkt hatten die Zwillinge nicht gelogen: Mayamagie konnte diese Käfige nicht öffnen.

Ich zerbrach mir noch den Kopf darüber, wie wir fliehen sollten, ohne den Fledermausgott zu wecken, als vor meinem Käfig auf einmal die Luft flimmerte. Neben einem Taxi mit einer zertrümmerten Windschutzscheibe tat sich eine Pforte auf, und wer trat heraus? Ren, Ah-Puch und meine treue Höllenhündin.

Beinahe hätte ich »Ren!« gerufen, biss mir aber gerade noch auf die Zunge. Zum Glück entdeckte sie mich auch so. Ich zeigte mit einer Hand auf den Möchtegern-Batman, mit der anderen bedeutete ich ihr, leise zu sein.

Die drei schauten zu dem Kran hinüber. Rosie knurrte, aber Ren flüsterte ihr etwas zu und tätschelte sie besänftigend.

Dann sah sie wieder mich an und bewegte stumm die Lippen: *Weck ihn NICHT auf!*

Echt jetzt?, antwortete ich ebenfalls ohne Ton.

Die drei bahnten sich ihren Weg über das metallene Minenfeld und passten auf, dass dabei keine Radkappen, Vergaser oder andere Metallteile schepperten.

Ah-Puch wirkte so schwach und mitgenommen, als könnte ihn der kleinste Windstoß wegpusten.

Als die drei schließlich vor meinem Käfig standen, flüsterte der Todesgott: »Du machst mehr Ärger, als du wert bist.«

Rasch fasste ich ihn und Ren an den Schultern.

Ich war so aufgeregt, dass ich mich zwar bemühte, vollständige Sätze zu übermitteln, aber bei Ren und Ah-Puch kamen vermutlich nur Bruchstücke an: *Brooks … Hondo … die Zwillinge … die Entführten … eine Falle … Hinrichtung … beeilen!*

Ah-Puch machte ein grimmiges Gesicht.

Meinst du die Heldenzwillinge? Als Rens Blick über die anderen Käfige glitt, war sie sichtlich entsetzt. *Zane, wir müssen …*

Ein großes Mädchen mit kurzen dunklen Haaren, einem sommersprossigen Gesicht und einem rosa Flauschpulli nieste.

Alle zuckten zusammen. Der Kran quietschte, als er im Wind schwankte.

Ren drehte sich zu Ah-Puch um. Der Todesgott hielt den Kopf mit den schütteren Haaren schief und ließ die Schultern hängen, als könnte er sich kaum noch aufrecht halten. *Hast du noch genug Kraft, um die Käfige aufzukriegen?*, fragte Ren ihn mitleidig, aber auch drängend.

Das kann er nicht, nahm ich ihm die Antwort ab. *Die Zwillinge haben ein Keine-Mayamagie-Sicherheitssystem installiert. Ihre Scheinwelt konnte ich zerstören, aber auf die Käfige habe ich keinen Einfluss.*

Mich kann ihre läppische Magie nicht aufhalten, entgegnete Ah-Puch. Sogar seine telepathische Stimme klang ganz brüchig. *Schließlich bin ich ein Gott.*

Ein sterbender Gott, dachte ich. Warum war er so rasch schwächer geworden?

Wie als Antwort darauf sagte Ren: *Dich mithilfe des Jadezahns aufzuspüren und die Pforte zu öffnen, hat ihn viel Kraft gekostet.*

Unwillkürlich fasste ich schützend nach dem Amulett an meinem Hals, dann wandte ich mich wieder an Ah-Puch: *Du hast doch gesagt, dass du keine …*

Ren hat mir die meiste Arbeit abgenommen.

Ich empfand Scham und ärgerte mich über mich selbst. Wäre ich nicht auf die Falkenfeder hereingefallen, hätte er seinen Teil unserer Abmachung erfüllen können. *Danke*, sagte ich zu meiner eigenen Verwunderung. Nie im Leben wäre ich drauf gekommen, dass ich mich mal beim Todesgott bedanken würde! *Aber jetzt mach schnell, sonst komme ich zu spät zur Hinrichtung.*

Ah-Puch holte pfeifend Luft. *Dieser erbärmliche Körper ist zu ausgelaugt, um die Käfige aufzubrechen.* Er sah mich auffordernd an und ich wusste, was er wollte. Den Jadezahn.

Vergiss es. Erst, wenn die Entführten frei sind und mein Vater … Du kennst die Bedingungen.

Bedingungen können sich ändern.

Dann öffne ich *eben die Käfige,* mischte sich Ren ein.

Ich habe dir doch schon erklärt, dass Mayamagie nichts bewirkt.

Und was ist mit Mexicamagie?

Oh.

Ha! Bestimmt hatte Ah-Puch das gemeint, als er mir geraten hatte, das Unerwartete zu tun. Anscheinend hatten Jordan und Bird doch nicht an *alles* gedacht.

Ren schloss die Augen und ballte die Fäuste. Nichts geschah. Ich wollte sie schon anstoßen, als sich ein kleiner Mondschatten von einer verbeulten Motorhaube löste. Der *sombra* schwebte träge über den Schrottplatz. Ein Windstoß ließ den Kran schwanken, die Metallkonstruktion quietschte.

Iiiek!

Zotz regte sich und mein Herz schlug zum Zerspringen. Ein dicker Speichelfaden tropfte aus seinem Maul, dann schlief das Ungeheuer weiter.

Rens Schatten schwebte jetzt vor meinem Käfig und nahm die Form … einer Schüssel an?

»Ren!«, zischte ich.

Sie machte die Augen auf. *SCHLÜSSEL, nicht SCHÜSSEL!*

Die Schattenschüssel segelte wie ein Frisbee in meinen Käfig und landete auf meinem Kopf. Ich packte Ren am Arm.

Konzentrier dich!

Ich konzentriere mich ja!

Mach es wie auf dem Dach in Cabo und setz deine Fähigkeiten ein.

Aber du hast doch gesagt, Mayamagie bringt nichts.

Das Käfigschloss kann ich nicht aufbrechen, aber ich kann meine Magie mit deiner vereinen. Verstehst du, was ich meine?

Ist gut. Sie schloss wieder die Augen, dann schoss ein Kraftstrom durch uns beide hindurch und Rens nackte Arme überzogen sich mit Gänsehaut. Die Schüssel segelte zu ihr zurück, kreiste kurz über ihrem Kopf und verwandelte sich in einen großen Schlüssel, viel zu groß, um …

Der *sombra* glitt in das Schlüsselloch. Das Gitter erbebte. Ich hielt den Atem an.

Ka-klick!

Die Käfigtür schwang auf. Als ich ins Freie stürmte, wurde meine Verbindung mit Ren unterbrochen. Sie betrachtete staunend ihre Hände, dann bedeutete sie mir mit einem Nicken, dass sie noch genug Kraft hatte, auch die anderen Käfige zu öffnen.

Ah-Puchs Beine knickten ein und ich konnte ihn gerade noch auffangen. »Ich kann allein stehen«, protestierte er matt, dann schüttelte ihn ein Hustenanfall.

Mist. Das war jetzt nicht der richtige Zeitpunkt, sich die Seele aus dem Leib zu röcheln.

Einer nach dem anderen taumelten die Entführten aus ihren Käfigen. Sie wirkten völlig verstört, was ich gut verstand. Was sich eben abgespielt hatte, war wirklich schwer zu verkraften und vielleicht waren ihnen nach ihrer Entführung ja noch andere schlimme Dinge zugestoßen.

Die Käfige von Brooks und Hondo kamen als letzte dran.

Doch als ich zu ihnen laufen wollte, hielt mich Ah-Puch zurück. *Lass dich von dem, was du hier siehst, nicht täuschen. Ixkik', die Mutter der Zwillinge, ist eine Meisterin des Betrugs. Das haben die beiden von ihr geerbt.* Er schielte zu dem gruseligen Fledermaustypen hoch. *Nur er hier ist leider real.*

In diesem Augenblick sauste eine Radkappe durch die Luft und geradewegs in Zotz' Richtung. Wundersamerweise landete sie geräuschlos in einer Matschpfütze.

Die Welt blieb stehen.

Marco stand schwer atmend vor seinem Käfig und starrte die Riesenfledermaus mit irrem Blick an. Dann bückte er sich nach einem Hammer und schleuderte ihn nach dem schlafenden Ungeheuer. War er lebensmüde?

Auch der Hammer fiel herunter, bevor er Zotz traf, krachte aber in eine Windschutzscheibe.

Peng!

Alle zuckten zusammen. Marco starrte ungläubig auf das Unheil, das er angerichtet hatte.

Zotz öffnete die Augen und breitete die Schwingen aus. Seine behaarten kleinen Komplizen flatterten gleichzeitig auf. Der Schwarm war so groß, dass er den Mond verdunkelte.

»Lauf zu Hondo, Rosie!«, schrie ich. Sie trabte gehorsam zu seinem offenen Käfig. Ihr heilender Speichel würde dafür sorgen, dass er sich wieder in einen hundertprozentig fitten Kämpfer verwandelte.

Dann lief ich zu Brooks' Käfig, doch mein Humpeln behinderte mich. Fuego fehlte mir mehr denn je, aber ich riss mich zusammen und konzentrierte mich auf mein Sturmläuferbein.

Brooks drückte sich in eine Käfigecke. Als sie mich erblickte, schlug sie kreischend mit den Flügeln.

»Reg dich ab«, sagte ich. »Ich weiß, dass du sauer auf mich bist, aber du kannst mich ein andermal zusammenscheißen.«

Ihre gelben Augen blitzten, doch ihre Magie war offenbar immer noch so schwach, dass sie sich nicht in einen Menschen zurückverwandeln konnte. Als ich das begriff, hätte ich am liebsten geheult. Das Blut meines Vaters hatte die Übernatürlichen nicht gestärkt. Ich hatte Fuego umsonst zerstört.

Aus dem Augenwinkel erspähte ich ledrige Flügel, spitze Krallen und funkelnde Zähne. Ein grollendes Lachen ertönte, gefolgt von vielstimmigem Fledermausgekreisch.

Ich ließ mich fallen, robbte durch den Matsch und schloss Brooks schützend in die Arme. Sie wehrte sich erbittert und hackte nach mir.

Rosie stieß ein markerschütterndes Jaulen aus. Ein Stapel Autowracks stürzte donnernd ein, Schreckensschreie gellten über den Schrottplatz.

»Zane!«, hörte ich Hondo brüllen und drehte mich um. Er trieb die Entführten zusammen.

Wir brauchten sofort eine Pforte.

Ich rappelte mich hoch. »Ah-Puch! Wir müssen hier weg!«

»Ihr bleibt schön da«, entgegnete eine Bassstimme.

41

Zotz flog einen weiten Bogen und landete dann direkt vor uns. Im Stehen war er mindestens einen Meter größer als ich. Als er die Schwingen ausbreitete, öffneten und schlossen sich auf ihrer Unterseite lauter kleine, zahnstarrende Mäuler wie die von Piranhas und zischelten etwas Unverständliches. Das übrige Fledermausheer kreiste über uns, als wartete es auf das Kommando seines Gebieters, uns bis auf den letzten Blutstropfen auszusaugen.

Rasch scheuchte ich die Entführten, die sich hinter mir drängten, zurück. Hondo nahm mir Brooks ab und schloss sich ihnen an, und Rosie lief hinterher. Wahrscheinlich wollte sie Brooks' verletzten Flügel heilen.

»Wer macht hier solchen Krach?« Sollte diese Bassstimme klingen wie die von Christian Bale in *The Dark Knight* oder was?

Es überlief mich kalt. Der Typ gefiel mir ganz und gar nicht. Ich hatte in letzter Zeit schon mit einigen Fieslingen zu tun gehabt, aber dieser Zotz wirkte extrem grausam und brutal. Wie ein Raubtier, das zum bloßen Vergnügen tötet oder weil es sich provoziert fühlt. Was sagt man zu so einem Monster?

»Äh … tut uns leid«, sagte ich. »Wir wollten gerade gehen.«

Als er grinste, entblößte er blitzende Vampirzähne. »Hast du mich nicht verstanden? Ihr bleibt hier. Aber wir können gern ein bisschen Fangen spielen.«

»Hallo, Camazotz«, sagte Ah-Puch hinter mir.

»Ah-Puch, alter Freund.«

Alter Freund?

»Ich dachte schon, meine kleine Aufmerksamkeit in Cabo hätte nicht ausgereicht, um dich herzuholen«, fuhr Camazotz fort. »So wie du aussiehst, hätte ich vielleicht noch was drauflegen sollen.«

Ich traute meinen Ohren nicht. Der Typ log! Ah-Puch war nicht mit ihm verbündet – oder doch? »Hast *du* etwa die Fledermäuse auf uns gehetzt?«, fragte ich. »Sie hätten uns beinahe umgebracht.«

Die Riesenfledermaus zuckte gleichgültig die Achseln. »Manchmal geht es mit ihnen durch. Aber sie waren nicht für euch bestimmt, sondern für meinen Kumpel. Du hast sehr schwach ausgesehen, Ah-Puch, und es war bestimmt kein Vergnügen, für diese Gören den Babysitter zu spielen.« Er richtete die grünlichen Augen auf mich.

»Deine Fledermäuse wollten mich entführen«, sagte Ren grimmig.

»Es war sozusagen eine Doppelmission. Sie sollten dich schnappen und meinen alten Freund stärken.«

»Du hast mich also geortet. Gut.« Ah-Puch sah Camazotz unverwandt an. »Die Viecher haben köstlich geschmeckt, aber du siehst ja selbst, dass ich mehr brauche.«

»Wovon redet er, A.P.?« fragte Ren. Rosie kam zu mir herüber.

»Hat er euch das nicht erzählt?« Camazotz grinste schadenfroh.

»Wir kennen uns aus den guten alten Zeiten in Xib'alb'a. Da haben wir oft miteinander abgehangen. Vor allem ich – kleiner Scherz. Als Ah-Puch noch König dort war, haben wir immer bis spät in die Nacht gefeiert und die Hölle war zum Fürchten. Jetzt sind alle nett und vegan und …« Er seufzte. »Egal. Jedenfalls wollte ich sichergehen, dass er dich wohlbehalten hier abliefert, Zane. Ich wurde schon ganz nervös, weil du andauernd irgendwelche Umwege gemacht hast. Darum habe ich euch Blut geschickt. Blut ist immer die beste Lösung.«

Mein Kopf durchstieß die Erdatmosphäre und war kurz davor, in Flammen aufzugehen. Drei … zwei … eins.

»Ich kann nicht glauben, dass Ah-Puch dein Verbündeter ist!«, sagte Ren fassungslos.

Camazotz legte die Schwingen an und seine Fledermäuse verteilten sich auf die Bäume. Ihre Augen glühten in der Dunkelheit. »Lass uns diese Rotzbälger wieder wegsperren, Ah-Puch. Dann können wir in Ruhe ein Wörtchen miteinander reden.«

»Worte sind Schall und Rauch, alter Freund«, gab Ah-Puch zurück. »Zeig mir, was für mich dabei rausspringt.«

»Nenn ihn nicht immer deinen Freund!«, rutschte es mir heraus.

»Schlange bleibt eben Schlange«, sagte Hondo grimmig.

Ren überhörte meinen Onkel (und damit womöglich die niederschmetternde Wahrheit) und zupfte Ah-Puch am Ärmel. »Lass dich von dem Mistkerl nicht einschüchtern, A.P.«

Doch Ah-Puch machte sich los. »Seid nicht albern, Ren und Zane. Als die Fledermäuse in Cabo aufgetaucht sind, wurde mir klar, dass ich eine echte Chance habe, befreit zu werden, und nicht auf euch beide angewiesen bin.«

»Das kannst du nicht machen!« Ren hatte Tränen in den Augen.

»Nach allem, was wir für dich getan haben und …« Sie brach in Schluchzen aus.

»Habt ihr ernsthaft geglaubt, wir könnten diese nervigen Gottgeborenen *und* Hurakan retten?«, gab Ah-Puch gereizt zurück. »Mir war von Anfang an klar, dass dieser Versuch zum Scheitern verurteilt ist. Als du dann erzählt hast, dass du schon einmal von Fledermäusen verfolgt wurdest, Ren, habe ich eins und eins zusammengezählt. Aber erst nach Zotz' Blutgabe ging mir auf, was ich zu tun habe.« Er blickte auf seine runzligen Hände. »Ich bin mir selbst der Nächste und entscheide mich für das Siegerteam.«

Mir wurde kochend heiß. »Dann verschimmle doch in deinem Inferno! Jetzt hole ich dich nicht mehr dort raus. Nie!«

Camazotz lächelte, als Ah-Puch sich vor ihn hinkniete und wie ein Bittsteller den Kopf neigte. »Ich ersuche untertänigst darum, mich dir anschließen zu dürfen, und gelobe, dir in alle Ewigkeit treu zu dienen.«

»A.P!«, schrie Ren.

»Du hast mir das gebracht, was mir am zweitwichtigsten ist«, entgegnete Zotz, »darum gewähre ich dir deine Bitte. Ein geniales Götterhirn muss mir helfen, diese unverschämten Zwillinge in Schach zu halten. Und dann wäre da ja noch ihre Mutter.« Er seufzte wieder. »Die stellt auch ganz schöne Ansprüche. Ich bewillige dein Gesuch. Lass uns künftig Seite an Seite herrschen. Du sollst in alter Pracht wieder auferstehen.«

»Das kann nur ich hinbekommen!«, protestierte ich. Hatte Camazotz eben gesagt, Ah-Puch hätte ihm das gebracht, was ihm »am zweitwichtigsten« war? Was war ihm dann am allerwichtigsten?

Ah-Puchs Miene war so angespannt, als könnte sein Gesicht beim kleinsten Zucken reißen. »Eine neue Weltordnung steht bevor, Zane«, sagte er und stand schwerfällig wieder auf. »Dabei wird so viel Blut fließen, dass ich mich selbst aus deinem Inferno befreien kann. Ich brauche dich nicht mehr, klar?«

»Warum hast du dich bloß mit diesem Kerl eingelassen?«, schimpfte hinter uns ein Entführter.

Rosie knurrte und spie einen Flammenschwall auf die Riesenfledermaus, aber Camazotz erstickte das Feuer im Nu mit seinen Schwingen. »Sag deiner Hündin, sie soll Ruhe geben«, wandte er sich an mich. »Weiß sie denn nicht, wer ich bin? Ich bin der schreckliche Fledermausgott. Ich bin die Nacht.«

Jetzt *zitierte* er auch noch Batman!

Hondo nahm Angriffshaltung ein. Er hatte eine Brechstange aufgehoben und umklammerte sie so fest, dass seine Knöchel weiß wurden. Aber wo war Brooks? Hatte er sie irgendwo versteckt? Oder war sie weggeflogen? »Habt ihr Götter nicht langsam genug davon, die Welt zu vernichten?«, fragte er. »Kommt schon, denkt euch mal was Originelleres aus.«

»Wer redet hier vom Vernichten?«, gab Camazotz zurück. »Das hatten wir schließlich schon. Es wäre langweilig und einfallslos. Und jetzt seid brave kleine Bälger und geht wieder in eure Käfige. Oder müssen wir euch mit Gewalt hineinschleifen?«

»Wenn ihr die Welt nicht vernichten wollt, was habt ihr denn dann vor?«, fragte ich rasch. Es ging nicht darum, dass ich für sie in den Kampf ziehen sollte, und sie wollten mich auch nicht den Mayagöttern opfern. Wie hatten sich die Zwillinge ausgedrückt? *Natürlich erweisen wir den Göttern nicht die Ehre, ihnen dein Blut oder das von jemand anderem als Opfer darzubringen. Dafür wärst du auch viel zu schade.*

Als Ren sich an mich lehnte, spürte ich, dass sie zitterte. *Freiwillig lässt uns dieses Ungeheuer nicht laufen,* sagte sie telepathisch. *Wir müssen uns wehren.*

Ich musste an das denken, was Ah-Puch im Zusammenhang mit dem Ahuizotl gesagt hatte: *Anscheinend ist es jemandem gelungen, die Ungeheuer zurückzuholen.* Auf einmal ergab alles einen Sinn, wenn auch einen total kranken. *Ich hab's!,* entgegnete ich. *Jordans und Birds Rache an den Göttern soll in einer neuen Weltordnung bestehen, in der* sie *die Herrschaft übernehmen.*

Das ist doch nichts Neues.

Sie wollen die Ungeheuer zurückholen.

Ren erschrak sichtlich und drückte meine Hand so fest, dass sie mir fast das Blut abschnürte. *Nicht nur die Ungeheuer, Zane.*

Du hast recht! Die Zwillinge haben behauptet, sie würden den Mayagöttern niemals ein Blutopfer darbringen, aber – verdammt.

Wenn ein Blutopfer Ah-Puch wieder auf die Beine bringen kann, dann …

Sie ließ mich los und sah Camazotz an. »Du willst uns opfern, weil du die Mexicagötter wiedererwecken willst, richtig?«

Als er lachte, hörte es sich an, als würde er mit Säure gurgeln. »Euer Blut ist wertvoll«, erwiderte er dann, »aber *so* wertvoll nun auch wieder nicht. Jedenfalls kann es nicht die von uns gewünschte Kettenreaktion auslösen. Als Erstes müssen wir einen Mexicagott unserer Wahl wiedererwecken und dann –« Seine Miene verfinsterte sich. »Nein, dafür reicht euer Blut leider nicht aus.«

Wetten, er wollte die Erdgöttin erwecken, von der mir Ixtab erzählt hatte? Die Verschlingende, die immer noch verehrt wurde? Wie hieß sie doch gleich – ach ja, Tlaltecuhtli.

Mir kam ein anderer Gedanke. Wenn *unser* Blut keinen Mexicagott erwecken konnte, wessen Blut denn dann?

Die Erkenntnis traf mich wie ein Donnerschlag. »Aber mit *Götter*blut könnte es klappen, oder?« Hurakans Hinrichtung war gar keine Hinrichtung. In Wahrheit ging es um ein Blutopfer für die Mexicagötter!

Camazotz betrachtete mich mit schief gelegtem Kopf. Ich brachte es nicht über mich, Ah-Puch anzusehen, spürte aber seinen bohrenden Blick. Als ich einen Schritt auf die Riesenfledermaus zumachte, kam Rosie hinterher. Ihr Geifer tropfte auf den Boden. »Wenn wir schon sterben müssen«, sagte ich, »dann verratet uns wenigstens, wofür.«

»Erst das Blut des Vaters«, entgegnete Ah-Puch. »Dann das Zweitbeste, nämlich das Blut seines anerkannten Sohnes.«

»Ah-Puch!«, unterbrach ihn Camazotz warnend.

»Der Junge soll ruhig wissen, wofür er sein Blut hergibt. Sobald wir die bedeutendste aller Mexicagöttinnen wiedererweckt haben – was nur das Blut eines anderen Gottes vermag –, opfern wir ihr dein Herz, Zane. Wenn sie es verspeist, kommt sie wieder zu Kräften. Erst dann können wir darangehen, auch die übrigen Götter zu erwecken.« Sein verschlagener Blick glitt über die Entführten. »Ein wiederauferstandenes Heer aus Göttern und Ungeheuern, das sich vom Blut Unschuldiger nährt, ist mächtiger als alles, was ihr euch vorstellen könnt.«

Hinter mir ertönten erste Schluchzer.

»Aber warum?«, rief Ren verzweifelt.

»Weil ich nie mehr machtlos sein will«, antwortete Camazotz wie aus der Pistole geschossen. »Ich werde der neue Herrscher, und dann bekommen die Mayagötter meinen Zorn zu spüren.«

Blaue Flammen züngelten aus meinen Fingerkuppen, und als ich

Ah-Puch anschaute, sah ich rot. »Ich hab's ja gewusst, dass man dir nicht vertrauen kann!«

»Wieso hast du's dann getan?«

»Hört mal«, unterbrach uns der Fledermausgott, »soll ich euch mal vorführen, welche Macht *sangre* besitzt? Nur so zum Spaß?« Er breitete wieder die Schwingen aus, sodass die hungrigen Mäuler auf der Unterseite zum Vorschein kamen. Aus einem Maul schlüpften drei kleine Fledermäuse. Sofort packte Ah-Puch sie, brach ihnen das Genick und wandte sich von uns ab. Dann trank er ihr Blut.

Entsetzensschreie hallten über den Schrottplatz, hinter mir übergab sich jemand. Ah-Puch drehte sich langsam um. Wie schon beim ersten Mal war er größer und kräftiger geworden und seine silbern blitzenden Augen waren auf Rosie gerichtet. Aber ein vollwertiger Gott war er noch nicht wieder.

»Ich kämpfe lieber bis zum Tod«, sagte Hondo mit gesenkter Stimme zu mir.

»Ich auch«, stimmte ihm ein Entführter zu, dann noch einer und noch einer.

»Kämpfen.«

»Kämpfen.«

»Kämpfen.«

»Na, na«, sagte Camazotz kopfschüttelnd, »ihr seid sowieso die Schwächeren. Wenn ihr euch wehrt, müssen wir euch wehtun. Man kann jemandem auch die Knochen brechen, ohne dass er gleich stirbt. Ohne dass wertvolles Blut vergossen wird. Dann windet ihr euch in euren Käfigen in Qualen, bis wir euch die Herzen rausreißen und sie den Göttern vorsetzen. Ist euch das wirklich lieber?«

Das war also das Ende. Alles war auf diesen schrecklichen Augenblick hinausgelaufen. Als ich verstohlen zu Hondo hinübersah, zwinkerte er mir zu und nickte. Hätte er sich telepathisch mit mir verständigen können, hätte er bestimmt gesagt: *Verpass Batman die Abreibung seines Lebens, Kleiner!*

Ich stupste Rosie an und brüllte, so laut ich konnte: »TOT!«

Sie sprang den Fledermausgott an. Zähne blitzten, Krallen schlitzten, Feuer explodierte. Camazotz ging in den Senkrechtflug. Seine Fledermäuse fielen wie ein tödlicher Wirbelsturm über uns her und kreisten uns von allen Seiten ein.

Hondo wirbelte herum, vollführte einen Rückwärtssalto und trat dabei nach den widerlichen Viechern. Dann teilte er mit einer Hand Boxhiebe aus und ließ mit der anderen die Brechstange kreisen. Er war der reinste Ninja, aber leider setzte er die Fledermäuse nur vorübergehend außer Gefecht. Noch nie war ich so froh über Itzels Panzerkleidung gewesen.

Die Gottgeborenen suchten hinter einem ausrangierten Lastwagen Schutz, dann hagelte es von dort Motorradlenker, Autospiegel und andere Schrottteile. Ein tapferer Versuch, aber, na ja – unser Gegner war ein Fledermausgott aus der Hölle.

Ich hielt in dem Tumult nach Ah-Puch Ausschau. Wo steckte er? War er zu schwach und feige zum Kämpfen?

Rens Finger tanzten durch die Luft, als würde sie auf einem unsichtbaren Klavier spielen. Schatten erschienen und hüllten sie ein, als sie zu der Gruppe hinter dem Laster rannte. Rosie machte einen Luftsprung, schnappte sich ein paar Fledermäuse, biss sie mittendurch und ließ sie dann auf den Boden fallen, wo sie sich zuckend wanden. Und ich ließ eine gewaltige Stichflamme aus meinen Händen schießen, die die Biester daran hinderte, sich auf die Entführten zu stürzen.

Kiie-aaa!

Erschrocken schaute ich nach oben. Brooks attackierte in Falkengestalt weitere Fledermäuse. Als Vogel war sie zwar nicht besonders groß, aber umso entschlossener.

Hondo kämpfte auf verlorenem Posten. Die Fledermäuse griffen ihn mit ausgestreckten Krallen an, seine Wangen und sein Hals bluteten schon. »Nein!«, brüllte ich. Ich hechtete in seine Richtung, rollte mich ab, richtete mich auf den Knien auf und breitete die Arme aus. Dicke Rauchschwaden quollen aus meinen Augen und Händen und hüllten meinen Onkel in ein schützendes Netz.

Camazotz kam zurück und flog direkt auf mich zu. Er trug etwas in den Krallen.

»Brooks!«, schrie ich entsetzt und hielt den Feuerstrahl, den ich auf das Herz des Monsters richten wollte, gerade noch zurück.

Hondo wich mit erhobener Brechstange taumelnd nach hinten. Das Rauchnetz fing an, sich zu verflüchtigen.

»Lass sie SOFORT los!«, knurrte ich.

Camazotz landete vor mir und packte Brooks mit seinen Menschenhänden. Seine Untergebenen hielten inne und schwirrten über ihm auf der Stelle. »Wenn du deine fruchtlosen Bemühungen nicht unverzüglich einstellst und dich in dein Schicksal ergibst, töte ich deine Freunde einen nach dem anderen«, sagte er.

»Du kannst uns nicht töten. Du brauchst uns noch.«

»Deinen Onkel brauche ich nicht und diese halbe Nawal hier schon gar nicht.« Das Falkenweibchen zappelte verzweifelt. »Eine falsche Bewegung, und ich verspeise ihr Herz zum Abendessen.«

Ich suchte in seinen Augen nach einem Zeichen von Schwäche, nach irgendetwas, das Hoffnung versprach, doch sie blickten stumpf und leer.

Da manifestierte sich plötzlich Ah-Puch in einem Wirbel aus Schatten und Staub und ging auf den Fledermausgott los. Er rammte ihm eine große Glasscherbe in die Rippen und riss die Scherbe dann gewaltsam nach oben. *Rrrrtzzzz*, machte es.

»Lauft!«, rief er uns zu. Gleichzeitig tat sich neben dem Schrottkran eine Pforte auf.

Camazotz drückte kreischend die Hände auf seine blutende Flanke und brach zusammen. Seine Fledermäuse flatterten aufgeregt auf ihn nieder und verschmolzen mit ihm. Brooks entwand sich seinem Griff. Hondo hob sie auf, dann stürmte er zusammen mit Ren und den Entführten zur Pforte.

Mit einem Satz war Rosie bei mir und ich sprang auf ihren Rücken.

Doch Camazotz war dadurch, dass er seine Fledermäuse in sich aufgenommen hatte, neu belebt und rappelte sich hoch. »Diesmal hast du dich für die falsche Seite entschieden, Ah-Puch.« Mit blitzenden Augen und Vampirzähnen stürzte er sich auf den Todesgott und zerfetzte ihn mit den Krallen, als bestünde er nur aus Papier. Dicke Blutstropfen klatschten auf die Erde.

Ich sprang wieder von Rosie herunter und eilte Ah-Puch zu Hilfe. Als er wie ein nasser Sack in meine Arme fiel, loderte in mir Feuer auf und Rauch kam aus meinen Augen und meiner Nase.

»Eine Stichflamme, und meine Fledermäuse murksen den nächsten deiner nutzlosen Freunde ab«, sagte Camazotz warnend.

»NEIN!« Ren machte kehrt.

Camazotz fuhr herum und grinste boshaft. »Na bitte, da kommt ja schon jemand.« Er bewegte sich so flink wie ein Schatten und schloss die riesigen Schwingen um Ren. Nur noch ihre roten Cowboystiefel schauten heraus und traten nach seinen behaarten Beinen.

Ah-Puchs blutende Brust hob und senkte sich nicht mehr. Mir war zumute, als wäre ich von einer Klippe in einen bodenlosen Abgrund gestürzt. Ich fiel und fiel, doch kein Aufprall zerschmetterte mich und machte diesem Elend ein Ende.

Camazotz beschnüffelte Ren. »Nanu, was haben wir denn da? Mayablut gemixt mit Mexicablut?« Er lachte so dröhnend, dass es über den ganzen Schrottplatz hallte. »Du wirst ein hervorragendes Opfer abgeben, Kleine.«

Ich sag's ungern, aber ich wusste nicht mehr weiter. Der Fledermausgott war einfach übermächtig.

Als ich mich umdrehte, hatte sich die Pforte wieder geschlossen. Logisch. Ah-Puch war tot und nur seine Macht hatte die Pforte offen gehalten. Hondo und die Entführten standen da und rührten sich nicht. Sie wirkten benommen. Warum waren sie nicht geflohen?

»Wie schade«, sagte Camazotz bedauernd. »Ah-Puch wäre für meine neue Welt eine echte Bereicherung gewesen.«

Da endlich hatte ich die rettende Eingebung. Rasch nahm ich den Jadezahn vom Hals und drückte ihn Ah-Puch in die schlaffe Hand. Dann holte ich noch einmal tief Luft und sagte: »Ich gebe dir dein Leben als Gott zurück. Bitte lass es mich nicht bereuen.«

42

Es wurde schlagartig stockdunkel und die Erde bebte. Dann folgte eine hallende Stille, als wäre dicht neben meinem Ohr etwas explodiert.

Ich spähte mit zusammengekniffenen Augen um mich. Ah-Puchs verwundeter Leichnam löste sich in eine silbrige Wolke auf. An ihrer Stelle erschien der Todesgott in seiner imposanten Menschengestalt. Er trug seinen schwarzen Maßanzug und sein Gesicht glich einer grimmigen Maske. Um seinen Hals wand sich eine gelbschwarz gestreifte Schlange mit grün glühenden Augen.

Unwillkürlich wich ich zurück und auch Camazotz duckte sich, setzte aber wieder sein boshaftes Grinsen auf. Er hatte Ren an der Kehle gepackt, doch sie schien in Trance zu sein, denn ihre Augen blickten glasig.

»Du hast mich reingelegt, alter Freund«, sagte die Riesenfledermaus. »Bravo. Aber wofür der Aufwand? Für diese nichtsnutzigen Gören?«

Ah-Puch schaute sich um, als wollte er die Lage checken, dann entgegnete er: »Wenn du das Mädchen loslässt, bin ich vielleicht nett und es wird für dich nicht ganz so schmerzhaft.«

»Das wäre ja langweilig.« Camazotz schloss die Hände fester um Rens Kehle.

Ich schleuderte ein paar Feuerkugeln auf die Augen unseres Gegners und diesmal riss er nicht schnell genug die Flügel hoch. Er schrie auf und schüttelte wild den Kopf. Als er uns wieder ansah, waren seine leeren Augenhöhlen versengt. »Solange ich euch wittern kann, brauche ich nichts zu sehen«, fauchte er.

Ah-Puch legte mir die Hand auf den Arm. *Ich kann euch nur wenig Zeit verschaffen. Haut ab.*

Aus dem Augenwinkel sah ich etwas flimmern. Er hatte die Pforte wieder geöffnet. Dann hob er die Hand und das gesamte Fledermausheer ergriff die Flucht.

»Ich lasse Ren nicht zurück!«, sagte ich laut.

Camazotz lachte hämisch. Seine qualmenden Augenhöhlen stanken nach verbranntem Fleisch. »Du kommst sowieso zu spät zur Hinrichtung deines Vaters. Und dann gehört dein Blut *mir!*«

Die Entführten, Hondo (mit Brooks im Arm) und Rosie standen immer noch neben der offenen Pforte.

»Flieht!«, rief ich ihnen zu.

»Genug geredet«, sagte Ah-Puch knapp. Seine Schlange spaltete sich blitzartig in Hunderte Schlangen auf, die alle auf Camazotz zuschnellten und ihn überrumpelten. Sie entrissen ihm Ren und wickelten sich um sie. Dann glitten sie wie ein einziges großes Reptil zur Pforte, wo sie Ren ablegten und als gelbe Rauchwolke verpufften.

Der Fledermausgott kreischte zornig, und als er sich auf mich stürzte, wuchsen seine Schwingen und Zähne plötzlich.

»Los, Zane!«, brüllte Ah-Puch und ein jäher Windstoß beförderte mich aus Camazotz' Reichweite und in Richtung Pforte.

Endlich traten die Entführten einer nach dem anderen hindurch, nur Hondo wartete auf mich und Rosie heulte, als wollte sie sagen: *Beeil dich!*

Ich balancierte auf dem Windstoß wie auf einem Surfbrett, dann sprang ich ab. Erst schlüpfte Hondo durch die Pforte, dann Rosie und zum Schluss ich. Als ich mich noch einmal umdrehte, explodierte der Schrottplatz in einer Feuerwolke, aus der gellende Schreie drangen.

Wir standen auf einem Trampelpfad mitten in dichtem Urwald. In der Ferne ertönten Trommeln und die Entführten sahen mich ausdrucklos an. Keuchend drehte ich mich nach Hondo um. Er hielt Brooks immer noch im Arm und ich streichelte ihr den Kopf, aber mir schnürte sich die Kehle zu. Würde sie jemals wieder ein Mensch werden? Und hatte Camazotz recht und ich würde meinen Vater nicht mehr rechtzeitig befreien können?

Die Hinrichtung sollte um Mitternacht stattfinden, aber wie spät war es jetzt? »Hat einer von euch eine Uhr oder ein Handy?«

»Es ist drei Minuten vor halb zwölf«, antwortete Ren prompt.

»Woher weißt du das? Du trägst doch gar keine Armbanduhr.«

Sie zuckte die Achseln. »Ich hatte schon immer ein total präzises Zeitgefühl.«

Auf einmal hatte ich eine Ahnung, wer ihre Mutter sein könnte, aber das musste warten. Wenn sie recht hatte, blieben mir nur noch dreiunddreißig Minuten. Innerhalb dieser kurzen Zeitspanne musste ich Hurakans Hinrichtung verhindern und anschließend in die Unterwelt zurückkehren, sonst blieb ich unwiderruflich tot.

Rasch holte ich den Pfortenplan aus der Hosentasche. Vielleicht konnte er mir sagen, wie weit es noch bis zur Pyramide war oder ob uns eine andere Pforte schneller hinbrachte.

»Das war echt cool, was du da gemacht hast«, sagte Hondo anerkennend. »Schließlich war Ah-Puch schon to –« Sein Blick fiel auf Rosie und er verstummte.

Erst da wurde mir richtig klar, was passiert war. Hatte uns der Gott des Todes etwa das Leben gerettet?

Weil der Plan wie verrückt blinkte, erkannte ich überhaupt nichts darauf.

Jetzt öffnete Brooks die goldbraunen Augen und sah mich an, als müsste sie erst begreifen, wer ich war. Ganz kurz hoffte ich, sie würde sich verwandeln und mich beschimpfen oder in den Arm boxen, doch sie machte sich von Hondo los, riss mir mit dem Schnabel den Plan aus der Hand und flog davon.

Würde ich sie jemals wiedersehen?

»Alles in Ordnung, Zane?«, erkundigte sich Ren.

Ich reagierte nicht gleich. Dann schüttelte ich erst den Kopf, nickte aber gleich darauf eifrig, damit sie sich keine Sorgen machte.

Auch die Entführten kamen langsam wieder zu sich und man hörte ihnen die Panik an, als sie im Dunkeln miteinander tuschelten:

»Wo sind wir hier?«

»Dieser Fledermausgott war echt krank.«

»Habt ihr seine Zähne gesehen?«

»Und der andere Typ war Ah-Puch?«

»Ich will nach Hause.«

»Nichts wie weg hier.« Das war bestimmt Marco.

Hondo übernahm es, ihnen zu erklären, was geschehen war. Es

folgte aufgeregtes Durcheinanderreden. Ich war eben auf Rosies Rücken geklettert, als Ren mich am Ärmel zog.

»Du hast Ah-Puch den Jadezahn geschenkt! Er hat uns gerettet!« Sie schluchzte.

Doch darauf konnte ich jetzt nicht eingehen. Wenn Hurakan starb, erlosch die Magie der Übernatürlichen endgültig. »Ich muss weiter.«

Sie wischte sich die Tränen ab und riss sich zusammen. Auf ihren Wangen erschienen rote Flecken. »Ich komme mit.«

Rosie schnaufte eine Rauchwolke aus und duckte sich, damit Ren aufsteigen konnte. Mit ihr zu diskutieren, hatte keinen Zweck, das wusste ich aus Erfahrung.

»Wir kommen auch mit.« Das war Marco, der anscheinend der Anführer der Entführten war. Wieder überlegte ich, ob er vielleicht lebensmüde war.

»Das ist viel zu gefährlich«, wandte ich ein.

»Na und?«, kam es von Serena. »Uns macht so leicht nichts mehr Angst. Wir wurden schon gefoltert und eingesperrt, von diesem Fledermausgott und diesen schrecklichen –«

»Zwillingen«, beendete Louie den Satz.

»Wir wollen endlich wissen, zu wem wir gehören«, sagte die Rothaarige und die anderen nickten zustimmend.

Marco verschränkte trotzig die Arme vor der Brust. »Auch wenn sie uns umbringen wollen. Das ist uns egal.«

Vorhin an der Pforte hatten sie auf mich gewartet, statt zu fliehen, und sie riskierten ihr Leben, um Gewissheit über ihre Herkunft zu erlangen. Ich hatte kein Recht, ihnen Vorschriften zu machen. »Na schön«, entgegnete ich widerstrebend, »aber haltet euch erst mal im Hintergrund. Wenn ich euch ein Zeichen gebe, könnt ihr euch direkt an die Götter wenden.« Ich suchte Marcos Blick. »Schaffst du das? Oder hast du es eilig zu sterben?«

»Ich versuch's.«

»Ach ja, und übrigens …« Ich blickte in die Runde. »Danke.«

Hondo tätschelte mein Bein und sah zu mir hoch. Er machte ein Gesicht, als würde er gleich etwas Kitschiges sagen, wie: *Ich hab dich lieb, Kleiner.*

»Jetzt zeigen wir's ihnen!«, sagte er.

Dann eben nicht.

Rosie trabte los. Sie hielt auf das Getrommel zu und die anderen liefen hinter uns her. Ich dachte nur: *Hoffentlich hat Rens Zeitgefühl sie nicht getrogen und wir kommen noch rechtzeitig.*

43

Rosie fiel in einen lautlosen Galopp und die dunklen Bäume sausten vorüber. Ich klammerte mich mit schweißfeuchten Händen an ihrem muskulösen Nacken fest, aber vor allem hatte ich das Gefühl, als wäre mein Herz aus meiner Brust gepurzelt. Brooks war nicht mitgekommen.

Weiter vorn hallte eine verzerrte Frauenstimme aus einem Lautsprecher und Rosie verlangsamte ihr Tempo.

»Was für eine groooßartige Grillpaaarty!«, trällerte die Frau. »Wer hätte gedacht, dass man mit dem allmächtigen, scheinheiligen, leidenschaftlichen, Sturm entfesselnden Hurakan solchen Spaß haben kann?«

Die Menge brach in schallendes Gelächter aus und Zwischenrufe ertönten: »Der Typ ist ein Langweiler. Wir wollen ihn sterben sehen!«

Das zu hören, machte mich wütend, aber ich war auch erleichtert: Hurakan war noch nicht hingerichtet worden!

Vor uns tauchte eine Reihe großer, bunter Zelte auf, die uns die

Sicht auf das, was dahinter war, versperrten. Nur die Spitze der Pyramide ragte darüber hinaus. Rosie schlüpfte durch eine Lücke und wir landeten auf einer großen Wiese voller Riesen, Dämonen, Aluxe, normal wirkender Menschen und anderer Geschöpfe, die ich noch nie gesehen hatte. Dutzende blauweiß flackernder Kugeln schwebten in der Luft und beleuchteten das Ganze. Manche Gäste hatten sich fein gemacht und in Smokings und Abendkleider geworfen, andere trugen ausgefranste Jeansshorts und Baseballkappen. Es duftete nach Popcorn und gebratenem Fleisch und ganz kurz fühlte ich mich auf unseren Jahrmarkt in New Mexico zurückversetzt. In den Zelten wurden Hurakanfiguren mit Wackelköpfen verkauft, außerdem Kühlschrankmagneten und Kaffeebecher mit seinem Bild sowie XXL-T-Shirts mit Sprüchen wie DIESEN WUNDERSCHÖNEN BAUCH SCHUFEN DIE GÖTTER.

Ren zupfte mich von hinten am T-Shirt und flüsterte: »Und jetzt?«

Bis zu den untersten Pyramidenstufen waren es noch hundert Meter und die Pyramide selbst sah wie ein riesiges steiles Legogebilde mit abgerundeten Ecken aus. Ganz oben war ein Tempel, der eigentliche Ort des Geschehens. Weil man ihn aber nicht von überall gut sehen konnte, waren am hinteren Ende der Festwiese große Kinoleinwände aufgestellt. Offenbar sollten alle Anwesenden die grausigen Einzelheiten von Hurakans Todeskampf hautnah mitverfolgen können. Es überlief mich kalt.

Jetzt flimmerte das erste Bild über die Leinwände. Man sah sieben Gestalten in langen Gewändern oder Umhängen aus dem Tempel treten. Schlagartig wurde es totenstill.

Ich klärte Ren telepathisch auf, wer die einzelnen Götter waren: *Der vorderste ist Kukuulkaan, der Gott des Meeres, auch die Gefiederte*

Schlange genannt und außerdem ein Verräter. Ixtab, die Königin der Täuschung, kennst du ja schon. Die Frau, die wie eine Ballerina aussieht, ist Ixkakaw, Göttin der Schokolade und Meisterin der Manipulation. Und der Typ mit der Lederjacke unter dem Gewand? Das ist der Kriegsgott und Krieger Nakon. Dahinter kommt Alom, Gott des Himmels und Richter und – die beiden letzten kenne ich nicht. Wobei …

Was denn?!

Der hinterste mit den Glitzerhaaren …

Meinst du den kleinen Dicken mit der großen Nase?

Nein, den großen Dünnen im lila Seidengewand. Das ist Itzamna, der schreibende Zauberer/Drachengott, von dem ich dir erzählt habe.

Das ist bestimmt nicht sein offizieller Titel.

Was hatte *er* denn hier zu suchen? Seit wann war er Mitglied im Götterrat?

Wieder ertönte die Frauenstimme über die Lautsprecheranlage: »Bitte schaltet alle Handys aus. Fotografieren und Filmen sind während der Veranstaltung streng verboten. Wer sich nicht daran hält, wird qualvoll zerstückelt.«

Alle hielten den Atem an, als würde jetzt gleich der größte Rockstar aller Zeiten angekündigt. Liebten es die Götter immer so dramatisch? Wahrscheinlich.

Wieder die Frauenstimme: »Und hier kommt er: der Einzigartige, Unvergleichliche –« Sie machte eine Kunstpause. »Der Respekt einflößende, der große Gebieter, der Gott des Regens – Chaac!«

Die Zuschauer rasteten aus. Sie jubelten, pfiffen und trampelten, dass die Wiese wackelte.

Der Dicke trat vor. Sein hellblaues Gewand schimmerte wie Regen im Mondschein. »Wir, die glorreichen Götter, beehren euch heute in einer ernsten Angelegenheit.« Seine Stimme hallte, als spräche er in ein Mikrofon. »Wir wollen uns von einem Gott verabschieden, der große Taten vollbracht hat, sowohl als Schöpfer wie auch als Zerstörer. Einem Gott, der zur Legende werden und unvergessen bleiben wird.«

Stürmischer Beifall und »Chaac! Chaac! Chaac!«-Rufe.

Er hob die fleischigen Hände und gebot der Menge Ruhe. »Geklatscht wird erst, wenn ich es sage, verstanden?« Ein Donnerschlag ertönte und ein Blitz peitschte über den Himmel. Eine Warnung des Regengottes.

Es wurde sofort wieder still.

»Aber warum müssen wir überhaupt einen der Unseren hinrichten?«, fuhr Chaac fort. »Weil er den Heiligen Schwur gebrochen hat. Weil er einen Sprössling gezeugt hat, der für uns eine Bedrohung war, eine Bedrohung, die wir ausmerzen mussten. Bestimmt erinnert ihr euch noch an Zane Obispo.«

Als mein Name fiel, stockte mir das Herz. Mann, war ich froh, dass mich die Todesmagie tarnte!

»Auch Zane war ein warnendes Beispiel«, sprach Chaac weiter. »Wie der Vater, so der Sohn.« Er blickte theatralisch zum Himmel empor.

Das ist ja die reinste Seifenoper, sagte Ren.

Siehst du irgendwo meinen Vater oder die Zwillinge?

Sie schüttelte den Kopf und Chaac machte weiter.

»Und da wir alle eine gewaltige Verantwortung tragen, können wir in unseren Reihen keinen Gott dulden, der gegen das Gebot von Ehrlichkeit und Brüderlichkeit verstößt.«

Ixtab räusperte sich vernehmlich.

»Gegen das Gebot der *Schwesterlichkeit* natürlich auch«, berichtigte sich Chaac rasch, verdrehte aber kaum merklich die Augen.

»Darum lasst euch das alle zur Warnung dienen. Wer die Götter hintergeht – und das gilt auch für jene, die selbst Gottheiten sind –, der muss dafür bezahlen. Wer uns nicht verehrt, anbetet und uns Opfer darbringt, wird streng bestraft.«

Wow! Der Typ war ganz schön von sich überzeugt und er ging mir allmählich auf die Nerven. Als er sich weiter darüber ausließ, wie toll er und die anderen Götter doch waren, hörte ich nur noch mit halbem Ohr hin und sah mich stattdessen noch einmal auf der Wiese um. Diesmal begegnete ich einem wohlbekannten Blick, wenn auch einem einäugigen.

Jazz!

Mein Riesenfreund. Er stand ganz in unserer Nähe, und als er mich erkannte, wurde sein eines Auge groß wie eine Untertasse. Doch als er Anstalten machte, zu uns herüberzukommen, schüttelte ich den Kopf und legte den Finger auf die Lippen. Er musterte Ren, dann sah auch er sich suchend um. Als ich begriff, dass er nach Brooks Ausschau hielt, brach es mir das Herz.

Ren stieß mich an. *Da!*

Auf den Leinwänden war eine Nebelsäule erschienen, aus der jetzt zwei Gestalten traten. Sie trugen goldene Jaguarmasken und roten Federkopfschmuck.

Das sind die Zwillinge, sagte Ren telepathisch.

Woran erkennst du das?

Damit das Ritual gelingt, müssen sie die Tat persönlich vollbringen. Damit aus der Hinrichtung ein Blutopfer wird.

Nun tauchte auch Hurakan auf. Er entstieg dem Boden, als käme er durch eine Falltür, und wurde stehend an ein Holzgerüst gekettet. Er trug nur einen Lendenschurz und war von oben bis unten mit blauer Farbe bemalt, auch im Gesicht. Ich sag's nicht gern, aber mein Vater erinnerte ein bisschen an einen Schlumpf. Doch er hielt sich aufrecht und in seinen Augen leuchtete stolzer Trotz wie tausend Sonnen.

Wie gehen wir vor?, fragte Ren. *Bis zur Pyramide ist es ein ganzes Stück und dann noch die Stufen … Wie sollen wir zu Hurakan gelangen, ohne dass uns die anderen Götter schnappen?*

Kannst du ein paar Schatten beschwören?

Ich versuch's. Sie legte mir von hinten die Arme um die Taille. *Nein, ich nehm's zurück* – ich mach's. *Darum bin ich ja mitgekommen. Das ist meine Bestimmung, von der mein* abuelo *immer gesprochen hat. Gib mir einfach von deiner Macht ab und denk nicht an Feuer, sondern an Schatten, okay?*

Super. Jetzt dachte ich natürlich erst recht an Feuer.

Es gelang Ren, aus einer dunklen Ecke am Fleischspießchen-Stand einen Schatten heranzuholen. Der *sombra* hüllte uns ein.

Ich beschwöre ihn, so lange ich kann. Ihre telepathische Stimme schwankte ein bisschen, sodass auch ich nervös wurde.

»Lasst uns anfangen.« Chaac trat vom Rand der Tempelplattform zurück, ohne meinen Vater auch nur eines Blickes zu würdigen. Wetten, der Typ hatte damals in der Götterschule die anderen Kinder tyrannisiert?

Rosie lief jetzt ganz langsam, damit niemand auf den großen unförmigen Schatten achtete, der sich seinen Weg durch die nach Blut dürstende Menge bahnte. Sie bewegte sich so geschmeidig wie eine jagende Löwin und rempelte trotz des Gedränges niemanden an. *Schade, dass sie sich nicht zusammen mit uns auf die Pyramide teleportieren kann*, dachte ich, aber auch Höllenhunde hatten vermutlich ihre

Grenzen. Ich gab mir Mühe, ruhig und gleichmäßig zu atmen, was aber gar nicht so einfach war, weil der Schatten wie eine dicke, schwere Wolldecke auf uns lag.

Als wir an Jazz vorbeikamen, trat er beiseite, als könnte er uns spüren. Dann marschierte er mit langen Schritten voraus, damit wir besser durchkamen.

»Riesen nach hinten!«, beschwerte sich jemand. »Man sieht ja nichts mehr.«

»Willst du eins auf die Nase?« Jazz hieb sich mit der Faust in die flache Hand und der Protest verstummte. Plötzlich begriff ich, was er für eine Absicht verfolgte. Weil er so groß und breit war, sah es aus, als wären wir *sein* Schatten.

Auf den Leinwänden wandte sich Chaac jetzt an Hurakan: »Möchtest du auch noch etwas sagen?«

Hurakan blickte stur geradeaus und verzog keine Miene.

Schneller, Rosie!

Ein Raunen ging durch die Menge und mein Herz hämmerte so wild, dass es mich richtig durchschüttelte.

»Keine letzten Worte?«, fragte Chaac.

Kukuulkaan sah sich um, als suchte er jemanden, aber wen? Und Ixtab? Die betrachtete stirnrunzelnd ihre lackierten Fingernägel, als würde ihr die Farbe nicht mehr gefallen. Ich hätte am liebsten »Halt!« gebrüllt, war aber noch zu weit weg. Damit mir die Götter zuhörten, musste ich nah dran sein. Jeder vorschnelle Entschluss konnte jetzt den sicheren Tod bedeuten und die Zwillinge zum überstürzten Handeln zwingen.

Wir waren schon dicht vor der Pyramide, als plötzlich Rauch aus Rosies Nase quoll und über dem Schatten emporstieg.

»Tötet Hurakan!«, grölte jemand.

Chaac ließ sich nicht drängen. »Seid ihr so weit, einen Gott sterben zu sehen? Gleich ist er *tot* und dann gibt es kein Zurück mehr.«

Rosie zuckte zusammen. »Hör nicht hin«, sagte ich hastig. »Das hat er nicht so gemeint.« Doch sie verstand es als Kommando und spie Feuer. Die mittlere Leinwand stand sofort in Flammen.

Rens Schatten verflüchtigte sich.

Die Zuschauer schrien auf.

»STEAK!«, brüllte ich.

Natürlich gehorchte Rosie nicht, sondern machte weiter. Rasch hob ich beide Hände und holte das Feuer zu mir heran. Die Hitze, die mir entgegenschlug, warf mich und Ren von Rosies Rücken. Ich qualmte wie ein gegrilltes Hühnerfilet, verbrannte mich aber nicht, und Ren war ja durch ihre Spezialkleidung geschützt.

Jazz bückte sich nach Ren und setzte sie auf seine Schultern, damit niemand an sie herankam. Dann wandte er sich an mich: »Mensch, Kleiner! Musst du dich denn immer in Schwierigkeiten bringen?« Er schüttelte missbilligend den Kopf. »Was stehst du noch rum? Lauf!«

Als die unmittelbare Gefahr vorüber war, fingen die Zuschauer an, mich zu beschimpfen.

»Spion!«

»Verräter!«

Ich sprang wieder auf Rosies Rücken und sie hetzte mit großen Sätzen die Stufen hoch. Als ich mich umdrehte, sah ich, wie Jazz beschwichtigend die Arme ausbreitete und rief: »Das gehört alles zur Show, Leute! Guckt ihr denn kein Reality-TV?«

»Das ist doch das Mädchen aus den Nachrichten!«, rief jemand.

Aus den Nachrichten? Mir fiel der Typ mit der Kamera ein, der uns in Cabo aus dem Helikopter heraus gefilmt hatte, und ich bekam einen Schreck. Wer hatte uns noch alles in den Nachrichten gesehen? Wussten die Götter etwa auch, dass ich noch am Leben war? Nein, sonst hätten sie mich (und Ixtab) schon längst hingerichtet. Wahrscheinlich schauten sie nur Netflix.

Plötzlich wallte dichter Nebel auf und verschluckte die Zuschauermenge. Es wurde so still, als wären die Leute tatsächlich verschwunden. Jazz, der immer noch Ren Huckepack trug, rannte hinter mir die Pyramidenstufen hoch, aber der Nebel verfolgte uns.

»*¡Andale, Rosie!*«, rief ich.

Meine Höllenhündin nahm drei Stufen auf einmal, doch der Nebel war schneller. Er strudelte um uns herum und bildete Hände mit langen dürren Fingern aus, die nach uns griffen. Unwillkürlich musste ich bei ihrem Anblick an Außerirdische denken, doch da versetzten uns die Hände einen so kräftigen Stoß, dass Rosie das Gleichgewicht verlor und ich von ihr herunterfiel. Ich schrammte mir die Wange an einer Stufe auf, dann hüllten mich graue Schwaden ein.

»Rosie!«

Stille.

»Gib auf, kleiner Narr«, sagte eine Frauenstimme.

Ich krabbelte auf allen vieren weiter nach oben, denn so behinderte mich mein verkürztes Bein am wenigsten. Warum unternahmen die Götter nichts? Fielen ihnen der Nebel und die verschwundenen Zuschauer gar nicht auf? Es sollte doch eine öffentliche Hinrichtung sein, oder nicht?

»Du kommst sowieso zu spät«, sagte die Frau lachend.

Ich drehte mich um und schleuderte einen Flammenschwall in Richtung ihrer Stimme. »Halt!«, brüllte ich dann und hoffte, dass mich die Götter hörten. »Ich bin's, Zane Obispo. Jemand hat euch ausgetrickst!«

»Möchtest du aus nächster Nähe zuschauen?« Die Frau lachte wieder.

Dann hörte ich Bird die gefürchteten Worte aussprechen: »Wir opfern dir das Blut und das Herz von Hurakan, Gott des Windes, des Gewitters und des Feuers.«

Ich spähte nach oben. Der Nebel lichtete sich.

»NEIN!«, schrie ich.

Die Axt blitzte auf.

44

Schlagartig wurde alles schwarz – so pechschwarz, dass sogar ich nichts mehr sah. *Nein-nein-nein!*, hämmerte mein Herz.

Ist das alles, was dir dazu einfällt?, bohrte sich Itzamnas Stimme in meinen Schädel. *Nicht sehr heldenhaft.*

Das war zu viel. Jede Zelle meines Körpers explodierte vor Wut und ein gewaltiger Energiestoß durchfuhr mich. Mein Blut verwandelte sich in kochende Lava, meine Lunge blähte sich, meine Muskeln spannten sich an. Mein Sturmläuferbein zuckte.

Ich sprintete wie ein geölter Blitz die Stufenpyramide hoch.

Kaum hatte ich die obere Plattform erreicht, wurde es wieder hell und ich vernahm einen schrillen Schrei. Brooks? Ihre Augen glühten im Nebel wie zwei Kerzenflammen. Sie ging über den Zwillingen in den Sturzflug und riss ihnen die Masken herunter.

Jordan und Bird taumelten verblüfft zurück, aber sofort wurde der Nebel um sie herum noch dichter, sodass sie nicht mehr zu erkennen waren.

Brooks kreischte wieder.

Vergiss den Falken, hörte ich die Frau sagen. *Lauf weg.*

Weil der Nebel auch die Götter verhüllte, kann ich nicht sagen, was sie in diesem Augenblick machten. Wahrscheinlich standen sie rum und stimmten darüber ab, was zu tun war. Als Führungspersönlichkeiten konnte man sie echt vergessen. Man müsste wirklich mal einen Beschwerdebrief schreiben.

Aber wo war Hurakan? Als ich beinahe auf einer Blutpfütze ausrutschte, bekam ich weiche Knie. Es klingt krank, ich weiß, aber ich sah mich tatsächlich nach seinem abgetrennten Kopf um. Scheißnebel! Ich kniete mich hin und tastete blindlings umher. Erst streifte meine Hand die Axt, dann Hurakans Ketten – aber ohne ihn selber. Was war da los?

Die Frauenstimme hatte so nah geklungen, als würde die Sprecherin direkt hinter mir stehen, aber als ich mich umdrehte, war niemand da. Dann lichtete sich der Nebel ein wenig und ich sah die Zwillinge, die mich böse anfunkelten. Aus ihren geifernden Mündern ragten Vampirzähne – und was war das? Hatten sie auf einmal Flügel? Fledermausflügel?

»Macht schon, Jungs!«, sagte die Frau. »Der Nebel nimmt den Göttern nicht ewig die Sicht.«

»Erst wollen wir *ihn* töten, Mutter!«, gab Jordan zurück.

Bird breitete die Flügel aus. Darunter kamen Menschenarme zum Vorschein, die aber in schwarze, schuppige Krallen ausliefen statt in Hände. »Jetzt bist du dran, Obispo!«

»Denkt an das große Ganze, ihr Dummköpfe!«, rief die Frau. Es konnte sich nur um Ixkik' handeln.

Die Fledermauszwillinge schwangen sich in die Lüfte und verschwanden in entgegengesetzte Richtungen im Nebel. Doch sie tauchten sofort wieder auf und waren noch größer, kräftiger und bedrohlicher geworden. Nur ihre Gesichter waren noch menschlich. Sofort feuerte ich eine Salve Feuerkugeln auf die beiden ab und traf auch, aber das konnte ihren Zorn nicht bremsen. Und auch nicht ihren Schwung.

Das Problem war, dass ich höchstens einen Meter weit sehen konnte. Ich hatte keine Ahnung, ob ich womöglich am Rand der Plattform stand.

Doch da tauchte Rosie neben mir auf. Als Jordan von oben auf mich herabsauste und mir mit seinen rasiermesserscharfen Krallen den Hals aufschlitzte, spie sie blaue Flammen.

Ich verlor das Gleichgewicht, taumelte zurück und drückte die Hand auf die Wunde.

Rosie heulte.

Ihre Warnung kam zu spät – ich war schon im freien Fall. Als ich durch den Nebel trudelte, ertönten über mir die schrillen Triumphschreie der Zwillinge.

Vor lauter Todesangst wäre ich beinahe ohnmächtig geworden, aber dann …

… landete ich auf etwas Weichem, Fedrigem. Und als ich auch davon beinahe heruntergerollt wäre, wurde ich gepackt und festgehalten. Brooks hatte ihre Nawalfähigkeiten wiedererlangt und war zum Riesenfalken geworden. Staunend begriff ich, dass es dafür nur einen Grund geben konnte: Die ewige Flamme hatte sich erholt. Demnach war Hurakan noch am Leben. Was war geschehen?

Brooks!

Herrgott, Obispo, du nervst echt. Wenn das hier endlich vorbei ist, dann …

Noch nie hatte ich mich so darüber gefreut, dass mich jemand beschimpfte.

Du hast mir auch gefehlt.

Doch dann ging mir auf, dass sie von der Pyramide wegflog. »Halt! Wir müssen umkehren!«

Ganz in der Nähe ist eine Pforte und du musst in dreizehn Minuten in der Unterwelt sein, sonst bist du endgültig tot. Und mir wär's lieber, wenn du am Leben bleibst.

Hatte sie mir deswegen den Pfortenplan weggenommen? Um den kürzesten Rückweg in die Unterwelt zu suchen? Um mir das Leben zu retten?

Wir haben noch genug Zeit, Brooks. Lass uns die Sache zu Ende bringen. So eine Gelegenheit kommt nicht wieder.

Abgelehnt. Auf der Pyramide warten die Götter und auch diese grässlichen … Sie unterbrach sich und wendete. *Hast recht. Den Zwillingen die Gesichter zu zerhacken, dauert höchstens zwei Minuten.*

Ich klammerte mich an ihren gefiederten Hals und wir sausten durch den dichten Nebel. *Seit wann sind die Zwillinge denn Fledermäuse?*

Zum Dank dafür, dass Zotz sie unterstützt und beschützt hat, haben sie sich seinem Heer angeschlossen.

Woher weißt du das?

Als Gefangene kriegt man so einiges mit.

Im Nebel leuchteten erst vier gelb glühende Punkte auf, dann zeichneten sich die Umrisse zweier Fledermäuse ab. Die Zwillinge kamen uns entgegengeflogen, aber Brooks drehte nicht bei.

Sie stieß einen Falkenschrei aus und ich schleuderte Feuerkugeln auf die beiden. Daraufhin machten sie kehrt und flogen zur Pyramide zurück, doch Brooks nahm die Verfolgung auf. Sie war größer und schneller als die Brüder. Und vor allem mutiger.

Aber warum flohen die beiden jetzt? Gerade hatten sie mich doch noch umbringen wollen!

Als wir auf der Pyramide landeten, umfing uns der Nebel wie kalte Arme. Dann lichtete er sich so gezielt, als steckte eine Absicht dahinter, und wir entdeckten Bird und Jordan am Rand der Plattform. Sie drehten uns den Rücken zu, wandten sich dann aber mit hassverzerrten Gesichtern zu mir um.

Aber warum blieben sie stehen?

Brooks wollte auf sie losfliegen, doch etwas hinderte sie daran. *Der Nebel hält mich fest*, sagte sie telepathisch.

Auch meine Stichflammen blieben wirkungslos.

»Habt ihr Schiss vor uns?«, rief ich den Zwillingen zu.

»Für unseren Geschmack sind hier zu viele Götter«, gab Bird lachend zurück. »Du musst dich noch ein bisschen gedulden.«

Dann sprangen beide in die Tiefe.

Ixkik' schien mir direkt ins Ohr zu flüstern: »Irgendwann, wenn du nicht mehr damit rechnest, wirst du dafür mit deinem Blut bezahlen. Meine Söhne kennen keine Gnade. Und ich genauso wenig.« Damit verschwand auch sie.

Sofort wurde die Sicht wieder klar.

Hinter uns brachen die Götter in zornige Rufe aus.

Das war eine Falle!, sagte Brooks.

»Haltet ihn auf! Haltet Zane auf!«, brüllte jemand, der verdächtig nach Nakon klang.

Wieso eigentlich *mich?* Was war mit den Zwillingen? Sie hatten die Götter schon wieder hereingelegt!

Doch als sich Brooks mit mir auf dem Rücken wieder emporschwingen wollte, senkte sich wie aus dem Nichts ein großes Netz auf uns herab. Ich versuchte sofort, es abzufackeln, aber es war anscheinend feuerfest und zog sich nur noch enger um uns zusammen. Brooks schlug wild mit den Flügeln, richtete aber auch nichts aus, worauf sie Menschengestalt annahm.

Als wir uns umwandten, waren stinksaure Götterblicke auf uns gerichtet.

Was hatte mir Fausto erklärt? Wenn ich vor einem Gott stand, machte mich die Todesmagie nicht mehr unsichtbar.

Ich hatte lange überlegt, was ich sagen würde, wenn es so weit war. Wie ich die Götter dazu bringen würde, mich anzuhören. Meine geniale kleine Ansprache ging ungefähr so: »Ihr Vollidioten!«

Okay, so hatte ich das nicht geplant, aber mal ehrlich – für eine Truppe Allmächtiger waren sie Totalversager. Wie hatte es passieren können, dass Jordan und Bird aus ihrem Gefängnis geflohen waren? Und wieso hatten sie die beiden gerade eben entkommen lassen, wo sie direkt vor ihren dummen Nasen gewesen waren?

Ich schaute nach unten. Die Zuschauer auf der Wiese waren unruhig geworden. Anscheinend begriffen sie nicht, was los war.

Nakon streifte sein langes Gewand ab und stand in seiner Lederjacke da (voll das Klischee). »Ich habe euch gleich gesagt, dass das eine blöde Taktik ist. Blöde Outfits. Alles blöd.«

Auch Chaac schüttelte missbilligend den Kopf. »Jetzt stehen wir wirklich wie Idioten da.«

»Regt euch wieder ab«, entgegnete Itzamna gelassen. »Als sich der Nebel gelichtet hat, habe ich auf den Leinwänden eine Feedbackschleife abspielen lassen. Keiner hat mitgekriegt, was wirklich passiert ist. Die Zuschauer glauben immer noch, dass sie gleich eine Hinrichtung zu sehen bekommen.«

»Dann erfüllen wir ihre Erwartungen doch einfach«, sagte Ixkakaw verschlagen und sah mich an. Ich nahm mir vor, ab sofort keine Schokolade mehr zu essen. Nie mehr.

Ich zerrte an dem Netz und entgegnete: »Bevor ihr mich hinrichtet, hört euch bitte an, was ich zu sagen habe, oder –«

»Oder ihr müsst alle sterben«, beendete Brooks den Satz.

»Wollt ihr uns etwa drohen?«, gab Alom zurück.

Brooks sah aus, als wollte sie nicken, aber ich packte ihre Hand. *Wir müssen ruhig bleiben. Wir wollen uns nicht mit ihnen streiten.*

Seit wann das denn?

Doch ich antwortete nicht, denn Nakons ohnehin grimmige Miene hatte sich noch mehr verfinstert. Anscheinend dämmerte ihm etwas. »Wenn du noch am Leben bist, dann muss –« Er drehte sich zu Ixtab um.

»Ich bin aus Xib'alb'a geflohen«, fiel ich ihm hastig ins Wort. »Ich bin nur noch ein Geist. Ich bin tot!« Ich deutete auf mein Gesicht. »Sieht man doch, oder?«

»Wer hat dich mit Todesmagie getarnt?«, wollte Chaac wissen.

Ixtab schaute auf ihre Armbanduhr und lächelte flüchtig. »Noch sechs Minuten«, sagte sie beiläufig, als wären es nicht die letzten sechs Minuten meines Lebens.

In dieser kurzen Zeitspanne musste ich die Götter überreden, mich laufen zu lassen, sie über die Verschwörung gegen ihre Herrschaft aufklären, Hurakan wiederfinden und … »Wo ist mein Vater?«, fragte ich entschlossen.

Die Götter wechselten verblüffte Blicke, als würde ihnen erst jetzt auffallen, dass er nicht mehr da war. Dann beschuldigten sie sich gegenseitig: »Ich dachte, du hast ihn geschnappt!« – »Du solltest ihn doch bewachen!« – »Du Niete!«

»Tja, ihr hättet eben besser aufpassen sollen«, sagte Brooks, nicht ohne Genugtuung.

Ixtab kam zu mir herüber. Bevor sie sich wieder zu ihren Kollegen umdrehte, zwinkerte sie mir zu. Dann tippte sie auf das Netz, das sich sofort verflüchtigte. »Zane ist nicht aus Xib'alb'a geflohen«, sagte sie. »Weil er nämlich damals in der Alten Welt gar nicht gestorben ist.« Sie verzog die rot geschminkten Lippen zu einem Lächeln, als würde sie sich schon lange auf diese Offenbarung freuen. »Ich habe ihn versteckt«, fuhr sie fort. »Ich habe euch alle hintergangen. Und wisst ihr auch, warum? Und wie mir das gelungen ist? Weil ihr faul und selbstzufrieden geworden seid. Ihr seid nur noch mit euch selber beschäftigt und kriegt überhaupt nicht mehr mit, was um euch herum vorgeht.«

Nun meldete sich zum ersten Mal Kukuulkaan zu Wort. »Sie sagt die Wahrheit. Ich habe ihr geholfen.«

»Hört mir bitte zu«, mischte ich mich wieder ein. »Camazotz hat sich mit den Zwillingen verbündet und Ixkik' …«

Die Götter wichen mit aufgerissenen Augen zurück, als hätten sie ein Gespenst gesehen (oder etwas anderes, was allmächtigen Mayagöttern eine Scheißangst einjagt).

Ich drehte mich um. Hinter mir standen Jazz, Ren, Hondo und Rosie.

Doch es war etwas anderes, was die Götter so verstörte. Es waren die Gottgeborenen, die sich hinter meinen Freunden scharten.

Die entsetzten Mienen der Götter verrieten, dass sie ihre eigenen Nachkommen erkannt hatten. Nur Itzamna sah aus, als amüsierte er sich prächtig. Als Ixtabs Blick über die kleine Gruppe glitt, sah sie auf einmal todtraurig aus. Offenbar hatte sie jemanden erwartet, der nicht gekommen war.

»Hast du eben von Camazotz geredet?« Nakon musste sich sichtlich überwinden, das Wort an mich zu richten.

Doch ehe ich etwas erwidern konnte, ließ sich eine wohlbekannte Stimme vernehmen.

»Nanu!«, sagte Ah-Puch. »Solches Erstaunen, solche sprachlose Verwunderung habe ich ja noch nie erlebt – du etwa, mein Freund?«

Alle schauten nach oben. Er stand zusammen mit meinem Vater auf dem Tempeldach. In einer Million Jahren wäre ich nicht drauf gekommen, dass ich so was mal sage – aber ich freute mich total, dass der Todesgott noch am Leben war.

»A.P.!«, jubelte Ren.

Noch mehr freute ich mich aber, dass Hurakan unversehrt neben ihm stand. Allerdings war er nicht so formell gekleidet wie Ah-Puch, der natürlich wieder seinen teuren Maßanzug anhatte. Mein Vater trug Jeans, ein dunkelgraues T-Shirt und einen kragenlosen grauen Sakko.

Unwillkürlich verzog sich mein Mund zu einem Lächeln. Dann begegneten sich unsere Blicke und ganz kurz sah es so aus, als würde Hurakan zurücklächeln. Doch er tat es nicht und er sagte auch nicht: *Hallo, mein Sohn – danke für alles. Du bist ein wahrer Krieger*, sondern: »Heute ist der Tag der Abrechnung.«

Chaac ließ einen Blitz über Ah-Puchs Kopf hinwegzucken, doch der Todesgott blieb gelassen. »Ihr dachtet wohl, ihr wärt mich endlich los? Tja, da muss ich euch leider enttäuschen.«

»Benehmen wir uns doch zivilisiert«, ergriff Itzamna wieder das

Wort. »Hurakan hat recht. Alle hier haben den Heiligen Schwur gebrochen. Beziehungsweise alle außer mir. *Ich* habe keine menschlichen Nachkommen gezeugt.«

Ixtab verdrehte die Augen. »Der Junge hat nur noch ein paar Minuten zu leben, aber das, was er euch zu erzählen hat, dauert länger. Wenn ihr es hören wollt, kommt ihr am besten alle mit in die Hölle.«

45

Als Ixtab eine Pforte zur Unterwelt öffnete, blieben mir ge-rade noch zwei Minuten, um noch zu meinen Lebzeiten die wahrscheinlich irrste Mayageschichte aller Zeiten zu erzählen. (Nein, das ist nicht übertrieben, Itzamna).

Alle kamen mit. Nur Jazz lehnte höflich ab: »In die Hölle? Nein, danke, lieber nicht. Wir sehen uns auf der anderen Seite.«

Kaum hatten wir Xib'alb'a betreten, strömte kühle Luft in meine Lunge und mir wurde innerlich wieder warm. Auch meine Hände sahen wieder ganz normal aus. Die papierdünne Haut und die dicken Adern waren verschwunden, die Todesmagie hatte sich verflüchtigt.

Wer hätte gedacht, dass die Hölle so eine belebende Wirkung hatte?

Wir versammelten uns in einem weitläufigen Konferenzsaal mit verzierten Säulen, Tierfellen auf dem Boden, Kronleuchtern aus Knochen und einem Tisch mit verspiegelter Platte, der so lang war wie der ganze Raum. Hondo, meine Freunde und die Gottgeborenen mussten zusammen mit Rosie draußen warten. Allerdings war es Rosie gestattet, loszuziehen und sich ein paar Schlangenköpfe zu holen.

Die Götter nahmen am Tisch Platz, ich dagegen blieb stehen und schilderte meine Erlebnisse in allen Einzelheiten. Ich berichtete von Camazotz' Verschwörung mit den Zwillingen und von ihrem teuflischen Plan, die Mexicagötter wiederzuerwecken, und erzählte, wie heldenhaft (und freiwillig!) sich Ah-Puch für uns eingesetzt hatte. Er hatte sogar meinen Vater Hurakan, bevor ihn die Axt traf, zum Feuerhüter teleportiert, sodass er dort die Mayamagie wiederherstellen konnte.

Es war höchste Zeit, dass die Götter das alles erfuhren. Als ich fertig war, wurde es ganz still. Niemand sagte etwas oder räusperte sich auch nur, und es schleuderte auch keiner ein Messer nach mir.

Schließlich brach ich selbst das Schweigen. »Warum macht ihr so lange Gesichter? Der Plan der Zwillinge ist doch gescheitert.«

Nakon erhob sich und erwiderte grimmig: »Das hat gar nichts zu sagen. Es führen immer mehrere Wege zum Erfolg. Die Zwillinge werden wieder versuchen, die Mexicagötter zum Leben zu erwecken und den Krieg zu entfachen, auf den sie so wild sind.«

»Wir hätten Camazotz und Ixkik' niemals trauen dürfen«, ergänzte Ixkakaw. »Und jetzt sind die beiden geflohen.«

Auch Ah-Puch schob seinen Stuhl zurück, schritt um den Tisch herum und blieb neben mir stehen. »Camazotz ist schwer verwundet, dafür habe ich gesorgt. Aber er wird sich davon erholen und zurückkehren, um sich zu rächen.«

»Ohne *unser* Blut können die Verschwörer aber keine Mexicagötter wiedererwecken«, wandte Chaac ein.

»Wir müssen uns zusammentun«, sagte Hurakan. »Wir können es

uns nicht mehr leisten, untereinander zerstritten zu sein. Wir haben jetzt einen gemeinsamen Feind.«

Nakon klatschte in die Hände. »Ich entwerfe sofort eine Strategie für den Gegenschlag!« Man hörte ihm die Vorfreude an.

»Sehr gut«, sagte ich, »aber was ist jetzt mit euren Kindern? Der Feind hat es auch auf sie abgesehen.«

»Was willst uns du damit sagen? Sollen wir uns etwa um sie kümmern?« Das war Alom.

Ah-Puch schaute sich im Saal um. »Ich finde die Renovierung scheußlich. Wo sind die Dämonenfelle geblieben? Und die Schädelleuchter?«

»Sie können sich nicht ewig verstecken«, sagte Kukuulkaan.

»Meinst du die Schädel oder die Gottgeborenen?«, fragte Nakon.

»Was wisst ihr denn schon vom Verstecken?«, konterte Ixkakaw bissig.

Kukuulkaan wollte etwas erwidern, wurde aber von einer wohlbekannten Stimme unterbrochen.

»Darüber könnte ich euch *eine Menge* erzählen!«

Als wir uns umdrehten, stand Pazifik in der Tür.

Ich glaube, allen stockte das Herz. Mir auf jeden Fall.

Die Göttin der Zeit war verstoßen worden, weil sie einst eine Prophezeiung verkündet hatte, die den anderen Göttern nicht in den Kram passte. Eine Prophezeiung, die sich um mich drehte. Die anderen Götter hatten angenommen, dass mein Vater Pazifik hingerichtet hatte. Stattdessen hatten er und Kukuulkaan ihr geholfen, sich auf dem Meeresgrund zu verbergen. Dort hatte sie die letzten siebenhundert Jahre zugebracht. Was Verstecken betraf, war sie eine echte Expertin.

Sie stand da, mit ihren Dreadlocks und ihrem Leopardenfellumhang, und hielt ein goldenes Seil in der Hand. Das Zeitseil. Ihre blauen Augen funkelten, als wollten sie sagen: *Legt euch bloß nicht mit mir an! Ich habe ein Zeitseil, und wenn es sein muss, benutze ich es auch.* Irgendwie musste ich bei ihrem Anblick an eine gestrenge, undurchschaubare Nonne denken.

Auf einmal riefen alle Götter durcheinander. Es hagelte Beleidigungen, Gesichter liefen rot an, Spucketröpfchen flogen, Fäuste wurden geballt, und vielleicht donnerte und blitzte es auch ein bisschen.

Dann hob Ixtab energisch die Hand und es trat wieder Ruhe ein. »Wir müssen endlich Frieden miteinander schließen. Heimlichkeiten, Neid und Hass müssen ein Ende haben. Nur dann können wir die Feinde besiegen.«

Mir brummte der Schädel.

Pazifik richtete den unnachgiebigen Blick auf die anderen und sagte so leise, dass ihr alle zuhören mussten: »Ich werde mich nie wieder verstecken. Nicht vor euch und auch vor sonst niemandem. Wenn ihr mich daraufhin töten wollt, macht euch bitte klar, dass ihr eine ungeheure Macht vernichten würdet, die euch im Kampf gegen eure Widersacher sehr nützlich sein könnte.«

Ich war beeindruckt. Das war eine echt coole Ansage.

Den Göttern verschlug es die Sprache, sie sahen Pazifik nur an. Erst dachte ich, sie würden überlegen, ob sie jetzt Hurakan und Kukuulkaan töten sollten, weil sie Verräter waren. Aber dann hatte ich den Eindruck, dass sie abschätzten, wie wertvoll Pazifik für sie und ihre Zukunft war. Sie konnten es sich tatsächlich nicht leisten, noch mehr Götter einzusperren, hinzurichten oder anderweitig zu bestrafen.

Ich spürte genau, wann sie sich entschieden, Pazifik am Leben zu lassen, denn es wurde noch einmal ganz still. Dann trat die Göttin an den Tisch und beantwortete die Fragen, mit denen sie nun bombardiert wurde.

Hurakan ließ die anderen reden und kam zu mir herüber. »Keine Sorge. Sie werden sich zu ihren Kindern bekennen und ihnen den Vollbesitz ihrer göttlichen Fähigkeiten gewähren. Das ist schließlich in ihrem eigenen Interesse.«

»Aber werden die Gottgeborenen damit für den Feind nicht noch begehrenswerter? Als Blutopfer, meine ich?«

»Es wäre nicht fair, sie ungeschützt wieder in die Welt hinauszuschicken«, stimmte er mir zu.

Ah-Puch kam immer noch nicht über Ixtabs »Verschönerungsmaßnahmen« hinweg. »Und wo sind die prächtigen Spinnweben hin?«

»Danke für deinen Blitzeinsatz«, wandte sich Hurakan an ihn. »Beinahe hätte mich die Axt erwischt.«

»Leider bin ich nicht dazu gekommen, den Zwillingen die Köpfe abzureißen«, gab der Todesgott zurück. »Ich war schwer in Versuchung, aber ich musste mich ja an eine gewisse Abmachung halten.« Er suchte meinen Blick und es war, als würden tausend Worte zwischen uns gewechselt. Doch nur auf vier davon kam es an: *Alles klar zwischen uns.*

Ich nickte nachdrücklich, weil ich fand, es war sogar noch mehr als das.

»Heute wird ein neuer Pakt besiegelt«, verkündete Itzamna, als sich alle wieder beruhigt hatten. »Wir schließen uns gegen unsere Feinde zusammen. Ah-Puch, Hurakan und Pazifik dürfen am Leben bleiben, denn wir brauchen sie genauso, wie wir die Gottgeborenen brauchen.

Wer nicht mitmachen will, wird verbannt. Schreiten wir zur Abstimmung.«

Das war mein Stichwort und ich verließ den Saal.

Draußen warteten die Gottgeborenen immer noch. Hondo, Rosie, Ren und Brooks standen ein Stück hinter ihnen. Als Louie, Serena und Marco mich erblickten, kamen sie sofort auf mich zu. Wollten sie mich jetzt zusammenschlagen oder was?

»Wir wollen uns bedanken«, sagte Serena.

»Ich nicht«, kam es von Marco. »Du bist schuld, dass wir hier gelandet sind, in dieser …« Er sah sich um. »… Hölle.«

»Er hätte uns auch auf der Pyramide stehen lassen können«, nahm Louie mich in Schutz und sah sich ängstlich um, als könnte ihn jederzeit jemand – oder etwas – hinterrücks anspringen.

»Würdest du lieber mit einer Lüge leben?«, sagte Brooks eisig zu Marco.

»Ich würde lieber *leben*. Punkt.«

»Dann bedank dich gefälligst.« Ihre Augen blitzten gelb. Marco verstand die Warnung und wich zurück.

»Ist schon gut«, mischte ich mich rasch ein. »Marco hat ja recht. Du aber auch, Brooks.« Ich sah in die Runde. »Meine Magie hat euch gerufen, aber ich konnte nicht ahnen, dass ich euch in Lebensgefahr bringen würde. Ich dachte nur, ihr wüsstet gern, wer ihr in Wahrheit seid.«

»Ich auf jeden Fall.« Serena hielt den Blick auf die Tür zum Konferenzsaal geheftet.

»Ich auch«, schloss Louie sich ihr an. »Aber sag mal – gibt's hier auch was zu essen?«

Die anderen Gottgeborenen nickten nur wortlos. Ich nahm es ihnen nicht übel. Schließlich waren sie entführt, in Käfige gesperrt und damit konfrontiert worden, dass sie Göttersprösslinge waren. Und jetzt standen sie hier in der Unterwelt und mussten darauf warten, ihren jeweiligen göttlichen Elternteil kennenlernen zu dürfen.

Hondo rieb sich die Hände. »Glaubst du, ich könnte vielleicht an der Schule unterrichten, von der Ixtab gesprochen hat? An der Schamanenschule für Fortgeschrittene Magie? Der Name ist kacke, aber ich könnte den Gottgeborenen ein paar Wrestlingtricks und Meditationstechniken und so was beibringen.«

Ren nickte eifrig. »Deine Meditationstechniken haben mir mit meinen Schatten echt geholfen.« Die anderen Gottgeborenen scharten sich neugierig um sie und sie erläuterte ihnen, wie man mit »Visualisieren« seine magischen Fähigkeiten besser in den Griff bekam.

Nur Marco hielt sich abseits. Als er mich beiseite nahm, ließ uns Brooks nicht aus den Falkenaugen. »Hoffentlich kannst du besser kämpfen als schreiben. Es hört sich nicht an, als ob das Ganze schon vorbei ist.«

»Wo kommst du eigentlich her?«, fragte ich.

»Weich nicht aus. Ich weiß, was hier abgeht.«

»Na ja … Camazotz und die Zwillinge werden zurückkommen, aber wenn wir Glück haben, erst in hundert Jahren. Dann müssen sich die Götter damit befassen und es ist nicht mehr unser Problem.«

»Ich bin doch nicht blöd.« Er ließ mich stehen und sagte über die Schulter: »Aber das merkst du dann ja demnächst im Baum.«

Welchem Baum?

Jetzt kam Ren an. »Glaubst du, meine Mutter ist auch da drin?«

Im selben Augenblick flog die Tür auf (übrigens eine prunkvolle Flügeltür) und die Gottgeborenen wurden hereingerufen. Als ich den

Kopf in den Saal streckte, stellte ich fest, dass inzwischen weitere Götter und Göttinnen eingetroffen waren. Ich hätte gern gewusst, wer zu wem gehörte, wurde aber hinausgescheucht.

Im Vorraum spielten Hondo und Rosie mit einem Knochen, der von einem großen Tier stammen musste. Oder von – egal.

Brooks legte das Ohr an die Flügeltür. »Mist, das Holz ist zu dick! Ich hör nichts.«

»Das ist vermutlich der Sinn der Sache«, gab ich zurück.

»Du bist echt ein Spaßverderber, Obispo.«

Nach ein paar Minuten kam Hurakan heraus. Er bat Brooks, uns beide zu entschuldigen, und ging mit mir in einen kleinen Knochengarten. (Richtig gelesen: Es war ein Garten aus Knochen. Die Knochen wuchsen wie Pflanzen aus dem Boden und die Wege waren mit Rippen eingefasst. Und, ach ja, die Trittsteine bestanden aus Schädeldecken.)

Hurakan nahm auf einer Bank Platz, die offenbar aus Oberschenkelknochen gezimmert war. »Alle haben den Pakt unterzeichnet.«

Über uns schwebten drei Monde und tauchten alles in rötliches Licht.

Ich setzte mich neben ihn. »Warum wollten so viele Götter nicht zugeben, dass sie den Heiligen Schwur ebenfalls gebrochen haben? Sie hätten dich beinahe für ein Vergehen hingerichtet, das sie selber genauso begangen haben!«

»Götter sind manchmal schwer zu verstehen, Zane. Vielleicht dachten sie, dass sie durch meinen Tod ihre eigene Schuld sühnen könnten. Selbstgerechtigkeit macht immer blind.«

Diese Logik kam mir zwar ziemlich verdreht vor, aber gut. »Und wie geht es jetzt weiter?«

Er streckte die langen Beine aus. »Ixchel, die Mondgöttin, hat sich bereit erklärt, die Schamanenschule für Fortgeschrittene Magie zu leiten. Wir übernehmen eure Ausbildung und bringen euch bei, wie ihr eure magischen Fähigkeiten in den Griff bekommt und gezielt einsetzt. Wie ihr herausfindet, wo eure Stärken liegen.«

Eigentlich hätte ich mich freuen müssen. Mein Vater war noch am Leben und sämtliche Gottgeborenen ebenso. Die Götter würden uns ausbilden und hatten sich zu einem Waffenstillstand untereinander durchgerungen. Doch ich ahnte, dass nur der drohende Krieg sie dazu bewog, ihre Kinder nicht mehr zu verfolgen.

»Und du wirst uns dabei unterstützen. Als Lehrer«, fuhr Hurakan fort.

Ich sollte die anderen unterrichten? Ich konnte Schule nicht leiden, jedenfalls Schule im traditionellen Sinn. Mittlerweile belegte ich Onlinekurse, weil Mom meinte, auch ein Gottgeborener müsste eine Schulbildung haben.

»Überrascht dich das?«, fragte Hurakan.

»Ich … äh … schon.« Ich gab mir einen Ruck. »Aber warum eigentlich nicht? Hört sich doch toll an.« Er hatte mich nicht gefragt, ob ich damit einverstanden war, und weißt du, was? Je länger ich darüber nachdachte, desto cooler fand ich die Idee. Mit Göttern und ihren hinterhältigen Tricks kannte ich mich nun wirklich aus!

»Dann wäre ja alles geklärt.«

»Was wird aus Pazifik?«, wollte ich wissen. »Kann sie ihr Versteck jetzt endlich verlassen?«

»Alle Schulden sind beglichen, aller Zwist ist begraben.« Hurakans Mundwinkel kräuselten sich, aber Lächeln hätte ich es nicht genannt. »Sie hat ihre Tochter anerkannt – Ren.«

»Ich hab's gewusst!« Dann stutzte ich. »Aber wenn sich Pazifik die ganze Zeit versteckt hat, wie ist sie dann …?«

Hurakan verschränkte die Arme. »Sie war sauer auf die anderen Götter und wollte ihnen eins auswischen. Darum hat sie sich mit einem Mexica-*brujo* eingelassen. Als das Kind zur Welt kam, hat sie es ihm überlassen. Sie konnte es ja schlecht auf den Meeresgrund mitnehmen.«

»Sie hat ihre Tochter im Stich gelassen.«

»Sie wollte sie nur schützen. So wie ich …« Schwankte seine Stimme etwa? »… so wie ich versucht habe, dich zu schützen.«

»Du hast mich aufgefordert wegzulaufen!«, platzte ich heraus, denn das beschäftigte mich schon eine ganze Weile. »Wenn ich auf dich gehört hätte, wären eine Menge Leute zu Schaden gekommen!«

Er sah verlegen aus. »Ich wollte nur dein Bestes, Zane. Es ist nun mal nicht meine Art, mich um andere zu kümmern.«

Wohl wahr. Ich durfte nicht vergessen, dass die Götter keine Menschen waren. Sie dachten und fühlten nicht wie wir. Umso dankbarer war ich, dass meine Mutter so ein großes Herz hatte. Mein Vater hatte mir übernatürliche Fähigkeiten vererbt, aber was mir meine Mutter vorlebte, war mindestens genauso wichtig.

»Wissen die Götter denn inzwischen, dass Ren zur Hälfte eine Mexica ist?«, schob ich rasch hinterher.

Hurakan blickte in die Ferne. »Deine Freundin besitzt große Macht. Vielleicht betrachten die Götter sie irgendwann als Bedrohung, aber momentan ist alles in Ordnung.«

»Was meinst du mit ›irgendwann‹? Wenn der Krieg ausbricht?«

»Wir müssen die Zwillinge aufspüren und Zotz, Ixkik' und alle anderen Verräter auch. Wir müssen ihre Pläne durchkreuzen.«

»Glaubst du, sie haben noch mehr Verbündete?«

»Die Mayas haben viele Feinde.«

Mir wurde mulmig zumute.

Er warf mir einen Seitenblick zu. »Du bist inzwischen eins mit dem Feuer, das spüre ich.«

Ich betrachtete meine Hände. Die letzten paar Male hatte es sich tatsächlich so selbstverständlich wie Atmen angefühlt, das Feuer zu beschwören. Ah-Puchs Rat war gut gewesen. Ich musste mich dem Feuer hingeben.

Hurakan stand auf und legte mir die Hand auf die Schulter. »Du wirst noch mächtiger werden, mein Sohn.«

Mir blieb fast das Herz stehen. Hatte er mich eben *mein Sohn* genannt? Das Blut schoss mir in die Wangen. »Ah-Puch … Er hat mir geholfen, das Feuer besser zu verstehen.«

Hurakan nickte nachdenklich. »Feinde werden zu Freunden, Freunde werden zu Feinden.«

War der Todesgott jetzt mein *Freund?* »Will er die Hölle immer noch zurückerobern?« Eine Bedingung unserer Abmachung lautete zwar, dass er es nicht versuchte, aber bei Mayagöttern weiß man bekanntlich nie.

»Er hat sich mit Ixtab geeinigt«, entgegnete Hurakan. »Sie bleibt Herrscherin über die Unterwelt, aber er bekommt eine eigene Ebene, die noch nicht ihre Handschrift trägt.« Jetzt lächelte er doch … fast. »Davon abgesehen wird er ebenfalls an der SCHAFOMA unterrichten.«

»Wie bitte?! Der Todesgott wird Lehrer?«

Hurakan erklärte mir, dass die Schule neben Itzamnas Baum eingerichtet würde, weil sie dort von der ältesten und mächtigsten Mayamagie geschützt war. Das hatte Marco also gemeint, als er gesagt hatte: *Das merkst du ja dann demnächst im Baum.*

»Du meinst Itzam-yée's Baum«, berichtigte ich meinen Vater.

»Das ist das Gleiche. Itzam-yée' ist die Vogelversion von Itzamna.«

Warum hatte Itzamna das mir gegenüber nicht erwähnt? Ich musste sofort an den Postvogel mit dem ambossförmigen Kopf denken. Aber das konnte nicht sein. Oder doch?

»Du hast mich hintergangen«, fuhr Hurakan fort. »Du hast deinen eigenen Weg gewählt und dich selbst und andere in Gefahr gebracht.«

Unsere Blicke begegneten sich. »Ich würd's wieder so machen.«

»Und dann hast du auch noch Ah-Puch meinen Jadezahn geschenkt!« Diesmal war es ein richtiges Lächeln. (Okay, es erlosch gleich wieder, aber immerhin.) Mein Vater sah aus, als wollte er ein *Danke* oder *Gut gemacht* hinterherschieben, sagte aber nur: »Ich muss los.«

»Wohin?«

Er klopfte mir auf die Schulter. »Ich muss jemandem einen Besuch abstatten.«

46

Er meinte meine Mutter, und irgendwie fühlte es sich richtig an. Die beiden hatten garantiert einiges zu besprechen.

Wir blieben nur so lange in der Unterwelt, bis sich alle mit ihrem göttlichen Elternteil bekannt gemacht hatten. Wie sich herausstellte, war Marcos Vater der Kriegsgott Nakon (Überraschung!) und Serenas Mutter war die Mondgöttin Ixchel. Louies Vater war der mächtige Regengott Chaac, und Ren freute sich so, endlich Pazifik kennenzulernen, dass sie auf unserer magischen Taxifahrt zurück nach Holbox über nichts anderes reden konnte.

Ich machte mir Sorgen, dass wir die Insel verlassen müssten, weil Bird und Jordan inzwischen unseren Aufenthaltsort kannten, aber Hurakan meinte, die Zwillinge wären bestimmt nicht so leichtsinnig und würden dort hinkommen. Die Insel sei jetzt so gut gesichert (von den Göttern), dass es für die beiden zu riskant wäre. Nein, unsere Feinde würden sich auf einen Gegenschlag konzentrieren und darauf, noch mehr Macht zu erlangen.

Auch die anderen Gottgeborenen traten den Heimweg an. Jeder bekam eine goldene Jaguarfigur als Schutzamulett und Notfallknopf (besser als jede Kurzwahl), die den jeweiligen Elternteil alarmierte. Was die Polizei anging, die nach den Vermissten gesucht hatte, so würden sie ihnen alle möglichen Alibis präsentieren, von: »Ich hatte einfach mal Lust, quer durchs Land zu trampen«, bis hin zu: »Ich hatte eine Gehirnerschütterung und habe vorübergehend das Gedächtnis verloren.«

Quinn wartete am Strand auf uns.

Als er sie erblickte, grinste Hondo übers ganze Gesicht. »Na, bereitest du den Helden einen gebührenden Empfang?«, sagte er.

Sie verdrehte die Augen. »Ich bin nicht deinetwegen hier, sondern wegen meiner Schwester.«

»Ist mir egal. Hauptsache, du bist überhaupt hier.«

Ich traute meinen Ohren nicht. War das noch mein supercooler Onkel? Quinn lächelte. Zwar nur angedeutet, aber immerhin.

Sie erzählte uns, dass die Götter das Publikum nach Hause geschickt hatten. Angeblich hatten sie es sich anders überlegt und wollten doch niemanden hinrichten. Falls jemand ein Problem damit hätte, könne er gern in einem der sechs todbringenden Häuser der Unterwelt einen Beschwerdebrief einreichen.

»Aber jeder hat eine Wackelkopffigur gratis gekriegt«, ergänzte sie.

»Ich wette, niemand hat sich beschwert!«, raunte mir Hondo zu.

Mom freute sich total, mich wiederzusehen – *nachdem* ein Donnerwetter auf mich niedergegangen war, weil ich mich ohne ihre Erlaubnis auf eine derart gefährliche Unternehmung begeben hatte.

»Aber ich musste ihn doch befreien!«, verteidigte ich mich, als wir in meinem Zimmer allein waren.

»Du hättest dabei umkommen können.«

»Bin ich aber nicht.«

Sie umarmte mich noch fester als vorher, dann ließ sie mich los und zeigte auf mein Bett. Darauf stand eine Schachtel, neben der ein großer brauner Umschlag lag.

»Was ist das?«

»Keine Ahnung. Ich bestell dann mal Pizza. Du bist bestimmt halb verhungert.«

»Mom?«

»Ja?«

»Ist *er* schon hier gewesen?«

Ihr Strahlen war Antwort genug. »Ja, wir haben uns getroffen – und er hat dir das hier dagelassen.« Sie zog meine oberste Kommodenschublade auf und holte etwas heraus. Einen Gegenstand, den ich ein für alle Mal verloren geglaubt hatte.

»Ist das etwa …?!«

Es war tatsächlich Fuego – in neuer, glänzender Pracht und bläulich schimmernd! Als ich nach dem Jadegriff tastete, war meine Hosentasche leer. Wie war es Hurakan gelungen, mir den Griff zu stibitzen? War er etwa auch noch ein Taschendieb?

Ich nahm Mom den Stock/Speer aus der Hand und drehte ihn so behutsam hin und her, als sei er aus zerbrechlichem Glas. Dabei lächelte ich so breit, dass meine Wangenmuskeln schmerzten.

»Hurakan meinte, du sollst aufpassen, wenn du ihn benutzt«, sagte Mom. »Der Stock ist jetzt die 2.0-Version. Frag mich nicht, was das heißt.«

Als sie rausgegangen war, nahm ich Fuego näher unter die Lupe. Eigentlich sah er genauso aus wie vorher, aber die Kraft, die in ihm pulsierte, war deutlich stärker. Konnte er sich auch noch in einen Brieföffner verwandeln? Ich probierte es aus und – *Puff!* – der Stock war verschwunden. Ich sah mich hektisch um und klopfte alle meine Taschen ab. Nichts. Dann entdeckte ich auf meinem Handrücken ein münzgroßes Tattoo. Es zeigte einen Jaguarkopf im Profil, schwarz mit goldenen Augen.

»Fuego?«

Sofort hielt ich den Stock wieder in der Hand und das Tattoo war weg. Ich atmete tief durch. »Verstehe. Das ist viel besser als der blöde Brieföffner. Danke, Dad.«

Am liebsten hätte ich noch weiter mit Fuego herumprobiert. Weil ich aber Angst hatte, dabei das kleine Zimmer in Brand zu stecken, verschob ich es auf später.

Stattdessen öffnete ich die Schachtel auf meinem Bett. Sie enthielt sechs in Goldfolie gewickelte Schokoriegel und einen Stapel weißes Schreibpapier. Auf dem beigelegten Zettel stand:

Hallo Zane,
versprochen ist versprochen. Das hier ist Wahrheitspapier. Eine Geschichte ist erst zu Ende, wenn sie erzählt wurde. Und versuch nicht, etwas zu überspringen – das lässt das Papier nicht zu. Es gestattet dir aber, die Erzählung in deine eigenen Worte zu kleiden. Wähle sie mit Bedacht.
Wir sehen uns im Baum.
Itzamna.

PS: Die Riegel sind von Ixkakaw. Sie meinte, ein Schriftsteller braucht göttliche Schokolade.

Na toll. Alle anderen durften Kampftraining und solche coole Sachen machen und ich bekam Schreibunterricht.

Als ich vor dem Abendessen noch mal an den Strand ging, traf ich dort Quinn. Ich hatte immer noch eine wichtige unbeantwortete Frage an sie. Weil sie ja eine Spionin war, rechnete ich eigentlich nicht mit einer ehrlichen Antwort, aber vielleicht hatte ich ja Glück.

»Du hast gesagt, dass dich die Funkenschlägerin undercover in die Unterwelt geschickt hat. Wozu?«

Sie schleuderte einen abgefallenen Ast in die Brandung und ich dachte schon, sie würde patzig erwidern: *Das geht dich nichts an, Obispo*, doch sie antwortete: »Die Funkenschlägerin hat in ihrem Blitzebecken etwas gesehen, das ihr Angst machte. So verstört habe ich sie noch nie erlebt. Sie sagte, die Samenkörner dieses Unheils seien in der Unterwelt zu finden.«

»Was meinte sie mit ›Samenkörnern‹?«

»Das hat sie mir nicht erklärt. Ich sollte einfach die Augen offen halten. Aber vielleicht meinte sie ja Camazotz, denn der stammt schließlich aus Xib'alb'a, oder …«

»Oder Ixtab hat noch mehr Geheimnisse, von denen wir nichts ahnen.«

Quinn lachte. »Worauf du wetten kannst! Und jetzt komm. Ich hab Hunger.«

Wir saßen alle auf der Veranda hinter dem Haus – Mom, Hondo, Ren und ihr *abuelo*, Brooks, Quinn und ich –, aßen Pepperonipizza und redeten. Brooks und Quinn unterhielten sich flüsternd und ich hätte gern gewusst, worum es ging, vor allem, weil Brooks so besorgt wirkte.

Dann kam Pazifik vorbei. Sie wollte Rens *abuelo* kennenlernen, der übrigens für einen Großvater viel zu jung aussah. Anscheinend verfügte er über irgendeine Anti-Falten-Magie.

Nach dem Essen begleiteten Ren und ich Pazifik wieder ans Meer.

»*Du* hast Ren damals geholfen, auf die Insel zu gelangen, stimmt's?«, sagte ich.

Pazifik nickte und zog die Leopardenkapuze über ihre Dreadlocks. »Weil ich wusste, dass du Ren brauchen würdest. Und sie dich genauso.«

»Hast du die Zukunft vorhergesehen?«, wollte Ren wissen.

»Ich habe nur einen kurzen Blick darauf geworfen, aber das hat schon genügt.« Pazifik legte Ren eine zierliche goldene Armbanduhr ums Handgelenk. »Damit du in den Vollbesitz deiner Fähigkeiten gelangst, müssten wir eigentlich bis zur Anerkennungsfeier warten, aber –«, sie schmunzelte, »– dafür bin ich zu ungeduldig. Diese Uhr wird dir immer die richtige Zeit sagen, die Zeit, die für *dich* stimmt.« Sie tunkte die Zehen ins Wasser. »Als meine Tochter ist es dir gegeben, an den Fäden der Zeit zu ziehen. Natürlich nicht übertrieben. Nur so viel, dass ab und zu ein paar Minuten verloren gehen.«

Mir fiel Ixtabs kaputte Armbanduhr ein, außerdem die stehen gebliebene Turmuhr der Kathedrale in San Miguel de Allende und die unbrauchbare Wanduhr in unserem Hotelzimmer in Cabo. In San Miguel hatte Quinn gemeint, dass es eigentlich schon später sein müsste. Hatte Ren da schon an den Fäden der Zeit gezogen? Dann war da noch der eine Nanosekunde lang eingefrorene Wasserfall in der Unterwelt gewesen – und hatte ich nicht auch bei unserem Sturz von der Klippe den Eindruck gehabt, dass sich die Zeit verlangsamte?

Als ich das alles aufzählte, nickte Pazifik zustimmend. »Was Rens Absenzen betrifft …« Sie sah ihre Tochter an. »Trancezustände sind die Pforte zu deinen göttlichen Fähigkeiten.«

Ren blickte zu Boden, als müsste sie das alles erst sacken lassen. »Ach, *darum* weiß ich immer, wie spät es gerade ist!«, sagte sie dann und schaute zu ihrer Mutter hoch. »Heißt das, ich kann die Zeit beeinflussen?«

»Noch nicht richtig. Vielleicht auch nie. Aber du hast auf jeden Fall eine starke Verbindung zur Zeit, und mit der entsprechenden Ausbildung kannst du noch einiges dazulernen. Bald wissen wir mehr.« Damit spazierte Pazifik in die Brandung, winkte noch einmal und war verschwunden.

Anscheinend hatte sie sich nach den Jahren des Untertauchens an diesen Lebensraum gewöhnt.

»Jetzt verstehe ich auch, warum ich den Himmel so mag und Außerirdische und solche Sachen«, sagte Ren und sah ihrer Mutter nach. »Schließlich ist Pazifik die große Himmelsbeobachterin. Sie hat die Menschen damals gelehrt, die Sterne zu deuten. Und sie hat mir versprochen, es mir auch beizubringen.«

»Hat sie auch gesagt, ob es überhaupt Außerirdische gibt?«

»Dazu sind wir noch nicht gekommen.« Ren wurde ganz aufgeregt. »Aber nächstes Mal muss ich sie das unbedingt fragen!«

Die Anerkennungsfeier würde erst im Juni stattfinden, was noch ein paar Monate hin war. Bis dahin sollten wir nach weiteren Gottgeborenen Ausschau halten, damit sie den Zwillingen nicht in die

Hände fielen. Außerdem würde Ixtab keine Ruhe geben, ehe sie nicht ihr eigenes Kind wiedergefunden hatte.

Inzwischen war mir klar, warum sie mir seinerzeit von den Gottgeborenen erzählt hatte. Sie hatte gewollt, dass ich mich auf die Suche nach ihnen machte und sie auf diese Weise zu ihrem Kind führte. Jetzt bereute ich, dass ich es nicht getan hatte. Ich wollte unbedingt sämtliche Gottgeborenen finden, die es auf der Welt gab. Auch wenn ich mir noch nicht vorstellen konnte, wie es sein würde, Seite an Seite mit ihnen zu trainieren und zur Abwechslung mit den Göttern zusammenzuarbeiten statt gegen sie.

Was mich betrifft, ist die Geschichte hier zu Ende. Jedenfalls der »öffentliche« Teil. Doch als ich fertig war, ergänzte Itzamnas Papier die Niederschrift ohne mein Zutun, als würde mir ein Geist über die Schulter schauen. Wenn ich etwas ausgelassen hatte, standen die Sätze – *Zack!* – plötzlich da. Das nervte total.

Ich hätte meinen Bericht lieber allein geschrieben (sogar die ganz persönlichen Details), ohne dass sich ein blödes Kontrollpapier einmischte (ja, es *ist* Kontrollpapier, Itzamna!). Wenn es euch also interessiert, dann könnt ihr hier das *wahre* Ende lesen …

NACHTRAG

An diesem Abend machten Rosie und ich einen langen Spaziergang (es war herrlich, Fuego wiederzuhaben). Wir liefen die ganze Strecke vom Strand bis auf die Ostseite der Insel. Am Himmel war kein Mond zu sehen, sogar die Sterne schienen zu weit weg zu sein.

»Bei diesem Abenteuer hast du dich selbst übertroffen«, sagte ich zu Rosie.

Sie trabte neben mir her und ich dachte erst, sie hätte mich nicht gehört. Dann schielte sie zu mir hoch, schnaubte und stupste mich an, als wollte sie entgegnen: *Du warst aber auch nicht übel.*

Es war einer jener Augenblicke, die man nie vergisst, ganz warm und ganz PERSÖNLICH. »Ich hab dich lieb, mein Mädchen.«

Rosie stellte sich auf die Hinterbeine und fiepte wie ein Welpe. Ich lachte und gab ihr ein High five auf die Pfote. Vielleicht würde sie nie mehr der Hund sein, der mir damals in der Wüste zugelaufen war, doch hinter ihrer grimmigen Höllenhündinnen-Fassade verbarg sich immer noch meine Rosie, so wie auch ich im Grunde noch derselbe war, auch wenn ich jetzt um meine göttliche Herkunft wusste.

Als ich den Blick über den Strand wandern ließ, entdeckte ich einen kleinen Lichtkegel.

Brooks saß mit einer Taschenlampe im Sand. Sie las ein Buch. *Mein* Buch.

Oh nein!

Ich ging geräuschlos rückwärts, aber Rosie rannte hechelnd auf Brooks zu.

Sie blickte auf. »Hallo, mein Mädchen!« Sie kraulte Rosie, und weil sie mich schon gesehen hatte, konnte ich mich nicht mehr verdrücken.

»Hi«, sagte ich lahm. Brooks warf für Rosie ein Stöckchen ins Wasser und meine Höllenhündin stürmte hinterher.

Dann fiel Brooks' Blick auf meinen Stock/Speer. »Du hast ihn wiederbekommen?«

Weil ich gespannt war, was die Version 2.0 zu bieten hatte, schleuderte ich Fuego aufs Meer hinaus. Er sauste wie ein blauer Blitz über den Himmel und kehrte im Nu in meine Hand zurück. »Krass!«

Brooks stand auf und begutachtete Fuego. »Er ist sogar noch schneller als …« Sie hielt das Buch hoch. »… vorher.«

Plötzlich blieb mir die Luft weg, als wäre ich gerade einen Berg hochgerannt. Was war mit mir los? »Liest sich ziemlich langweilig, oder?«

»Ich hatte ganz vergessen, wie fies Ah-Puch zu Anfang war. Und jetzt ist er so …«

»Stimmt.«

»Als du einfach mit ihm losgezogen bist, war ich ganz schön sauer.«

»Verständlich. Aber ich war auf ihn angewiesen.«

Sie nickte. »Ich hätte es wahrscheinlich genauso gemacht.«

»Echt?«

»Nein. Ich hätte dir *vorher* Bescheid gesagt und nicht nur einen blöden Zettel hinterlassen.« Ihre bernsteinfarbenen Augen blitzten. »Du hättest mich ruhig einweihen können.«

»Dann hättest du mich nicht allein gehen lassen.«

Sie schwenkte das Buch. »Aber jetzt verstehe ich überhaupt alles besser.«

Ihr Götter – wollte sie mir jetzt etwa all die anderen Male vorwerfen, wo ich mich daneben benommen hatte? Als ich daran dachte, dass sie jetzt meine GEHEIMSTEN Gedanken kannte, wand ich mich innerlich. Sie wusste jetzt, dass ich sie schön fand, dass ich ihr Lächeln mochte und … Scheiß-Wahrheitspapier! Mir wurde ganz heiß. Hoffentlich glühte meine Haut nicht feuerrot.

»›Alle Wege führen zum vernichtenden Zorn der Götter‹«, zitierte sie. »Die Botschaft der Vorfahren bezog sich nicht auf die Mayagötter, sondern auf die Mexicagötter.«

Ich entspannte mich ein bisschen. »Sehe ich auch so.«

Sie schwenkte wieder das Buch. »Ich find's nicht schlecht.«

Meinte sie die Botschaft der Vorfahren oder mein Buch? Wenn sie immer noch über Letzteres sprach, musste ich das Thema wechseln. »Ich wollte dir schon die ganze Zeit sagen, wie cool ich es fand, als du Jordan und Bird die Masken runtergerissen hast und –«

»Und dir das Leben gerettet habe?«

»Wieder mal.«

»Leider konnte ich ihnen nicht die Gesichter zerhacken.« Verschmitzt setzte sie hinzu: »Aber wenn du das nächste Mal heimlich abhaust, solltest du vorher deinen Google-Verlauf löschen.«

»Habt ihr mich *deswegen* am Vulkan gesucht?!«

»Wir haben uns die Bilder angeschaut, die du aufgerufen hattest, und uns gedacht, wenn du nach New Mexiko zurückkehrst, besuchst du bestimmt als Erstes die Bestie. Zum Glück war ganz in der Nähe eine Pforte offen.«

Ich scharrte mit der Schuhspitze im Sand. Brooks wäre bestimmt eine großartige Spionin. Dann dachte ich wieder an Jordan und Bird. »Glaubst du, die Götter finden die Zwillinge?«

»Keine Ahnung. Die Typen sind gerissen, und jetzt werden sie auch noch von ihrer Mutter unterstützt. Und dieser gruselige Zotz …«

»Dafür sind alle anderen Mayagötter auf unserer Seite.«

»Falsch. Wir sind auf *ihrer* Seite. Vergiss nicht, wer hier der Boss ist.«

Dann standen wir einfach nur da, schauten aufs Meer und wussten nicht, was wir noch sagen sollten. Brooks nahm meine Hand. *Das, was uns bevorsteht, ist sehr …*

Gefährlich?

Sehr ernst. Sie holte tief Luft und setzte laut hinzu: »Zane, ich …« Sie stockte und ließ mich los.

»Was denn?«

»Ich muss zurück.«

»Ins Haus?«

Ihre Worte überschlugen sich. »Nein. Dorthin, wo ich hergekommen bin. Zu meiner Schwester. Und außerdem …« Sie stockte und holte noch einmal tief Luft. »Mein Vater ist krank.«

Ihr Vater? Der Typ, der sie und Quinn verlassen und eine neue Familie gegründet hatte?« Ich hätte gern nachgefragt, aber das hätte jetzt nicht gepasst. »Was hat er denn?«

»Als Hurakan die Mayamagie wiederhergestellt hat, sind meine Nawalfähigkeiten nicht vollständig zurückgekehrt. Quinn glaubt, das könnte daran liegen, dass unser Vater schon vorher krank war. Auf jeden Fall braucht er uns jetzt.« Sie verschränkte die Finger. »Ich kann ihn nicht im Stich lassen.«

Darüber hatten die Schwestern also beim Abendessen getuschelt!

Mir war zumute, als hätte mich eine Riesenfaust in den Magen geboxt. Ich hatte mich so an Brooks gewöhnt! Daran, dass sie mich immer rumkommandierte, dass sie mir gegenüber kein Blatt vor den Mund nahm, dass sie meine beste Freundin war. Am liebsten hätte ich sie angefleht zu bleiben, aber damit hätte ich mich als der weltgrößte Egoist disqualifiziert. Ihre Familie brauchte sie jetzt dringender als ich.

»Es ist ja nicht für immer«, fuhr sie fort. »Ich habe mit Ixtab besprochen, dass ich im Sommer zurückkomme und mit den Gottgeborenen trainiere. Dann sehen wir uns ja wieder.«

Ich sah sie an. »Im Baum.«

Der Wind blies ihr eine Locke aus dem Gesicht. »Im Baum.«

Die Wellen schwappten, der Seewind wehte. Ich trat auf Brooks zu und hielt den Atem an. Sie stieß mich nicht weg. Ich näherte mein Gesicht dem ihren …

Brooks schloss die Augen.

Eine Stichflamme loderte auf und wir fuhren erschrocken auseinander. Rosie stupste eine Flammenkugel vor meine Füße.

»Willst du Feuerfangen spielen, mein Mädchen?«, fragte Brooks lachend.

Ich hob die Kugel auf und warf sie. Rosie rannte hinterher. Als ich mich wieder zu Brooks umdrehte, boxte sie mich in den Arm und sagte: »Dein Gesicht steht übrigens auch in Flammen.« Im nächsten Augenblick war sie ein Falke und sauste hinter Rosie her, als wollte sie sehen, wer schneller war.

Ich befühlte meine Wangen. Ja, sie waren brennend heiß. Mit Fuego in der Hand warf ich mich in die Wellen, hörte nur noch ihr Tosen. Als ich wieder auftauchte, kreiste Brooks über mir. Bei ihrem Anblick wurde mein Herz mindestens drei Nummern größer. »Alte Angeberin!«, rief ich lachend zu ihr hoch.

Dabei war mir bewusst, dass der momentane Friede nicht lange währen würde. Jordan, Bird und Camazotz planten ihre Rache schon seit Jahrhunderten. Da würden sie jetzt nicht einfach aufgeben. Sie hatten bereits versucht, die Mexicagötter und -ungeheuer wiederzuerwecken, und ihnen war alles zuzutrauen.

Trotzdem war diesmal einiges anders. Ich konnte jetzt mit dem Feuer umgehen. Ich musste immer noch viel lernen, aber ich war bereit, mich dem Kampf zu stellen. Wir waren alle bereit. Auch die Gottgeborenen, die Übernatürlichen und die Mayagötter. Irgendwann würde der Tag da sein.

Aber jetzt würde ich erst mal die Tage zählen, bis es Sommer wurde. Eins …

EL FIN

GLOSSAR

Lieber Leser, liebe Leserin,

dieses Glossar soll ein paar Hintergrundinformationen zu Zanes Geschichte liefern, kann aber nicht auf sämtliche Mythen der Mayas, ihre verschiedenen Kulturen, Sprachen und geografischen Eigenheiten eingehen, denn das würde eine ganze Bibliothek erfordern. Es ist sozusagen eine Momentaufnahme davon, wie ich persönlich diese Mythen und Begriffe verstehe und was ich bei meinen Recherchen für dieses Buch darüber gelernt habe. Vereinfacht ausgedrückt, sind Mythen Geschichten, die von Generation zu Generation überliefert werden. Weil ich selbst an der Grenze zu Tijuana aufgewachsen bin, war ich schon immer fasziniert von den Mayas (und von den Azteken genauso), und ich war felsenfest überzeugt, dass meine Vorfahren von ihren Göttern abstammten. Bei jedem Besuch der Mayapyramiden in Yucatán lauschte ich dem Raunen des Windes (und vielleicht habe ich die Götter ja sogar gehört). Meine Großmutter sprach oft von Geistern, *brujos,* alten Gottheiten und den Bräuchen untergegangener Völker, was noch zu meiner Neugier auf und meiner Vorliebe für Mythen und Magie beigetragen hat. Hoffentlich geht es dir genauso (wenn es nicht schon der Fall ist), wenn du dieses Buch gelesen hast.

Ah-Puch *(ah-PUHTSCH)* Gott des Todes, der Finsternis und der Zerstörung. Wird auch der Stinkende oder der Furzer (!) genannt. Er wird oft als Gerippe dargestellt, das einen Halsschmuck aus den Augäpfeln seiner getöteten Opfer trägt. Kein Wunder, dass er bei den anderen Göttern so unbeliebt ist.

Ahuitzotl *(Ah-WIE-tzo-tul)* Ein Ungeheuer aus der Mexicamythologie. Es hat ein hässliches, schiefes Gesicht, stachliges Fell auf dem Rücken und einen Eidechsenschwanz mit einer Hand am Ende, den es um seine schreienden Opfer wickelt, sie unter Wasser zieht und ertränkt. Am liebsten frisst es Menschen.

Alom *(ah-LOHM)* Gott des Himmels

Alux *(ah-LUSCH)* Ein kniehohes, zwergenähnliches Geschöpf aus Lehm oder Stein, das die Aufträge seines Schöpfers erfüllt. Allerdings muss dieser ihm Opfer darbringen, sonst rastet der Alux aus und rächt sich an ihm. Ganz schön riskant, wenn ihr mich fragt.

Azteken Eine Volksgruppe in New Mexico vor der Eroberung durch die Spanier im sechzehnten Jahrhundert. Der Name bedeutet ursprünglich *Bewohner von Aztlán.* Aztlán war ein mythischer Ort, den die Mexicas als ihre Heimat betrachteten.

Bakabs *(bah-KAHBS)* Vier Götterbrüder, die die vier Seiten der Welt stützen und nie jammern, dass ihnen die Arme lahm werden.

Camazotz *(KAH-mah-sotz)* Ein Fledermausgott der Mayas, der vor seiner Verbannung im Haus der Fledermäuse in Xib'alb'a lebte und die Aufgabe hatte, den Vorbeikommenden die Köpfe abzubeißen.

Chaac *(TSCHAHK)* Der Regengott der Mayas

Hurakan *(huu-rah-KAHN)* Gott des Windes, des Gewitters und des Feuers, auch Herz des Himmels oder Einbein genannt. Hurakan ist einer der Götter, die es viermal unternommen haben, Menschen zu erschaffen. Er gilt auch als derjenige, dem die Menschen das Feuer verdanken.

Itzamna *(IT-sahm-na)* Ein Schöpfergott der Mayas, für Schrift und Schriftsteller zuständig

Itzam-yée' *(iet-sahm-YIEH)* Ein Vogelgott, der oben auf dem Weltenbaum sitzt und alle drei Ebenen im Blick hat: die Unterwelt, die Erde und das Paradies. Was der wohl alles erzählen könnte!

Ixkakaw *(iesch-ka-KAU)* Göttin des Kakaobaums und der Schokolade

Ixkik' *(sch-KIEK)* Mutter der Heldenzwillinge Jun'ajpu' und Xb'alamkej, auch als Göttin des Blutmonds oder Blutjungfrau bekannt. Ihr Vater gehört zu den Herren der Unterwelt.

Ixtab *(iesch-TAHB)* Göttin (und oftmals auch Beschützerin) jener, die den Opfertod sterben oder ein anderes gewaltsames Ende finden.

Jun'ajpu' *(HUUN-ah-PUH)* Einer der beiden Heldenzwillinge, Bruder von Xb'alamkej. Die Brüder stellen die zweite Generation von Heldenzwillingen dar. Sie sind bei ihrer Mutter Ixkik' und bei ihrer Großmutter aufgewachsen. Die beiden waren gute Ballspieler und machten eines Tages beim Spielen solchen Lärm, dass sie die Herren der Unterwelt erzürnten; diese luden die Brüder nach Xib'alb'a ein (nein danke!). Die beiden nahmen die Einladung an und mussten verschiedene Prüfungen absolvieren, die sie dank ihrer Schlauheit zum Glück alle bestanden. Dabei gelang es ihnen auch, ihren Vater und ihren Onkel zu rächen, die von den Herren der Unterwelt umgebracht worden waren.

Kapokbaum Der Weltenbaum oder Lebensbaum. Seine Wurzeln liegen in der Unterwelt, der Stamm erstreckt sich durch die irdische Welt und die Zweige ragen bis in den Himmel beziehungsweise ins Paradies.

K'ukumatz *(kuu-kuu-MATZ)* Auch Kukuulkaan oder Gefiederte Schlange genannt. Einer der Schöpfergötter. Es heißt, er sei aus dem Meer gekommen, weil er sein Wissen an die Menschen weitergeben wollte. Danach kehrte er ins Meer zurück, versprach aber, eines Tages wiederzukommen. Die Legende besagt, dass er während der Tagundnachtgleichen im Frühjahr und Herbst als Schlange die Stufen der berühmten Pyramide El Castillo im mexikanischen Yucatán herabgleitet. Noch heute werden an diesen Tagen Feiern zu seinen Ehren abgehalten. El Castillo ist eine echt coole Sehenswürdigkeit – allerdings auch eine, bei der es einem eiskalt den Rücken hinunterläuft.

Kukuulkaan (*kuu-kuul-KAHN)* Siehe K'ukumatz

Mexicas *(Meh-SCHIE-kas)* Eine Volksgruppe in New Mexico vor der Eroberung durch die Spanier im sechzehnten Jahrhundert. Ihre Sprache nannte sich *Nahuatl* und sie gelten auch als das Herrschergeschlecht des Aztekenreiches.

Muwan *(muu-AHN)* Kreischeule, die Ah-Puchs Botschaften aus der Unterwelt überbringt (zum Glück kann sie keine Handynachrichten schreiben!)

Nakon *(nah-KOHN)* Kriegsgott

Nawal *(nah-WAHL)* Gestaltwandler, also ein Mensch, der sich in ein Tier verwandeln kann

Nik'wachinel *(nick-watsch-ien-EL)* Seher oder Seherin der Mayas, kann in die Zukunft blicken

Saqik'oxol (*sock-ie-koh-SCHOHL*) Die Weiße Funkenschlägerin. Ein Geschöpf, das im Wald lebt, eine rote Maske trägt und sich von Kopf bis Fuß rot kleidet. Die Funkenschlägerin hämmerte Blitze in die ersten Prophetinnen und Propheten.

Tlaltecuhtli *(Tlah-te-KUUT-lie)* Eine Erdgöttin der Mexicas. Ihr Name bedeutet: *die Leben Spendende und Verschlingende.*

Xb'alamkej *(sch-bah-lam-KEH)* Einer der beiden Heldenzwillinge, siehe auch Jun'ajpu'

Xib'alb'a (*schie-bahl-BAH)* Die Unterwelt der Mayas, ein finsteres, schreckenerregendes Land, das die Seele auf ihrem Weg ins Paradies durchqueren muss. Gelingt ihr das nicht, muss sie dortbleiben und den Dämonen Gesellschaft leisten. Bloß nicht!

Yum Balam *(JUUM bah-LAHM)* »Jaguarfürst« in der Mayasprache. Ein Naturschutzgebiet im tropischen Mexiko.

DANKSAGUNG

Schreiben ist ein einsames Geschäft, aber um ein Buch zum Leben zu erwecken, braucht man ein ganzes Team. Ein herzliches Dankeschön an meine umwerfende Agentin Holly Root – deine Ratschläge, Klugheit und Unterstützung bedeuten mir mehr, als du ahnst. Steph Lurie, du bist eine tolle Lektorin und hast immer den passenden Schlüssel, der eine Geschichte freilässt. Ich danke auch dem fabelhaften Team bei Disney Hyperion: für das Lektorat, das Design und die Vermarktung dieses Buches, für die Werbung und alles dazwischen. Ich schätze und bewundere euch und eure unerschöpfliche Fantasie. Irvin Rodriguez hat das perfekte Cover für die US-Ausgabe entworfen. Rick Riordan – deine Begeisterungsfähigkeit sucht ihresgleichen. Mit dir zusammenzuarbeiten, ist mir eine Ehre.

Ohne geniale und großzügige Kritiker/Leser kann kein Schriftsteller bestehen (und bei Verstand bleiben). Ja, ihr seid gemeint: Janet Fox, Lucia DiStefano und der glorreiche AMC. Und David Bowles. Dein Hirn ist eine Welt für sich. *Gracias* für deinen Sachverstand.

Ich danke meinem Vater, der Tag und Nacht mit mir trainiert hat. Ja, ich habe die Jacke gewonnen, aber vor allem habe ich etwas noch Besseres gewonnen, nämlich Zähigkeit und Eigensinn. Ich habe unwahrscheinliches Glück, dass mich meine Eltern in allem unterstützen und bei jeder neuen Schicksalswendung noch aufgeregter sind als ich selbst. Und natürlich danke ich meiner großherzigen Familie: Joe, Alex, Bella und Jules. Ihr vier seid für mich der Mond und die Sterne und überhaupt alles.

Mein Dank gilt allen Lehrer*innen und Bibliothekar*innen, die Kinder mit Büchern versorgen und ihrer Liebe zu Geschichten Nahrung geben. Und was meine eigenen Leser betrifft – euch kann ich gar nicht genug dafür danken, dass ihr Zane auf seine Abenteuer begleitet (er und Rosie bedanken sich natürlich auch).

Und wie immer danke ich Gott für diese großartige Reise.

© Jill Wachter

RICK RIORDAN wurde von *Publishers Weekly* als »Erzähler der Götter« bezeichnet und hat als Autor fünf verschiedene #1 *New York Times*-Bestsellerreihen verfasst. Eine davon ist seine »Percy Jackson«-Reihe, die die griechische Mythologie für heutige Leser lebendig macht. Millionen von Fans auf der ganzen Welt haben seine kurzweiligen und lustigen Abenteuer bereits mit Freude gelesen. Das Ziel seines Imprints »Rick Riordan Presents« ist es, höchst unterhaltsame Bücher zu veröffentlichen, die von Autoren aus unterrepräsentierten Kulturen verfasst wurden. Sie sollen so die Möglichkeit bekommen, ihre eigenen Geschichten zu erzählen, die von der Mythologie, der Folklore und der Kultur ihrer Ahnen inspiriert wurden.

J. C. CERVANTES ist im kalifornischen San Diego aufgewachsen, nahe der Grenze zu Mexiko. Dort fiel ihre Wissbegierde über die Mythen und Legenden der Mayas und Azteken auf fruchtbaren Boden. Gemeinsam mit ihrem Mann Joseph lebt sie heute in New Mexico und hat drei Töchter. Sie wünscht sich, dass Kinder auf der ganzen Welt sich in den Seiten der Bücher wiederfinden, die sie inspirieren, und dass sie lernen, über ihren eigenen Horizont hinauszublicken und auch das Leben anderer Menschen zu verstehen und zu würdigen. Sie glaubt an Magie, feuert grundsätzlich den Außenseiter an und isst zu fast jeder Mahlzeit Salsa. Mit ihren Romanen »Sturmläufer« und »Feuerhüter« landete sie auf der *New York Times*-Bestsellerliste.

LESEPROBE

»Zane gegen die Götter. Schattenspringer«
Band 3

von J. C. Cervantes

ISBN 978-3-473-40204-5

Seit ich eines Abends zusammen mit einer zweitausend Jahre alten Dämonin von zu Hause losgezogen war, konnte ich mein Leben vergessen. Ich war total am Arsch.

Wobei … das hört sich irgendwie endgültig an, und ganz so war es auch wieder nicht. Eher so, als würde sich mein Leben nach und nach aufribbeln wie ein alter Pullover, der nicht mehr zu retten ist. Man kann nur noch zuschauen, wie das blöde Loch immer größer wird.

Dabei hatte es genug Warnzeichen gegeben. Zu meiner Verteidigung kann ich nur sagen, dass ich zu beschäftigt gewesen war, um auf sie zu achten. Dir wäre es genauso gegangen, wenn du die letzten drei Monate plus zwei Tage und sechzehn Stunden in ranzigen Motels verbracht, dich von pappigen Burgern und matschigen Pommes ernährt und Iktans fauligen Dämonenatem ertragen hättest. Dämonen putzen ihr mörderisches Gebiss nämlich nicht, und zweitausend Jahre ohne Zahnpasta sind eine lange Zeit!

Und als wäre das alles nicht schon schlimm genug, hatte mir meine Mutter auch noch verkündet, ich hätte trotzdem Hausaufgaben zu machen, Gottgeborener hin oder her. Also hockte ich außerdem noch stundenlang über meinem iPad (ich bekam ja inzwischen Fernunterricht). Zwischendurch drehte ich mich öfter um, als ich gern zugebe, weil ich jederzeit damit rechnete, Camazotz (alias Mister Fledermausgott) könnte sich aus einer schwarzen Nebelsäule materialisieren und mir mit seinen furchterregenden Krallen den Kopf abreißen. Wetten, er dachte seit der Schlacht auf dem Schrottplatz an nichts anderes mehr?

Soll heißen, ich wollte nur noch nach Hause. Auf die Insel Holbox, wo es Meer, Sonne und Sicherheit gab. Zum Glück war ich so dicht davor, dass ich praktisch schon dort war. Denn heute Nacht hatte Iktan endlich den allerletzten Gottgeborenen aufgespürt, Nummer 64.

So hatte die Nacht angefangen:

Ich war mit dem Kopf voran in einer dunklen Gasse gelandet. Überall lagen leere Dosen und Fastfood-Verpackungen, ein altes Sofa würgte seine Polsterung aus.

»Herrgott noch mal«, hatte ich Ik angefaucht, »können wir nicht *einmal* eine Pforte nehmen, die mich nicht durch die Luft wirbelt und die nicht nach Tod und Verwesung stinkt?«

Heute Nacht hatte sich die Dämonin für die Gestalt eines elf Jahre alten Menschenmädchens mit zahnlückigem Grinsen und rotbraunen Zöpfen entschieden. Sie trug einen Jeansoverall und darunter eine Bluse mit kleinen roten Herzen drauf. Aber ich wusste nur zu gut, was sich hinter dieser Tarnung verbarg.

Das grüne Neonschild an der Mauer über uns tauchte das Mädchen in fahles Licht. Wenn ich genau hinschaute, konnte ich unter der falschen Menschenhaut die bläuliche Dämonenhaut schimmern sehen. Iktan wechselte ihre Erscheinungsform so schnell wie andere Leute eine Maske, immer auf der Suche nach einer Tarnung, bei der es sie nicht am ganzen Körper juckte. Was von vornherein zum Scheitern verurteilt war, weil sie gegen Menschenfleisch allergisch war. Der Vorteil daran? Dass sie keine Menschen fraß.

»Verwesungsgeruch ist harmlos«, sagte sie und kratzte sich das Grübchenkinn. »Aber Menschenhaut juckt wie giftiges Efeu. Bescheuerte Erfindung.«

»Meinst du Menschenhaut oder giftiges Efeu?« Genau genommen war weder das eine noch das andere eine Erfindung, aber ich hatte jetzt keine Lust, mich mit ihr zu streiten.

»Beides!«, knurrte sie.

Egal. Ich würde mir die Laune nicht verderben lassen. Wenn alles glatt lief, war ich Kratze-Ik und ihre müffelnden Strudelpforten in ein paar Stunden ein für alle Mal los. Ich stand schwerfällig auf und stützte mich dabei auf Fuego, meinen Stock/Speer. Weil ich mit einem zu kurzen Bein zur Welt gekommen bin, hinke ich, aber wenn ich mal rennen muss, hilft mir mein Stock dabei. Zum Beispiel, wenn ich von einem blutrünstigen Monster verfolgt werde oder so. Und wenn ich mich gegen besagtes Monster verteidigen muss, verwandelt sich Fuego praktischerweise in einen Speer. Er ist ein Geschenk von meinem Vater, dem Mayagott Hurakan.

»Wo sind wir hier überhaupt?«, fragte ich.

»In Hell's Kitchen. Obwohl es natürlich kein Vergleich mit einer echten Höllenküche ist.« Ik schnaubte verächtlich. »In New York, wenn du's genau wissen willst.«

»*Das* soll New York sein?« Ich pikte meinen Stock in eine Styroporverpackung. Diese dunkle, schäbige Sackgasse sah überhaupt nicht nach der prächtigen Stadt aus, die ich von Bildern kannte.

Iktan trat mit dem Fuß eine leere Limodose unter das Sofa. »Ganz deiner Meinung. Wie kann so ein hübsches Sträßchen die Murderer's Row sein? Ich bin echt enttäuscht.«

»Wir müssen ja gleich weiter«, gab ich zurück.

Ik zog an ihrem Zopf. »Gibt's hier was zu essen? Ich verhungere.«

»Wir haben doch erst vor zehn Minuten gegessen.«

»Du hast gut reden – du hast keinen Dämonenappetit! Und Chicken Nuggets zählen nicht. Kein Blut, keine Knochen ...« Sie verzog angewidert das Gesicht. »Wenn es wenigstens Hühner*füße* gewesen wären! Die sind schön knusprig ...«

Doch dann fuhr ihr Kopf jäh herum, ihre Augen glühten rot, sie fletschte knurrend die Zähne. Mist! Ich kannte diesen Gesichtsausdruck – der Jagdtrieb hatte sie gepackt. Mir wurde flau im Magen.

Eine weiße Katze sprang von einer rostigen Mülltonne und huschte die Gasse entlang. Ich wollte die Dämonin am Arm packen und festhalten, war aber nicht schnell genug.

Ik fegte wie ein Tornado hinter der Katze her.

»Nicht!«, rief ich und rannte los.

Am anderen Ende der Gasse, wo es nicht mehr weiterging, holte ich die Dämonin ein. Sie beugte sich vor und drehte mir den Rücken zu. Als ich sie schnaufen und knurren hörte, musste ich schlucken. Ich wollte gar nicht sehen, wie ihr Katzenfellbüschel zwischen den Zähnen hingen. Ich wusste aus Erfahrung, wie supereklig das aussah. Doch als sie sich umdrehte, waren ihre Hände leer.

Glück gehabt! Kein Blut!, war mein erster Gedanke.

»Sie ist weg«, schnaufte sie und ihre Pupillen waren so groß, dass ihre Augen schwarz wirkten. Warum musste sie sich eigentlich so kindlich anziehen? In dieser Aufmachung sah sie noch gruseliger aus.

Ich schaute mich um. Wo war die Katze hin?

Iktan strich sich den Pony aus der breiten Stirn. »Anscheinend ist das Vieh durch eine Pforte geplumpst.«

»Katzen plumpsen nicht einfach durch Pforten«, widersprach ich. Nichts und niemand fiel aus Versehen durch eins der magischen Portale, die für Götter und Übernatürliche gedacht sind.

»So was ist schon vorgekommen«, konterte sie.

Es fiel mir schwer, ihr zu glauben. Bestimmt hatte sie das nur erfunden, weil es ihr peinlich war, dass sie ein mageres *gatito* hatte entwischen lassen.

»Ich habe die Pforten schließlich nicht erschaffen. Sie sind überall.« Sie lachte künstlich. »Ach richtig – du kannst sie ja nicht sehen, weil du nicht so mächtig bist wie ich.«